JAMES LEE BURKE

Nacht über dem Bayou

Buch

Aaron Crown, ein alter Mann, der früher in den Wäldern als harmloser Wilderer überlebt hat, wurde vor 28 Jahren wegen eines Mordes an einem bekannten Führer der »Black-Power«-Bewegung verhaftet und eingesperrt. Damals hat er ein Geständnis abgelegt – jetzt beteuert er plötzlich seine Unschuld und verlangt eine Wiederaufnahme des Verfahrens. Er bittet Detective Dave Robicheaux um Hilfe, doch dieser kann ihm keinerlei Hoffnung machen. Bis sich plötzlich alle möglichen Leute für den Fall zu interessieren beginnen und tatsächlich neue Ungereimheiten und Verdachtsmomente auftauchen. Der kurz vor der Wahl zum Gouverneur stehende Buford LaRose und seine attraktive Frau Karyn schalten sich ebenfalls vehement in den Fall ein und holen ein Fernsehteam in die Stadt, das Beweise für die Unschuld Crowns aufspüren soll. Als Crown aus dem Gefängnis entfliehen kann und ein Fernsehjournalist erstochen aufgefunden wird, beginnen sich die Ereignisse zu überstürzen …

Autor

James Lee Burke, 1938 in Louisiana geboren, wurde bereits Ende der 60er Jahre von der amerikanischen Literaturkritik als neue Stimme aus dem Süden gefeiert. Doch nach drei erfolgreichen Romanen zog er sich zurück. Erst Mitte der 80er Jahre meldete er sich mit Kriminalromanen zurück, in denen er die unvergleichliche Atmosphäre von New Orleans mit packenden Stories verband. Burke, der inzwischen zum zweiten Mal mit dem Edgar-Allan-Poe-Preis ausgezeichnet wurde, gilt heute als »einer der brillantesten Krimialautoren in Amerika« (Los Angeles Times) und lebt abwechselnd in Missoula/Montana und New Orleans.

Bereits erschienen:

Flamingo. Roman (41317)
Weiße Leuchten. Roman (41544)
Im Schatten der Mangroven. Roman (42577)
Im Dunkel des Deltas. Roman (43531)

James
Lee Burke

Nacht über dem Bayou

Roman

Aus dem Amerikanischen
von Georg Schmidt

GOLDMANN

Die amerikanische Originalausgabe erschien 1996
unter dem Titel »Cadillac Jukebox«
bei Hyperion, New York

Umwelthinweis:
Alle bedruckten Materialien dieses Taschenbuches
sind chlorfrei und umweltschonend.

Deutsche Erstveröffentlichung 4/99

Umschlaggestaltung: Design Team München
Umschlagfoto: Agt. Tony Stone/Lanting
Satz: deutsch-türkischer fotosatz, Berlin
Druck: Elsnerdruck, Berlin
Verlagsnummer: 44041
Redaktion: Alexander Groß
V. B. · Herstellung: Katharina Storz/HN
Printed in Germany
ISBN 3-442-44041-6

1 3 5 7 9 10 8 6 4 2

Für
Russ und Jayne Pizza

1

Aaron Crown hätte sich nie wieder bei uns blicken lassen sollen. Genaugenommen war er doch sowieso keiner von uns gewesen, nicht wahr? Er und seine Familie, schwerfällige Waldbauern aus dem Norden von Louisiana, hatten sich einst im Bezirk Iberia niedergelassen, hielten aber an ihren heimischen Bräuchen fest – sie stahlen gelegentlich Vieh von den Weiden entlang der Flußufer, wilderten in den Wäldern und trieben, wie manche meinten, womöglich Inzest.

Ich sah Aaron Crown vor fünfunddreißig Jahren zum erstenmal, als er draußen am Highway eine Zeitlang Erdbeeren und Wassermelonen feilbot. Vom gleichen Laster, mit dem er ansonsten Kuhmist transportierte.

Er schien irgendwie seitwärts zu gehen, wie eine Krabbe, trug selbst im Sommer lange Latzhosen und ließ sich jeden Samstagmorgen vom Barbier für einen Dollar den Schädel einseifen und glattrasieren. Sein stämmiger, dicht behaarter Körper roch streng, wie saure Milch, so daß der Barbier jedesmal hinten und vorne die Türen aufriß und die Ventilatoren einschaltete, wenn Aaron bei ihm auf dem Stuhl saß.

Nie sah ihn jemand hitzig oder handgreiflich werden. Die Schwarzen, die für ihn arbeiteten, nahmen ihn hin, wie er war – ein Weißer, weder gut noch schlecht, mit einer vernuschelten Hinterwäldlersprache und merkwürdig grünen Augen, über dessen Launen und Stimmungen man besser nicht nachdachte. Zum Gaudium der Schwarzen, die jeden Samstagmorgen beim Schuhputzstand vor dem alten Frederick Hotel herumlungerten, riß er Zündhölzer an den Schneidezähnen an, goß sich Kerzenwachs in den Handteller und ließ es bis auf einen letzten schwarzen Rest abbrennen oder warf ein Messser zwischen die Kappen seiner Arbeitsstiefel.

Doch wer Aaron Crown einmal in die Augen geschaut hatte, konnte sie nie wieder vergessen. Sie wirkten beinahe wimpernlos, wie bei einem Reptil, funkelten mißtrauisch, ohne daß es einen Grund dafür gab, und strahlten eine sexuelle Gier aus, bei der einem unbehaglich zumute wurde, egal welchem Geschlecht man angehörte.

Manche sagten, er sei einst Mitglied beim Ku-Klux-Klan gewesen und wegen einer Schlägerei in einer Baptistenkirche ausgestoßen worden, bei der er seinen Widersachern eine Holzbank ins Gesicht geschleudert hatte.

Doch für uns, die wir in einer von französischer Lebensart und vom Katholizismus geprägten Kultur lebten, waren das Hinterwäldleranekdoten, dumme Bauernbräuche, ebenso abwegig und unglaublich wie die Geschichten über Lynchmobs und Brandanschläge auf schwarze Kirchen oben in Mississippi.

Woher hätten wir wissen sollen, daß Aaron Crown eines Nachts bäuchlings wie ein Scharfschütze, den Lederriemen seines Mauser-Sportgewehrs eng um den Unterarm geschlungen, das Gemächt leicht an die Erde gedrückt, unter einer immergrünen Eiche lag, durch deren moosbehangene Zweige das Mondlicht wie blaue Spinnweben fiel, und dem berühmtesten schwarzen Bürgerrechtler in Louisiana durchs geschlossene Fenster eine Kugel in den Kopf jagte?

Es dauerte achtundzwanzig Jahre, bis man ihn dingfest machte, bis man die Geschworenen beisammen hatte, überwiegend Angehörige einer jüngeren Generation, die kein Interesse daran hatte, sich für Männer wie Aaron Crown zu verwenden.

Von Anfang an waren alle von seiner Schuld überzeugt gewesen. Er hatte die Tat nicht geleugnet, nicht wahr? Und außerdem war er eigentlich nie einer von uns gewesen.

Es war Frühherbst, ein Wahljahr, und sobald morgens die Sonne über dem Sumpf aufging und den Nebel zwischen den überfluteten Zypressen wegbrannte, die gegenüber von meinem Köderladen und Bootsverleih am Ufer des Bayous standen, nahm der Himmel einen derart harten, herzerfrischend tiefblauen Ton an, daß man das Gefühl hatte, man bräuchte nur den Arm auszustrecken und könnte sich eine Handvoll davon greifen, so wie man einen Klumpen Rohbaumwolle pflückt. Die Luft war kühl und trocken, und vom Fahrweg entlang des Bayous stieg der Staub wie goldene Säulen aus Rauch und Licht durch das Blätterdach der Eichen auf. Ich schmirgelte an diesem Samstagmorgen die Planken meines Bootsanlegers, und als ich aufblickte, sah ich Buford LaRose und seine Frau Karyn, die durch den langen Tunnel aus Bäumen auf mich zu joggten. Sie kamen mir vor, als seien sie dem Foto eines Fitneßmagazins entsprungen, so als habe ein findiger Fotograf diese Szene für ein verklärendes Abbild des sogenannten Neuen Südens eingefangen. Erst dann fand ich es merkwürdig, daß sie hier auftauchten, fünfundzwanzig Meilen von der renovierten Plantagenbesitzervilla entfernt, in der sie wohnten.

Ich redete mir ein, daß sie nicht meinetwegen gekommen waren, daß es sich nicht gehörte, wenn ich sie aus reiner Höflichkeit beim Laufen störte. Daher legte ich die Schleifmaschine beiseite und ging zum Köderladen.

»Hallo!« hörte ich Buford rufen.

Die Vergangenheit holt einen auf mancherlei Art ein. In diesem Fall geschah es in Gestalt von Karyn LaRose, deren platinblonde hochgesteckte Haare klatschnaß waren; ihre Shorts und das lila-goldene Mike-the-Tiger-T-Shirt klebten wie nasse Papiertücher an ihrem Leib.

»Wie geht's euch?« erwiderte ich mit einem steifen Lächeln.

»Hat Aaron Crown Sie schon angerufen?« fragte Buford, während er sich mit einer Hand am Geländer abstützte und mit der anderen den Fuß bis zu seinem Schenkel hochzog.

»Woher wissen Sie das?« fragte ich.

»Er sucht Menschen mit einem weichen Herz, die sich seine Geschichte anhören.« Buford grinste, dann zwinkerte er mir voller Selbstvertrauen zu, ganz der ehemalige Quarterback, der vor zwanzig Jahren, als er für die Louisiana State University spielte, mühelos Pässe über achtzig Meter werfen konnte. Sein Bauch war nach wie vor flach, die Taille schmal, die Brust sehnig wie bei einem Preisboxer. Seine ebenmäßigen breiten Schultern waren oliv gebräunt, die Spitzen der lockigen braunen Haare von der Sonne gebleicht. Er zog den anderen Fuß nach hinten hoch und blinzelte mich durch den Schweiß an, der ihm von den Augenbrauen tropfte.

»Aaron hat sich in den Kopf gesetzt, daß er unschuldig ist«, sagte er. »Er hat eine Filmfirma an der Hand, die auf ihn hört. Blicken Sie allmählich durch?«

»Sucht er etwa einen dummen Cop, der sich für ihn einsetzt?« fragte ich.

»›Menschen mit einem weichen Herz‹ habe ich gesagt«, erwiderte er. Er strahlte jetzt übers ganze Gesicht.

»Wieso kommst du uns nicht öfter mal besuchen, Dave?« fragte Karyn.

»Klingt nicht schlecht«, sagte ich nickend und ließ den Blick über das Wasser schweifen.

Sie reckte das Kinn vor, wischte sich den Schweiß vom Nacken, schaute mit geschlossenen Augen in die Sonne, schürzte die Lippen und atmete ein, so als sei die Luft zu kalt. Dann schlug sie die Augen wieder auf und lächelte, während sie sich mit beiden Armen auf das Geländer stützte und erst das eine, dann das andere Bein streckte.

»Wollt ihr mit reinkommen und was trinken?« fragte ich.

»Lassen Sie sich von dem Kerl nicht zum Narren halten, Dave«, sagte Buford.

»Warum sollte ich?«

»Warum sollte er Sie überhaupt anrufen?«

»Wer hat Ihnen das gesagt?« fragte ich.

»Sein Anwalt.«

»Mit der Schweigepflicht scheint er's nicht so genau zu nehmen«, sagte ich.

»Machen Sie mal halblang, Dave«, erwiderte er. »Wenn Aaron Crown jemals aus Angola rauskommt, bringt er zuerst seinen Anwalt um. Das heißt, nachdem er den Richter erschossen hat. Woher ich das wissen will? Weil Aaron den Richter angerufen hat – per R-Gespräch, man bedenke – und es ihm gesagt hat.«

Sie verabschiedeten sich, fielen wieder in Trab und liefen Seite an Seite an den Rasensprinklern vorbei, die zwischen den Bäumen in meinem Vorgarten standen. Ich schaute ihnen hinterher, bis sie immer kleiner wurden, und hatte die ganze Zeit das Gefühl, daß soeben etwas Unerhörtes, wenn nicht sogar Ungeheuerliches vorgefallen war.

Ich stieg in meinen Pickup und holte sie nach einer guten Viertelmeile ein. Sie trabten ungerührt weiter.

»Eins macht mir zu schaffen, Buford«, sagte ich und beugte mich aus dem Fenster. »Sie haben ein Buch über Aaron Crown geschrieben. Womöglich werden Sie dadurch unser nächster Gouverneur. Und jetzt wollen Sie darüber verfügen, mit wem der Typ verkehren darf?«

»Das macht Ihnen also zu schaffen, was?« sagte er, während seine luftgepolsterten Laufschuhe rhythmisch auf den Boden schlugen.

»So unverständlich ist das doch nicht«, sagte ich.

Karyn beugte sich an ihm vorbei und grinste mich an. Ihr

Mund war hellrot, die braunen Augen funkelten, sie wirkte glücklich, aufgedreht vom Laufen.

»Euch wird noch viel mehr zu schaffen machen, wenn ihr diesen rechtsgerichteten Kretins im November zur Macht verhelft. Bis zum nächsten Mal, mein Guter«, sagte er; dann winkte er mir mit hochgerecktem Daumen zu und trabte mit seiner Frau weiter, quer durch einen schattigen Pecanbaumhain.

Sie rief mich an diesem Abend an, nicht im Haus, sondern im Köderladen. Durch das Fliegengitter sah ich die erleuchtete Veranda und die Fenster meines Hauses, das oben am Hang, hinter den Bäumen, auf der anderen Seite des Fahrwegs stand.

»Bist du sauer auf Buford?« fragte sie.

»Nein.«

»Er möchte bloß nicht, daß du benutzt wirst, das ist alles.«

»Besten Dank für die Anteilnahme.«

»Hätte ich nicht dabeisein sollen?«

»Ich freue mich, daß ihr vorbeigekommen seid.«

»Wir waren seinerzeit beide nicht verheiratet, Dave. Wieso ist dir das so peinlich, wenn wir uns sehen?«

»Ich glaube, dieses Gespräch bringt nichts«, sagte ich.

»Ich halte nicht viel von Schuldgefühlen. Du offenbar schon, schade drum«, erwiderte sie und legte auf.

Der Lohn einer samtschwarzen Nacht, dachte ich, dazu ein Himmel voller Sterne, zuviel Champagner, ein grasbewachsener Uferdamm und ein warmer Wind, der vom Wasser wehte. Zu fortgeschrittener Stunde war es schwer, enthaltsam zu bleiben.

Aber hier ging es gar nicht um Schuldgefühle wegen eines spontanen Schäferstündchens. Karyn LaRose war eine Frau, an die man besser nicht dachte, wenn man verheiratet war.

Aaron Crown trug ausgewaschene Gefängniskleidung, die ihm zu klein war, als er in Fußeisen und Hüftkette aus dem Zellenblock in den Verhörraum gebracht wurde.

Er mußte mit Trippelschritten gehen, vornübergebeugt, da beide Hände an die knapp unter seinem Brustkorb sitzende Hüftkette angeschlossen waren, so daß er wie ein affenartiges Wesen wirkte, das man in eherne Bande geschlagen hatte.

»So möchte ich nicht mit Aaron reden. Wie wär's, Cap?« sagte ich zu dem Aufseher, der seit fünfundfünfzig Jahren Wachmann in Angola war und mit einer doppelläufigen Schrotflinte Sträflinge behütete.

Der Aufseher sah mich mit verkniffenem Blick an und musterte mich abschätzig, so wie er es seit jeher gewohnt war. Die Augenwinkel waren von tausend kleinen Fältchen zerfurcht, seine Haut war runzlig und dunkel, wie bei einem Mulatten, so als sei sie über offenem Feuer geräuchert worden. Er zog die Bruyèrepfeife aus seinem Hosengürtel, steckte sie in den Mund und kaute mit den Backenzähnen darauf herum. Wortlos schloß er Aarons Ketten auf und ließ sie zu Boden fallen wie ein nutzloses Übergewand. Dann streckte er seinen schwieligen Zeigefinger aus, hielt ihn Aaron vors Gesicht und entriegelte eine Seitentür, die auf einen lehmigen, mit Stacheldraht umzäunten Hof führte, auf dem eine einsame Trauerweide mit gelb verfärbtem Laub stand.

Ich setzte mich auf die Stemmbank, während Aaron Crown vor dem Zaun in die Hocke ging, einen Lederbeutel mit Pfeifentabak zückte und sich eine Zigarette drehte. Seine Fingernägel waren so dick und fleckig, daß sie wie aus Schildpatt wirkten. Graue Haare wucherten ihm aus Ohren und Nase; Schulter und Brustansatz waren mit Muskeln bepackt, voller dicker Adern und Sehnen. Er riß ein Streichholz an seinem Daumennagel an, schirmte es vor dem Wind ab und inhalierte mit einem Atemzug den ganzen Zunder und Schwefel.

»Ich bin's nicht gewesen«, sagte er.

»Sie haben sich seinerzeit schuldig bekannt, Partner.«

»Das hat der Sausack gemacht, der mir zugewiesen worden is.« Er zog an seiner selbstgedrehten Zigarette, tippte die Asche im Wind ab.

Als ich nichts erwiderte, sagte er: »Die ham mir vierzich Jahre gegeben. Gestern bin ich achtundsechzich geworden.«

»Sie hätten sich den Bundesbehörden stellen sollen. Dann wären Sie lediglich wegen eines Verstoßes gegen die Bürgerrechte eingefahren«, sagte ich.

»Wenn du in' Knast gehst, hockst du mit Farbigen in einer Zelle.« Er blickte zu mir auf. »Die schlitzen dich im Schlaf auf. Ich hab's erlebt.«

In der Ferne sah ich den Uferdeich am Mississippi und die vom Wind zerzausten Bäume vor dem zinnoberroten Himmel.

»Warum haben Sie grade mich angerufen?« fragte ich.

»Weil Sie seinerzeit losgezogen sind, als sich meine Kleine im Henderson-Sumpf verirrt hat.«

»Aha ... Ich weiß nicht, was ich machen kann, Aaron. Das Gewehr, das man am Tatort gefunden hat, hat Ihnen gehört, stimmt's? Die Fingerabdrücke, die man darauf gefunden hat, stammen von Ihnen.«

»Es is mir gestohlen worden, und Fingerabdrücke warn auch nicht drauf. Bloß ein Daumenabdruck am Kolben. Warum sollte ein Weißer mitten in der Nacht hingehn, 'n Nigger umbringen und sein eignes Gewehr liegenlassen, damit's der Nächstbeste findet? Warum wischt er bloß den Abzug ab und nicht den Kolben?«

»Sie sind davon ausgegangen, daß Sie im Staat Louisiana niemals verurteilt werden.«

Er saugte an einem Zahn, drückte seine Zigarette auf der Kappe seines Arbeitsstiefels aus, schälte das Papier von der Kippe und ließ es vom Wind verwehen.

»Ich bin's nicht gewesen«, sagte er.

»Ich kann Ihnen nicht helfen.«

Er richtete sich mit knackenden Knien auf und ging zum Zellenblock zurück. Die Haare an seinen Armen schimmerten in der untergehenden Sonne silbern wie bei einem alten Gorilla.

2

Die überfluteten Weiden und Zypressen wirkten in dem frühmorgendlichen Dunst, der über dem Henderson-Sumpf hing, wie graugrüne Kleckse. Meine Adoptivtochter Alafair saß am Bug, als ich das Außenborderboot zwischen zwei schwimmenden Inseln aus Wasserhyazinthen hindurchsteuerte und bei der Einfahrt in die Bucht wieder Gas gab. Die Luft war feucht und kühl und roch nach *Sac-a-lait*, Süßwasserbarschen, die sich dicht unter der Wasseroberfläche tummelten, und in der diesigen Luft sah man die Feuersäulen der Bohrinseln, auf denen Erdgas abgefackelt wurde. Als Alafair das Gesicht in den Wind wandte, wurden ihre langen schwarzen Indianerhaare wie ein dickes Tau nach hinten geweht. Sie war jetzt vierzehn, sah aber älter aus, und häufig drehten sich erwachsene Männer im Vorbeigehen nach ihr um.

Wir fuhren durch eine langgestreckte, seichte Bucht voller Baumstümpfe und aufgegebener Ölplattformen. Dann deutete Alafair auf eine Reihe Holzpfähle, die schwärzlich im Dunst schimmerten. Ich stellte den Motor ab und ließ uns vom Kielwasser weitertreiben, bis sich der Anker, ein dreißig Zentimeter langes Stück Bahnschiene, das Alafair über die Bordwand gleiten ließ, im Schlick festsetzte und das Boot herumzog. Die Elritzen wimmelten unter meinen Händen, als ich in den kalten Wassereimer griff und ein paar Köderfische herausholte.

»Riechst du die *Sac-a-lait*?« fragte sie. »Die müssen sich hier zu Tausenden herumtreiben.«

»Bestimmt.«

»Hier ist die beste Stelle in der ganzen Bucht, stimmt's?«

»Ich kenne keine bessere«, sagte ich und reichte ihr ein Sandwich, nachdem sie ihren Angelhaken zwischen den Pfählen ausgeworfen hatte.

Es war neun Jahre her, seit ich sie aus dem Wrack eines untergegangenen Flugzeugs gezogen hatte, das Kriegsflüchtlinge aus El Salvador außer Landes befördert hatte. Im Traum sah ich manchmal noch das Bild vor mir, wie ich sie um Atem ringend in der auf dem Kopf stehenden Kabine gefunden hatte, das Gesicht wie ein Guppy nach oben, in die wabernde, allmählich schwindende Luftblase über ihrem Kopf gekehrt, während sie über dem Leib ihrer ertrunkenen Mutter verzweifelt mit den Beinen im Wasser ruderte.

Doch die Zeit heilt manche Wunden, und heute saß ich nicht mehr grübelnd am Wasser und stellte mir vor, daß dort unten die Welt der Toten war. Die Geister der Dorfbewohner mit den vom Druck der Sprenggranaten weit aufgerissenen Mündern flüsterten mir nicht mehr aus den braunen Fluten des Mekong zu, und auch meine ermordete Frau Annie, die früher, wenn es regnete, von ihrem neuen Zuhause tief unter dem Meer zu mir gesprochen hatte, suchte mich nicht mehr auf.

Wasser, das war jetzt einfach das weite, überflutete Schwemmland des Atchafalaya-Beckens in Südlouisiana, wo es nach Humus und dem Rauch der Holzfeuer roch, wo die Wildenten scharenweise über den Weiden aufstiegen und in langen schwarzen Ketten vor der Sonne vorbeiflogen, die so gelb wie ein Eidotter war.

»Hast du wirklich diesen Aaron Crown in Angola aufgesucht, Dave?« fragte Alafair.

»Na klar.«

»Mein Lehrer hat gesagt, er ist ein Rassist. Er hat oben in Baton Rouge einen Schwarzen umgebracht.«

»Aaron Crown ist ungehobelt und äußerlich abstoßend. Ein Mensch, den niemand leiden kann. Aber ich bin mir nicht sicher, ob er ein Mörder ist, Alf.«

»Warum nicht?«

»Ich wünschte, ich wüßte es.«

Eine Antwort, die ebenso unklar wie beunruhigend war.

Warum? Weil Aaron Crown nicht ins übliche Schema paßte. Er war kein Rassist, jedenfalls kein eingefleischter, so wie die meisten, die sich dazu bekannten. Politisch engagiert war er auch nicht, meines Wissens zumindest nicht. Welche Beweggründe sollte er also haben, fragte ich mich. Bei Mordfällen ging es fast immer um Geld, Sex oder Macht. Was hatte Aaron Crown im Sinn gehabt?

»Worüber denkst du nach, Dave?« fragte Alafair.

»Vor vielen Jahren, als ich noch ein junger Cop in New Orleans war, ist Aaron Crown zu unserem Haus gekommen, wo ich damals gerade meinen Urlaub verbracht habe, und hat gesagt, seine Tochter hätte sich hier draußen mit einem Boot verirrt. Sie war vierzehn, und niemand wollte sie suchen, weil sie dafür bekannt war, daß sie öfter davonlief, Dope rauchte und allerlei andere Sachen trieb. Kommst du mit?«

Sie schaute zu dem Schwimmer, der zwischen den Pfählen trieb.

»Und ich habe sie auch gefunden. Sie hatte sich aber nicht verirrt. Sie war auf einem Hausboot, genau da drüben, auf der anderen Seite der Bucht. Mit zwei Männern. Ich habe Aaron nie erzählt, was sie gemacht hat. Aber ich glaube, er wußte Bescheid.«

»Meinst du, er ist unschuldig?«

»Wahrscheinlich nicht. Irgendwas stößt mir dabei bloß seltsam auf, Alf. Der Typ hat an seiner Tochter gehangen, was wiederum bedeutet, daß er etwas empfindet, die gleichen Gefühle hat wie wir auch. An so was denken wir nicht gern, wenn wir jemanden zum Mörder und Bürgerschreck abstempeln.«

Sie prustete los, weil sie den Ausdruck *Bürgerschreck* komisch fand

Kurz darauf fing es an zu tröpfeln, weshalb wir uns die Regenmäntel über den Kopf hängten, so daß wir aussahen wie zwei Bettelmönche, weiter unsere Angeln auslegten und bis in den Vormittag hinein zwischen den Pfählen auf *Sac-a-lait*-Jagd gingen. Danach legten wir unsere Beute in der Kühlbox auf Eis und fuhren nach Hause, als von Süden gerade der nächste Regenschauer aufzog.

Wir nahmen die Fische unter der Segeltuchplane am Bootsanleger aus, schnitten sie hinter den Kiemen ein und entschuppten sie mit zwei Löffeln. Batist, der Schwarze, der für mich arbeitete, kam mit einer kalten Zigarre im Mund aus dem Köderladen. Er ließ die Tür hinter sich zuknallen. Er war kahlköpfig und trug eine ausgestellte Bluejeans und ein weißes T-Shirt, das sich wie ein altes Seihtuch um seine breite Brust spannte.

»Da drin is'n Wärter von der Sträflingsfarm«, sagte er.

»Was will er?« fragte ich.

»Hab nicht gefracht. Geld ausgeben will er jedenfalls nich. Dave, müssen wir jemand wie den in unsern Laden lassen?«

O Mann, dachte ich.

Ich ging hinein und sah den alten Wachmann aus Angola, mit dem ich gestern bei meinem Besuch im Zellenblock zu tun gehabt hatte, an einem Tisch weit hinten sitzen, neben dem Kühlschrank, in dem wir das Fleisch für das Mittagessen lagerten. Er hielt sich kerzengerade, und sein Gesicht wirkte wie aus Teakholz geschnitzt. Er trug ein frisches Khakihemd, dazu die entsprechende Hose, einen von Hand gefertigten Gürtel und einen weißen Strohhut, den er tief in die Stirn gezogen hatte. Sein Gehstock, oben gekrümmt, unten mit einer fünfzehn Zentimeter langen Stahlkappe versehen, so wie einst bei den Aufsehern der Sträflingstrupps am Straßenrand, hing mit dem Griff an der Rückenlehne. Er hatte sich eine Dose Soda für fünfzehn Cent gekauft und aß dazu Ingwerplätzchen aus einer braunen Papiertüte, die er mitgebracht hatte.

»Was ist los, Cap?« fragte ich.

»Ich muß mal Ihre Meinung zu was hörn«, erwiderte er. Er sprach den typischen Dialekt aus dem Bergland von Nordlouisiana, kehlig, mit gedehnten Vokalen und trotzdem abgeschliffen und vernuschelt – eine Sprache wie aus dem neunzehnten Jahrhundert.

Seine mit Leberflecken gesprenkelten Hände zitterten leicht, als leide er an Schüttellähmung. Er hatte seinen Beruf bereits zu einer Zeit ausgeübt, als Sträflinge noch mit der Lederpeitsche geprügelt, bäuchlings auf Ameisenhaufen gebunden, in die Schwitzkästen von Camp A gesteckt, manchmal sogar aus purer Lust und Laune von den Wärtern ermordet und am Uferdamm des Mississippi verscharrt wurden. In all den Jahren, die ich ihn kannte, hatte ich ihn nicht einmal lächeln sehen oder irgend etwas über sein Privatleben außerhalb der Strafanstalt erwähnen hören.

»Ein paar Filmleute ham mir fünftausend Dollar für ein Interview über Crown geboten. Was soll ich Ihrer Ansicht nach machen?« sagte er.

»Nehmen Sie's. Was kann das schon schaden?«

Er biß den Rand eines Ingwerplätzchens ab.

»Ich hab das Gefühl, daß die von mir hörn wolln, daß er nicht auf die Farm da droben gehört. Daß da womöglich der Falsche einsitzt.«

»Aha.«

»Irgendwas ist doch da faul, oder nicht?«

»Wie bitte?«

»Wenn ein Weißer drunten im Süden ’n Schwarzen umbringt, kommen doch die Leute aus Hollywood nicht daher und versuchen den Weißen rauszuhaun.«

»Darauf fällt mir auch nichts ein, Cap. Erzählen Sie ihnen einfach, was Sie meinen, und vergessen Sie die Sache.« Ich schaute auf die elektrische Wanduhr über dem Ladentisch.

»Meiner Meinung nach ist der Mistkerl gar kein richtiger Mensch.« Ich schaute ihn an. »Der stinkt, daß kein Waschen was nützt. Wenn er den Bürgerrechtsnigger nicht umgebracht hat, hat er jemand anders was angetan.«

Er zerkaute ein Ingwerplätzchen und spülte es mit einem kleinen Schluck Sodawasser hinunter. Sein Gesicht wirkte im Zwielicht wie mit einem Netz aus Fältchen überzogen.

Gerüchte verbreiten sich schnell unter den Bewohnern der hiesigen Gegend.

Am Dienstag morgen kam Helen Soileau in mein Büro bei der Dienststelle des Sheriffs im Bezirk Iberia und sagte, wir müßten einen gewissen Mingo Bloomberg aufgreifen und festhalten, einen Ganoven aus New Orleans, der als wichtiger Zeuge bei einem Mordanschlag auf einen Polizisten im French Quarter gesucht werde.

»Kennst du ihn?« fragte sie. Sie trug eine gestärkte weiße Bluse, eine blaue Hose und hatte ihre Dienstmarke am Waffengurt hängen. Sie war eine blonde, muskulöse Frau, deren Haltung und Miene immer so wirkten, als erwarte sie einen Affront oder eine Beleidigung.

»Er ist Ausputzer für die Familia Giacano«, sagte ich.

»Darüber haben wir nichts vorliegen.«

»Dann hapert’s bei der Absprache mit der Polizei von New Orleans. Mingos Opfer verschwinden spurlos. Fischfutter ist seine Spezialität.«

»Na großartig. Expidee Chatlin paßt auf ihn auf.«

»Wir besorgten uns einen Streifenwagen und fuhren auf Nebenstraßen durch den südlichen Teil des Bezirks, vorbei an zahllosen Zuckerrohrwagen, die zu den Raffinerien unterwegs waren. Dann folgten wir einem Dammweg durch ein teilweise abgeerntetes Feld, bis wir auf eine Fischerhütte mit einem Blechdach stießen, die etwas zurückgesetzt in einem Hain aus Persimonen- und Pecanbäumen stand. Vor der mit Fliegengitter umgebenen Veranda stand ein Streifenwagen mit offenen Vordertüren. Das Funkgerät war ausgeschaltet.

Expidee Chatlin war bislang hauptsächlich Verkehrspolizist gewesen oder hatte Betrunkene vom Gefängnis zur Gerichtsverhandlung geleitet. Er hatte schmale Schultern, einen breiten Hintern, Speckwülste um die Taille und einen dünnen Schnurrbart, der aussah wie mit einem Fettstift gezogen. Er und ein anderer Deputy saßen gemeinsam mit Mingo Bloomberg an einem Holztisch auf der Veranda und aßen Sandwiches.

»Was treiben Sie hier eigentlich, Expidee?« fragte Helen.

»Auf euch warten. Was denn sonst?« erwiderte er.

»Wie geht's, wie steht's, Robicheaux?« fragte Mingo Bloomberg.

»Kann nicht klagen, Mingo.«

Er trank seine Bierdose aus und steckte sich eine Zigarette in den Mund, ohne sie anzuzünden. Er trug eine graue Hose ohne Gürtel, Slipper und ein langärmliges, mit Blumen bedrucktes Hemd und sah ziemlich gut aus. Seine Haare waren kupferrot und glatt nach hinten gekämmt, die Augen eisblau, der Blick penetrant wie ein Stinkefinger.

Er klappte sein Feuerzeug auf und riß es trocken an, als ob wir nicht da wären.

»Stehn Sie auf und lehnen Sie sich an die Wand«, sagte Helen.

Er senkte das Feuerzeug und verzog den Mund zu einem schiefen Grinsen. Sie nahm ihm die Zigarette aus dem Mund, warf sie hinter sich und richtete ihre Neun-Millimeter auf sein Gesicht.

»Sag irgendwas Dummes, du Sack. Mach schon. Tu mir den Gefallen«, sagte sie.

Ich zog ihn hoch, schubste ihn an die Wand und trat seine Füße auseinander. Als ich ihn abklopfte, stieß ich auf etwas Hartes, Eckiges in seiner linken Hosentasche. Ich nahm ihm eine 25er Automatik ab, zog das Magazin heraus, überzeugte mich, daß sie nicht durchgeladen war, und warf sie Expidee in den Schoß.

»Hat mir keiner was von gesagt. Ich hab gedacht, der Typ soll ein Zeuge sein oder so was Ähnliches«, sagte er.

Helen fesselte Mingo die Hände auf den Rücken und schob ihn auf die Fliegengittertür zu.

»Hey, Robicheaux, Sie und Ihre Kollegin können sich wieder abregen«, sagte er.

»Das liegt bei Ihnen, Mingo«, sagte ich.

Wir waren jetzt vor der Hütte, unter dem grauen Himmel, im Wind, der das Laub von den Bäumen am Rande der Lichtung blies. Mingo verdrehte die Augen. »Bei mir? Ihr solltet 'ne Registrierkasse oben auf eure Streifenwagen draufstellen«, sagte er.

»Könnten Sie das näher erklären?« sagte ich.

Er warf einen Blick zu Helen und wandte sich dann wieder an mich.

»Laß uns einen Moment allein«, sagte ich zu ihr.

Ich ging mit ihm zur anderen Seite des Streifenwagens, öffnete die Hintertür, und er setzte sich hinter das Maschinendrahtgitter. Ich stützte mich mit einem Arm am Dach ab und schaute ihm ins Gesicht. Eine ölige, kupferrote Haarsträhne fiel ihm in die Augen.

»Sie haben sich bei diesem Crown ganz richtig verhalten. Wenn Sie sich richtig verhalten, läßt man Ihnen was zukommen. Stimmt damit was nicht?« sagte er.

»Ja. Ich will nicht, daß man mir was zukommen läßt.«

»Das ist Ihre Sache, verflucht noch mal.«

»Bleiben Sie das nächste Mal lieber in Ihrer eigenen Sumpfstadt, Mingo«, sagte ich und schloß die hintere Tür.

»Ich hab einen Waffenschein für die Wumme, die Sie mir abgenommen haben. Ich will sie wiederhaben«, sagte er durch das offene Fenster.

Ich stand da, wartete, daß Helen sich ans Steuer setzte, trommelte mit den Fingern auf das Dach des Streifenwagens und versuchte meine fassungslose Miene zu verbergen.

Wenn man sich ernsthaft dem Alkohol ergibt – ich meine damit volles Rohr, so als ob es sich um eine neue Religion handelt – und sich in die große Schar fröhlicher Zecher einreiht, die sich singend und schunkelnd von jeglicher Unschuld in ihrem Leben verabschieden, lernt man sehr rasch die Verhaltensregeln dieser exklusiven Bruderschaft, die einen teurer zu stehen kommt als alles andere auf der Welt. Man säuft ab. Das heißt, daß man nicht in hell erleuchteten Lokalen trinken kann, unter gewöhnlichen Menschen, weil man ein Paria ist, ein Außenseiter, dem man seinen Irrsinn auf den ersten Blick ansieht. Folglich sucht man die Gesellschaft anderer Säufer, die im gleichen Zustand sind wie man selber oder am besten noch schlimmer dran.

Aber mit der Zeit wird das Revier kleiner, und es wird immer schwerer, Leute zu finden, die noch weiter heruntergekommen sind als man selbst, beziehungsweise Kneipen, in denen man auch früh um sechs noch eine Flasche Fusel kriegt.

Dann landet man in Läden wie Sabelle Crown's Bar an der Unterführung in Lafayette.

In dieser Gegend hatte es einst ein schmuddliges, aus Ziegeln gebautes Hotel und eine Reihe Billigbars gegeben, die von einer berüchtigten Familie syrischer Krimineller betrieben worden waren. Jetzt waren die alten Bars und das Hotel abgerissen, und von der letzten Säuferzeile der Stadt war nichts weiter übriggeblieben als Sabelles Bar, ein düsterer, zweistöckiger Holzbau, der wie ein letzter Zahn über der Unterführung aufragte.

Innen gab es keinerlei Spiegel, und die Musikbox und die Bierreklame über der Bar waren die einzigen Lichtquellen. In diesem Lokal blieb die Weihnachtsdekoration das ganze Jahr über hängen, und weil man nirgendwo sein Spiegelbild sah, mußte man auch keine unangenehmen Vergleiche zwischen sich und anderen anstellen. Es sei denn, man zählte Sabelle dazu, die einst als Zwanzigdollarhure in New Orleans anschaffen gegangen war, ehe sie sich für etliche Jahre nach Norden abgesetzt hatte. Sie war jetzt nicht mehr die Jüngste, hatte graue Strähnen in ihren rotbraunen Haaren, aber sie sah gut aus in ihren Bluejeans und dem beigen Pullover mit V-Ausschnitt, und ihr Gesicht besaß nach wie vor eine herbe Schönheit, die noch immer manche Männerphantasie erregte – vor allem bei jenen, die sich zu später Stunde vollaufen ließen und immer noch glaubten, im Schummerlicht einer Bar könnten die ungestümen Jugendjahre wiederkehren.

Sie machte eine Flasche 7-Up auf, stellte sie vor mich hin und gab mir ein Glas mit Eis.

»Geht's dir gut, Streak?« fragte sie.

»Nicht schlecht. Und dir, Sabelle?«

»Ich hoffe, du bist nicht hergekommen, weil du was Stärkeres willst.«

Ich lächelte, ohne etwas zu erwidern. Der Tresen fühlte sich klebrig an. »Warum interessiert sich ein Gauner aus New Orleans, ein gewisser Mingo Bloomberg, für deinen Vater?« fragte ich.

»Bin ich überfragt.«

»Ich habe mir Aarons Fall heut nachmittag noch mal vorgenommen. Ich glaube, er wäre davongekommen, wenn er einen guten Anwalt gehabt hätte«, sagte ich.

Neugierig musterte sie mein Gesicht. Die Bierreklame an der Wand warf kleine rote Lichtpunkte auf ihr Haar, wie Funken.

»Der eigentliche Haken war doch, daß Aaron anderen Leuten erzählt hat, er wär's gewesen«, sagte ich.

Sie drückte ihre Zigarette im Aschenbecher aus, stellte dann ein Schnapsglas und eine Flasche Cream Sherry neben meinen Ellbogen, ging über den Laufrost zum anderen Ende der Bar, kam auf meine Seite, setzte sich neben mich und hakte die Beine in die Sprossen des Hockers.

»Bist du noch verheiratet?« fragte sie.

»Klar.«

Sie brachte den Gedanken nicht zu Ende. Statt dessen goß sie sich ein Glas Sherry ein und trank. »Daddy war schwer runtergekommen. Er hat vom Mistausfahren gelebt. Die reichen Leute an der East Main haben ihn nur zur Hintertür gelassen.«

Ich wandte den Blick nicht von ihrem Gesicht.

»Schau, als dieser schwarze Bürgerrechtler mit Daddys Gewehr erschossen wurde, hat er sich Geschichten ausgedacht. Die Leute haben über ihn geredet. Mit einemmal war er wer, zumindest eine Zeitlang«, sagte sie.

»Hat er bezüglich des Mordes gelogen?«

»Wie würde es dir denn schmecken, wenn du als weißer Abschaum giltst, noch dazu in einer Kleinstadt wie New Iberia?«

»Ist ja ein toller Tausch«, sagte ich.

»Weißt du was Besseres?«

Sie winkte dem Barkeeper, deutete auf eine Schuhschachtel unter der Registrierkasse. Er reichte sie ihr und ging wieder weg. Sie nahm den Deckel ab.

»Du bist doch beim Militär gewesen. Mal sehen, ob du das

Zeug da drin kennst. Ich weiß über Orden nicht Bescheid«, sagte sie.

Der Karton war schwer und voller Uhren, Ringe, Taschenmesser und militärischer Auszeichnungen, darunter einige Purple Hearts und mindestens zwei Silver Stars. Außerdem enthielt er einen 32er Revolver, dessen Griff mit Isolierband umwickelt war.

»Wenn's zu den Orden eine samtgepolsterte Schachtel gibt, laß ich drei Getränke anschreiben«, sagte sie.

»Danke für deine Mühe«, sagte ich.

»Sprich mit Buford LaRose, wenn du was über meinen Vater rausfinden willst. Wegen seinem Buch ist Daddy ins Gefängnis gekommen.«

»Möglicherweise tu ich das.«

»Wenn du Buford siehst, sag ihm –« Doch dann schüttelte sie den Kopf, ohne den Satz zu Ende zu bringen. Sie schürzte leicht die Lippen und hauchte einen Kuß in die Luft.

Tags darauf fuhr ich in der Mittagspause nach Hause, und als ich am Bayou um die Kurve bog, sah ich Karyn LaRoses blaues Mazda-Kabriolett rückwärts aus meiner Auffahrt stoßen und über den Fahrweg auf mich zukommen. Sie hielt neben mir an und nahm ihre Sonnenbrille ab. Sie lächelte und zeigte ihre weißen Zähne. Die gebräunte Haut und die platinblonden Haare waren vom Sonnenlicht gesprenkelt, das durch die Eichen fiel.

»Was gibt's, Karyn?«

»Ich dachte, das wär ein günstiger Zeitpunkt, um euch mal rauszulocken.«

»Wie bitte?«

»Ach komm, hör mit den Kindereien auf, Dave.«

»Hör zu, Karyn –«

»Bis bald, Kleiner«, sagte sie und legte den Gang ein. Ihre

Haare wehten im Wind, als ich ihr im Rückspiegel nachschaute, bis sie verschwunden war.

Ich bog in unsere Auffahrt und parkte neben dem Haus, das mein Vater, ein riesiger, trinkfester und stets grinsender Cajun, der bei der Explosion einer Ölquelle draußen auf dem Meer umgekommen war, während der Depression mit eigener Hand aus behauenen Zypressenstämmen gebaut hatte. Im Laufe der Jahre hatte sich das Blechdach über der Veranda rostrot verfärbt, und die Holzwände waren durch den Regen, die Staubstürme und den Qualm der Stoppelfeuer nachgedunkelt und gehärtet. Meine Frau Bootsie und ich hatten Körbe mit Springkraut auf der Veranda aufgehängt, Blumenkästen vor die Fenster gestellt und die Beete rundum mit Rosen, Hibiskus und Hortensien bepflanzt, doch das Haus, das fast das ganze Jahr über im Schatten der immergrünen Eichen und Pecanbäume lag, hatte dennoch etwas Düsteres an sich, etwas Altes, das unmittelbar aus dem Jahre 1930 zu stammen schien, so als ob mein Vater nach wie vor seinen Besitzanspruch geltend machte.

Bootsie hatte Sandwiches mit Schinken und Zwiebeln, Eistee und Kartoffelsalat zubereitet, und wir deckten gemeinsam den Küchentisch und ließen uns zum Mittagessen nieder. Ich wartete ständig darauf, daß sie Karyns Besuch erwähnte. Doch sie tat es nicht.

»Ich habe Karyn LaRose draußen auf dem Weg gesehen«, sagte ich.

»O ja, hab ich ganz vergessen. Sie möchte, daß wir morgen abend zu einer Gartenparty vorbeikommen.«

»Was hast du ihr gesagt?«

»Daß wir meines Wissens noch nichts vorhaben. Aber ich hab gesagt, daß ich dich erst fragen muß.« Sie hatte aufgehört zu essen. Ich spürte ihren Blick auf meinem Gesicht. »Willst du nicht hin?«

»Eigentlich nicht.«

»Hast du einen Grund dafür? Oder sagen wir den Leuten einfach aus Lust und Laune, daß sie uns gestohlen bleiben können?«

»Buford ist mir zu glatt.«

»Er ist Therapeut und Universitätsprofessor. Vielleicht bekommt dieser Staat endlich mal einen Gouverneur, der ein bißchen mehr Grips hat.«

»Schön, dann gehen wir eben hin. Ist nichts weiter dabei«, sagte ich.

»*Dave* ...«

»Ich freu mich drauf.«

Zu guter Letzt legte sich ihr Unmut, und sie lächelte; dann lachte sie.

»Du bist mir einer, Streak«, sagte sie.

Ich wischte mir mit der Serviette den Mund ab, trat dann hinter ihren Stuhl, legte ihr die Arme um die Schultern und küßte ihre Haare. Sie waren dunkel honigfarben, rochen stets nach Erdbeershampoo, und sie trug sie hochgesteckt. Ich strich mit dem Mund über ihre Wange und berührte ihre Brüste.

»Hast du was vor?« fragte ich.

»Du mußt wieder zur Arbeit.«

»Die Übeltäter haben für so was Verständnis.«

Sie griff am Stuhl vorbei und schlang mir die Hände von hinten um die Schenkel.

Die Vorhänge im Schlafzimmer waren weiß, hauchzart und mit kleinen Blumen bedruckt, und sie bauschten und wiegten sich im Wind, der zwischen den Bäumen im Garten hindurchwehte. Bootsies Leib wirkte wie gemeißelt, als sie sich auszog, und glänzte im Licht, das durch die Fenster fiel. Sie hatte den schönsten Teint, den ich je bei einer Frau erlebt habe; wenn wir uns liebten, lief sie rot an, als ob sie Fieber hätte, und nahm dann eine zartrosa Tönung an, wie eine frisch aufgeblühte

Rose. Ich küßte ihre Brüste, nahm ihre Nippel in den Mund und strich mit den Fingern über ihren flachen Bauch, spürte dann, wie sie nach unten griff und mich in die Hand nahm.

Als ich in sie eindrang, verhakte sie ihre Beine in meine, griff mit einer Hand in meine Haare und faßte mich mit der anderen am Kreuz. Ich spürte ihren Atem neben mir, den Schweiß auf ihrem Bauch und an den Schenkeln, dann ihre Zunge, die über meinen Hals strich, ihren feuchten Mund neben meinem Ohr. Ich wollte mich zurückhalten, mehr Freude spenden, als ich empfing, doch letzten Endes setzten sich männliche Lust und Leidenschaft durch.

»Boots –« sagte ich heiser.

»Ist schon gut, Dave. Nur zu«, flüsterte sie.

Sie strich mir mit beiden Händen über den Rücken und drückte mich tiefer in sich, dann brach irgend etwas wie ein Damm, und meine Lenden schmolzen dahin, und ich schloß die Augen und sah einen Seglerfisch, der aus einer gischtenden Welle aufsprang, blau und stählern schimmerte, und ich sah den Haken in seinem Maul, den rosigen Schaum um die Kiemen. Dann verschwand er wieder in der Welle, und das Meer war mit einemmal glatt und leer, voller Regenkringel, und schwappte träge über die Feuerkorallen hinweg.

Es hätte ein herrlicher Nachmittag werden können. Aber als ich aufbrach, fragte mich Bootsie beinahe beiläufig: »Gibt es irgendeinen Grund dafür, daß du nicht zu den LaRoses gehen wolltest?«

»Nein, natürlich nicht.«

Ich versuchte den Blick abzuwenden, aber es war zu spät. Ich sah ihr am Gesicht an, daß ihr plötzlich alles klar wurde, so als habe ihr jemand unverhofft eine schallende Ohrfeige versetzt.

»Das ist lange her, Boots. Bevor wir geheiratet haben.«

Sie nickte, ließ sich keine Regung anmerken. Dann sagte sie mit tonloser Stimme: »Wir sind doch heutzutage alle fortschrittlich. Wie du gesagt hast, Streak: nichts weiter dabei.«

Sie ging mit einer Tüte voller Brotreste hinunter zum Teich am anderen Ende unseres Grundstücks und fütterte die Enten.

3

Am nächsten Tag, als ich Batist bei Sonnenaufgang mit den Vorbereitungen im Köderladen half, bevor ich zur Arbeit fuhr, rief mich der alte Wachmann aus Angola an.

»Erinnern Sie sich noch, wie ich Ihnen von den Filmleuten erzählt hab, die mich aufsuchen wollen? Einer von denen is nich mehr unter uns«, sagte er.

»Was ist passiert, Cap?«

»Mein Neffe is Streifenpolizist im First District von New Orleans. Die ham erst gedacht, da hätt sich bloß ein Weißer mit der falschen Schnecke eingelassen. Bis sie die Kamera gefunden ham«, sagte er.

Nachdem ich aufgelegt hatte, füllte ich die Köderfischeimer für zwei Angler, ließ ein Mietboot mit Außenbordmotor zu Wasser und zog die Segeltuchplane über die Spanndrähte, damit die Kabelrollentische am Bootsanleger im Trockenen standen, falls es regnen sollte. Batist streute Hickory-Späne auf die Kohlen im Grill, der aus einem alten Ölfaß gefertigt war und auf dem wir Hühnchen und Würste für die Mittagskundschaft zubereiteten.

»War das der alte Mann von der Sträflingsfarm?« fragte er.

»Ich fürchte ja.«

»Ich sag dir das bloß einmal, mehr nicht. Egal, was so ein Mann mit dir zu schaffen hat, was Gutes isses nich.«

»Ich bin Polizist, Partner. Ich kann mir die Leute, mit denen ich rede, nicht immer aussuchen.«

Er senkte den Kopf und ging weg.

Ich hinterließ bei der Polizei in New Orleans eine Nachricht für den Neffen und fuhr, als es sich gerade eintrübte, zum Dienst. Er rief zwei Stunden später zurück und reichte den Hörer an einen Detective der Mordkommission weiter. Anhand dessen, was er mir erzählte, habe ich mir die Geschichte folgendermaßen zusammengereimt.

Die Sitte hatte festgestellt, daß es sich bei der Nutte um eine gewisse Brandy Grissum handelte, eine fünfundzwanzig Jahre alte schwarze Heroinabhängige, die einmal wegen Drogenbesitzes und -handels in St. John eingesessen hatte.

Sie schaffte mit vier Zuhältern und Bauernfängern im French Quarter an. Die Luden sorgten dafür, daß die Geschäfte langfristig ihren geregelten Gang gingen. Die Bauernfänger nahmen die Touristen aus, vorzugsweise die betrunkenen, verheirateten, ansonsten aber ehrenwerten Leute, die zu einem Kongreß in der Stadt weilten, diejenigen also, die Angst vor der Polizei und ihren Arbeitgebern hatten.

Es war ein billiger Trick. Brandy, die sich feingemacht hatte, vielleicht sogar ein Kostüm trug, ging in eine Bar, setzte sich allein ans andere Ende des Tresens oder an einen Tisch, warf dem Freier einen schüchternen Blick zu, faltete züchtig die Hände und wartete dann ruhig ab, während ihr Partner den Handel perfekt machte.

Folgendermaßen läuft die Masche: »Meine Kleine da drüben is keine Professionelle, verstehste, was ich sagen will? So was wie 'n Schulmädchen, das frisch in der Stadt unterwegs ist.« Jetzt lächelt er. »Sie braucht jemand, der ihr beibringt, wo's langgeht, verstehste, was ich sagen will? Ich brauch sechzig Dollar für das Zimmer, dann gehn wir alle drei hin, und ich komm euch nicht mehr in die Quere. Wenn du ihr dann 'n Geschenk machen willst oder so, macht ihr das unter euch aus.«

Diesmal allerdings hatte der Freier selbst ein Zimmer. Und er hatte noch etwas anderes im Sinn.

Er hieß Dwayne Parsons, war einmal für den Oscar nominiert worden und hatte für die Drehbücher zu Dokumentarfilmen zweimal den Emmy verliehen bekommen. Aber Dwayne hatte noch eine andere Leidenschaft, eine, von der weder die Nutte und der Bauernfänger noch der zweite Schwarze, der bald darauf auftauchen sollte, etwas wußten – im begehbaren Kleiderschrank in seiner Mietwohnung, die eine Querstraße von der Bourbon Street entfernt war, stand ein Stativ mit einer Videokamera, die durch einen Spalt in der Tür auf das Wasserbett gerichtet war.

Parsons und die Frau hatten sich ausgezogen und lagen auf den schwarzen Satinlaken, als es laut und nachdrücklich an der Tür klopfte. Der Mann fuhr hoch, wirkte zuerst erschrocken, dann lediglich beunruhigt und aufgebracht.

»Die gehen schon wieder«, sagte er.

Er versuchte ihre Arme festzuhalten, damit sie auf ihm blieb, aber sie glitt von ihm herunter.

»Das ist mein Freund. Der läßt mich nicht in Ruh. Der schlägt sonst die Tür ein«, sagte sie. Sie raffte ihre Kleidung zusammen und drückte sie vor Bauch und Brüste.

»Hey, hältst du mich für total bescheuert?« sagte Parsons. »Mach nicht auf ... Hast du gehört! Hör mal, du schwarze Fotze, mich nimmst du nicht aus.«

Sie schob den Riegel an der Tür zurück, und mit einemmal erfaßte die Kamera den Rücken und den an der Seite glatt rasierten und oben entkrausten Kopf eines hünenhaften Schwarzen. Es war jedenfalls nicht der Mann, den Brandy Grissum erwartet hatte. Sie schluckte, als ob sie eine Rasierklinge im Hals stecken hätte.

Aber Dwayne Parsons wußte immer noch nicht, was gespielt wurde.

»Wenn du mich ausrauben willst, du Arschgeige, dann nimm doch einfach das Geld auf der Kommode. Hast du dir die Knarre aus der Requisite besorgt?« fragte er.

Der Schwarze mit der Waffe sagte nichts. Doch der erschrockene Blick der Frau war eindeutig. Sie hatte ihm angesehen, was er vorhatte.

»Ich hab dich noch nie gesehn, Braut. Machst du hier auf selbständig?« fragte er.

»Nein, ich mein, ja. Ich kenn hier niemand. Ich bin nicht aus New Orleans.« Sie hielt ihre Kleidung vor Unterleib und Brüste. Ihr Mund zuckte.

Einen Häuserblock weiter marschierte eine Brass-Band die Bourbon Street entlang. Der Mann dachte nach, deutete dann mit dem Lauf seiner Automatik zur Tür. Sie schlüpfte in Rock und Bluse, knüllte die Unterwäsche zusammen, nahm ihre Schuhe und die Handtasche und verschwand fluchtartig.

Dwayne Parsons Gesicht hatte jede Farbe verloren. Er schwang die Beine über die Bettkante.

»Nein, nein, Mann«, sagte der Schwarze und verdeckte die Kamera, so daß man Parsons Gesicht nicht sehen konnte. »Hey, irgendwann trifft's doch jeden. Du hast noch 'ne Nummer mit der Schwester geschoben. Es könnt schlimmer kommen. Nicht bewegen, hab ich gesagt, Mann. Rauslaufen tut's zwar aufs gleiche. Aber unnötig quälen brauchst du dich nich.«

Er nahm ein Kissen und drückte damit zu, so daß sein Oberarm dick und hart anschwoll wie ein Feuerhydrant, während Dwayne Parsons' Körper zuckte wie ein gestrandeter Fisch. Dann trat der Mann mit der Waffe rasch einen Schritt zurück, feuerte zwei Schüsse auf das Kissen ab – *pop, pop* – und ging dann an der Kamera vorbei, die kurz das Haifischprofil erfaßte, ein wuchtiges graues Kinn, einen funkelnden Goldzahn.

In der Ferne schmetterte die Straßenband den »Fire House Blues«. Dwayne Parsons, dessen Kopf noch immer vom Kissen verdeckt wurde, lag auf dem Laken wie ein zertretener weißer Wurm.

Die LaRose-Plantage lag weit draußen im Bezirk, fast bei St. Martinville. Das 1857 errichtete Hauptgebäude war staubfarben wie alte Austernschalen, die breite, mit Säulen bestandene vordere Veranda wurde von immergrünen Eichen überschattet, die bis zum zweiten Stock hinaufwuchsen. Hinter dem Haus befanden sich eine Reihe von Hütten, die einstigen Sklavenunterkünfte, in denen jetzt Heuballen eingelagert wurden, und die alte, aus Ziegelsteinen gemauerte Schmiede, die zum Reitstall umgebaut worden war. Die Bogenfenster waren noch mit den ursprünglichen Eisenläden verschlossen, an denen orangefarbene Rostschlieren herunterliefen wie Blut aus einer Wunde.

Bootsie und ich fuhren am Laden der LaRose-Plantage vorbei. Die Fenster an der Vorderseite waren oxidiert und zerbrochen, Fässer voller Pecannüsse standen auf der mit einem Blechdach gedeckten Veranda links und rechts neben der mit Fliegengitter bespannten Doppeltür, durch die einst Tausende verschuldeter Pächter gegangen waren, bis die Bürgerrechtsbewegung in den sechziger Jahren der Fronarbeit für fünf Dollar am Tag ein Ende bereitet hatte. Dann bogen wir auf den von einem weißen Zaun gesäumten Fahrweg ein, der zur Rückseite des Hauses führte, wo das Gartenfest bereits in vollem Gange war. Vor den moosbehangenen Eichen und dem rosig angehauchten Himmel im Hintergrund bot sich ein malerischer Anblick, so als sollte uns allen bestätigt werden, daß der Altweibersommer unseres Lebens niemals zu Ende ginge.

Während auf einer Reihe von Picknicktischen das Büfett aufgebaut wurde, forderte Buford alle zu einem kurzen Footballspiel auf, und er konnte selbst die unwilligsten Gäste dazu bewegen, ihre Getränke abzustellen und bei einer der beiden Mannschaften einzusteigen. Einige waren von der Universität in Lafayette, aber in der Mehrzahl handelte es sich um bekannte Leute aus der trügerisch unbekümmerten, geradezu karnevalesken Welt der Politik in Louisiana. Sie waren ganz anders als ihre Widersacher aus den Waldlandbezirken des Nordens – schlau, gebildet, unverhohlen hedonistisch, gesellig, und die Wahrung der Etikette war ihnen wichtiger als Ideologie.

Es machte Spaß mit ihnen. Sie waren angeheitert vom Alkohol, vom Spiel aufgekratzt, und ihr Gelächter hallte jedesmal zwischen den Bäumen wider, wenn sie einem weggeschlagenen Ball hinterherhetzten und sich lautstark auf den Hintern klatschten.

Dann schlug ein mit einer weißen Jacke bekleideter Schwarzer eine Triangel an, und alle eilten frohgemut zu den Serviertischen.

»Laufen Sie los, Dave! Ich werf Ihnen mal einen schweren zu!« rief Buford, der den Football auf der offenen Hand balancierte. Er trug Tennisschuhe, eine weiße Bundfaltenhose und hatte die Ärmel seines pflaumenfarbenen Pullis um den Hals gebunden.

»Danke, mir reicht's«, sagte ich.

»Markieren Sie nicht den alten Mann«, sagte er und holte mit dem Arm zu einem scharfen Wurf aus, lächelte dann und spielte mir locker einen hohen Paß zu, der genau in meinen Händen landete, so als habe er ihn in einem Korb versenkt.

Er schloß zu mir auf und legte mir die Hand auf die Schulter.

»Wow, das fühlt sich ja an wie ein Sack voller Steine. Wieviel stemmen Sie denn?« sagte er.

»Grade soviel, daß ich nicht aus dem Leim gehe.«

Er nahm mir den Ball ab und warf ihn in Richtung der Stallungen. Er sah zu, wie er aufsprang und in der Dämmerung davonrollte, so als hänge er einem unfertigen Gedanken nach.

»Dave, ich glaube, wir gewinnen nächsten Monat«, sagte er.

»Das ist gut.«

»Meinen Sie, Sie könnten in Baton Rouge leben?«

»Darüber habe ich noch nicht nachgedacht.«

Jemand schaltete die Lampions in den Bäumen an. Die Luft roch nach Pecanschalen und dem Rauch des Grillfeuers, das in einer Erdgrube brannte. Buford blieb stehen.

»Hätten Sie Lust, Chef der State Police zu werden?« fragte er.

»Verwaltungsarbeit war noch nie meine Stärke, Buford.«

»Ich habe geahnt, daß Sie so was Ähnliches sagen würden.«

»Aha?«

»Dave, was glauben Sie, weshalb wir immer die schlechteste Regierung sämtlicher Bundesstaaten hatten? Weil sich die guten Leute nicht dafür hergeben wollen. Verstehen Sie die Ironie dabei?«

»Ich weiß das Angebot zu schätzen.«

»Möchten Sie darüber nachdenken?«

»Klar, warum nicht.«

»So ist's richtig«, sagte er und mischte sich unter die anderen Gäste. Sein Gesicht glühte vor Freude über den gelungenen Abend und die Verheißung, für die er stand.

Karyn kam zwischen den Bäumen auf mich zu, hatte einen Pappteller mit gebratener Ente, Rehfleisch und braunem Reis in der einen Hand und eine Flasche Corona mit einer auf den Rand gesteckten Limonenscheibe und ein Kelchglas in der anderen. Ich hielt in dem Gedränge Ausschau nach Bootsie.

»Ich war so frei«, sagte Karyn und stellte den Teller, das Glas und die Bierflasche vor mir auf den Tisch.

»Danke. Wo ist Bootsie hin?«

»Ich glaube, sie ist im Haus.«

Sie lehnte sich auf der Holzbank zurück und schlug die Beine übereinander. Sie hatte ihre Haare mit einem roten Band hochgesteckt und das bestickte Baumwollhemd in die eng anliegende Bluejeans geschoben. Sie strahlte förmlich, war immer noch erhitzt vom Footballspiel. Ich schob ihr die Coronaflasche und das Glas zu.

»Trinkst du überhaupt nichts mehr?« fragte sie.

»Nee.«

»Möchtest du eine Cola?«

»Alles bestens, Karyn.«

»Hat Buford mit dir über den Posten bei der State Police gesprochen?«

»Klar, hat er.«

»Mein Gott, Dave, du bist vielleicht gesprächig.«

Ich tunkte ein bißchen Soße auf, klemmte einen Streifen Entenfleisch in ein Stück Baguette und biß hinein.

Sie schaute mich mit großen Augen an. »Hat er dich vor den Kopf gestoßen?« fragte sie.

»Die Sache sieht folgendermaßen aus. Ein Killer, der für den Mob in New Orleans arbeitet, ein echter Geistesgestörter namens Mingo Bloomberg, hat mir gesagt, daß ich mich richtig verhalten hätte, als ich mich nicht auf Aaron Crown eingelassen habe. Er hat gesagt, daß man mir etwas zukommen lassen würde. Und nun krieg ich einen Job angeboten.«

»Ich glaub dir nicht.«

»Was glaubst du nicht?«

»*Dir*. Dir mit deinen Scheißunterstellungen und deiner Selbstgerechtigkeit.«

»Ich habe dir nur erzählt, was vorgefallen ist. Fang von mir aus damit an, was du willst.«

Sie ging im Schatten der Bäume davon, über das abgefallene Laub und die verfaulenden Pecanschalen, und begab sich zu ihrem Mann, der sich mit etlichen Gästen unterhielt. Ich sah, wie sie ihn beiseite nahm, gestikulierend auf ihn einredete, wie er sich dann zu mir umdrehte.

Kurz darauf stand er neben mir.

»Ich faß es nicht, Dave. Ich kann kaum glauben, was Sie zu Karyn gesagt haben«, meinte er.

Ich legte meine Gabel auf den Teller, knüllte die Papierserviette zusammen und ließ sie auf den Tisch fallen.

»Vielleicht sollte ich lieber gehen«, sagte ich.

»Sie haben sie schwer verstimmt. Ich glaube nicht, daß Sie sich so einfach davonmachen können.«

»Dann bitte ich eben um Verzeihung.«

»Ich weiß Bescheid über die Geschichte zwischen Ihnen und Karyn. Macht Ihnen das etwa zu schaffen? Ich bin diesbezüglich nämlich nicht nachtragend.«

Ich spürte, wie mir die Hitze zu Kopf stieg, so als habe jemand eine Ofentür aufgemacht.

»Hören Sie mal zu, Partner. Jemand wie Mingo Bloomberg ist kein Hirngespinst. Genausowenig wie der Dokumentarfilmer, der grade im Quarter umgebracht worden ist«, sagte ich.

Er schaute mich verständnislos an, beinahe bedauernd, als ob ich nicht recht bei Trost wäre.

»Gute Nacht, Dave. Ich glaube nicht, daß Sie uns etwas Böses wollen«, sagte er und verschwand wieder zwischen seinen Gästen.

Ich starrte auf die Sonne, die rot über den Zuckerrohrfeldern stand, und mein Gesicht brannte vor Scham.

4

Es regnete heftig, und in New Orleans herrschte dichter Verkehr, als ich in die St. Charles Avenue einbog, in einer Seitenstraße parkte und zu den Kolonnaden vor dem Pearl Hotel rannte. Das Fenster war beschlagen, aber ich sah Clete Purcel am Tresen sitzen. Er hatte einen Korb mit Stangenbrot, ein Whiskeyglas und einen Bierkrug vor sich stehen und las die Titelseite der *Times-Picayune*.

»Hey, Großer«, sagte er, faltete die Zeitung zusammen und grinste breit, als ich durch die Tür kam. Er hatte ein rundes Irengesicht mit einer Narbe, die sich quer über die Nase und durch eine Augenbraue zog. Der Seersucker-Anzug und der blaue Porkpie-Hut wirkten an seinem massigen Leib geradezu lächerlich. Unter seinem Sakko konnte ich das Nylonschulterholster und den blauschwarzen 38er Revolver sehen. »Mitch, gib Dave ein Dutzend«, sagte er zu dem Kellner hinter dem Tresen, dann wandte er sich wieder mir zu. »Wart mal 'nen Moment.« Er kippte sich den Whiskey hinter die Binde, spülte mit dem Bier nach, stieß den Atem aus und riß die Augen auf. Er nahm den Hut ab und wischte sich mit dem Jackenärmel über die Stirn.

»Du mußt ja einen harten Morgen hinter dir haben«, sagte ich.

»Ich habe ein Auto zurückholen helfen, weil der Typ die Prämie für seine Kaution nicht bezahlt hat. Seine Frau ist durchgedreht, hat gesagt, er kommt jetzt nicht mehr zur Arbeit, seine Kinder haben im Vorgarten rumgeschrien. Da wird dir der Sinn des Daseins richtig klar. Heute abend muß ich 'n Ausgebüchsten in den Iberville Projects aufgreifen. Und ich hab noch 'n andern, der sich draußen im Desire versteckt. Willst du noch mehr hören?«

Der Kellner stellte ein rundes Metalltablett mit rohen Austern vor mich hin. Die Schalen waren vom Eis kalt und glitschig. Ich drückte eine Zitrone über den Austern aus und gab einen Spritzer Tabasco dazu. Draußen bog die grüngestrichene eiserne Straßenbahn scheppernd um die Ecke an der Canal Street und fuhr auf der St. Charles Avenue weiter in Richtung Lee Circle.

»Aber egal, verklicker mir noch mal dieses Zeug von wegen Mingo Bloomberg«, sagte Clete.

Ich erzählte ihm die Geschichte von Anfang an. Zumindest den Großteil.

»Was könnte Bloomberg nur mit jemandem wie Aaron Crown am Hut haben?« fragte ich.

Clete kratzte sich mit vier Fingern an der Backe. »Das kapier ich auch nicht. Mingo ist ein gemachter Mann. Der gluckt mit dem Mob zusammen, seit er in die Besserungsanstalt gekommen ist. Die Schmalztollen haben mit Hinterwäldlern nichts im Sinn, und Schwarze halten sie grundsätzlich für Kannibalen. Ich weiß nicht, Streak.«

»Wie siehst du die Sache mit dem ermordeten Drehbuchautor?«

»Womöglich zur falschen Zeit am falschen Ort.«

»Warum hat der Schütze das Mädchen ziehen lassen?« fragte ich.

»Vielleicht wollte er keine Schwester allemachen.«

»Komm schon, Clete.«

»Er hat gewußt, daß sie ohne Erlaubnis der Familie Giacano im Quarter nicht anschaffen gehen kann. Was wiederum heißt, daß sie einen gewissen Mindestsatz an Jungs abgibt, mit denen man sich lieber nicht anlegt.«

»Was aber auch heißt, daß der Kerl ein Profi ist«, sagte ich.

Er zog die Augenbrauen hoch und zündete sich eine Zigarette an. »Das könnte schon sein, mein Bester, aber meiner Meinung klingt das alles nach einem Haufen Schweiß, den du hinten und vorne nicht gebrauchen kannst«, sagte er. Als ich nicht antwortete, sagte er: »Warum läßt du also nicht die Finger davon?«

»Ich will nicht das Gesprächsthema von Leuten wie Mingo Bloomberg sein.«

Er musterte mich mit seinen grünen Augen.

»Bist du sauer auf Buford LaRose, weil er dir 'n Job angeboten hat?« fragte er.

»Das hab ich nicht gesagt.«

»Ich hab das Gefühl, daß es irgendwas gibt, was du mir nicht erzählst. Was war das für eine Sache mit seiner Frau?« Er schaute mich nach wie vor prüfend an, verzog grinsend die Mundwinkel.

»Würdest du das lassen?«

»Ich empfange seltsame Signale, Großer. Geht's hier etwa um ein altes Techtelmechtel?«

Ich steckte mir eine Auster in den Mund und versuchte mir nichts anmerken zu lassen. Doch es war sinnlos. Selbst seine ärgsten Gegner mußten zugeben, daß Clete Purcel einer der besten Ermittler gewesen war, die das New Orleans Police Department je gehabt hatte, bis er sein Leben mit Schnaps und Pillen versaute, unter Mordverdacht geriet und nach Mittelamerika fliehen mußte.

»Und jetzt versucht sie dich also kirre zu machen?« fragte er.

»Mußt du es so ausdrücken? Ja, na schön, möglicherweise.«

»Wozu? ... Weißt du, daß dir der Schweiß vom Kopf läuft?«

»Das kommt vom Tabasco. Clete, würdest du bitte lockerlassen?«

»Schau, Dave, hier geht's um einen Grundsatz – laß dich nicht mit reichen Leuten ein. Auf die eine oder andere Weise schaden sie dir nur. Das gleiche gilt für dieses Bürgerrechtszeug. Das führt zu nix, also halt dich da raus.«

»Hast du nun Lust, loszuziehen und mit Jimmy Ray Dixon zu reden, oder nicht?« fragte ich.

»Bist du ihm noch nie über den Weg gelaufen?«

»Nein.«

»Jimmy Ray ist was ganz Besonderes. Wenn du ihm einmal begegnet bist, vergißt du das nie wieder.«

Ich wartete, daß er fortfuhr, aber er tat es nicht.

»Was weiß ich denn?« sagte er, warf sein Stück Stangenbrot in den Strohkorb und zog seinen Regenmantel an. »Dem Typ fehlt nix, was sich nicht mit 'ner Tube Insektengift heilen läßt.«

Wir fuhren durch den Garden District, an der Tulane und der Loyola University vorbei und den Antebellum-Häusern mit ihren Säulenportalen und den Gärten voller Bäume und Blumen. Feiner Dunst waberte aus den Zweigen und dem Blätterdach der Eichen über der St. Charles Avenue, und die verschnörkelten Neonschriftzüge über den Eckkneipen und den leeren Straßencafés wirkten im Regen wie farbiger Rauch.

»War er in Vietnam?« fragte ich.

»Yo. Genau wie du und ich. Hast du mal seine Akte gesehn?« fragte Clete.

Ich schüttelte den Kopf.

»Er war Zuhälter in Chicago. Ist wegen vorsätzlicher Körperverletzung und Mitführens einer nicht registrierten Waffe eingefahren. Protzt sogar damit rum. Heut läßt er sich im Radio drüber aus, wie er wiedergeboren wurde. Ein richtiger Scheißkerl.«

Jimmy Ray Dixon gehörte ein Einkaufscenter draußen in Chalmette, das nach seinem ermordeten Bruder benannt war. Außerdem besaß er ein Mietshaus, einen Nachtclub im French Quarter und eine Achtzimmervilla am Stadtrand. Sein Büro jedoch befand sich in einer kleinen, ungestrichenen, aber mit Blumenkübeln behangenen Hütte in Carrollton, unten am Mississippiufer, am Ende der St. Charles Avenue, dort, wo die Straßenbahn umkehrt. In dieser Gegend gab es Palmen und begrünte Mittelstreifen, dazu kleine Restaurants, Studentenkneipen, Galerien und Buchhandlungen. Es war ein Teil von New Orleans, der noch nicht mit Spraydosen und Glasscherben verschandelt war. Nach fünf Minuten hatte man das Gefühl, daß Jimmy Ray einem bewußt auf den Geist gehen wollte.

»Ihr kommt daher und fragt mich, ob der Bauernsack meinen Bruder umgebracht hat? Ihr wollt mich wohl veräppeln?«

Schmatzend saugte er an seinem Kaugummi herum. Er trug ein blaugestreiftes Hemd mit langen Ärmeln, die das Geschirr verdeckten, mit dem der Metallhaken am Stumpf seines linken Unterarms festgeschnallt war. Seine Zähne hatten Goldfüllungen, und sein runder, mahagonifarbener Kopf glänzte im Licht wie eine eingewachste Bowlingkugel. Er bot uns keinen Sitzplatz an, drehte sich statt dessen ständig mitsamt seinem Stuhl um, wenn wir ihn etwas fragen wollten, und redete mit seinen Angestellten, die allesamt schwarz waren.

»Manche Leute sind der Meinung, daß er womöglich unschuldig ist«, sagte ich.

»Sind Sie einer davon?« Er grinste.

»Ich finde das nicht komisch.«

»Es hat fast dreißig Jahre gedauert, bis er in Angola gelandet is. Der hätt eigentlich abgespritzt gehört. Und jetzt machen sich die Weißen Sorgen, daß vielleicht jemand ein Unrecht geschehen is.«

»Ein Junge in meinem Zug hat mal zwei Tage lang an einer Furt auf einen Vietcong gewartet, der seinen Freund umgebracht hat. Er hat ihn mit einer Gewehrgranate erledigt. Ihn in tausend Stücke zerfetzt«, sagte ich.

»Krieg ich da irgendwas nicht richtig mit?«

»Man muß jemanden von ganzem Herzen hassen, wenn man ihm auflauert. Meiner Meinung nach ist Aaron Crown nicht der Typ dazu«, erwiderte ich.

»Ich will Ihnen mal sagen, was ich von Vietnam und dem ganzen Wiedergekäue halte, Mann. Das hier« – er klopfte mit dem Haken auf seine Schreibunterlage – »hab ich mir beim Tretminenräumen zugezogen, sechs Meilen außerhalb von so 'nem roten Nest. Wenn Sie Kriegsgeschichten erzählen wollen, müssen Sie zum Versehrtenverein in die Innenstadt gehen. Is doch Ihre Sache, wenn Sie den Bauernsack raushaun wollen. Kommen Sie dabei bloß mir nicht ins Gehege. Sind wir uns da einig?«

Clete warf mir einen Blick zu und zündete sich dann eine Zigarette an.

»Hey, hier drin wird nicht geraucht, Mann«, sagte Jimmy Ray.

»*Adios*«, sagte Clete zu mir, ging hinaus und schloß die Tür hinter sich.

»Haben diese Dokumentarfilmleute bei Ihnen vorgesprochen?« fragte ich.

»Ja, und ich hab ihnen gesagt, daß es den Richtigen erwischt hat. Ich hab ihnen erzählt, daß sein Gewehr unter dem Baum gelegen hat. Ich hab ihnen erzählt, daß Crown beim Ku-Klux-Klan gewesen is. Die ham mittendrin die Kamera abgestellt.« Er warf einen Blick auf seine Uhr, die er mit dem Zifferblatt nach unten am Handgelenk trug. »Ich will ja nicht unhöflich sein, aber ich muß mich um mein Geschäft kümmern.«

»Vielen Dank für Ihre Hilfe.«

»Ich hab Ihnen nicht geholfen. Hey, Mann, ich bin nicht so wie mein Bruder Ely. Der hat euch geglaubt. Hat gedacht, daß der große Tag bevorsteht. Wissen Sie, wodurch wir alle gleich werden?« Er zog seine Brieftasche hinten aus der Hosentasche, schlug sie mit dem Daumen auf und fischte mit seinem Eisenhaken einen Fünfzigdollarschein heraus. »Durch das hier, Mann«, sagte er und ließ den Schein auf seine Schreibunterlage segeln.

Tags darauf half ich Bootsie nach dem Abendessen beim Abräumen und Geschirrspülen. Die Sonne war hinter einer rotbraunen Wolkenbank über den Bäumen verglüht, die das Zuckerrohrfeld meines Nachbarn säumten, und durch das Fliegengitter konnte ich den Regen und den Ozonduft im Süden riechen. Alafair rief mich vom Köderladen aus an, wo sie Batist beim Aufräumen half.

»Dave, hier ist ein Mann mit einem Boot, der ständig am Anlegesteg vorbeikommt«, sagte sie.

»Was macht er?«

»Sieht so aus, als ob er ständig durchs Fenster schaut.«

»Ist Batist da?«

»Ja.«

»Gib ihn mir bitte.«

»Wer ist der Mann in dem Boot?« fragte ich, als Batist sich meldete.

»Jemand, der Ohrringe ansteckt.«

Wie üblich übersetzte Batist wortwörtlich aus dem Französischen und verhaspelte sich prompt mit dem Verb.

»Belästigt er euch?« fragte ich.

»Mich belästigt keiner. Weil ich nämlich gleich zumach.«

»Worum geht's dann überhaupt?«

»Um gar nix, solang er weg is, wenn ich aus der Tür komm.«

»Ich komme runter.«

Die Luft war schwül und roch feucht, rundum schwirrten die Vögel, und der Himmel über dem Sumpf sah aus wie versengtes Blech, als ich die Böschung zum Bootsanleger hinunterging. Batist und Alafair hatten die Cinzano-Schirme, die in den Kabelrollentischen steckten, zusammengelegt und die darüber gespannte Lichterkette eingeschaltet. Das Wasser auf dem Bayou kräuselte sich im Wind, und auf der anderen Seite, vor den Weiden und Zypressen, sah ich einen Mann mit einem dunkelblauen Hemd und einem weißen Strohhut in einem Außenborderboot sitzen.

Ich ging zum Ende des Anlegestegs und lehnte mich ans Geländer.

»Kann ich Ihnen irgendwie behilflich sein?« fragte ich.

Er antwortete nicht. Sein Gesicht lag im Schatten, aber im

Lichterschein vom Bootsanleger sah ich seine goldenen Ohrringe funkeln. Ich ging in den Köderladen.

»Schalt die Strahler an, Alf«, sagte ich.

Als sie den Kippschalter umlegte, fiel gleißendes Licht auf das Wasser, so als habe jemand eine Leuchtkugel abgeschossen. In diesem Moment sah ich seine Augen.

»Geh rauf zum Haus, Alafair«, sagte ich.

»Kennst du ihn?« erwiderte sie.

»Nein, aber wir schicken ihn trotzdem wieder weg. Und jetzt tu, was ich dir gesagt habe, okay?«

»Ich seh nicht ein, wieso ich –«

»Komm schon, Alf.«

Sie reckte den Kopf, zog ihre beste Schnute, ging durch die Fliegengittertür hinaus und ließ sie hinter sich zuknallen.

Batist brühte auf dem kleinen Butankocher hinter dem Tresen eine Kanne Kaffee auf. Er bückte sich, ohne die Zigarre aus dem Mund zu nehmen, und blickte durch das Fenster hinaus auf den Bayou.

»Was hast du mit dem Kerl vor, Dave?« fragte er.

»Erst mal sehen, wer er ist.«

Ich ging wieder hinaus und stützte mich mit den Händen auf das Geländer des Bootsstegs. Die Strahler auf dem Dach des Köderladens vertrieben die letzten dunklen Schatten rund um den Mann im Boot. Er hatte lange Haare, wie ein Indianer aus dem neunzehnten Jahrhundert, das Gesicht war unrasiert, die Haut dunkel und körnig, wie mit schwarzem Pfeffer eingerieben. Seine Arme waren mit scharlachroten Tätowierungen überzogen, wie ich sie noch nie zuvor gesehen hatte. Im Gegensatz zu den üblichen Knastmotiven zogen sie sich in Streifen an den Armen hinab, fächerten sich auf und waren miteinander verwoben, so als seien sämtliche Adern auf der Haut nachgezogen worden.

Doch es waren vor allem die Augen, die einen in ihren Bann

schlugen. Jägeraugen, unnatürlich grün, flackernd vor Energie, so als ob er lauter verborgene Feinde im Wind hörte.

»Was suchen Sie hier, Partner?« fragte ich.

Er schien darüber nachzudenken, öffnete und schloß die eine Hand, mit der er das Ruder hielt.

»Ich hab heut noch nix gegessen«, sagte er. Er sprach mit einem spanisch angehauchten Akzent und einem gepreßten Tonfall, der nicht recht zu der kantigen Kinnpartie paßte.

Batist gesellte sich mit einer Tasse Kaffee zu mir ans Geländer.

»Kommen Sie rein«, sagte ich.

Batist schaute mir in die Augen.

Der Mann warf nicht den Motor an; statt dessen nahm er ein Ruder und paddelte quer über den Bayou zu der Betonrampe. Er stieg in das knöcheltiefe Wasser, hob den Bug mit einer Hand an und zog das Boot hinauf, bis es auf der Rampe lag. Dann langte er hinter sich und holte einen stramm zusammengerollten, mit Lederriemen verschnürten Schlafsack heraus.

Seine Arbeitsstiefel hallten laut auf dem Steg wider, als er in seiner hoch sitzenden Hose, die knapp unter dem Brustkorb von einem Ledergürtel mit Messingschnalle gehalten wurde, auf uns zukam.

»Du hättst ihn nicht reinbitten solln, Dave. Das is unser Laden«, sagte Batist.

»Schon in Ordnung.«

»Nein, bestimmt nicht.«

Der Mann ließ den Blick über unsere Gesichter schweifen, als er den Köderladen betrat. Ich ging hinter ihm hinein und nahm zum ersten Mal seine Ausdünstung wahr, einen Geruch nach Holzkohle und Kerosin, ungewaschenen Haaren und fauligem Altwasserschlamm. Am Tresen blieb er abwartend stehen, hatte nach wie vor den Schlafsack unter den Arm geklemmt. Er hielt sich kerzengerade.

Ich machte ihm zwei Chili-Dogs und stellte den Pappteller und ein Glas Wasser vor ihn hin. Er setzte sich auf den Hocker, aß mit einem Löffel, den er in der Faust hielt, und tunkte dann die Bohnen, die Soße und die letzten Fleischbrocken mit einer Scheibe Brot auf. Batist kam herein und füllte den Kühlschrank hinter dem Tresen.

»Wo sind Sie her?« sagte ich.

»El Paso.«

»Wo haben Sie das Boot her?«

Er dachte darüber nach. »Ich hab's vor zwei Wochen gefunden. War untergegangen. Ich hab's wieder einigermaßen hergerichtet.« Er hörte auf zu essen und betrachtete mich.

»Ein hübsches Boot«, sagte ich.

Er verzog kurz das Gesicht und kaute mit ausdrucksloser Miene weiter.

»Gibt's hier 'ne Toilette?« fragte er.

»Da hinten, hinter den leeren Limokästen.«

»Wieviel machen die Rasierklingen?« sagte er zu Batist.

»Das is keine Drogerie. Was wollen Sie, Mann?« sagte Batist.

Der Mann wischte sich mit den Fingern den Mund ab. Die Falten um seine Augen waren straff gespannt.

Batist stützte sich auf die Arme, daß Muskeln hervortraten wie ein Bündel eiserner Dichtungsringe.

»Ich will bedient werden«, sagte er.

Ich schob mich am Tresen entlang, bis er den Blick von Batist abwandte und auf mich richtete.

»Ich bin Polizist. Wollen Sie irgendwohin? Soll ich Ihnen den Weg weisen?« fragte ich.

»Ich hab ein Lager da draußen. Da komm ich grad her. Das find ich sogar im Dunkeln«, sagte er.

Er packte mit einer Hand den Schlafsack, in dem allem Anschein nach Zeltstangen steckten, und ging an dem Kühlschrank mit dem Fleisch für die Mittagsgäste vorbei nach hinten, zu der kleinen Toilette.

»Dave, ich muß dich mal was fragen. Muß man 'n Alligator in den Schweinepferch setzen, damit man weiß, daß 'n Gator Schweine frißt?« sagte Batist.

Zehn Minuten vergingen. Ich hörte durch die Toilettentür, wie der Mann mit Wasser herumspritzte. Batist war wieder hinaus zum Steg gegangen und legte die Mietboote über Nacht an die Kette. Ich ging am Kühlschrank vorbei und klopfte mit dem Fingerknöchel an die verriegelte Tür.

»Wir machen dicht, Partner. Sie müssen rauskommen«, sagte ich.

Er riß die Tür auf. Wasser lief ihm übers Gesicht, das dunkelblaue Hemd war aufgeknöpft, und ich sah, daß er auf der Brust die gleiche Tätowierung hatte wie auf den Armen, dasselbe ineinander verschlungene Geflecht aus roten Linien. Seine Pupillen wirkten trüb, wie ein Tuschetropfen auf grüner Seide.

»Ich wäre Ihnen dankbar, wenn Sie das Wasser aufwischen und die Papiertücher wegräumen würden, die Sie auf den Boden geworfen haben. Danach würde ich gern mit Ihnen reden«, sagte ich.

Er antwortete nicht. Ich drehte mich um und ging wieder nach vorn.

Ich begab mich hinter den Tresen und fing an, die Regale mit den Süßigkeiten für den nächsten Tag aufzufüllen, ließ es dann sein und rief bei der Einsatzzentrale meiner Dienststelle an.

»Ich glaube, ich hab einen Durchgeknallten im Laden. Außerdem hat er womöglich ein Boot gestohlen«, sagte ich.

»Ist der Gouverneur in der Stadt?«

»Laß das Geschwafel, Wally.«

»Du tust mir unrecht ... Soll ich 'n Streifenwagen vorbeischicken, Dave?«

Ich konnte nicht mehr antworten. Der Mann mit dem weißen Strohhut kam von hinten, hatte die Hand oben in dem eingerollten Schlafsack stecken. Ich schaute ihm ins Gesicht, ließ das Telefon fallen und stieß krachend gegen die Regale und den Butankocher, als er den Schlafsack samt der Scheide wegschleuderte und die Machete keine zwei Zentimeter vor meiner Brust durch die Luft schnitt.

Die scharfgeschliffene Klinge durchtrennte die Telefonschnur und bohrte sich in die Hartholzkante des Tresens. Er beugte sich vor und holte erneut aus. Scheppernd schlug die Klinge an die Regalbretter, schlitzte Kartons voller Würmer und Erde auf und zerschmetterte einen Topf mit eingelegten Würstchen.

Batists rußschwarze Kaffeekanne köchelte auf dem Butangasbrenner. Der Griff fühlte sich in meiner bloßen Hand an wie heißer Draht. Ich kippte dem Mann den Kaffee samt Deckel und Satz ins Gesicht, sah seinen erschrockenen Blick, sah, wie er den Mund aufriß, wie ihm ein Schmerzensschrei im Hals hochstieg wie eine geplatzte Luftblase.

Dann packte ich den tätowierten Unterarm, mit dem er die Machete schwang, und drückte die Kanne drauf.

Er schleuderte die Machete von sich, als ob er sich die Finger daran verbrannt hätte. Ich dachte, damit hätte ich gewonnen. Hatte ich aber nicht.

Er erwischte mich härter, als ich je im Leben getroffen worden bin – ein Schlag, bei dem ich das Gefühl hatte, als ob mir tausend Nadelstiche durch die Nase schössen und die Augen tief in die Höhlen getrieben würden.

Ich rappelte mich wieder auf und versuchte ihm zu folgen, als er hinaus zum Bootsanleger stürmte. Die eine Gesichtshälfte wurde bereits taub und tobte, als ob jemand ein Stück Trockeneis dagegenpreßte. Der Mann mit dem weißen Strohhut war vom Anlegesteg zur Betonrampe hinabgesprungen, setzte ein Knie auf den Bug seines Boots und schob es in die Strömung. In der feuchten Luft und dem gleißenden Licht sah er aus, als wäre er von einem Heiligenschein umgeben.

Batist kam aus dem Schuppen unter den Weiden, wo wir unsere Außenbordmotoren verstauten, schaute erst zu mir und dann zu dem fliehenden Mann.

»Batist, nein!« sagte ich.

Batist und ich standen reglos da, als der Mann mit einer schnellen Armbewegung den Motor anwarf, einmal aufheulen ließ und mit einer langen gelben Schaumspur hinter der Biegung in der Dunkelheit verschwand.

Ich rief vom Haus aus noch mal bei der Dienststelle an, dann ging ich wieder hinunter zum Bootsanleger. Der Mond über dem Sumpf war verhangen; Blitze zuckten am pechschwarzen Himmel im Süden.

»Wieso hast du nicht gewollt, daß ich ihn aufhalt, Dave?« fragte Batist.

»Der ist durchgedreht. Meiner Meinung nach PCP«, sagte ich. Doch das verstand er nicht. »Man nennt es auch Angeldust. Man wird davon high, und manche Leute fallen dann mit bloßen Händen über eine Ziegelmauer her.«

»Er hat gewußt, wer du bist, Dave. Der hat nichts dergleichen getan, als ob er reinwill. Bis er dich gesehn hat ... Und angefangen hat alles das mit dem alten Mann aus dem Zuchthaus.«

»Was willst du damit sagen?«

»Mit dem Wärter, demjenigen, den du Cap nennst, dem, der wahrscheins schon seit fünfzig Jahren droben auf der Sträflingsfarm Nigger umbringt. Ich hab dir gesagt, daß seinesgleichen nix in unserm Laden verloren hat. Wenn du zuläßt, daß der sein Geraffel vor deiner Tür ablädt, hast du's, eh du dich's versiehst, in deinem Haus. Aber du willst ja nicht hören.«

Er zog seine zusammengefaltete Mütze aus der Gesäßtasche,

schüttelte sie auf und setzte sie sich auf den Kopf. Ohne mir gute Nacht zu wünschen, ging er den Bootsanleger entlang zu seinem Pickup. Das Blechdach des Köderladens ächzte und knarrte im Wind, der stramm von Süden blies.

5

Am Montag morgen war der Himmel wieder blau, und ein warmer Wind wehte vom Golf, als ich auf das Gelände der University of Southwestern Louisiana in Lafayette fuhr, wo ich mit Buford LaRose reden wollte. Die Mittagspause hatte gerade begonnen, und auf den gepflasterten Wandelgängen unter den Kolonnaden wimmelte es von Studenten, die auf dem Weg zur Mensa waren. Doch Buford LaRose war weder in seinem Büro im Fachbereich Anglistik noch im Campusrestaurant, das sich oberhalb eines von Zypressen gesäumten Sees hinter der alten Burke Hall befand.

Ich rief im Oil Center an, wo er nebenbei eine therapeutische Praxis unterhielt, und erfuhr von seiner Empfangsdame, daß ich ihn im Red Lerille's Health & Racquet Club antreffen könnte.

»Sind Sie sicher? Wir wollten zusammen essen gehen«, sagte ich.

»Doktor LaRose geht montags immer zum Training«, antwortete sie.

Reds Studio nahm einen ganzen Häuserblock ein – ein Riesenkomplex, in dem es beheizte Schwimmbecken gab, Squash- und Tennisplätze, Box- und Basketballhallen, Laufbahnen drinnen und draußen, dazu klimatisierte Säle voller Hanteln, Drückbänke und Übungsgeräte.

Ich suchte Buford eine halbe Stunde lang, bis ich durch das

schmale Glasfenster an der Tür zum Dampfbad für Männer schaute und ihn auf den gelbgekachelten Sitzstufen hocken sah, nackt, in eine durchweichte Zeitung vertieft.

Ich besorgte mir im dazugehörigen Laden den Schlüssel für ein Schließfach, zog mich aus, ging ins Dampfbad und setzte mich neben ihn.

Er verzog das Gesicht, als er von seiner Zeitung aufblickte. Dann lächelte er, fast so, als freute er sich.

»Sie haben ja eine komische Art, Verabredungen einzuhalten«, sagte ich.

»Haben Sie meine Nachricht nicht erhalten?«

»Nein.«

»Ich habe auf Sie gewartet. Ich dachte, Sie kommen nicht mehr«, sagte er.

»Merkwürdig. Ich war pünktlich.«

»Nicht nach meiner Uhr«, sagte er und lächelte wieder.

»Ich wollte Ihnen noch mal sagen, daß mir meine Bemerkungen auf Ihrer Party leid tun.«

»Es wäre doch unnötig gewesen, daß Sie sich wegen so was so viele Umstände machen.«

Der Thermostat schaltete sich ein, und im Nu war der Raum voller frischer Dampfwolken. Ich spürte, wie mir die Hitze, die die Kacheln ausstrahlten, in die Oberschenkel und hinauf zum Rücken kroch. Ich wischte mir mit der Hand den Schweiß aus den Augen.

»Sie haben sich den Unterkiefer angeschlagen«, sagte er.

»Wir hatten dieses Wochenende einen Besucher in unserem Köderladen. Die Polizei von New Orleans meint, daß es sich um einen mexikanischen Volksfestarbeiter handelt, der aus einer Entzugsanstalt abgehauen ist.«

Er nickte, blickte gleichgültig auf die gekachelte Wand vor uns, stemmte die Handballen auf den Treppenabsatz und ließ die Rückenmuskeln spielen, während ihm der Schweiß aus jeder Pore seines straffen, braungebrannten Körpers quoll. Ich betrachtete ihn von der Seite, das hübsche Profil, die intelligenten Augen, die immer so ungerührt und über jede Leidenschaft erhaben wirkten.

»Haben Sie Ihren Doktor sowohl in englischer Sprache als auch in Psychologie gemacht, Buford?« fragte ich.

»Das eine oder andere ist mir einfach in den Schoß gefallen. Da ist also gar nicht so viel dabei.«

»Beeindruckend ist es schon.«

»Weshalb sind Sie hier, Dave?«

»Ich komme mir vor, als ob ich mit dem Arm in einen Müllschlucker geraten bin. Sie wissen ja, wie das ist. Wenn man einen Finger reinsteckt, sitzt man im Nu bis zum Ellbogen fest.«

»Wir sind also wieder beim gleichen Thema«, sagte er.

Andere Männer gingen in den Dampfschwaden auf und ab, schwangen die Arme und atmeten tief durch.

»Woher kennen Sie Aaron Crowns Tochter?« fragte ich.

»Wer sagt denn, daß dem so ist?«

»Sie selber.«

»Sie ist in New Iberia aufgewachsen. Wenn sie sagt, sie kennt mich, na fein ... Dave, Sie haben keine Ahnung, womit Sie mir da zusetzen, daß Sie möglicherweise benutzt werden, um alles zu ruinieren, woran Sie glauben.«

»Warum erklären Sie's mir nicht?«

»Das ist kaum der richtige Ort dafür.«

Wir duschten und gingen dann zum Ankleiden in den menschenleeren abgeschlossenen Bereich neben dem großen Raum mit den Schließfächern. Er trocknete sich mit einem Handtuch ab, zog einen schwarzen Nylonslip und ein Paar Gummilatschen an und kämmte sich vor dem Spiegel die Haare. Die Muskeln an seinem Rücken und den Seiten wirkten wie braunes Wasser, das über Steine sprudelt.

»Ich stecke wirklich in der Klemme, Dave. Diese Filmleute

aus New York wollen Aaron Crowns Unschuld beweisen. Die können mir den ganzen Wahlkampf verhunzen«, sagte er.

»Glauben Sie, daß die ein persönliches Interesse an der Sache haben?«

»Na klar, Geld verdienen wollen sie ... Wachen Sie auf, mein Guter. In diesem gottverdammten Land drischt doch derzeit jeder auf die Liberalen ein. Diese Typen schwimmen mit dem Strom. Ein Weißer, der zu Unrecht wegen Mordes an einem schwarzen Bürgerrechtler verurteilt wurde – so eine Geschichte kommt doch wie gerufen.«

Ich zog mein Hemd an und steckte es in die Hose; dann setzte ich mich auf die Bank und schlüpfte in meine Slipper.

»Kein Einwand?« fragte Buford.

»Ihre Erklärungen sind mir zu simpel. Mir kommt immer wieder der Name Mingo Bloomberg in den Sinn.«

»Dieser Mobster aus New Orleans?«

»Genau der.«

»Ich muß um sechs zu einer Spendenaktion für unseren Wahlkampf in Shreveport sein. Fliegen Sie doch mit mir hin«, sagte er.

»Wozu?«

»Lassen Sie sich beurlauben. Arbeiten Sie für mich.«

»Kein Interesse.«

»Dave, ich unterrichte nebenbei, während ich für das Amt des Gouverneurs kandidiere. Ich habe keinen Apparat und wenig Geld. Die andere Seite hat beides im Überfluß. Wir haben seit Jahrzehnten zum erstenmal die Chance, eine anständige Regierung zu bekommen, und jetzt kommen diese Dreckskerle aus New York daher und wollen sie zunichte machen. Was, in Gottes Namen, ist mit Ihnen los?«

Vielleicht hat Buford recht, dachte ich, als ich auf dem alten Highway über Broussard nach New Iberia fuhr. Manchmal sah ich Machenschaften, wo es gar keine gab, und außerdem hegte ich seit jeher ein tiefes Mißtrauen gegen jegliche Obrigkeit, auch gegen die, der ich selber diente. Und die Familie LaRose verfügte seit alters her, schon vor dem Bürgerkrieg, über Macht und Reichtum.

Aber vielleicht war es auch höchste Zeit, daß ich mich noch einmal mit Mingo Bloomberg unterhielt, vorausgesetzt, ich konnte ihn finden.

Wie es das Schicksal wollte, fand ich, als ich wieder in die Dienststelle kam, in meinem Posteingangskorb eine Nachricht von Mingos Anwalt. Mingo war demnach gar nicht schwer zu finden. Er saß im Stadtgefängnis von New Orleans und wollte mich sprechen.

Am späten Dienstag vormittag stand ich vor dem vergitterten Zugang zu einem von Einzelzellen gesäumten Korridor, in dem die Langfinger, die Gewalttätigen und die Unverbesserlichen dreiundzwanzig Stunden am Tag verwahrt wurden. Der Beschließer öffnete Mingos Zelle, legte ihm Bauchkette, Hand- und Fußschellen an und führte ihn durch den Gang auf mich zu. Während der zweite Beschließer an den Hebeln hantierte, mit denen die Schiebetür zum Sicherheitsbereich geöffnet wurde, sah ich, wie durch die Gitterstäbe sämtlicher Zellen entlang des Korridors Handspiegel nach draußen gehalten wurden.

Beide Beschließer geleiteten uns zu einem kahlen Vernehmungsraum, in dem ein zerschrammter Holztisch und drei Klappstühle standen. Es waren kräftige, stämmige Männer, massig und breitschultrig wie Gewichtheber.

»Danke«, sagte ich.

Doch sie blieben stehen.

»Ich möchte mit ihm allein sein. Außerdem wäre ich Ihnen dankbar, wenn Sie ihm die Fesseln abnehmen würden«, sagte ich.

Die Beschließer schauten einander an. Dann zückte der Ältere einen Schlüssel, schloß damit sämtliche Schellen auf und sagte: »Bitte sehr. Klopfen Sie an die Tür, wenn Sie fertig sind. Wir sind in der Nähe.«

Sie gingen hinaus, aber ich konnte sie nach wie vor durch das längliche, aus Panzerglas bestehende Guckloch in der Tür sehen.

»Schaut so aus, als ob die Sie ziemlich hart rannehmen, Mingo. Ich dachte, Sie wären inzwischen wieder draußen.«

»Die sagen, daß Fluchtgefahr besteht.«

Er war sauber rasiert, trug tadellos gebügelte Drillichhosen und hatte die kupferroten Haare glatt nach hinten gekämmt, wie die Filmschauspieler in den dreißiger Jahren. Aber seine Augen wirkten unruhig, und er verströmte einen unangenehm trockenen Körpergeruch, wie alter Schweiß, der in der Hitze auf der Haut verkrustet war.

»Ich kapier das nicht. Ihre Leute schützen doch keine Polizistenmörder«, sagte ich.

Er stützte einen Ellbogen auf den Tisch und biß in seinen Daumennagel.

»Es ist genau andersrum. Zumindest meint das die Staatsanwaltschaft. Und so sehn's auch die Clowns im First District, mit denen Sie früher mal gearbeitet haben«, sagte er.

»Da komm ich nicht mit.«

»Können Sie sich noch an den Drogenfahnder erinnern, der letztes Jahr im Quarter umgelegt worden ist? Ich war im First District im Käfig, als die Cops den Typen gebracht ham, der's gewesen is. Irgend jemand – und ich sag ausdrücklich *irgend* jemand – hat ihn durch die Mangel gedreht. Die ham ihm auf dem Zementboden den Schädel aufgeschlagen und das, wie sagt man dazu, das Brustbein zertreten. Zumindest sagen das die Leute. Ich weiß es nicht, weil ich es nicht gesehn hab. Aber die Angehörigen von dem toten Kerl machen einen Riesenaufstand und verklagen die Stadt New Orleans auf fünfzig Millionen Dollar Schadenersatz. Abgesehen davon könnten ein paar Cops in Angola landen. Ham Sie schon mal 'n Cop sitzen sehen? Bedenken Sie mal, was man alles mit dem seinem Essen machen kann, bevor er die Gabel reinsteckt.«

Ich ließ mir keine Regung anmerken, wartete einen Moment, nahm meine Sonnenbrille aus dem Futteral und klappte sie auf und zu.

»Worum geht's Ihnen?«

»Ich will hier raus.«

»Darauf habe ich keinen Einfluß.«

»Ich will aus der Einzelhaft raus.«

»Unter den Häftlingen sind Sie möglicherweise nicht gut aufgehoben, Mingo.«

»Wo leben Sie denn? Unter den andern bin ich sicher. Aber wenn ich in Einzelhaft bin und gewisse Cops, die Blut an den Schuhen ham, der Meinung sind, daß ich sie verpfeifen könnte, dann steck ich in der Klemme.«

»Sie sind ein wichtiger Zeuge. Die lassen Sie nie und nimmer unter die anderen Häftlinge, Mingo.«

Die Haut an seinem Haaransatz glänzte vor Schweiß. Er steckte sich eine Zigarette in den Mund, zündete sie aber nicht an. Seine blauen Augen funkelten, als er mich anschaute.

»Sie haben doch mit den Jungs gearbeitet. Sagen Sie denen, daß ich nicht gesehen hab, was mit dem Kerl passiert ist. Ich schwör sogar einen Meineid, wenn's sein muß«, sagte er.

Ich ließ den Blick über sein Gesicht wandern. In seinen blauen Augen waren kleine schwarze Flecken, wie tote Fliegenteile, wie mikroskopisch kleine Spuren all der Erlebnisse, die er nie mehr aus seiner Seele tilgen konnte. »Wie viele Menschen haben Sie aus dem Weg geräumt?« fragte ich.

»Was? Wieso fragen Sie denn so was?«

»Ohne Grund, wirklich.«

Er versuchte sich wieder auf das Wesentliche zu konzentrieren. »Ein Mexikaner war draußen bei Ihnen, stimmt's? Ein Typ, der durchgedreht is. Der is nicht zufällig dort gewesen.«

»Weiter.«

»Der hat H für die Sozialsiedlungen rangeschafft. Er wird Araña genannt, das heißt ›Spinne‹ auf spanisch. Er stammt aus 'nem Dorf in Mexiko, in dem's 'ne Kirche mit einer berühmten Statue gibt. Ich weiß das, weil er ständig darüber redet.«

»Damit kommen wir der Sache schon näher. Wer hat ihn zu meinem Köderladen geschickt?«

»Was krieg ich dafür?«

»Wie wär's mit einer Überstellung an die Bundesbehörden?«

»Das is ja noch schlimmer. Da denkt doch jeder gleich ans Zeugenschutzprogramm.«

»Mehr kann ich Ihnen nicht bieten.«

Er holte ein Streichholzbriefchen heraus, riß eines an und hielt die Flamme an seine Zigarette, ohne auch nur einmal zu zwinkern, als ihm der Qualm und die Hitze ins Gesicht stiegen.

»Derzeit gehen Sachen vor sich, die neu sind, die für gewisse Leute einen Riesenreibach bringen. Sie sind da durch den Hinterwäldler drüber gestolpert, denjenigen, der Jimmy Ray Dixons Bruder umgebracht hat.«

»Was für Sachen?«

Er tippte die Asche in einer kleinen Blechschale ab, hatte den Blick ins Leere gerichtet. Seine Wangen waren rot angelaufen, und um die Finger seiner rechten Hand kräuselte sich Zigarettenrauch.

»Ich glaube nicht, daß Sie viel anzubieten haben, Mingo. Sonst hätten Sie's schon getan.«

»Ich hab's Ihnen vorgeschlagen. Wenn Sie nicht drauf eingehen wollen ...« Er streifte die Glut von seiner Zigarette ab und steckte den Stummel in die Schachtel zurück. »Sie haben mir grade eine persönliche Frage gestellt. Ich nenn Ihnen eine Zahl, bloß aus Spaß, hat gar nix zu bedeuten, verstanden? Elf. Keiner davon hat's kommen sehn. Der Typ mit der Matschbirne, der draußen bei Ihnen aufgekreuzt is, der hat's zwar probiert, aber das war wahrscheinlich nicht ernst gemeint. Ich sag ›wahrscheinlich‹. Ich bin nämlich halb Jude, halb Ire, ich verkehr nicht in italienischen Restaurants. Ich steh bloß oft draußen vor dem Fenster und schau rein. Hey, Sie sind doch ein schlauer Kerl. Ich weiß, daß Sie eins und eins zusammenzählen können.«

»Viel Spaß, Mingo«, sagte ich und schlug mit dem Handballen an die Tür.

Ein paar Stunden später, kurz bevor ich Feierabend machen wollte, klingelte das Telefon auf meinem Schreibtisch.

Es war, als höre man die Stimme eines Menschen, von dem man genau wußte, daß er nicht weggehen würde, der stets um einen herumlungerte wie eine schlechte Erinnerung, und nur darauf wartete, einen in die Vergangenheit zurückzuholen.

»Wie läuft's, Karyn?« fragte ich.

»Buford ist bis spätnachts in Baton Rouge. Du und ich müssen ein paar Dinge besprechen.«

»Das glaube ich nicht.«

»Willst du, daß ich zu dir ins Büro komme? Oder raus zu deinem Haus? Ich mach das, wenn es nicht anders geht.«

Ich verließ die Dienststelle und fuhr von New Iberia aus nach Süden, zu meinem Haus. Ich versuchte mich auf den Verkehr zu konzentrieren, auf den roten Himmel im Westen, die Reiher, die auf dem Rücken der in den Feldern weidenden Rinder hockten, die Zuckerrohrwagen, die zur Raffinerie unterwegs waren. Ich denke nicht daran, mich Karyn LaRoses Willen zu unterwerfen, sagte ich mir. Ich schuldete ihr nichts. Dessen war ich mir sicher.

Ich redete mir immer noch ein, daß ich die Vergangenheit abgeschüttelt hätte, als ich regelwidrig mitten auf der Straße umkehrte und zur LaRose-Plantage fuhr.

Sie trug ein gelbes Sommerkleid, hatte die platinblonden Haare hochgesteckt und eine Goldkette mit einer viktorianischen Saphirbrosche um den Hals hängen.

»Wieso hast du hinter dem Haus geparkt?« fragte sie, als sie die Tür öffnete.

»Ich hab mir nichts dabei gedacht«, sagte ich.

»Bestimmt.«

»Sag schon, worum es geht, Karyn. Ich muß nach Hause.«

Sie warf mir einen amüsierten Blick zu, drehte sich um und ging wortlos davon. Als ich mich nicht augenblicklich anschloß, blieb sie stehen und schaute sich nach mir um. Ich folgte ihr durch die Küche, durch ein Herrenzimmer voller Bücher, verglaster Waffenschränke und weicher Ledersessel, einen mit dunklen Zypressenholzdielen belegten Flur, an dessen Wänden Ölgemälde von Bufords Vorfahren hingen, bis wir in ein Wohnzimmer mit hohen, bis zur Decke reichenden Fenstern und einer breiten, zweiflügligen Glastür kamen.

Sie zog die Samtvorhänge an den vorderen Fenstern zu.

»Ein bißchen dunkel, nicht?« sagte ich. Ich stand am Kamin, neben einem lichtdurchfluteten Fenster, durch das man ein abgeerntetes Zuckerrohrfeld und eine verkümmerte Eiche sehen konnte, die wie eine gekrümmte Hand mit gebrochenen Fingern zum Himmel aufragte.

»Um diese Tageszeit blendet es von der Straße aus ganz furchtbar«, sagte sie. Sie ging zu einer kleinen, in die Wand eingelassenen Bar, gab Eis und Soda in zwei Gläser und entkorkte eine Flasche Scotch, auf der ein schweres rotes Wachssiegel prangte.

»Danke, ich möchte nichts«, sagte ich.

»In deinem ist kein Whisky.«

»Ich habe gesagt, ich möchte nichts.«

Irgendwo in einem anderen Zimmer klingelte das Telefon.

»Gottverdammt«, sagte sie, stellte ihr Glas ab und ging ins Schlafzimmer.

Ich schaute auf meine Uhr. Ich war bereits zehn Minuten hier und hatte noch nichts erreicht. Auf dem Kaminsims stand ein Foto von einem Piloten des U.S. Army Air Corps, der in der zersplitterten Plexiglasschnauze einer Fliegenden Festung saß. Das Foto mußte in großer Höhe aufgenommen worden sein, denn der Pelzkragen seiner Jacke war voller Rauhreif und sah aus wie eine breite gläserne Halskette. Sein Gesicht wirkte erschöpft und abgespannt, war schwarz vom Qualm der explodierenden Flakgranaten, bis auf die Augenpartie, die durch die Brille geschützt war.

Ich hörte, wie Karyn im Zimmer nebenan die Stimme hob. »Ich laß mich darauf nicht mehr ein. Du mietest dir ein Auto, wenn's sein muß ... Ich laß mir die gleiche Lüge nicht noch mal bieten ... Du wirst das nicht verderben, Buford ... Hör zu ... Nein ... Nein ... Nein, du hörst zu ...«

Dann drückte sie die Tür zu.

Als sie herauskam, funkelten ihre Augen vor Wut, und das Sommerkleid spannte sich über ihren Brüsten. Sie ging zur Bar, trank ihren Scotch mit Soda aus und goß sich ein weiteres Glas ein. Ich wandte den Blick von ihr ab.

»Bewunderst du das Foto von Bufords Vater?« sagte sie. »Er war einer der Bombenschützen, die Dresden in Schutt und Asche gelegt haben. Siehst du die abgestorbene Eiche draußen auf dem Feld? Ein paar andere Vorfahren von Buford, ehrenwerte Herrschaften, die den Knights of the White Camellia angehörten, haben dort 1867 einen Neger und einen weißen Kriegsgewinnler aus dem Norden aufgehängt. Wenn man mit Buford zusammenlebt, kriegt man tagtäglich derlei Sachen zu hören.«

Sie trank das drei Finger breit mit Scotch und Eis gefüllte Glas aus, schluckte in kleinen, regelmäßigen Zügen. Ihr Mund wirkte feucht und kühl.

»Ich geh jetzt lieber, Karyn. Ich hätte dich nicht belästigen sollen«, sagte ich.

»Bleib bei der Wahrheit. Ich habe dich herkommen lassen, Dave. Manchmal frag ich mich, wieso ich mich überhaupt mit dir eingelassen habe.«

»Du hast dich nicht mit mir eingelassen.«

»Du hast ein schlechtes Gedächtnis.«

»Tut mir leid, daß es passiert ist, Karyn. Ich habe versucht, dir das klarzumachen. Du und dein Mann, ihr seid es doch, die ständig die Vergangenheit heraufbeschwören und mich in eure Angelegenheiten reinziehen wollen.«

»›Es‹ sagst du. Was meinst du mit ›es‹?«

»Diese Nacht am Bayou. Es tut mir leid. Ich weiß nicht, was ich sonst sagen soll.«

»Weißt du nicht mehr, daß du zwei Wochen später zu mir nach Hause gekommen bist?«

»Nein.«

»Dave?« Ihr Blick trübte sich, dann schaute sie mir in die Augen, als suchte sie nach einer Lüge. »Kannst du dich nicht mehr an den Nachmittag erinnern? Oder an den nächsten?«

Ich schluckte. »Nein, kann ich nicht. Meiner Meinung nach habe ich dich danach ein Jahr lang nicht mehr gesehen«, sagte ich.

Sie schüttelte den Kopf, setzte sich in einen tiefen Ledersessel und schaute hinaus zu dem toten Baum.

»Das ist kaum zu glauben. Ich habe dir nie Vorwürfe gemacht wegen der Sorgen und Ängste und der ganzen Quälerei, die ich hinterher durchmachen mußte, weil ich nicht darauf geachtet habe, daß du aufpaßt. Aber wenn du mir jetzt sagst –«

Ich faßte mir unwillkürlich an die Augenbraue.

»Ich hatte damals Aussetzer, Karyn. Mir haben manchmal ganze Tage gefehlt. Wenn du sagst, daß da irgendwas vorgefallen ist, dann –«

»Aussetzer?«

»Ich habe mich abends mit Jim Beam zugeschüttet und am nächsten Morgen mit Wodka auszunüchtern versucht.«

»Wie reizend. Und was ist, wenn ich dir sagen würde, daß ich abgetrieben habe?«

Ich spürte, wie sich meine Haut spannte. Mit einemmal kam ich mir schwach und schuftig vor, hatte ein flaues Gefühl in der Brust, so als ob Würmer an meinem Herz fräßen.

»Hab ich aber nicht. Ich war bloß zu spät dran. Aber dafür kannst du überhaupt nichts, du Mistkerl. ... Schau mich bloß nicht so an«, sagte sie.

»Ich gehe jetzt.«

»O nein, das tust du nicht.« Sie stand auf und stellte sich vor mich. »Mein Gatte hat seine Eigenarten und Macken, aber er ist nach wie vor die größte Hoffnung, die dieser Staat hat, und ich werde nicht zulassen, daß du sie zerstörst.«

»Jemand hat versucht, mich mit einer Machete aufzuschlitzen. Ich glaube, es hat was mit Aaron Crown zu tun. Ich schlage vor, daß wir uns nie wiedersehen, Karyn.«

»Ist das wahr?« fragte sie. Ich sah den Ansatz ihrer prallen Brüste, die feinen blauen Äderchen. Ich roch den Whiskey in ihrem Atem, das Parfüm, das sie sich hinter die Ohren getupft hatte, die Hitze, die ihre sonnengebräunte Haut ausstrahlte. Sie schlug mir mit der flachen Hand ins Gesicht.

Ich faßte an meine Wange, betastete die blutige Schramme, die sie mir mit den Fingernägeln gerissen hatte.

»Ich bitte nochmals um Entschuldigung, daß ich zu dir nach Hause gekommen bin.«

Ich ging mit steifen Schritten durch die Küche und den Garten zu meinem Pickup. Als ich den Zündschlüssel umdrehte, schaute ich durch die Windschutzscheibe noch einmal zum Haus und sah, daß sie mich vom Fenster aus beobachtete, sich auf den Mundwinkel biß, als ob ihr gerade eine neue Idee gekommen wäre.

6

Es regnete die ganze Nacht. Kurz vor dem Morgengrauen wallte weißer Bodennebel aus dem Sumpf, und die Bäume auf der anderen Seite des Bayous wirkten so schwarz und hart wie aus Stein gehauen. Tief im Nebel hörte man die Barsche in den Buchten springen. Als die Sonne durchbrach wie ein roter Karfunkelstein, der zwischen den Bäumen in tausend Stücke zersplittert, schöpften Batist und ich immer noch mit Kaffeekannen unsere Mietboote aus. Dann hörten wir ein Auto auf dem Fahrweg, und als wir aufblickten, sahen wir einen dunkelroten Lincoln Continental, der kurz anhielt und dann zu der Betonrampe an unserem Bootssteg zurücksetzte. Sabelle Crown saß auf dem Beifahrersitz.

Es war nicht schwer zu erraten, in welchem Gewerbe der Fahrer tätig war. Er kleidete sich dementsprechend und sah auch danach aus – halbhohe Stiefel aus Hirschleder, eine Khakihose mit Bundfalten, ein weites Baumwollhemd, das vermutlich am Rodeo Drive geschneidert worden war, eine randlose getönte Brille, die braunen Haare zum Pferdeschwanz gebunden.

Als er die Rampe herunterstieg, kamen mir das wettergegerbte Gesicht, das gespaltene Kinn und die markanten Züge immer bekannter vor – wie die Bilder von Prominenten aus der Filmszene, die man in Magazinen wie *People* oder *Newsweek* oder in jeder x-beliebigen Fernsehzeitschrift sieht.

Seine Unterarme waren kräftig, von dicken Adern durchzogen, sein Handschlag hingegen war überraschend weich und entwaffnend.

»Mein Name ist Lonnie Felton, Mister Robicheaux«, sagte er.

»Sie sind Filmregisseur.«

»Ganz recht.«

»Wie geht's Ihnen, Sir?«

»Könnten wir vielleicht reingehen und ein paar Minuten miteinander reden?«

»Ich habe leider noch einen anderen Job, wenn ich mit dem hier fertig bin.«

Sabelle stand neben dem Kotflügel des Lincoln, bürstete ihre Haare, holte die Schminkdose aus ihrer Handtasche und puderte ihr Gesicht.

»Es gibt da gewisse Leute, die Aaron Crown im Knast heftig zusetzen«, sagte er.

»Dort herrschen rauhe Sitten. So ist das auch gedacht.«

»Wissen Sie, was die BGLA ist?«

»Die Black Guerilla Liberation Army?«

»Crown ist unschuldig. Meiner Meinung nach wurde Ely Dixon von zwei Klanmitgliedern aus Mississippi ermordet. Einer davon war womöglich bei der Autobahnpolizei.«

»Das sollten Sie dem FBI mitteilen.«

»Ich habe es vom FBI erfahren. Mir liegen die Aussagen von zwei ehemaligen Agenten im Außendienst vor.«

»›Ehemalig‹ scheint mir in diesem Zusammenhang das entscheidende Wort zu sein, Mister Felton«, sagte ich.

Er lachte laut auf. »Sie sind vielleicht ein verdammt sturer Hurensohn«, sagte er.

Ich stand aufrecht in dem Boot, das ich gerade ausschöpfte, kippte das Wasser in den Bayou und schüttelte die letzten Tropfen über dem Bug aus.

»Es interessiert mich nicht, wofür Sie mich halten, Sir. Aber ich wäre Ihnen dankbar, wenn Sie auf meinem Grund und Boden eine andere Ausdrucksweise gebrauchen würden«, sagte ich.

Er wandte den Blick in die Ferne, verkniff sich ein Lächeln und beobachtete einen Blaureiher, der sich aus einer Landzunge aufschwang und im Nebel verschwand.

»Einer unserer Autoren wurde im French Quarter ermordet«, sagte er. »Der Typ war ein bißchen meschugge, aber er hat es nicht verdient, daß man ihn umbringt. Ist doch nachvollziehbar, daß man da betroffen ist, nicht wahr?«

»Ich bin ab acht in der Dienststelle des Sheriffs zu sprechen. Wenn Sie uns etwas mitzuteilen haben, können Sie jederzeit vorbeikommen.«

»Sabelle hat mir gesagt, daß Sie ein intelligenter Mann sind. Wer hat denn Ihrer Meinung nach die großen Affären unserer Zeit aufgedeckt? My Lai, Watergate, den Drogenschmuggel durch die CIA, Reagans Waffengeschäfte in Nicaragua? Es war immer die Presse, nicht die Regierung, nicht die Polizei. Spielen Sie doch hier nicht den Unbedarften.«

Ich stieg vom Boot ins seichte Wasser und spürte, wie die Kälte durch meine Gummistiefel drang. Ich stellte die Schöpfkanne auf der Rampe ab, schlang mir die am Bug befestigte Zugkette um die Hand, räusperte mich, weil mir ein dicker Kloß im Hals steckte, und zerrte den Bootskiel über das wogende Moos am Fuß der Rampe.

Er nahm seine Brille ab, steckte sie lässig in die Brusttasche seines Hemds und lächelte mich unentwegt an.

»Danke für den Besuch«, sagte ich.

Ich ging die Rampe hoch und stieg dann die Treppe zum Bootssteg hinauf. Ich sah, wie er zu seinem Wagen ging und sich kopfschüttelnd an Sabelle wandte.

Im nächsten Moment war sie unterwegs, kam mit raschen

Schritten zum Bootsanleger herunter und auf mich zu. Sie trug alte Jeans, ein Flanellhemd, rosa Tennisschuhe und ging x-beinig wie ein Teenager.

»Ich seh furchtbar aus. Er ist heut früh um fünf bei mir aufgekreuzt«, sagte sie.

»Du siehst gut aus, Sabelle«, sagte ich. »Wie immer.«

»Man hat Daddy in einen Zellenblock mit lauter Schwarzen verlegt.«

»Hört sich komisch an. Er kann doch darum bitten, daß er in Einzelhaft kommt.«

»Der geht eher drauf, als daß er eingesteht, daß er Angst hat. Unterdessen klaun sie ihm seine Zigaretten, spucken ihm ins Essen, schmeißen ihm allen möglichen Scheißdreck in die Haare, ohne daß sich irgendwer drum schert.« Ihre Augen wurden feucht.

»Ich rufe den Wachmann an, den ich kenne.«

»Die bringen ihn um, Dave. Ist nur eine Frage der Zeit.«

Oben am Fahrweg saß Lonnie Felton unterdessen wieder am Steuer seines Lincoln.

»Laß dich von diesem Felton nicht ausnutzen«, sagte ich.

»*Mich* ausnutzen? Wer schert sich denn sonst um unsereins?« Im Sonnenlicht, das wie ein zarter Schleier durch die Zypressen fiel, wirkte ihr Gesicht trotz der Schminke nackt und bloß, durchscheinend wie feines Porzellan. Sie drehte sich um und ging wieder hinauf zum Fahrweg. Durch einen kleinen ausgefransten Riß hinten an ihrer Jeans schimmerte ihre rosa Unterwäsche.

Der Sheriff saß seitwärts gekehrt auf seinem Drehstuhl, hatte seine Zweistärkenbrille auf und bastelte Kamelienblüten aus rosa und weißem Kreppapier. Auf seinem Fensterbrett stand eine Reihe Topfpflanzen, die er täglich mit einer von Hand bemalten Teekanne goß. Er sah nicht aus wie ein Polizist, eher wie ein in die Jahre gekommener Kaufmann, was auch zutraf. Er hatte eine chemische Reinigung geleitet, bevor er in das Amt gewählt worden war; er war dankbar für jeden guten Ratschlag, und im Laufe der Jahre hatte er sich mit seiner Urteilskraft und Integrität unser aller Achtung erworben.

Einen Bereich seines Lebens aber hatte er uns immer vorenthalten – seine Dienstzeit bei der Ersten Marineinfanteriedivision, als er im Koreakrieg am Staudamm von Chosin stationiert war. Bis letztes Jahr, als er einen Herzanfall erlitten und mir auf seinem Krankenbett im Iberia General davon erzählt hatte, schwach und kaum der Stimme mächtig, von Signalhörnern, die von eisigen Höhenzügen widerhallten, und Wunden, die aussahen wie gefrorene Rosen im Schnee.

Ich setzte mich ihm gegenüber hin. Seine Schreibtischplatte war voller Kamelienblüten aus Kreppapier.

»Ich hab mich dazu breitschlagen lassen, bei der Bühnendekoration für die Schulaufführung von meiner Enkelin mitzuhelfen. Verstehen Sie was davon?«

»Nein, eigentlich nicht. Ein Filmregisseur, ein gewisser Lonnie Felton, ist heute morgen bei mir gewesen. Sabelle Crown war auch dabei. Sie sagen, die Schwarzen bereiten Aaron Crown die Hölle auf Erden. Ich habe in Angola angerufen, aber niemand konnte mir weiterhelfen.«

»Bemühen Sie sich nicht drum. Wir haben ihn zum Aussätzigen gemacht.«

»Wie bitte?«

»Viele von uns, nicht alle, aber viele von uns, haben Farbige ziemlich übel behandelt. Aaron steht für alles, was an der weißen Rasse widerwärtig ist. Er sitzt also für uns ein.«

»Glauben Sie, daß diese Filmleute recht haben und er wirklich unschuldig ist?«

»Das hab ich nicht gesagt. Schaun Sie, Menschen machen manchmal schlimme Sachen, vor allem, wenn sie im Rudel auftreten. Hinterher vergißt man so was gern. Aber es gibt immer jemanden in unserer Nähe, der uns daran erinnert, was wir getan haben oder wie wir mal waren. Aaron ist so jemand. Er ist der Schandfleck, der sich nicht wegputzen läßt ... Hab ich irgendwas Komisches gesagt?«

»Nein, Sir.«

»Gut, weil das, worum es mir geht, wirklich nicht komisch ist. Karyn LaRose und ihr Anwalt waren heute morgen hier.« Er stützte die Ellbogen auf seine Schreibunterlage und stieß eine unvollendete Papierblume beiseite. »Raten Sie mal, was sie mir über Ihren Hausbesuch gestern abend erzählt hat.«

»Lieber nicht.«

»Sie haben es nicht als Vergewaltigung bezeichnet, falls Sie das erleichtert.« Er öffnete die Schreibtischschublade und las schweigend den Text auf seinem Notizblock. »Die Begriffe lauten ›unsittliche Annäherung‹, ›versuchte sexuelle Nötigung‹ und ›ungebührliches Verhalten‹. Was haben Sie dazu zu sagen?« Er wandte den Blick ab, schaute mich dann wieder an und musterte mein Gesicht.

»Gar nichts. Es ist eine Lüge.«

»Ich wünschte, man würde sich vor Gericht einfach mit meiner Aussage abfinden, wenn es darum geht, einen Straftäter zu überführen. Ich wünschte, ich müßte keine Beweise vorlegen. Junge, wäre das toll.«

Ich berichtete, was geschehen war, spürte, wie mein Tonfall immer hitziger wurde, und wischte meine schwitzigen Hände an der Hose ab.

Sein Blick verweilte auf der Schramme an meiner Wange, die Karyn mir zugefügt hatte.

»Ich halte es ebenfalls für eine Lüge«, sagte er. Er ließ den Notizblock in die Schublade fallen und schob sie zu. »Aber ich muß nichtsdestotrotz eine interne Untersuchung durchführen.«

»Bin ich an den Schreibtisch verbannt?«

»Nein. Ich laß mir wegen irgendwelcher politischen Interessen von niemandem vorschreiben, wie ich meine Dienststelle zu führen habe, und genau darum geht's hier nämlich. Sie sind bei dieser Crown-Sache auf irgendwas gestoßen, was denen nicht in den Kram paßt. Aber halten Sie sich von ihr fern.«

Ich hatte immer noch meine Morgenpost in der Hand. Obenauf lag eine rosa Anrufbenachrichtigung mit einer Mitteilung von Bootsie, die sich mit mir zum Mittagessen treffen wollte.

»Inwieweit wird das publik?« fragte ich.

»Ich hab das Gefühl, daß sie nicht vorhat, die Sache publik zu machen. Das war – abgesehen davon, daß ich sie kenne – der Hauptgrund dafür, daß ich ihr nicht geglaubt habe. Sie hat die ganze Sache bewußt vage dargestellt. Bei diesen Anschuldigungen muß sie keine hieb- und stichfesten Beweise vorlegen – Vaginalabstrich, Schamhaaruntersuchung, derlei Kram. Das soll eine Warnung von seiten der Familie LaRose sein. Wenn's sein muß, kipp ich denen den ganzen Mist wieder vor die eigene Tür.«

Er faltete die Hände auf dem Schreibtisch. Sein Gesicht war rot angelaufen, was vermutlich auch an seinem zu hohen Blutdruck lag.

Da hast du was vor dir, Skipper, dachte ich.

Die meisten Menschen, die im Gefängnis sind, haben es verdient. Wenn man sich mit alten Gewohnheitsverbrechern unterhält, die eine lange Haftstrafe absitzen, hört man immer wieder, daß sie eigentlich gut weggekommen seien, weil sie nämlich noch viel schlimmere Dinger gedreht hätten.

Es gibt Ausnahmen, aber nicht viele. Die meisten haben sich die Bürde, die sie tragen müssen, selbst zuzuschreiben. Aber leicht ist sie nicht, egal, wie modern die Haftanstalt ist, und trotz allen Geschwätzes, daß die heutigen Gefängnisse eher eine Art Landerholungsheim seien.

Man stelle sich vor, man ist ein neunzehnjähriger Frischling, ungebildet, ängstlich, mit einem IQ um die 100. Bei der Einlieferung läßt man einen privilegierten Sträfling abblitzen, der in der Registratur arbeitet und einen in das Liebesleben hinter Gittern einführen will, worauf dieser dafür sorgt, daß einem von vornherein ein schlechter Ruf anhängt (er gibt die Parole aus, daß man einen friedlichen alten Knacki verpetzt hat und schuld daran ist, daß er seine Vergünstigungen verloren hat).

Sobald du mit den anderen Häftlingen zusammen bist, stehst du unter Druck. Du überlegst dir, daß dich einer bei der Essensausgabe abstechen könnte, dir einen Molotowcocktail in die Zelle schmeißt, und bei der Arbeit auf dem Sojafeld hörst du sie darüber tuscheln, was du heute abend in der Dusche erleben wirst.

Daher gehst du in dich, überlegst dir, wie du überleben kannst, und suchst dir einen Beschützer, einen »alten Mann«, und wirst sein fester Freund, stehst damit immerhin eine Stufe über den Hofhuren. Du beschaffst Stoff, Selbstgebrannten und Schwarzen Afghan für die schweren Jungs; du machst mit, als in einem Geräteschuppen, dessen Blechwände vor Hitze ächzen, ein anderer Frischling fertiggemacht wird, der dich bloß einen Moment lang an jemanden erinnert, den du mal gekannt hast.

Dann kommt der Tag, an dem du zum erstenmal glaubst, daß du wieder rausgelassen wirst. Du bist jetzt anerkannt, bist zwei Jahre drin und hast allerlei Vergünstigungen. Du hörst morgens die Vögel zwitschern, was du vorher nie wahrgenommen hast; du erlaubst dir schon mal einen Gedanken an die Außenwelt, an das Gesicht eines Mädchens in einer kleinen Stadt, an einen Job in einer Sägemühle in den Wäldern, wo es nach Harz und heißem Öl riecht, an einen ganz gewöhnlichen Tag, der nicht von Angst beherrscht wird.

Das ist der Zeitpunkt, zu dem du dich bei dem Beschützer für seine Hilfe bedankst. Er hat Verständnis dafür. Wenn du das nächste Mal vor dem Bewährungsausschuß stehst, hast du eine echte Chance, wieder raus in die Welt zu kommen. Warum solltest du dir das jetzt versauen?

An diesem Abend gehst du allein in die Dusche. Ein Mann, der dich vorher keines Blickes gewürdigt hat, ein schwerer Junge mit Hasenscharte, platter Nase und nacktem Oberkörper, der einen strengen Geruch verströmt, wie frisch ausgegrabene Zypressenwurzeln, packt dich mit bloßen Fingern am Schädel, zerrt dich an sich, daß du seinen Atem spürst, quetscht dich zusammen, bis du das Knacken nicht mehr hörst, dafür aber die Worte, die er mit bebender Stimme, zärtlich wie ein Liebhaber, nur Zentimeter von deinem Mund entfernt ausstößt: *Ich schäl dir die Augen mit 'm Löffel raus.*

Es war später Nachmittag, als mich der Wachmann in seinem Pickup mit hinunter zum Uferdamm des Mississippi nahm, wo Aaron Crown ein Feld eggte. Er saß mit krebsrotem Gesicht auf dem Traktor, hatte eine Schirmmütze auf und ließ den Motor auf vollen Touren laufen, zermahlte den von der Sonne festgebackenen Acker zu feiner Krume, setzte dann inmitten einer zimtroten Staubwolke zurück und zerkleinerte die bereits zerkrümelte Scholle erneut, so als wollte er sich und seinesgleichen am Erdreich rächen.

Bei einem Weidengehölz am Feldrand standen vier schwarze Häftlinge, alle bis zur Taille entblößt, und warfen dürre Zweige in ein Feuer.

»Nehmt Aaron Crown lieber in Einzelhaft, Cap«, sagte ich.

Er stellte den Motor ab und spie einen Strahl Kautabak aus dem Fenster.

»Wenn er drum bittet«, erwiderte er.

»Wird er nicht.«

»Das is dann seine Sache, gottverdammt noch mal.«

Der Captain ging auf seinen Stock gestützt ein Stück ins Feld hinaus und hielt ihn dann hoch. Aaron blinzelte durch den Staub, die Hitze und die Auspuffdämpfe, nahm dann das Gas zurück, ohne den Motor abzustellen, so als wollte er nicht völlig auf die Maschinenkraft verzichten, die er den ganzen Tag zwischen seinen Schenkeln gespürt hatte.

Aaron kam auf uns zu und wischte sich das Gesicht mit einem schmutzigen Taschentuch ab. Er ging an den Schwarzen vorbei, die um das Feuer standen und sich ungerührt weiter unterhielten, ohne ihn eines Blickes zu würdigen.

Er blieb neben dem Pickup stehen, umrahmt von der Sonne, die wie ein gelb gleißender Ball über dem Mississippi-Damm hing.

»Ja, Sir?« sagte er zum Captain.

»Wasser fassen und pissen, Crown«, sagte der Captain. Er humpelte an seinem Stock in den Schatten eines Gummibaums, zündete seine Pfeife an und wandte das Gesicht dann in den leichten Wind, der vom Fluß her wehte.

»Soweit ich weiß, haben Sie hier Ärger«, sagte ich.

»Von mir ham Sie das nicht.«

Er ging zu dem Wassertank, der mit einem Spannseil an der Bordwand des Pickup festgezurrt war. Er füllte einen Pappbecher und trank ihn aus, hatte den Blick unverwandt auf das Feld gerichtet, auf dem die Staubschwaden im Wind tanzten.

»Geht's um die Schwarzen Guerillas?« fragte ich.

»Mit Farbigen-Organisationen kenn ich mich nich aus.«

»Ich weiß nicht, ob Sie schuldig sind oder nicht, Aaron. Aber auf dem Anstaltfriedhof oben am Point Lookout liegen lauter Männer, die genau die gleiche Einstellung hatten.«

»In dem Damm da drüben sind ebenfalls Tote. So is das halt.« Er knüllte den Pappbecher zusammen, knetete ihn in der Hand und mahlte mit der Kinnlade.

»Ich habe vor, mit einem Anwalt in Baton Rouge zu reden, den ich kenne, einem Bürgerrechtler. Es ist aber ein Schwarzer. Stört Sie das?«

»Mir isses scheißegal, was er ist. Ich hab Ihnen doch schon gesagt, daß ich mich nicht beklagen tu, solang ich nicht mit einem von denen in die Zelle komm.«

»Die fressen Sie bei lebendigem Leib, Partner.«

Er trat einen Schritt auf mich zu, ließ die Hände herabhängen, doch es schien, als ob sie gegen unsichtbare Drähte ankämpften.

»Ein Mann muß sich an seine Grundsätze halten. Ich hab um nix weiter gebeten, als daß ich rauskomm ... Gottverdammt, bestelln Sie meiner Tochter, daß sie sich keine Sorgen zu machen braucht«, sagte er, und das Wasser stieg ihm in die Augen. Der Kragen seines Drillichhemds spannte sich über der breiten Brust. Er atmete durch den Mund, ballte ohnmächtig die Fäuste und verzog das Gesicht, als bringe er die Worte nicht heraus, die ihm auf der Zunge lagen.

Bei Einbruch der Dunkelheit kam ich heim, mußte dann aber gleich wieder los, diesmal mit Helen Soileau, die mit mir zu einem Nachtclub fuhr, einer Bretterbude, die an einer Nebenstraße lag, um einer Vermißtenmeldung nachzugehen.

»Tut mir leid, daß ich dich noch mal rausscheuchen muß, Dave, aber die Großmutter jammert mir am Telefon schon den ganzen Tag die Ohren voll«, sagte Helen. »Ich hab zwei, drei Anrufe gemacht, und es sieht so aus, als ob sie die Wahrheit sagt. Die Kleine ist keine von der Sorte, die einfach abhaut, ohne jemand Bescheid zu sagen.«

Am Abend zuvor hatte eine schwarze Bedienung in Begleitung eines Weißen den Club verlassen. Sie war nicht nach Hause gekommen, und tags darauf war sie auch nicht zum Dienst erschienen. Die Großmutter, die in der Küche des Clubs als Köchin arbeitete, wohnte in einem kleinen Holzhaus etwa hundert Meter weiter. Sie war stämmig, hatte graue Haare und litt an einer seltsamen Hautkrankheit, die weiß und rosa verfärbte Flecken in ihre Hände fraß. Und sie war außer sich vor Schmerz und Unmut.

»Wir finden sie. Ich versprech's Ihnen«, sagte Helen, als wir auf der blanken Erde vor dem Haus standen und zu der kleinen, hell erleuchteten Veranda hinaufschauten.

»Und warum tut ihr euch dann nicht gleich um? Wieso dauert es den ganzen Tag, bis ihr hier rauskommt?« fragte sie.

»Erzählen Sie mir noch mal, wie der Mann ausgesehen hat«, sagte ich.

»Hat 'n nagelneuen Lincoln gefahren. Hat 'n rosiges Gesicht, länglich wie ein Ei. Helle Haare, die weder blond noch rot sind, irgendwas dazwischen, und er kämmt sie glatt nach hinten.«

»Warum ist sie mit ihm weggegangen?« fragte ich.

»Weil sie siebzehn is und nich mehr hörn will. Weil sie das hier an den Händen hat, genau wie ich, und die anständigen Männer nix von ihr wissen wollen. Reicht Ihnen das?«

Helen und ich fuhren auf dem Feldweg zurück zur Bundesstraße. Die Luft war feucht, durchsetzt vom Rauch der Stoppelfeuer, und die Sterne standen dunstig und verschwommen am Nachthimmel. Wir kamen am Laden der LaRose-Plantage vorbei, dann am eigentlichen Herrensitz. Das Haus war vom Erdgeschoß bis zum zweiten Stock hell erleuchtet. Kürbisse und allerlei Vogelscheuchen, die aus Maiskolben und Strohhüten gebastelt waren, zierten das Säulenportal. Weiter hinten, hinter einem Gatter, galoppierten Pferde im Mondlicht über eine Weide, als ob sie ein aufziehendes Gewitter aufgeschreckt hätte oder das Rasseln trockener Mohnkapseln im Wind.

»Was geht dir durch den Kopf?« fragte Helen.

»Der Beschreibung nach könnte es sich bei dem Weißen um Mingo Bloomberg handeln.«

»Ich dachte, der ist in New Orleans im Gefängnis.«

»Ist er auch. Zumindest ist er dort gewesen.«

»Was hat der denn hier in der Gegend verloren?«

»Wer weiß schon, was diese Typen umtreibt, Helen. Ich klemm mich morgen dahinter.«

Ich warf einen Blick zurück zum Haus der LaRoses, auf das funkelnde Licht eines Kronleuchters, das durch die Vorhänge drang, eine hell angestrahlte Gartenlaube, die von Sternjasmin und orangefarbenen Trompetenblumen überwuchert war.

»Pfeif auf diese Leute. Die scheren sich einen feuchten Kehricht um unsereins, es sei denn, sie wollen was von uns. Hey, hörst du mir zu, Streak?« fragte Helen und versetzte mir mit der Rückhand einen heftigen Schlag auf den Oberarm.

Ich stand am nächsten Morgen in aller Frühe auf, hinterließ eine Nachricht auf Clete Purcels Anrufbeantworter und fuhr dann wieder hinaus zu dem Nachtclub und dem Haus der Großmutter. Das Mädchen, Barbara Lavey hieß sie, war immer noch nicht nach Hause gekommen. Ich saß in meinem Pickup vor dem Haus der Großmutter und ging meine Notizen durch. Aus irgendeinem Grund kreiste ich den Namen des Mädchens ein. Ich hatte das Gefühl, daß er mir noch lange in den Akten unterkommen würde.

Die Großmutter, die unterdessen wieder hineingegangen war, hatte ich völlig vergessen. Bis sie plötzlich am Beifahrerfenster stand. Die Brille rutschte ihr auf die Nasenspitze, als sie sich hereinbeugte.

»Tut mir leid, daß ich gestern so unhöflich gewesen bin. Ich weiß, daß Sie dran arbeiten. Das hier is für Sie und die Dame«, sagte sie. Sie drückte mir eine braune Papiertüte voller Pecannüsse in die Hand.

Die Sonne stand noch immer tief im Osten, als ich mich der La-Rose-Plantage näherte. Ich sah Buford, der mit nacktem Oberkörper in einer Koppel neben der Scheune stand, umgeben von einem halben Dutzend dunkelhäutiger Männer, die Strohhüte mit hochgebogener Krempe, Halstücher, Cowboystiefel und Jeans trugen, die wie angegossen um Hintern und Schenkel saßen.

Ich wußte, daß ich hier nichts verloren hatte, daß ich mich aus allem heraushalten sollte, was mit Karyn und Buford und ihren ehrgeizigen Plänen zu tun hatte, daß ich ihren Unmut nicht weiter schüren, ihnen keinerlei Handhabe gegen mich geben sollte. Aber Vernunft war noch nie meine Stärke gewesen, und außerdem wurmte es mich, daß sie derartige Lügen über mich verbreitet hatte.

Ich bog in die Auffahrt ein, fuhr an einer Reihe blaugrüner Pappeln neben dem Haus vorbei und parkte auf dem Hinterhof. Ein warmer Wind, der nach Regen roch, fegte über die Zuckerrohrfelder, und in der Koppel jagte ein gutes Dutzend rotbrauner Pferde herum, die tiefe Brandzeichen im Fell hatten. Ihre fliegenden Mähnen leuchteten glutrot in der aufgehenden Sonne, als sie jählings kehrtmachten und sich gegen das Gatter warfen.

Buford lächelte mich an, als ich aus dem Pickup stieg. Seine hautenge Polohose, die in auf Hochglanz polierten Reitstiefeln steckte, war voller Flecken. Er wirkte heiter und gelöst, genoß sichtlich die kühle Morgenfrische.

Beinahe hätte ich ihm die Hand geboten.

Er schaute über meine Schulter hinweg in die aufgehende Sonne.

»Roter Himmel am Morgen macht dem Seemann Sorgen«, sagte er. Doch er lächelte dabei.

»Ich dürfte eigentlich nicht hierherkommen. Aber ich wollte Ihnen unbedingt persönlich sagen, daß die Anschuldigungen, die Ihre Frau vorgebracht hat, reine Erfindung sind. Freundlicher kann ich es nicht ausdrücken.«

»Ach, dieser Kram. Sie zieht die Anzeige zurück, Dave. Lassen wir's doch dabei bewenden.«

»Wie bitte?«

»Das ist vorbei. Kommen Sie, ich zeige Ihnen meine Pferde.«

Ich schaute ihn ungläubig an.

»Sie hat jemanden verleumdet«, sagte ich.

Er stieß den Atem aus. »Sie und meine Frau hatten etwas miteinander. Sie trägt Ihnen das womöglich immer noch nach. Die Einflüsterungen des Gottes Eros waren noch nie von Vernunft geprägt. Gleichzeitig will sie verhindern, daß meine Kandidatur gefährdet wird, nur weil Sie auf die verrückte Idee gekommen sind, Aaron Crown könnte reingeritten worden sein. Und da sie sowohl Phantasie hat als auch sehr ungestüm ist, hat sie sich zu einer Dummheit hinreißen lassen. Wir bitten um Entschuldigung für alles, was wir Ihnen damit angetan haben.«

Ich legte die Hände auf das Gatter, spürte das harte Holz, überlegte mir jedes Wort, bevor ich etwas sagte.

»Ich komme mir vor wie bei einem therapeutischen Gespräch«, sagte ich.

»Wenn ja, bekämen Sie eine Rechnung.«

Die Hintertür ging auf, und ein schlanker, weißhaariger Mann mit einem runzligen Koboldgesicht und dem wie gegerbt wirkenden Teint eines Kettenrauchers trat in den Wind und winkte Buford zu. Er trug ein marineblaues Sportsakko mit Messingknöpfen und einen champagnerfarbenen Seidenschal. Ich kannte das Gesicht, wußte aber nicht mehr, woher.

»Einen Moment noch, Clay«, rief Buford. Dann wandte er sich wieder an mich. »Hätten Sie Lust, mit uns zu frühstücken?«

»Nein, danke.«

»Wie wär's, wenn wir uns die Hand geben?«

Zwei Cowboys schrien sich auf spanisch etwas zu, während

die Pferde in der Koppel herumrasten. Der eine hatte einer Stute das Zaumzeug übergestreift, und der andere versuchte ihr die Decke und den Sattel überzuwerfen.

»Nein? Dann bleiben Sie wenigstens da und sehen zu, wie ich auf den Hintern falle.«

«Sie sind dafür geschaffen.«

»Wie bitte?«

»Für die Politik. Sie haben Eiswasser in den Adern«, sagte ich.

»Sehen Sie die abgestorbene Eiche da drüben? Meine Vorfahren haben dort zwei Männer gelyncht. Als ich hinter Aaron Crown her war, hatte ich gehofft, daß ich möglicherweise ein bißchen was von dem, was unter dem Baum passiert ist, ungeschehen machen könnte.«

»Es klingt jedenfalls toll.«

»Sie sind der klassische Aggressiv-Passive, Dave. Das ist nicht böse gemeint. Sie tun so, als ob Sie ein Liberaler wären, ein Humanist, aber im Grunde Ihres Herzens sind Sie erzkonservativ.«

»Bis bald, Buford«, sagte ich und ging zu meinem Pickup. Der Wind peitschte die Pappeln an Bufords Haus. Als ich mich noch einmal umdrehte, saß er auf der Stute, hatte die eine Hand um die Mähne geschlungen und zog mit der anderen am Zaumzeug. Sein olivbrauner Oberkörper schimmerte im kühlen Licht der Morgensonne wie gesalbt, so als sei er gemeißelt worden im Versprechen auf eine Vollkommenheit, wie sie nur die Götter der Griechen kennen.

Später rief Clete Purcel zurück und teilte mir mit, daß Mingo Bloomberg vor drei Tagen freigekommen war, herausgeholt von Anwälten, die für Jerry Joe Plumb arbeiteten, auch bekannt als Short Boy Jerry, Jerry the Ace oder Jerry the Glide.

Ich hatte den Hörer in der Hand, konnte mich aber kaum auf

Cletes Worte konzentrieren, als er mir von Mingos Verbindung zu einer bestimmten Person aus der Unterwelt von New Orleans berichtete. Unser Telefonist war gerade durch die offene Bürotür gekommen und hatte mir eine Anrufbenachrichtigung überreicht, auf der nur eine kurze Mitteilung stand: *Der Cap droben im Zoo bittet um Rückruf wg. Crown. Er sagt, es ist dringend.*

Es dauerte zwanzig Minuten, bis ich ihn am Apparat hatte.

»Sie haben recht gehabt. Ich hätt auf Sie hörn sollen. Eine Bande Schwarzer hat ihn heut früh im Geräteschuppen abgepaßt«, sagte der Captain.

Er hatte vom Feld zurücklaufen müssen und atmete schwer.

»Ist er tot?« fragte ich.

»Genau umgekehrt. Er hat zwei von den Dreckskerlen mit bloßen Händen umgebracht und wollt grad mit dem Zuckerrohrmesser auf den dritten losgehn. Der Alte is das reinste Ungewitter, nicht wahr?«

7

Bootsie, Alafair und ich saßen beim Abendessen in der Küche, als das Telefon auf der Anrichte klingelte. Bootsie stand auf und nahm ab. Die Wolken im Westen waren purpurn gefärbt und mit Regenschleiern verhangen.

Dann hörte ich, wie Bootsie sagte: »Könnten Sie mir Karyn kurz geben, bevor ich das Telefon an Dave weiterreiche? Ich habe zwei Nachrichten hinterlassen, aber sie hatte wahrscheinlich keine Zeit zurückzurufen ... Aha ... Wann kommt sie zurück? ... Könnten Sie ihr ausrichten, daß sie mich zurückrufen soll, Buford? Ich möchte unbedingt mit ihr reden ... Ach, Sie wissen schon, wegen diesem Zeug, das sie beim Sheriff über Dave verbreitet hat ... Einen Moment, hier kommt Dave.«

Sie reichte mir das Telefon.

»Buford?« sagte ich.

»Ja.« Seine Stimme klang, als habe ihm jemand eine Klaviersaite um den Hals geschlungen.

»Geht's Ihnen gut?« fragte ich.

»Ja, bestens, danke ... Haben Sie schon von der Sache mit Crown gehört?«

»Ein Gefängniswärter hat es mir erzählt.«

»Begreifen Sie allmählich, wozu er fähig ist?«

»Soweit ich weiß, haben's die andern darauf angelegt.«

»Er hat dem einen das Genick gebrochen. Den anderen hat er in einem Faß Motoröl ertränkt«, sagte er.

»Ich konnte Ihren Freund heut morgen nicht recht unterbringen. Es ist Clay Mason, stimmt's? Was haben Sie denn mit dem vor, Partner?«

»Das geht Sie nichts an.«

»Der Typ war der große Zampano der psychedelischen Szene.«

»Wie üblich sind Ihre Schlußfolgerungen ebenso falsch wie Ihre Informationen.«

Er legte auf. Ich setzte mich wieder an den Tisch.

»Hast du wirklich bei Karyn LaRose angerufen?« fragte ich.

»Wieso? Hast du was dagegen?« erwiderte sie.

»Nein.«

Sie steckte sich ein Stück Hühnchen in den Mund und schaute mich an, während sie kaute. Ich wandte den Blick ab.

»Ich wünschte, ich hätte sie nicht aufgesucht, Boots.«

»Gluckt er wirklich mit diesem Guru aus den sechziger Jahren zusammen?« fragte sie.

»Wer weiß? Bei dieser Sache gibt's einen Knackpunkt, aber genau darum kümmert sich keiner.«

Sie wartete.

»Aaron Crown hatte keinerlei Grund, Ely Dixon umzubringen. Ich bin immer mehr davon überzeugt, daß der Falsche im Gefängnis sitzt«, sagte ich.

»Er war beim Klan, Dave.«

»Man hat ihn rausgeschmissen. Er hat zwei von ihnen in einer Baptistenkirche mit einer Holzbank verdroschen.«

Aber warum? dachte ich.

Im Louisiana der neunziger Jahre gab es nur ein paar Menschen, die diese Frage beantworten konnten.

Er hieß Billy Odom und betrieb an einer Bundesstraße westlich von Lafayette einen Schrottplatz. Der im Schwemmland gelegene und von smaragdgrünen Reisfeldern umgebene Schrottplatz wirkte beinahe wie ein absichtlich in die Landschaft gesetzter Schandfleck, den Billy liebevoll über Jahrzehnte hinweg aus verrosteten und zerquetschten Autowracks, Bergen von abgefahrenen Reifen und allerlei mit silbernen Radkappen verzierten Schuppen geschaffen hatte.

Auch er war ein Zugereister aus dem Norden von Louisiana, genau wie Aaron Crown, und er war hier umgeben von Papisten, Schwarzen, die Französisch konnten, und einer Geschichte, die er weder mitgestalten noch beeinflussen oder in irgendeiner Art prägen konnte. Das Gesicht unter dem Tropenhelm aus Kork war rund wie ein Honigkuchen und zu einem verqueren Lächeln verzogen, mit dem er seine Gedanken verbergen konnte, während er nach einer geheimen Bedeutung in den Worten anderer forschte. Eine Konföderiertenflagge, fast schwarz vor Schmutz, war zwischen den vergilbten Kalendern an die Wand des Schuppens genagelt, in dem er sein Büro hatte. Er leckte sich ständig die Lippen, beugte sich auf seinem Stuhl nach vorn und blinzelte, als ob er durch Rauchschwaden blicken müßte.

»'ne Schlägerei inner Kirche? Kann ich mich nicht dran erinnern«, sagte er.

»Sie und Aaron waren doch in derselben Ortsgruppe des Klans, nicht wahr?«

Er wandte den Blick von mir ab und musterte die Staubfäden, die in einem Sonnenstrahl tanzten. Er neigte versonnen den Kopf zur Seite, sagte aber nichts.

»Warum habt ihr ihn davongejagt?« fragte ich.

»Weil der Mann vom lieben Gott nicht so viel Verstand mitgekriegt hat wie 'n Regenwurm.«

»Kommen Sie, Billy.«

»Der hat früher immer Whiskey gebrannt und Düngemittel in die Maische getan. Davon hat er, glaube ich, auch den Gestank. Seine Alte hat ihn wegen 'nem einbeinigen Blinden sitzenlassen.«

»Wollen Sie ihm helfen, Billy, oder zusehen, wie er in Angola versauert?«

Er legte die Hände auf seine Schenkel und musterte sie.

»Es is wegen der Kleinen gewesen. Seiner Tochter – wie heißt se doch –, Sabelle, derjenigen, die die Bar drunten bei der Unterführung hat.«

»Da komm ich nicht ganz mit.«

»Die Versammlung is innem Pfarrhaus gewesen. Sie is damals noch 'n Mädchen gewesen, hat draußen im Pickup gewartet. Zwei Männer ham aus dem Fenster zu ihr geschaut. Sie ham nicht gewußt, daß Crown direkt hinter ihnen sitzt.

Sagt der eine: ›Ich hab gehört, das soll das beste Alter sein.‹

Sagt der andere: ›Is nicht übel. Aber nimm lieber 'ne Zwirnrolle mit, damit du wieder rausfindest.‹

In dem Moment hat Crown ihnen eins mit der Holzbank verpaßt. Dann hat er mit den Stiefeln auf sie eingetreten.«

»Man hat ihn aus dem Klan geschmissen, weil er seine Tochter verteidigt hat?« fragte ich.

Billy Odom brach einen hellen Holzsplitter aus seinem schmierigen, eingedunkelten Schreibtisch und zeichnete sich damit Striche auf die Haut.

»Wenn sie jung sind und die Schlüpfer nicht dranlassen können, steckt irgendwo der Alte dahinter«, sagte er.

»*Was?*«

»Vermutet ham's alle. Dann hat ihn 'ne Frau von der Fürsorge dabei erwischt und es in der ganzen Stadt rumerzählt. Deswegen is Crown hierhergezogen.«

»Aaron und seine Tochter?« fragte ich.

Der Mann, der den Unfall gesehen hatte, meldete ihn fast drei Tage später, erst als seine Frau von Schuldgefühlen geplagt wurde, zu einem Priester ging und dann gemeinsam mit ihrem Gatten die Sheriffdienststelle im Bezirk St. Martin aufsuchte.

Helen Soileau und ich standen am Deich neben einem Kanal am Rande des Henderson-Sumpfs und sahen zu, wie ein Taucher in einem Gummianzug den stählernen, an einer Trosse hängenden Stahlhaken hinten vom Abschleppwagen nahm, neben den Pfeilern einer Brücke hinauswatete, immer tiefer in den aufwallenden Schlick einsank und dann im Wasser verschwand. Der Himmel war strahlendblau, das Moos an den abgestorbenen Zypressen wiegte sich im Wind, und auf den Sandbänken und den tiefgrünen Weideninseln tanzten Sonnenkringel. Als ein Deputy in Uniform die Winde anwarf und die Trosse sich spannte, wogte eine dicke graue Schlammwolke auf.

Helen ging hinauf zu der Holzbrücke, die über den Kanal führte, streifte ihren Schuh am Rand ab und kam dann wieder herunter zum Deich. Die Vorderräder des untergegangenen, auf dem Dach liegenden Wagens tauchten inmitten eines Knäuels abgestorbener Wasserhyazinthen auf.

Der Mann, der den Unfall gesehen hatte, saß mit seiner Frau

am Deich. Er trug eine schmierige Kappe, die er tief in die Stirn gezogen hatte.

»Gehen wir's noch mal durch«, sagte ich.

Er mußte den Kopf nach oben recken, in die Sonne, als er mit mir sprach.

»Es war dunkel. Ich bin von der Anlegestelle da drüben zurück zum Lager gelaufen. Der Mond hat nicht geschienen. Ich hab nicht alles genau gesehn«, erwiderte er. Seine Frau, die zusammengesunken dasaß und leicht betreten wirkte, schaute auf die Stahltrosse, die unter der Last des Autos straff gespannt war.

»Doch, das haben Sie«, sagte ich.

»Er is auf dem Deich ins Schleudern geraten, als er auf die Brücke gekommen is, und dann is das Auto ins Wasser geflogen. Die Lichter sind angewesen, bis runter auf den Grund vom Kanal.«

»Was ist dann passiert?« fragte ich.

Er zog die Oberlippe hoch, bis über die Zähne, so als ob er angestrengt nachdachte.

»Der Mann is im Scheinwerferlicht aufgetaucht. Dann isser rauf zum Damm gekommen, direkt auf die Straße zu, wo ich gestanden bin. Er is klatschnaß gewesen und schnell gelaufen.« Er wandte das Gesicht aus der Sonne und versteckte sich wieder unter der Schirmmütze.

Ich tippte ihm mit der Schuhkante an den Hintern.

»Sie haben den Unfall nicht gemeldet. Wenn wir in dem Wagen irgendwas finden, was da nicht hingehört, sollten Sie sich lieber gut mit uns stellen. Sind wir uns da einig?« sagte ich.

Seine Frau, die ein bedrucktes Kattunkleid trug, das sich über ihren breiten Schultern bauschte, beugte sich zu ihm und flüsterte ihm etwas zu, während sie nach seiner Hand tastete.

»Er hat gesagt, ich soll vergessen, was ich gesehn hab«, sagte der Mann. »Er hat mir's aus nächster Nähe ins Gesicht gesagt.

Er hat mich gepackt. An einer empfindlichen Stelle, richtig fest.« Betreten senkte er den Kopf.

»Wie hat er ausgesehen?« fragte Helen.

»Es war ein Weißer, das ist alles, was ich weiß. Er hatte Whiskey getrunken. Ich hab's gerochen. Ich hab ihn nicht genau gesehn, weil der Mond weg war.«

»Sehen Sie den Strommast da drüben. Da ist eine Lampe dran. Die brennt die ganze Nacht«, sagte ich.

Der Taucher watete durch das seichte Wasser neben dem umgekippten Lincoln her, der mit der Winde auf das schlammige Ufer gezogen wurde. Sämtliche Fenster waren geschlossen, und der Innenraum stand vom Dach bis zum Boden voll braunem Wasser. Dann sahen wir hinter der Glasscheibe auf der Beifahrerseite etwas rosig hell aufleuchten, wie ein gefleckter Goldfisch, der kurz an der Wand eines verdreckten Aquariums vorbeistreicht.

Der Taucher versuchte die Tür zu öffnen, doch sie steckte im Schlamm fest. Er besorgte sich einen schweren Vorschlaghammer mit einem ziegelsteingroßen Kopf und schlug das Fenster auf der Beifahrerseite ein.

Das Wasser schoß durch das zersplitterte Glas hinaus und schwemmte allerlei Krebse, Blutegel und ein Nest voller fadendünner Wassermokassinschlangen heraus, die sich wie verrückt im Gras wanden. Doch das waren nicht die entscheidenden Eindrücke.

Die Hand einer Frau, dann der ganze Arm, ragten im Wasserschwall nach draußen, so als ob die Person, die auf dem Beifahrersitz angeschnallt war, auf irgend etwas im Gras deutete. Die Ringe an ihren Fingern waren mit Schmucksteinen besetzt, die Nägel rot lackiert, und ihre Haut war von einer Krankheit befallen, die sie allmählich ausbleichte.

Ich ging neben dem Mann, der den Unfall gesehen hatte, in die Hocke und hielt ihm meine Visitenkarte hin.

»Er hat nicht einmal versucht, sie rauszuholen. Er hat nicht um Hilfe gerufen. Er hat sie ertrinken lassen, alleine, in der Dunkelheit. Lassen Sie nicht zu, daß er so einfach davonkommt, Partner«, sagte ich.

Clete rief mich am Samstag morgen im Köderladen an, als ich gerade ein Tablett voller Hühnerteile und Würste für die Angler, die bei uns zu Mittag einkehrten, auf den Grill legen wollte.

»Hast du ein Boot zu vermieten?«

»Klar.«

»Kannst du dem Typ, den ich dabeihabe, auch was zum Angeln leihen?«

»Ich habe eine Rute, die er sich borgen kann.«

»Ist doch ein prima Tag für so was.«

»Wo steckst du?«

»Ein Stück die Straße rauf, bei dem kleinen Lebensmittelladen. Der Typ sitzt in meinem Auto. Aber er geht nicht gern wo hin, wenn er nicht eingeladen ist – weißt du, was ich meine, Dave? Du willst doch Mingo haben? Wenn ich 'n Ausgebüxten aufspüren muß, brauch ich bloß mit dem Typ zu reden, der in meinem Auto sitzt. In diesem Fall fühlt er sich sogar persönlich verantwortlich. Außerdem kennt ihr euch von früher, stimmt's?«

»Clete, du hast doch nicht etwa Jerry Joe Plumb hierhergebracht?« fragte ich.

Er war seinerzeit berüchtigt gewesen, als er im letzten Schuljahr von der High-School geflogen war – ein Junge, der einen angrinste, kurz bevor er zuschlug, ein Bourréespieler, der den erwachsenen Männern im Saloon drunten in der Stadt hohe Einsätze abnahm, der beste Tänzer weit und breit, ein Tunichtgut, der im Eisenwarenladen Schlagringe aus Aluminium goß und sie für einen Dollar das Stück verkaufte, ohne die zackigen Kanten abzuschleifen, so daß man seinem Widersacher damit rote Girlanden ins Gesicht stanzen konnte.

Aber all das passierte erst, nachdem Jerry Joes Mutter gestorben war, als er in die zweite Oberschulklasse ging. Ich konnte mich noch an einen anderen Jungen erinnern, an eine andere Zeit, viel früher.

In der Grundschule hörten wir, daß sein Vater auf Wake Island gefallen wäre, aber was Genaues wußte keiner. Jerry Joe war einer der Jungs, die es von einer Stadt zur anderen, von einer Schule zur nächsten verschlug, je nachdem, wo seine Mutter Arbeit fand. Sie wohnten eine Zeitlang in einer Hütte neben einer Ziegelei in Lafayette, danach etliche Jahre in einem Wohnwagen hinter einer Schweißerei südlich von New Iberia. Sonntags und an jedem ersten Freitag im Monat sahen wir ihn mit seiner Mutter den weiten Weg zur Kirche gehen, sowohl bei grimmiger Kälte als auch bei vierzig Grad im Schatten. Sie war eine blasse Frau mit einem verkniffenen, stets ängstlich wirkenden Gesicht, und sie ließ ihn immer auf der Innenseite gehen, so als könnten die vorbeifahrenden Autos jederzeit über den Bordstein rasen und sie beide umbringen.

Eine Zeitlang arbeiteten seine und meine Mutter gemeinsam in einer Wäscherei, und nach der Schule gingen wir zu mir nach Hause und spielten, bis unsere Mütter im schief hängenden Pickup meines Vaters den Fahrweg entlangkamen. Wir hatten ein Grammophon mit Handkurbel, und Jerry Joe wühlte immer in dem Haufen eingestaubter Schellackplatten herum, holte die alten, zerkratzten Aufnahmen von den Hackberry Ramblers und Iry LeJeune heraus und hörte sie sich ein ums andere Mal an, tanzte dazu, grinste spitzbübisch und rollte mit Armen und Schultern wie ein kleiner Boxkämpfer.

Eines Tages, es war kurz nach Neujahr, kam mein Vater unverhofft von seiner Arbeit draußen im Meer nach Hause, wo er als Ölbohrer auf dem Turm der Bohrinsel arbeitete, hoch über der wogenden Dünung des Golfs von Mexiko. Er war nach einem Streit mit dem Bohrmeister gefeuert worden, und wie immer, wenn er seinen Job verlor, hatte er seinen restlichen Lohn für Whiskey in Provosts Bar und Geschenke für uns ausgegeben, als ob die nächste Gelegenheit, zu Glück und Wohlstand zu kommen, gleich um die Ecke läge.

Aber Jerry Joe hatte meinen Vater nie zuvor gesehen und war nicht auf ihn vorbereitet. Mein Vater stand im hellen Licht in der Tür, groß, grinsend und unanständig, ein Mann, der sich aus Spaß in Kneipen prügelte. Die schwarzen Haare auf seiner Brust quollen aus den beiden Flanellhemden, die er übereinander trug.

»Du kannst ziemlich gut tanzen. Aber du bist zu dürr. Wir müssen dich ein bißchen aufpäppeln. Kommt mit und schaut mal, was ich mitgebracht hab«, sagte er.

Er stellte einen Segeltuchbeutel mit Zugband auf den Küchentisch und packte ihn aus – geräucherte Enten, eingelegte Okraschoten und grüne Tomaten, eine Obsttorte, eingeweckte Erdbeeren, ein Glas mit gerösteten Schweineschwarten und eine Flasche Jax-Bier nach der anderen.

»Arbeitet deine Mutter auch in der Wäscherei? ... Dann liegt's daran, daß du nicht richtig ißt. Bestell deiner Mama das gleiche, was ich immer zu seiner sag: Der Mann, dem der Laden gehört, is so knickrig, daß er beim Gehen quietscht«, sagte mein Vater. »Schau mich nicht so an, Dave. Der Mann stellt keine Weißen ein, wenn er sie nicht genauso behandeln kann wie die Farbigen.«

Jerry Joe ging wieder ins Wohnzimmer und saß eine ganze Weile allein auf einem Polstersessel. Im schwindenden Tageslicht klirrte das Eis an den Pecanbäumen neben dem Haus. Dann kam er in die Küche zurück und sagte, ihm sei schlecht.

Mein Vater packte ihm ein Weckglas und zwei Räucherenten in eine Papiertüte und klemmte sie ihm unter den Arm. Dann fuhren wir ihn in der Dunkelheit nach Hause.

An diesem Abend konnte ich die Handkurbel für das Grammophon nicht finden, dachte aber, Jerry Joe hätte sie einfach verlegt. Tags darauf bekam ich eine erste Lektion darüber erteilt, wie ein Kind, das niemanden hat, dem es sich anvertrauen kann, mit unterschwelliger Wut und verletztem Stolz umgeht. Als der Schulbus auf der Schotterstraße hielt, an der Jerry Joe wohnte, sah ich eine zerrissene Papiertüte im Graben liegen, sah die von Hunden angefressenen Überreste der Räucherenten und die eingemachten Erdbeeren, die an den Scherben des zerbrochenen Weckglases klebten.

Er fragte nie wieder, ob er mit zu mir nach Hause kommen könne, und jedesmal, wenn ich ihn traf, vermittelte er mir das Gefühl, als ob ich ihm etwas Wertvolles gestohlen hätte, nicht umgekehrt.

Clete parkte sein zerbeultes hellgrünes Cadillac-Kabrio neben der Bootsrampe und ging mit Jerry Joe den Steg entlang in Richtung Köderladen. Jerry Joe war ausgelassen, sichtlich begeistert von der Morgenfrische und dem Gefühl, alles im Griff zu haben. Sein Körper wirkte straff und sehnig, die dichten, welligen blonden Haare waren zurückgekämmt und ringelten sich leicht im Nacken. Er trug rotbraune Slipper mit Bommeln, eine beige Hose und ein weites marineblaues Sporthemd mit eingewebten Silberfäden. Sagte ich, er ging den Steg entlang? Das stimmt nicht. Jerry Joe tänzelte. Er ließ einen Panamahut um den Finger kreiseln, die Schenkel spannten sich unter der Hose, Schlüssel und Kleingeld klingelten in seinen Taschen, und die Muskeln an seinen Schultern traten hervor wie eingeöltes Tauwerk.

»*Comment la vie*, Dave? Verkaufst du noch die Sandwiches

mit Schinken und Eiern?« fragte er und ging durch die Fliegengittertür, ohne auf eine Antwort zu warten.

»Warum machst du das, Clete?« fragte ich.

»Es gibt schlimmere Typen«, erwiderte er.

»Wen denn?«

Jerry Joe kaufte sich am Tresen eine Dose Bier und einen Pappteller mit weißem Boudinaufschnitt und setzte sich hinten an einen Tisch.

»Du bist ja mal wieder der reinste Sonnenschein, Dave«, sagte Jerry Joe.

»Ich bin außer Dienst. Wenn es um Mingo geht, solltest du dich ans Büro wenden«, sagte ich.

Er musterte mich. An seinem rechten Augenwinkel war eine eingeringelte weiße Narbe. Er spießte mit einem Zahnstocher eine Scheibe Boudin auf und steckte sie in den Mund.

»Bin ich schädlich fürs Geschäft, stößt du dich irgendwie an meinem Äußeren?« fragte er.

»Wir leben in völlig verschiedenen Welten, Jerry Joe.«

»Nimm dir meine Akte vor. Fünfmal hopsgenommen, zweimal verurteilt, beide Male wegen Betreibens illegaler Spielgeräte. Und das in einem Staat, in dem Hahnenkämpfe erlaubt sind … Hast du 'ne Jukebox hier?«

»Nein.«

»Ich hab von dem ertrunkenen schwarzen Mädchen gehört. Steckt Mingo dahinter?«

»Sein Name steht jedenfalls auf dem Haftbefehl.«

»Er sagt, seine Karre wär geklaut worden.«

»Wir haben zwei Zeugen, die ihn zusammen mit dem Mädchen in dem Wagen gesehen haben.«

»Dazu müssen sie aber auch stehen. Stimmt's?« sagte er.

»Nichts spricht dagegen, und so sollte es besser auch bleiben.«

Er schob mit dem Handballen den Teller weg, stützte sich auf die Ellbogen, beugte sich vor und rollte den Zahnstocher zwischen den Zähnen hin und her. Unter den bronzenen Haaren an seinem rechten Unterarm war eine Tätowierung, ein roter Fallschirm und der Schriftzug *101st Airborne*.

»Ich engagiere Jungs wie Mingo, damit ich mir Ärger vom Hals halte, nicht damit ich welchen kriege. Aber wenn ich einen meiner Leute preisgeben soll, auch wenn er vielleicht ein Scheißkerl ist, brauch ich ... wie heißt doch der Ausdruck ... zwingende Gründe, genau, das isses«, sagte er.

»Was hältst du von Beihilfe, beziehungsweise Begünstigung nach der Tat?«

Er kratzte sich am Kinn und schaute sich im Köderladen um. Er hatte Lachfältchen um die Augenwinkel. »Gefällt dir mein Tattoo? Die gleiche Einheit, in der Jimi Hendrix war.«

Ich schob ihm eine Serviette und einen Bleistiftstummel zu. »Schreib eine Adresse auf, Jerry Joe. Die Polizei von New Orleans greift ihn sich. Du hast damit überhaupt nichts zu tun.«

»Warum besorgst du dir keine Jukebox? Ich schick einen meiner Leute vorbei und laß dir eine aufstellen. Du brauchst auch keine getürkten Münzen. Du behältst hundert Prozent«, sagte er. »Hey, Dave, das haut schon alles hin. Ein neuer Tag bricht an. Ich garantier's dir. Laß dich von diesem Aaron Crown nicht einwickeln.«

»Was?«

Aber er trank sein Bier aus, zwinkerte mir zu, als er seinen Panamahut aufsetzte, ging dann hinaus zum Cadillac und wartete auf Clete.

8

Als ich am Montag morgen zur Arbeit ging, kam ich auf dem Parkplatz an Karyn LaRoses blauem Mazda-Kabriolett vorbei. Sie saß am Lenkrad, hatte eine dunkle Sonnenbrille auf und ein weißes Tuch um die Haare gebunden. Als ich in ihre Richtung blickte, zog sie eine Schnute, nahm eine Illustrierte vom Beifahrersitz und las darin.

»Da wartet ein Typ, der wie ein Professor redet und dich sprechen will, Dave«, sagte Wally, unser Telefonist. Er wog viel zuviel und war ständig rot im Gesicht, so als ob er gerade ein paar Treppen hochgestiegen wäre, und jedesmal, wenn er lachte, für gewöhnlich über seine eigenen Witze, pfiff und keuchte es tief in seiner Brust.

Ich schaute durch die Tür des Wartezimmers und deutete dann mit dem Finger auf den Rücken eines weißhaarigen Mannes.

»Der Genleman dort?« fragte ich Wally.

»Schaun wir mal. Wir haben zwei Penner da draußen, einen Kautionsadvokaten, eine Frau, die behauptet, daß sie über ihre Lockenwickler elektrische Signale von UFOs empfängt, den Schwarzen, der die Klos putzt, und den Professor. Sag mir Bescheid, welcher es deiner Ansicht nach is, Dave.« Er strahlte über seinen eigenen Witz.

Clay Mason, der eine braune, auf Taille geschnittene Westernjacke mit grünen und goldenen Stickereien, ein türkises Hemd mit Druckknöpfen, gestreifte Vaquerohosen und gelbe Cowboystiefel trug, saß auf einem Klappstuhl und hatte einen hohen, perlgrauen Stetson auf den Knien liegen.

Ich wußte von vornherein, daß ich ihn nicht mochte, tat ihn als Rattenfänger ab, der mit halluzinogenen Drogen hantierte, hielt ihn für verantwortungslos, für einen Anachronismus, der sich weigerte, mit dem Ende der sechziger Jahre abzutreten. Doch ich sollte erfahren, daß ein psychedelischer Harlekin nicht einfach dadurch überlebt, daß er den psychedelischen Harlekin spielt.

»Kann ich Ihnen behilflich sein, Sir?« fragte ich.

»Ja, besten Dank. Es dauert nur ein paar Minuten«, sagte er, drehte sich um und blickte gedankenverloren zu mir auf. Er wollte aufstehen, ließ sich dann aber zurücksinken. Ich faßte ihn am Ellbogen und erschrak, wie leicht und zerbrechlich sich seine Knochen anfühlten.

Kurz darauf zog ich meine Bürotür hinter uns zu. Seine weißen Haare waren fein wie Maisfasern, der runzlige Mund mit den roten Lippen erinnerte an eine alte Frau. Als er vor meinem Schreibtisch Platz nahm, galt sein Augenmerk offenbar hauptsächlich den beiden schwarzen Freigängern, die draußen den Rasen mähten.

»Ja, Sir?« fragte ich.

»Ich habe mich in Ihre Angelegenheiten eingeschaltet. Ich hoffe, Sie nehmen mir das nicht übel«, erwiderte er.

»Geht es um die LaRoses?« Ich versuchte mir ein Lächeln abzuringen.

»Sie ist zerknirscht ob ihres Verhaltens, obwohl ich der Meinung bin, daß ihr eigentlich der Hintern versohlt gehört. Statt dessen soll ich Ihnen jedoch ihre Bitte um Entschuldigung überbringen.« Der Akzent war weich, kehlig – Westtexas möglicherweise. Dann fielen mir bruchstückhaft biographische Details ein: daß er aus einer Pioniersfamilie stammte, ein mit Öl erworbenes Vermögen geerbt hatte, dazu die Skandale, die er in der Welt der Wissenschaft ausgelöst hatte und mit denen er sich schmückte wie mit einer zerfledderten schwarzen Flagge.

»Karyn hat gelogen, Doktor Mason. Böswillig und mit Bedacht. Man bekommt keine Absolution erteilt, wenn man einen Stellvertreter zur Beichte schickt.«

»Verdammt gut ausgedrückt. Wollen Sie mich auf den Parkplatz begleiten?«

»Nein.«

»Ihre Gefühle in allen Ehren, Sir. Da möchte ich mich nicht einmischen.« Er ließ den Blick zum Fenster schweifen und hob wegwerfend die Hand. »Eigentlich ändert sich doch gar nichts, nicht wahr?«

»Sir?«

»Die schwarzen Männer in Sträflingskleidung. Die noch immer als Schuldner der weißen Rasse schuften.«

»Der eine von den beiden hat seine Nichte mißbraucht. Der andere hat seiner Frau mit einem Tapeziermesser das Gesicht zerschnitten.«

»Zwei rohe Kerle also, die vermutlich ihre gerechte Strafe bekommen haben«, sagte er, hielt sich an der Kante meines Schreibtischs fest und stand auf.

Ich begleitete ihn zur Hintertür. Draußen ging ein kühler Wind, der Staub und Papierfetzen über den Parkplatz fegte. Karyn, die nach wie vor mit Sonnenbrille und Schal vermummt war, schaute uns durch die Windschutzscheibe an. Clay Mason winkte mit seinem Stetson zu den Wolken hin, den Blättern, die im Wind tanzten.

»Hören Sie das Grollen? Bei Gott, das ist ein magisches Land. Bei jedem Gewitter ertönen die donnernden Hufe der Kavallerie«, sagte er.

Ich bat einen Deputy, Clay Mason den Rest des Weges zu begleiten.

»Seien Sie nicht zu hart zu den LaRoses«, sagte Mason, als ihn der Deputy am Arm nahm. »Sie gemahnen mich an Orpheus und Eurydike, die aus dem Reich der Toten flüchten wollen. Glauben Sie mir, mein Sohn, sie könnten ein bißchen Mitgefühl gebrauchen.«

Den mußt du im Auge behalten, dachte ich.

Karyn beugte sich vor, leckte sich die Lippen, als wären es reife Kirschen, und ließ den Motor an.

Helen Soileau war aufgebracht, als sie an diesem Nachmittag in mein Büro kam.

»Übernimm mal ein Gespräch von mir«, sagte sie.

»Was ist los?«

»Mingo Bloomberg. Wally hat ihn aus Versehen zu mir durchgestellt.«

Ich drückte auf die leuchtende Taste und nahm den Hörer ab. »Wo sind Sie, Mingo?« fragte ich.

»Sie haben Short Boy Jerry gesagt, daß er mir Druck machen soll«, erwiderte er.

»Falsch.«

»Sie können mir viel erzählen. Der Anwalt hat meine Kaution zurückgezogen. Ich hab wieder diesen Zeugenkrempel am Hals.« Im Hintergrund fuhr quietschend und scheppernd die Straßenbahn vorbei.

»Was wollen Sie?« fragte ich.

»Ein Angebot.«

»Tut mir leid.«

»Ich laß mich nicht als der letzte Dreck hinstellen.«

»Sie haben das Mädchen ertrinken lassen. Wenn Sie Mitleid wollen, sind Sie an der falschen Adresse.«

»Sie wollt 'n paar Rippchen. Ich bin in den Farbigenschuppen in St. Martinville gegangen. Als ich wieder rausgekommen bin, war die Karre weg.«

Ich konnte seine Atemzüge hören.

»Ich hab bei Buford LaRose Geld abgeliefert«, sagte er.

»Wieviel?«

»Woher soll ich das wissen? Es war in 'ner verschlossenen Aktentasche. Sie war schwer, so als ob sie voller Telefonbücher wär.«

»Wenn das alles ist, was Sie zu bieten haben, sind Sie im Arsch.«

»Der Typ, der Gouverneur werden will, nimmt Kohle von Jerry Ace. Klingelt's da nicht bei Ihnen?«

»Wir überprüfen keine Wahlkampfspenden, Mingo. Rufen Sie uns an, wenn es Ihnen ernst ist. Ich bin im Augenblick beschäftigt«, sagte ich. Ich legte auf und schaute zu Helen, die mit einer Hinterbacke auf meiner Schreibtischkante hockte.

»Hast du vor, ihn da draußen frei rumlaufen zu lassen?« fragte sie.

»Entweder er kommt zu uns, oder er landet im Stadtgefängnis von New Orleans. Ich glaube, daß er sich uns stellt und dann zusieht, ob er an unsere Zeugen rankommt.«

»Ich hoffe es. Ja, von ganzem Herzen.«

»Was hat er zu dir gesagt?«

»Oh, darüber werde ich mich irgendwann mit ihm unterhalten.« Sie schlug ein Buch auf, das auf meinem Schreibtisch lag. »Wieso liest du griechische Götter- und Heldensagen?«

»Dieser Kerl, dieser Clay Mason, hat die LaRoses mit Orpheus und Eurydike verglichen ... das sind zwei griechische Sagengestalten«, sagte ich. Sie überflog etliche Seiten, dann schaute sie mich wieder an. »Orpheus ist in die Unterwelt gegangen, um seine tote Frau zurückzuholen. Aber er hat es nicht geschafft. Hades hat sie beide gekriegt.«

»Interessant«, sagte sie. Sie schlug das Buch zu, stand auf und schob ihre kurzärmlige weiße Bluse mit beiden Daumen in den Waffengurt. »Bloomberg fährt wegen Totschlags ein, Dave, weil er sich unerlaubt vom Unfallort entfernt hat und dadurch ein Mensch gestorben ist, wegen Entführung, wegen allem, was wir ihm anhängen können. Keinerlei Kuhhandel, keine mildernden Umstände. Diesmal kriegt er die Höchststrafe.«

»Warum auch nicht?«

Sie beugte sich über den Schreibtisch und schaute mich an. Ihre Oberarme traten rund und hart unter den Ärmelaufschlägen hervor.

»Weil dir wegen Karyn LaRose der Arsch auf Grundeis geht«, sagte sie.

In dieser Nacht träumte ich wieder einmal von Victor Charles, der durch ein mondbeschienenes Reisfeld kroch. Der schwarze Pyjama klebte wie angegossen an seinem Leib, sein spitzes Gesicht war hart und knöchern wie das Antlitz einer Schlange. Er war mit Schlamm und menschlichem Kot verschmiert, der im Wasser trieb, doch das Zielfernrohr auf seinem französischen Gewehr war durch ein Futteral geschützt und trocken, der Kammerstengel sauber, das Schloß gut geölt, und über die Mündung hatte er ein Kondom gestülpt, das von einem toten GI stammte. Er war ein altgedienter Soldat, der bereits gegen die Japaner, die Franzosen und die deutsch sprechenden Fremdenlegionäre gekämpft hatte. Und jetzt hatte er es mit einer neuen, höchst merkwürdigen Horde von Neokolonialisten zu tun, mit Jungs, die aus kleinen Verhältnissen stammten, aus Slums und Kuhkaffs, die ganz und gar nicht Victor Charles' Vorstellung von Amerika entsprachen.

Er konnte sich in ein Stück Holz verwandeln, wenn über ihm die Leuchtkugeln losgingen, lautlos den Drahtverhau durchschneiden, der mit Blechbüchsen behängt war, die bei der geringsten Berührung wie Kuhglocken schellten, wußte, daß er sich tief im Blattwerk verstecken mußte, damit man sein Mündungsfeuer nicht sah, achtete auf die Stimmen, die er hinter den Sandsäcken hörte, und wartete darauf, daß ein weißes oder schwarzes Gesicht im Schein eines Feuerzeugs aufleuchtete.

Mit etwas Glück erwischte er wenigstens zwei, vielleicht sogar drei, bevor er wieder im Gestrüpp verschwand. Dann zog er sich auf dem gleichen Schleichweg zurück wie eine Schlange, die sich in ihrem Bau verkriecht, während rundum die Feinde vorbeistürmten.

Genauso lief es. Victor Charles knallte uns ab und verzog sich wieder durch das Reisfeld, das jetzt von Leuchtspurgeschossen zerschnitten und von Granaten aufgewühlt wurde. Doch am Morgen fanden wir sein Repetiergewehr samt Zielfernrohr, Lederriemen und Patronengurt, das wie zum Gedenken an ihn am Drahtverhau hing.

Obwohl ich tief und fest schlief, wußte ich, daß es in diesem Traum nicht um Vietnam ging.

Am nächsten Tag rief ich in Angola an und sprach mit dem stellvertretenden Direktor. Aaron Crown war mittlerweile in Einzelhaft und wurde dreiundzwanzig Stunden am Tag unter Verschluß gehalten. Man hatte gerade wegen zweifachen Mordes Anklage gegen ihn erhoben.

»Soll das heißen, wegen vorsätzlichen Mordes? Der Mann wurde angegriffen«, sagte ich.

»Jemanden kopfüber in ein Faß voll Öl zu stecken und den Deckel draufzudrücken entspricht nach unserem Rechtsverständnis nicht unbedingt einer Notwehrhandlung«, erwiderte er.

Ich rief bei Buford LaRoses Wahlkampfbüro in New Iberia an und erfuhr, daß er mittags eine Ansprache bei einem Kongreß von Landerschließern in Baton Rouge hielt.

Ich nahm die vierspurige Schnellstraße nach Lafayette und fuhr dann auf der I-10 durch den Atchafalaya-Sumpf. Die Zypressen und Weiden standen dicht und fahlgrün zu beiden Seiten des auf Stelzen gebauten Highways, und das Wasser in den sonnenbeschienenen Buchten kräuselte sich im Wind. Dann führte der Highway durch Weideland und Wälder voller Zwergpalmen, und schließlich sah ich die Brücke über den Mississippi vor mir und die Umrisse des Kapitols und des benachbarten Hotels, in dem Buford seine Rede hielt.

Er kannte sein Publikum. Er war vornehm und gebildet, doch er war eindeutig einer von ihnen, hatte Hochachtung vor den halbseidenen Unternehmungen, die sie betrieben, und den Vorstellungen, die sie zusammengeführt hatten. Sie schüttelten ihm nach seiner Rede die Hand und klopften ihm freundlich auf die Schulter, als ob sie aus seinen sagenhaften Leistungen als Footballspieler Kraft beziehen und teilhaben könnten an seiner strahlenden Gesundheit und dem blendenden Aussehen, seiner anscheinend so verheißungsvollen Zukunft.

Am vordersten Tisch, hinter einer Kristallschale voller schwimmender Kamelienblüten, sah ich Karyn LaRose sitzen, die mich beobachtete.

Der Speisesaal war fast leer, als Buford mich zur Kenntnis zu nehmen beliebte.

»Bin ich verhaftet?«

»Bloß eine Frage: Warum hat Crown sein Gewehr liegengelassen?«

»Dafür gibt's eine ganze Handvoll Gründe.«

»Ich bin Ihr Buch gründlich durchgegangen. Sie befassen sich überhaupt nicht damit.«

»Vielleicht ist er erschrocken und weggerannt.«

»Es war mitten in der Nacht. Weit und breit war niemand.«

»Menschen neigen für gewöhnlich zu irrationalen Dingen, wenn sie jemand anderen umbringen.«

Die Kellner räumten die Tische ab, und der letzte Abgesandte aus der Welt der Supermärkte hatte sich verabschiedet und war durch die Tür verschwunden.

»Fahren Sie mit mir rauf nach Angola und treten Sie Crown gegenüber«, sagte ich.

Er überraschte mich. Ich sah, daß er einen Moment lang tatsächlich darüber nachdachte. Im nächsten Augenblick war es wieder vorbei. Karyn stand auf und kam um den Tisch herum. Sie trug ein rosa Kostüm mit einem Mieder, das sich eng um die Brust schloß.

»Crown wird womöglich zum Tode verurteilt, weil er die beiden Häftlinge umgebracht hat«, sagte ich und schaute wieder Buford an.

»Möglich ist vieles«, erwiderte er.

»Ist das alles? Jemand, der mit Ihrer Hilfe im Gefängnis gelandet ist, zu Unrecht vielleicht, bekommt die Todesspritze, und Sie zucken bloß mit den Achseln?«

»Möglicherweise ist er ein gewalttätiger, widerwärtiger Mann, der nur das bekommt, was er verdient.«

Ich wandte mich ab und ging. Dann drehte ich mich noch einmal um.

»Ich dreh Sie durch den Wolf«, sagte ich.

Ich war so wütend, daß ich auf dem Flur die falsche Richtung einschlug und auf den falschen Parkplatz hinausging. Als ich meinen Irrtum bemerkte, kehrte ich um und ging zurück zum Foyer. Ich kam am Speisesaal vorbei, dann an einem kurzen Korridor, der nach hinten zu einem Lastenaufzug führte. Buford lehnte mit aschfahlem Gesicht an der Wand neben der Fahrstuhltür und wurde von seiner Frau am Arm gestützt.

»Was ist passiert?« fragte ich.

»Hilf mir, ihn auf unser Zimmer zu bringen«, sagte Karyn.

»Ich glaube, er braucht einen Notarzt.«

»Nein! Wir haben unseren eigenen Arzt hier. Dave, hilf mir, *bitte*. Ich kann ihn nicht mehr halten.«

Ich nahm seinen anderen Arm, und wir stiegen in den Fahrstuhl. Buford stützte sich mit dem Handballen auf die Haltestange an der hinteren Wand, zerrte seinen Hemdkragen auf und holte tief Luft.

»Ich bin heute morgen eine Meile in fünf Minuten gelaufen. Was halten Sie davon?« sagte er und rang sich ein Lächeln ab.

»Treten Sie lieber etwas kürzer, Partner«, erwiderte ich.

»Ich muß mich bloß ein bißchen hinlegen. Eine Stunde Schlaf, und mir geht's wieder bestens.«

Ich schaute Karyn an. Sie wirkte jetzt gefaßt, konzentrierte sich wieder auf das Wesentliche, worum auch immer es dabei gehen mochte.

Wir geleiteten Buford zu einer Suite im obersten Stock, brachten ihn zu Bett und schlossen die Tür hinter uns.

»Er hält heute abend eine Rede vor dem Kongreß der State Police«, sagte Karyn, als wollte sie mir eine Erklärung bieten. Durch die Panoramafenster des Wohnzimmers konnte man das Kapitol sehen, die Parks und Boulevards und Bäume im Zentrum der Stadt, den weiten Bogen des Mississippi, das Marschland im Westen – all das bezaubernde urbane und ländliche Ambiente, das in Louisiana mit politischer Macht einhergeht.

»Nimmt Buford Aufputschmittel?« fragte ich.

»Nein. Es ist ... Er kriegt sie verschrieben. Er ist manchmal einfach übermüdet.«

»Du solltest lieber jemanden holen, der ihm hilft, Karyn.«

Ich ging durch den Vorsaal zur Tür.

»Gehst du schon?« fragte sie.

Sie blieb unmittelbar vor mir stehen, blickte zu mir auf. Sie war durch den anstrengenden Marsch mit Buford ins Schwitzen geraten, und ihre platinblonden Haare und die braune Haut bekamen im Schein der Deckenlampe einen stumpfen Glanz. Ich konnte ihr Parfüm riechen, ihre Hitze spüren. Sie lehnte die Stirn an meine Brust und legte mir ihre Hände auf die Arme.

»Dave, es war nicht bloß der Alkohol, oder? Du hast mich gemocht, nicht?«

Sie trommelte mit ihren kleinen Fäusten auf meinen Hintern, drehte den Kopf an meiner Brust hin und her, als wollte etwas aus ihr heraus, etwas Unaussprechliches vielleicht, eine Überlegung, die ihr Leben betraf.

Ich legte ihr eine Hand auf den Arm und tastete mit der anderen nach dem Türgriff hinter mir. Er ließ sich nicht bewegen, lag starr und steif in meiner schweißnassen Hand.

9

Einen Tag später hielt Clete Purcels lindgrünes Cadillac-Kabriolett vor der Dienststelle des Sheriffs. Das Dach war heruntergeklappt, und Mingo Bloomberg saß auf dem Beifahrersitz. Clete und Mingo kamen den Weg herauf, durch das Wartezimmer und in mein Büro. Mingo, in weißen Hosen und einem zitronengelben Hemd mit Doppelmanschetten, blieb vor meinem Schreibtisch stehen. Er verdrehte den Hals, als ob sein Kragen zu eng wäre, dann steckte er sich ein Pfefferminzbonbon in den Mund.

»Mein Anwalt will dafür sorgen, daß meine Verhandlung schnell anberaumt und die Kaution festgesetzt wird. Ich will vor Gericht gut dastehen. Wenn Sie also Fragen haben, bringen wir's jetzt hinter uns, okay?« sagte er. Er zerbiß das Bonbon zwischen den Backenzähnen.

»Mingo, ich glaube, mit der Tour kommst du hier nicht gut an«, sagte Clete.

»Was geht hier vor, Clete?« fragte ich.

Clete ging hinaus auf den Flur und wartete auf mich. Ich zog die Tür hinter mir zu.

»Short Boy Jerry hat mir zweihundert Mäuse gegeben, damit ich die Fracht abliefer. Laß dir von Mingo nix erzählen. Sowohl Jerry Joe als auch das NOPD haben ihn schwer am Wickel«, sagte er.

Ich öffnete die Tür und ging wieder hinein.

»Wie geht es, Mingo?«

»Meine Karre is geklaut worden. Ich hab kein schwarzes Mädchen ertrinken lassen. Folglich geht's mir gut.«

»Sie sind doch ein gestandener Kerl, oder?« sagte ich.

»Was soll das heißen?«

»Jerry Ace will uns mit einem Appetithappen abspeisen, damit wir nicht aufs Hauptgericht zurückkommen. Ist Ihnen dabei wohl zumute, Mingo? Gefallen Sie sich als Hors d'œuvre?« fragte ich.

»Jedenfalls besser, als wenn ich als lebende Zielscheibe in New Orleans rumlaufe. Ich mein damit die Cops im First District, die womöglich jemand seine Birne auf dem Zement zertrampelt haben. Ich muß mal aufs Klo. Purcel hat nicht angehalten.«

Er schaute durch die Glaswand hinaus und sah das Gesicht auf der anderen Seite.

»Hey, halten Sie mir die vom Leib.«

»Haben Sie was gegen Lieutenant Soileau?« fragte ich.

»Das is 'ne Muffenleckerin. Ich hab ihr am Telefon gesagt, sie soll sich 'n Gummischwanz besorgen und die Bäume anschiffen oder meinetwegen damit machen, was sie will, Hauptsache, sie wird den Druck los.«

Helen kam durch die Tür. Ich legte ihr die Hand auf die Schulter und begleitete sie auf den Flur hinaus.

»Jerry Joe hat ihn dazu gebracht, daß er sich stellt«, sagte ich.

»Warum?« fragte sie. Sie hatte nach wie vor den Blick auf Mingo geheftet.

»Er steckt irgendwie mit Buford LaRose unter einer Decke und will uns vom Hals haben. Mingo sagt, daß er auf Kaution freikommt. Ich glaube, er hat es auf unsere Zeugen abgesehen.«

»Den Teufel wird er tun. Ist er schon offiziell festgenommen?«

»Noch nicht.«

Sie riß die Tür so heftig auf, daß das Glas schepperte.

Eine halbe Stunde später rief sie mich vom Gefängnis aus an.

»Rat mal! Der Scheißkerl hat mich angegriffen. Ich hab den Papierkram fürs Gericht morgen früh schon fertig«, sagte sie.

»Wo ist er?«

»Im Stadtkrankenhaus. Er ist die Treppe runtergefallen. Außerdem mußte er mit zwölf Stichen genäht werden, weil ich ihn mit dem Schlagstock erwischt habe. Die Kaution kannst du vergessen, mein Lieber. Der bleibt uns 'ne Weile erhalten.«

»Helen?«

»Schriftlich macht sich das bestens. Ich bin auf die katholische Schule gegangen. Ich habe eine gestochen schöne Handschrift.«

Clete und ich aßen bei einem Schwarzen, der eine Grillbude in einem Eichenwäldchen hatte, zu Mittag. Der Holztisch im Schatten der Bäume war kühl, und man konnte das feuchte Klafterholz riechen, das unter einer Plane neben der Bude gestapelt war.

»Ich hab heute früh zufällig den Fernseher eingeschaltet, weil ich sowieso wach gewesen bin, und bin beim Frühstücksfernsehen gelandet, dem Morgenprogramm vom Lokalsender von New Orleans«, sagte er. Er schaute mich unverwandt an. »Was zum Teufel treibst du da, Streak?«

»Ich mache mir Sorgen um Aaron Crown.«

»Du bist im Fernsehen gewesen, Dave, mit dieser Hollywood-Type, diesem – wie heißt er noch? – Felton oder so.«

»Ich wurde hier gefilmt, während er mich am Telefon interviewt hat. Die Bilder wurden anschließend reingeschnitten.«

»Pfeif auf die Technik. Warum schmeißt du nicht gleich den Job hin? Was sagt denn dein Boß dazu?«

»Ich glaube, er hat's noch nicht erfahren.«

»Mit polizeilichen Angelegenheiten wendet man sich nicht an Außenstehende, Großer. Weil es denen nämlich scheißegal ist. Die lassen dich im Regen stehn, und anschließend setzen dir die eigenen Leute zu, weil du nicht dichtgehalten hast.«

»Vielleicht war das so beabsichtigt«, sagte ich.

Er trank einen Schluck Dixie-Bier und zwinkerte mir mit einem Auge über den Flaschenrand zu. »Hier steckt noch was andres dahinter, Mann«, sagte er.

»Häng's nicht zu hoch, Clete.«

»Es geht um die Braut, stimmt's?« sagte er.

»Nein.«

»Du hast sie einmal flachgelegt, und jetzt hast du Bammel, daß du's wieder tun könntest. Deshalb holzt du wild um dich, damit du nicht in Versuchung gerätst. Und mittlerweile hast du dir beruflich womöglich alles versaut ... Moment mal, du hast sie doch nicht wieder gebürstet, oder?«

»Nein ... Könntest du diese Ausdrucksweise lassen?«

»Dave, reiche Typen heiraten keine Schlammweiber aus Neuguinea. Die is 'ne ganz scharfe Nummer. Wir haben alle unsere Schwächen, mein Bester. Ich brauch sie bloß in der Glotze zu sehen, schon juckt mir mein Johannes.«

»Du hast dich abgesetzt, als man wegen Mordes gegen dich ermittelt hat«, sagte ich. »Das Opfer war ein Psychopath, und sein Tod war ein Versehen, aber entscheidend ist, daß du ihn umgebracht hast. Was wäre denn, wenn du nicht heil davongekommen wärst? Wenn man dich zu Unrecht lebenslänglich eingesperrt hätte?«

Er wischte sich mit der Serviette einen Klecks Barbecuesoße vom Handteller und schaute hinaus zu der im Sonnenlicht liegenden Straße.

»Dieser Crown muß dir ja allerhand bedeuten ... Ich glaub, ich geh zu Reds in Lafayette, nehm ein Dampfbad und fang den Tag noch mal von vorne an«, sagte er.

Eine Stunde später rief mich der Sheriff an und bat mich in sein Büro. Ich ging davon aus, daß er mittlerweile von meinem Auftritt im Frühstücksfernsehen gehört hatte, daher überlegte ich mir unterwegs, wie ich mich rechtfertigen und ein Verhalten erklären könnte, das normalerweise, im Polizeidienst jedenfalls, als unentschuldbar galt. Als ich die Tür öffnete, starrte er auf ein liniertes Notizblatt in seiner Hand und rieb sich mit einem Finger die Schläfe. Die Jalousien in seinem Büro waren geschlossen, und das Fensterbrett stand voller grüner Topfpflanzen.

»Warum muß denn hier alles so schwer sein? Warum können wir uns nicht einfach um die Probleme im Bezirk Iberia kümmern? Können Sie mir das erklären?« fragte er.

»Wenn Sie damit meinen Auftritt im Frühstücksfernsehen ansprechen wollen – ich stehe zu dem, was ich gesagt habe, Sheriff. Aaron Crown hatte kein Motiv. Ich glaube, Buford LaRose will sich auf Kosten eines anderen politisch profilieren.«

»Sie waren im Frühstücksfernsehen?«

Es wurde still im Zimmer. Er öffnete die Jalousien, und ein greller Lichtstrahl fiel durch das Fenster.

»Vielleicht sollte ich es erklären«, sagte ich.

»Dafür wäre ich dankbar.«

Als ich fertig war, nahm er das Notizblatt wieder zur Hand und schaute es an.

»Ich wünschte, Sie hätten das nicht getan«, sagte er.

»Tut mir leid.«

»Sie verstehen das nicht. Ich wollte glauben, daß der Mexikaner mit der Machete einfach ein Gestörter war, kein gedungener Mörder. Ich wollte glauben, daß er nichts mit der Crown-Sache zu tun hat.«

»Da komme ich nicht mit.«

»Ich will nicht, daß Sie Ihr Leben riskieren, Herrgott noch mal. Wir haben heute morgen zwei Anrufe aus Mexiko erhalten, einen von einem Priester in irgendeinem Kuhkaff tief im Landesinneren, den anderen von einem mexikanischen Drogenfahnder, der behauptet, er hätte mit der DEA in El Paso zusammengearbeitet ... Der Kerl mit der Spinnwebentätowierung, dieser Irre, der ist von ein paar *Rurales* über den Haufen geknallt worden. Er liegt im Sterben und sagt, Sie wären auch dran ... Er sagt: ›Wegen dem *Bugarron.*‹ Was ist ein *Bugarron*?«

»Ich weiß es nicht.«

»Da unten war grad ein Gewitter. Die Verbindung ist abgebrochen, bevor ich aus dem Drogenfahnder schlau geworden bin ... Fliegen Sie heut nachmittag runter. Nehmen Sie Helen mit. Amerikaner kommen da unten leicht in die Bredouille, wenn sie ohne Begleitung sind.«

»Haben wir für so was denn Geld?«

»Bringen Sie mir einen Sombrero mit.«

10

Wir landeten spätnachts in El Paso. Am nächsten Tag saßen wir in aller Frühe in einer Zubringermaschine und flogen fünfhundert Meilen weit nach Mexiko hinein, zu einem staubigen, zwischen braunen Bergen liegenden Flugplatz, über den der Wind hinwegfegte. Der mexikanische Drogenfahnder, der uns in Empfang nahm, trug Jeans und Stiefel, dazu ein Sportsakko über einem blauen, verwaschenen Golfhemd und hatte seine Dienstmarke und eine Pistole am Gürtel hängen. Er hieß Heriberto, und er war unrasiert und hatte sich die Nacht um die Ohren geschlagen.

»Der Typ hat Sie umbringen wollen, was?« sagte er, als er auf dem Parkplatz seinen Cherokee aufschloß.

»So ist es«, erwiderte ich.

»So jemand möcht ich nicht am Hals haben. *Es indio*, Mann, wissen Sie, was ich meine? Jemand wie der brät sich Ihr Herz am offenen Feuer«, sagte er. Er schaute zu Helen. »*Gringita*, wollen Sie noch mal auf die Toilette? Da, wo wir hinfahren, gibt's keine Büsche am Straßenrand.«

Gleichgültig musterte er ihre ausdruckslose Miene.

»Wie haben Sie sie genannt?« fragte ich.

»Vielleicht habt ihr letzte Nacht ebenfalls nicht geschlafen«, sagte er. »Ihr könnt schlafen, während ich fahre. Ich hatte noch nie einen Unfall auf dieser Straße. Letzte Nacht, als kein Mond da war, bin ich mit einem Scheinwerfer runtergefahren.«

Die Sonne ging in einem orangefarbenen Dunstschleier über den Bergen auf, die aussahen wie aufgeschüttete Schlacke, und an deren Hängen Kakteen, Mesquitegestrüpp und Chaparral wucherten. Die unbefestigte Straße wand sich durch eine Reihe von Arroyos, deren Sandsteinwände von Buschfeuern versengt waren, dann durchquerten wir einen Fluß, der wie heller Milchkaffee über einen geborstenen Holzdamm schäumte und die Ufer überflutete, und stießen schließlich zwischen Weiden und Regenbäumen auf einen aus Lehmziegeln gebauten Bahnhof ohne Dach. Die Gleise, die daran vorbeiführten, verschwanden, wie es schien, im Berghang.

»Wundern Sie sich, wo die Gleise hingehn?« sagte Heriberto. »Die Bergbaufirma hatte dort einen Tunnel. Der Zug is immer noch drin.«

»Da drin?« erwiderte ich.

»Pancho Villa hat den Berg über dem Tunnel gesprengt, als ein Zug, der voll war mit Huertas Hunden, durchgefahren is. Die sind immer noch da drin, Mann. Die kommen nicht mehr raus.«

»Ich nahm mein Notizbuch aus der Brusttasche meines Hemds und schlug es auf.

»Was bedeutet *Bugarron?*« fragte ich.

Helen war eingeschlafen. Sie saß hinten, hatte den Kopf auf die Brust gesenkt.

»Das gleiche wie *Maricon*, nur daß sich der *Bugarron* für den Kerl hält.«

»Geht's hier um Homosexuelle? Ich kapier das nicht.«

»Der ist *adicto*, Mann. Der Typ hat den Kopf voller Speed und Laborscheiß. Und die Schrotkugeln, die er im Leib hat, haben seinem Hirn auch nicht gutgetan.«

»Was für Laborscheiß?«

Er konzentrierte sich auf die Straße und wich einem überfahrenen Hund aus, ohne auf meine Frage einzugehen.

»Warum haben Sie uns hierherkommen lassen?« fragte ich und versuchte, nicht allzu ungehalten zu klingen.

»Der Priester is der Cousin meiner Frau. Er sagt, Sie sind in Gefahr. Aber das, was er weiß, hat er bei einer Beichte erfahren. Das heißt, daß er es Ihnen nicht selber sagen kann. Wenn Sie zurück zum Flughafen wollen, Mann, dann sagen Sie's gleich.«

Die Sonne, die am kobaltblauen Himmel stand, stieg zusehends höher. Wir fuhren durch eine flache Ebene, vorbei an Sumpflöchern und Schilfgras neben der Piste, schroffen Bergketten, die sich rasiermesserscharf am Horizont abzeichneten, an Indianerfamilien, die allem Anschein nach von weit her gekommen waren, da nirgendwo eine Ansiedlung zu sehen war, um am Straßenrand zu betteln. Dann stieg die Straße an, und die Luft wurde kühler. Wir kamen an einer stillgelegten Eisenhütte vorbei, deren Fenster eingeschlagen waren, fuhren durch Dörfer, deren Straßen kaum mehr als Schotterpisten waren und in denen sämtliche Haustüren entweder grün oder blau gestrichen waren. Die Berge, die über den Ortschaften aufragten, waren grau und kahl, und der Wind fegte von den nackten Hängen und wirbelte den Staub auf den Straßen auf.

»Das hier sind alles Indianer. Sie glauben, wenn man die Tür mit einer bestimmten Farbe streicht, können die bösen Geister nicht rein«, sagte Heriberto.

Helen war jetzt wach und schaute aus dem Fenster.

»So ähnlich muß es in der Hölle aussehn«, sagte sie.

»Ich bin hier aufgewachsen. Ich will euch mal was sagen. Typen wie diesen Araña gibt's hier nicht. Er stammt aus Jalisco. Und ich sag euch noch was. Nicht mal *dort* gibt's Typen wie diesen Araña. Solche Typen müssen erst in die Vereinigten Staaten, damit sie so werden wie der. Verstehn Sie, was ich sagen will?«

»Nein«, antwortete sie und schaute auf seinen Nacken.

»Mein Englisch is nicht allzu gut. Ich hab damit meine liebe Not«, sagte er.

Wir fuhren in eine Ortschaft, die wie zusammengeduckt in einem schmalen Cañon mit steil aufsteigenden Wänden lag, inmitten von Abraumhalden, die von einer verlassenen Tagebaugrube oben am Berg herrührten. Etliche Häuser hatten keinen Abort, nur ein senkrecht in den Boden eingelassenes Rohr auf dem Hof, das als Gemeinschaftstoilette diente. Das Polizeirevier war neben der Cantina – ein weißgetünchter Flachbau mit grünen Fensterläden, die fest geschlossen waren. Ein Jeep, in dem drei *Rurales* und ein Zivilist saßen, der am Ohr blutete und Haare wie eine Löwenmähne hatte, kam in einer Staubwolke vom Bergwerk her und hielt dann an. Die drei *Rurales* trugen schmutzige braune Uniformen und Mützen mit gelacktem Schirm, und sie waren mit 45ern bewaffnet, uralten amerikanischen Militärrevolvern aus dem Ersten Weltkrieg. Die Kleidung des Zivilisten hing in Fetzen herunter, und seine Hände waren auf den Rücken gefesselt. Die *Rurales* brachten ihn in das Gebäude und schlossen die Tür.

»Sind das die Jungs, die Araña über den Haufen geknallt haben?« fragte ich.

»Yeah, Mann, aber Sie wollen ihnen doch deswegen keine Fragen stellen, wenn Sie verstehn, was ich damit sagen will«, meinte Heriberto.

»Nein, ganz und gar nicht.«

Er kratzte sich an der Nase, dann erzählte er mir eine Geschichte.

Fahrendes Volk war in die Ortschaft gekommen und mit ihm ein mit Fußpedalen betriebenes Riesenrad, ein Esel mit einem fünften Bein, das wie ein schlaffer Strunk aus seiner Flanke wuchs, ein Schnapshändler, der von Hand verkorkte Mescalflaschen mitsamt Würmern verkaufte, und Araña, die Spinne, ein Zauberkünstler und Hexer, der Feuer schluckte und es in hohem Bogen in die Luft spie, ein Mann, der mit seiner scharlachroten Spinnwebentätowierung, den langen Indianerhaaren und den schillernd grünen Augen die Frauen aus den Bergen bezirzte und aus ihren Ehebetten lockte. Die Kraft seiner Lenden war legendär.

»Hat Araña irgendwann dem Falschen die Frau ausgespannt?« fragte ich.

»Genau das werden die Ihnen sagen. Wenn Sie sich damit zufriedengeben, wenn Sie diese Geschichte schlucken, is alles in Ordnung. Wenn nicht, wenn Sie Fragen stellen, kriegen wir womöglich Ärger. Haben Sie den Typ gesehen, den sie grad reingebracht haben? Da wollen Sie heut bestimmt nicht rein.«

»Was hat er gemacht?« fragte Helen.

»Zwei Kinder sind zu den verlassenen Gebäuden oben beim Bergwerk gegangen und nicht zurückgekommen. Sehn Sie, dort, wo die Blechstücke im Wind schaukeln. Er lebt dort ganz allein, wäscht sich so gut wie nie, kommt nachts runter und stiehlt sich bei den Leuten was zu essen.«

»Warum haben sie auf Araña geschossen?« fragte ich.

»Schau, Mann, wie soll ich Ihnen das erklären? Wir haben es hier nicht mit einem *Marijuanista* zu tun. Der Typ schafft manchmal superstarkes Zeug in die Staaten. Die hiesigen Jungs wissen das. *La Mordita* nennt man das – man muß seinen Teil bezahlen, Mann, sonst kriegt man womöglich Riesenärger. Wie der Typ hinter den grünen Fensterläden. Der will bestimmt nicht, daß sich jemand eine Zigarre anzündet.«

Das Krankenhaus, ein langer, barackenartiger Bau, der auf einer Anhöhe über der Hauptstraße stand, war einst von einer amerikanischen Bergbaugesellschaft errichtet worden. Die Bretter waren aufgequollen und splittrig, die Fenster mit zerfetzten Plastikfolien verhängt, die im Wind knatterten. Dahinter, neben einem mitten auf dem Hühnerhof ausgehobenen Brunnenschacht, tuckerte ein Benzingenerator.

Die Betten drinnen standen in Reih und Glied, in genau bemessenem Abstand, unter jedem eine Plastikschüssel oder ein Spucknapf, die stahlgrauen Bettdecken stramm gezogen wie beim Militär. Der Holzofen war nicht angeschürt, an der offenen Tür haftete alte Asche. Die nackten Wände und der blanke Boden wirkten wie mit einem Eishauch überzogen.

Doch der Mann, der sich Araña nannte, brauchte keine Außenwärme.

Er lag nackt auf dem bloßen Laken, hatte nur ein Handtuch über dem Unterleib, und die roten Tätowierungen auf seiner Haut schillerten schweißnaß. Seine Brust war mit Wunden übersät, die mit Gazebäuschen, Heftpflaster und einer gelben, nach Motoröl riechenden Salbe versorgt worden waren. Doch der widerwärtige Gestank rührte nicht daher. Sein linkes Bein war doppelt so dick wie normal und glänzte rötlich violett wie eine Aubergine.

Der Priester, der den Sheriff angerufen hatte, holte zwei Stühle und stellte sie neben das Bett. Er war blaß und schmal, trug eine Windbluse, ein Flanellhemd, Khakihose und Arbeitsstiefel, die ihm eine Nummer zu groß waren, und hatte kurzgeschorene schwarze Haare, die er sich vermutlich selbst schnitt. Er legte mir die Hand auf den Arm und nahm mich beiseite. Ich spürte seinen Atem, der leicht nach Cognac roch.

»Araña hat Vergebung gefunden, aber keinen Frieden. Er glaubt, daß er bösen Menschen gedient hat, die Ihnen Übles wollen«, sagte er. »Aber ich bin mir nicht sicher, was er mit all dem sagen will.«

»Was hat er Ihnen denn erzählt?«

»Allerlei. Und wenig Gutes.«

»Pater, ich will Sie wahrlich nicht darum bitten, das Beichtgeheimnis zu verletzen.«

»Er hat sich verrückt gemacht mit seinen Spritzen. Er sagt ständig, daß er Angst hat um die jungen Menschen. Ist alles sehr verwirrend.«

Ich wartete. Der Priester warf mir einen bedrückten Blick zu.

»Sir?« sagte ich.

»Der Mann, der angeblich droben im Bergwerk Kinder umgebracht haben soll, ist ein Verwandter von ihm«, sagte der Priester. »Aber vielleicht hat er auch von dem *Bugarron* gesprochen, wie er ihn nennt. Ich weiß es nicht.«

Helen und ich setzten uns neben das Bett. Helen holte einen Kassettenrecorder aus ihrer Handtasche und drückte die Aufnahmetaste. Der Mann, der sich Araña nannte, ließ den Blick über mein Gesicht schweifen.

»Kennen Sie mich, Partner?« fragte ich.

Er reckte den Hals, damit er mich besser sehen konnte, und atmete schwer durch die Nase. Dann sagte er etwas in einer Sprache, die ich nicht kannte.

»Das ist ein indianischer Dialekt«, sagte der Priester. »Hier in der Gegend spricht ihn keiner, bis auf seinen Verwandten, den Verrückten, der im Bergwerk lebt.«

»Wer hat Sie nach New Iberia geschickt?« fragte ich.

Doch er war im Delirium, und ich drang nicht zu ihm durch, sosehr ich mich auch bemühte. Ich versuchte es eine halbe

Stunde und spürte dann, wie ich langsam die Konzentration verlor. Der Priester ging davon und kam wieder zurück. Helen gähnte und reckte sich. »'tschuldigung«, sagte sie. Sie nahm die Kassette aus dem Recorder und legte eine neue ein.

Dann, so als nehme er mich zum erstenmal wahr, faßte Araña mich am Unterarm und drückte zu wie mit einer Schraubzwinge.

»Der *Bugarron* reitet auf einem Sattel mit Blumenmuster. Ich hab ihn auf der Ranch gesehen. Sie versauen denen alles. Die bringen Sie um, Mann«, sagte er.

»Wer ist der Kerl?«

»Er hat keinen Namen. Er hat ein rotes Pferd und einen silbernen Sattel. Er mag Indianerjungs.«

Aus Versehen zog er meine Hand an sein brandiges Bein. Ich sah, wie sein Gesicht vor Schmerz zusammenzuckte, wie er wütend aufblickte, ohne mich noch zu erkennen.

»Wie sieht der Mann aus?« fragte ich.

Doch er war jetzt ein anderer, ein alter Feind vielleicht, der unter Aasgeiern zur Welt gekommen war.

Helen und ich gingen mit dem Priester nach draußen. Die Sonne schien kalt in den Cañon. Heriberto wartete neben dem Cherokee.

»Ich habe hier keinerlei Amtsvollmacht, Pater. Aber ich mache mir Sorgen um den Mann aus dem Bergwerk. Der, der jetzt in dem Polizeirevier ist«, sagte ich.

»Warum?«

»Heriberto sagt, mit den *Rurales* ist nicht zu spaßen.«

»Heriberto ist korrupt. Er nimmt Geld von den Drogenschmugglern. Die *Rurales* sind Indianer. Ihre Weltanschauung verbietet es ihnen, einem Geisteskranken absichtlich Leid zuzufügen.«

»Aha. Vielen Dank für alles, was Sie für uns getan haben, Pater.«

Helen und ich stiegen noch am selben Abend in eine viermotorige Maschine, die uns zu unserem Anschlußflug nach El Paso brachte. Sie schaute aus dem Fenster, als wir zur Startbahn rollten. Heriberto stand neben dem Hangar; er hatte eine Hand zum Abschiedsgruß erhoben.

»Wie siehst du das alles?« fragte sie und deutete mit dem Kopf zum Fenster.

»Was?«

»Alles, was heute gelaufen ist.«

»Ein Freiluftirrenhaus«, sagte ich.

Später ließ sie den Kopf an meine Schulter sinken und schlief ein. Ich schaute eine Zeitlang zu, wie die Wolken von den Propellern verwirbelt wurden. Dann klarte der Himmel wieder auf, und tief unten sah ich die Lichter einer Stadt, die sich durch das ganze Tal erstreckte, und den Rio Grande, der im Mondschein schimmerte.

11

Am Montag morgen ging Karyn LaRose durch das Wartezimmer der Dienststelle und blieb vor dem Büro des Telefonisten stehen. Sie brauchte nichts zu sagen. Wally schaute sie an und stand auf, ohne auch nur einmal nachzudenken (und später konnte er weder sich noch jemand anderem erklären, warum er es getan hatte).

»Ja, Ma'am?« sagte er.

Sie trug ein enggeschnittenes weißes Kostüm, weiße Strümpfe und einen breitkrempigen Strohhut mit gelbem Band.

»Ist Dave zu sprechen?« fragte sie.

»Klar, Mrs. LaRose. Bestimmt. Ich ruf ihn an und sag ihm, daß Sie unterwegs sind.«

Er beugte sich aus der Tür, schaute ihr hinterher, als sie den Flur entlangging.

Ich spürte, wie mein Hals rot anlief, wie bei einem Wundbrand, als ich ihr die Tür aufmachte. Zwei Deputies, die auf dem Gang vorbeikamen, warfen uns einen Blick zu, dann sagte der eine etwas zum anderen und schaute noch mal zurück.

»Du wirkst nervös«, sagte sie.

»Wie geht's dir, Karyn?« fragte ich.

Sie nahm vor meinem Schreibtisch Platz. Die Sonne zeichnete Streifenmuster auf ihren Hut und das Gesicht.

»Clay sagt, ich muß das machen. Ich meine, mich entschuldigen ... hier ... in deinem Büro. Beim Sheriff ebenfalls. Sonst würde ich keine Ruhe mehr finden«, sagte sie. Sie lächelte. Die platinblonden Haare waren unter den Hut gesteckt. Sie sah absolut hinreißend aus.

»Warum treibst du dich mit Clay Mason rum?« fragte ich.

»Er war zu Gast auf der Universität. Er ist ein blitzgescheiter Mann. Und ein guter Dichter dazu.«

»Ich habe gehört, daß er seiner Frau bei einer Party in Mexiko den Kopf weggeschossen hat.«

»Es war ein Unfall«, sagte sie.

Ich warf einen Blick auf meine Uhr.

»Tut mir leid, daß ich dir unrecht getan habe, Dave. Ich weiß nicht, was ich sonst sagen soll.« Sie holte Luft. »Wieso mußt du mir gegenüber immer diese Angst und Schuldgefühle an den Tag legen? Ist es wegen dem Vorfall in dem Hotelzimmer? Um Himmels willen, hast du etwa gedacht, ich will dich verführen, während mein Mann ein paar Schritte entfernt schläft?«

»Hier geht's nur um eine Frage, Karyn. Buford ist nicht der Mann, für den ihn die Leute halten. Er nimmt Geld von Jerry Joe Plumb. Ein gewisser Mingo Bloomberg hat es bei euch zu Hause abgeliefert.«

»Wer?«

»Er bringt Menschen um. Im Augenblick ist er in Haft, weil er ein schwarzes Mädchen in einem Auto draußen im Henderson-Sumpf hat ertrinken lassen.«

»Ich habe noch nie von ihm gehört. Und Buford vermutlich auch nicht.«

»Jerry Joe hängt mit dem Mob zusammen. Warum wollen Typen, die Verbindungen zum Mob haben, deinen Mann in Baton Rouge haben?«

»Ich versteh dich einfach nicht. Was versuchst du uns da anzuhängen? Bufords Gegenspieler sind die gleichen Leute, die David Duke unterstützt haben.«

»Na und? Ihr habt doch Aaron Crown zum Sündenbock gemacht.«

»Dave, du hast dich zum Fürsprecher eines Menschenfeindes gemacht, eines verkommenen Kerls, der seine Tochter geschändet und den tapfersten Bürgerrechtler von ganz Louisiana ermordet hat.«

»Woher weißt du, daß er Sabelle geschändet hat?«

»Tut mir leid, ich bin nicht bereit, über so einen Mann zu reden.«

Ich schaute aus dem Fenster und spielte mit einer Büroklammer auf meinem Schreibtisch herum.

»Du setzt dich also für sinn- und hoffnungslose Fälle ein«, sagte sie. »Aber ich glaube nicht, daß du das aus Idealismus tust. Es ist purer Stolz. Du mußt unbedingt der Bilderstürmer unter den Philistern sein.«

»Ich habe mich früher auch mit diesem Psychogewäsch befaßt, Karyn. Macht einen Heidenspaß.«

»Ich nehme an, das hier ist alles mehr oder weniger sinnlos, nicht wahr?« sagte sie. Der Rock spannte sich eng um ihren Leib, als sie ihre Handtasche ergriff und aufstand. »Ich wünschte, es wäre anders gekommen, Dave. Ich wünschte, du wärst nicht dem Suff verfallen. Ich wünschte, ich hätte dir helfen können. Ich bin mir nicht ganz sicher, ob ich dich geliebt habe, aber ich bin gern mit dir zusammengewesen. Paß auf dich auf.«

Damit ging sie durch die Tür. In der anschließenden Stille konnte ich meine Ohren klingen hören.

Kurz vor der Mittagspause kam der Sheriff in mein Büro.

»Heute morgen hab ich einen Anruf vom Bürgermeister gekriegt, einen von der Handelskammer und einen vom Denkmalschutzverein New Iberia«, sagte er. »Haben Sie gewußt, daß Jerry Joe Plumb gerade einen halben Hektar Land unmittelbar hinter den Shadows gekauft hat?«

»Nein.«

»Außerdem hat er einen Haufen landwirtschaftlicher Anbauflächen südlich der Stadtgrenze gekauft. Wie gut kommen Sie mit ihm klar?«

»Es geht.«

»Finden Sie raus, was er vorhat. Ich will nicht noch mehr Anrufe kriegen.«

»Wo ist er?«

»Sieht zu, wie die Bulldozer das Haus plattmachen, das auf dem Grundstück bei den Shadows steht.«

Ich fuhr die East Main Street entlang, unter den ausladenden Eichen, die die Straße überspannten, hindurch in Richtung der Shadows, einer Antebellum-Villa aus roten Ziegeln und weißen Säulen, die 1831 am Bayou Teche gebaut worden war. Das Grundstück, das Jerry Joe erworben hatte, lag zwischen zwei viktorianischen Häusern, erstreckte sich nach hinten bis zum Bayou und war mit über hundert Jahre alten Eichen bestanden. Ich fuhr durch das mit eisernen Spitzen verzierte Tor und parkte neben einem Abraumlaster und einer Planierraupe, bei der ein Trupp Bauarbeiter beim Mittagessen war. Unten am Bayou lag ein riesiger Haufen zersplitterter Zypressenbretter, verbogener Rohre und zerbrochener Gipsbrocken, die im Wind staubten, dazu eine abgerissene Gartenlaube, an deren Gitterwerk noch die Ranken der Passionsblumen hingen.

»Hättet ihr's nicht versetzen können?« fragte ich.

»Die Termiten warn zu schwer für den Laster. Das is die reine Wahrheit«, sagte der Mann, der einen gelben Strohhut trug und den Mund voller Brot und Wiener Würstchen hatte. Er und seine Freunde lachten.

»Wo ist Jerry Joe? Ich will ihm ausrichten, wie beliebt ihr euch bei der Dienststelle des Sheriffs gemacht habt.«

Es war nur eine kurze Strecke bis zum Mulate's in Breaux Bridge. Sobald ich durch die Tür trat, dröhnte mir Clifton Cheniers »Hey Tite Fille« aus der Musikbox entgegen, und ich sah Jerry Joe, der auf dem gebohnerten Holzboden mit einer Kellnerin tanzte. Er hatte die Ellbogen eng an den Brustkorb gedrückt, die Finger leicht abgespreizt wie ein Jitterbug-Tänzer aus den vierziger Jahren. Seine rotbraunen Slipper glänzten im Licht, und der ganze Körper schien sich im Rhythmus zu wiegen. Die Schultern zuckten und rollten; er twistete und steppte und vermittelte eine unglaubliche Energie und Bewegungsfreude, obwohl er mit den Füßen stets innerhalb eines imaginären, knapp einen halben Meter durchmessenden Kreises blieb, und die ganze Zeit strahlte er die Kellnerin quietschvergnügt und voller Begeisterung an.

Ich bestellte mir an der Bar ein 7-Up und wartete, daß er sich hinsetzte. Als der Tanz vorüber war, drückte er der Bedienung die Hand und ging, den Blick auf den schwarzen Barkeeper gerichtet, an mir vorbei. »Bring meinem Freund das gleiche, was ich bestellt habe.«

»Mach das nicht, Jerry Joe«, sagte ich zu seinem Rücken.

Er ging zu einem Tisch, der mit einem rot-weiß karierten Tuch bedeckt war, und zog einen Stuhl heraus. »Du kriegst es, ob du willst oder nicht ... Catfish-Filet mit Étoufée oben drauf.

Das ist ein Essen, mit dem du normalerweise erst im Paradies rechnest«, sagte er. Er zog einen weiteren Stuhl heraus. »Was gibt's?«

»Ein paar Leute wollen wissen, warum du gerade ein Haus abgerissen hast, in dem einst George Washington Cable gewohnt hat.«

»Wer?«

»Ein berühmter Schriftsteller.«

»Weil es ein Asbestdach hatte, weil die Fußböden modrig wie alter Karton waren, weil in der Dachrinne Vampirfledermäuse gehaust haben.«

»Warum wendest du dich nicht an die Leute, Jerry Joe, und erklärst es ihnen, statt sie so zu erschrecken, daß ihnen fast das Herz stehenbleibt?«

»Weil es nicht darum geht, was ich abreiße. Es geht um das, was ich ihrer Meinung nach hinbauen will. Beispielsweise einen rosa Betonklotz, den ich vielleicht mitten in das alte Stadtviertel setze.« Er steckte sich einen gefüllten Pilz in den Mund. »*Was?* Ah, jetzt kapier ich's. Die machen sich aus gutem Grund Sorgen?«

»Das habe ich nicht gesagt.«

»Worüber reden wir denn dann? Ich hab's. Es geht nicht um das Haus, es geht um mich.«

»Man kann nicht grade behaupten, daß du ein Rotarier bist.«

»Ich hab dir doch gesagt, daß meine Vorstrafen eine Frechheit sind. Ich hab nichts andres gemacht als die Kirchengemeinden, in denen ohne Genehmigung Bingo gespielt wird.«

»Du hast mit ein paar anderen Jungs einen Kieslaster überfallen. Außerdem hast du einen Bauunternehmer in die Zementmischmaschine gesteckt.«

»Der hat Schwarzarbeiter durch unsere Streikposten schleusen wollen. Außerdem hab ich ihn wieder rausgezogen.«

»Warum kaufst du im Süden der Stadt Grund und Boden?«

Er tippte sich mit dem Handballen auf den Unterarm, warf einen Blick zur Musikbox, als er hörte, wie jemand Münzen einwarf. »Vielleicht will ich raus. Vielleicht hab ich New Orleans satt, das Leben dort, den ganzen Trubel und so weiter. Und vielleicht hat sich ganz einfach eine Gelegenheit ergeben, und da hab ich zugegriffen.«

»Ich komme nicht ganz mit.«

»Buford LaRose ist gut fürs Geschäft ... Gebrauch mal einen Moment lang deinen Verstand, Dave ... Was ist denn, wenn diese Bauerndeppen in Baton Rouge landen? Dann wird New Orleans noch verkommener, als es jetzt schon ist.«

»Ein Mexikaner hat versucht, mich aus dem Verkehr zu ziehen. Mingo Bloomberg, immerhin dein Mann, sagt, es war ein Auftrag. Warum scheren sich die Mobster in New Orleans um einen Polizisten im Bezirk Iberia?«

Jerry Joe kratzte sich an dem roten Fallschirm, der auf seinen Unterarm tätowiert war.

»Erstens ist Mingo nicht mein Mann. Zweitens ändern sich die Zeiten, Dave. Mit dem Dope isses eines Tages vorbei. Wer schlau ist, legt sein Geld woanders an ... Hör dir das an ... ›La Jolie Blon‹ ... Junge, ich liebe diesen Song. Meine Mutter hat mir dazu das Tanzen beigebracht.«

»Woher stammt der Auftrag?«

»Weiß ich nicht. Das ist die reine Wahrheit, ehrlich. Halt dich einfach aus diesem Bürgerrechtsschrott raus, und sieh dich mit Karyn LaRose vor.«

»Woher hast du –«

»Willst du von mir wissen, wo sie ein bestimmtes Muttermal hat?« Er drückte die Hände flach auf die Tischdecke und schaute sie an. »Versuch's mal 'ne Nummer kleiner, Dave. Ich sag's dir nur ungern, aber manche Bräute sind nicht anders als Männer. Sie vögeln gern wild und heiraten dann vornehm. Hat sie je mit dir übers Heiraten geredet?«

Er blickte auf und fing an zu grinsen. Dann wirkte er mit einem Mal betreten, schnitt eine Grimasse und schaute sich um. Die eingeringelte weiße Narbe an seinem Augenwinkel war zu einem Knoten zusammengeballt.

»Willst du ein Stangenbrot?« fragte er.

Kelso Andrepont, unser Beschließer, war ein drei Zentner schwerer Bisexueller, der sich mit ruhiger, träger Gelassenheit durchs Leben wälzte. Sein faltiger, ölig glänzender Hals war mit Warzen übersät, die wie auf die Haut geklebte Rosinen aussahen, und durch die starke Brille, die er trug, wirkten seine Augen so groß und schimmernd wie Austern.

Er saß an seinem mit allerlei Müll übersäten Schreibtisch und schaute mich an.

»Und warum halten wir den Typ hier fest, wenn die fahrlässige Tötung drüben im Bezirk St. Martin passiert is?«

»Weil wir von einer Entführung ausgehen. Und die Entführung hat im Bezirk Iberia stattgefunden«, sagte ich. »In der anderen Sache arbeiten wir mit St. Martin zusammen.«

»Jaja, Scheiße fällt auch immer nach unten. Und unter dir steh immer ich, Robicheaux.«

»Tut mir leid, wenn du das so siehst.«

»Der Typ gehört ins Camp J. Der hat hier nix verloren. Ich hab sowieso schon genug Rassenprobleme.«

»Wie wär's, wenn du von vorne anfängst, Kelso?«

»Er beschwert sich, daß er benachteiligt wird, stell dir vor, weil er angeblich Jude is und wir ihm Schweinefleisch vorsetzen. Schmeißt einem anderen Häftling das Tablett ins Gesicht. Dann sagt er, er will in Einzelhaft, weil womöglich ein Schwarzer hier reinkommt, der ihn allemacht.

Ich sag: ›Was für ein Schwarzer?‹

Sagt er: ›Woher zum Geier soll ich das wissen? Vielleicht isses der Typ, auf den ich grad das Essen geschmissen hab.‹

Ich sag: ›Paß auf, daß du dir das Hirn nicht verrenkst, Bloomberg. Mach mal 'ne Pause.‹

Sagt er: ›Ich komm freiwillig hierher, und 'ne Lesbe zieht mir mit einemmal eins mit dem Schlagstock über und wirft mir Widerstand vor. Kein Wunder, daß in dem Knast neunzig Prozent Kannibalen sind. Jemand anders hält's doch in so 'nem Dreckstoch nicht aus.‹«

»Hast du ihn jetzt in Einzelhaft?« fragte ich.

»'n Typ, der zu 'nem Schwarzen *Kannibale* sagt? Nein, ich hab ihn da draußen auf dem Hof, damit er mit den Brüdern Aerobic übt. Der Job könnt einen glatt in den Selbstmord treiben, wenn da nicht Jungs wie du wären, Robicheaux.«

Fünf Minuten später hinterlegte ich meine Waffe bei einem Wachmann, der in einem Maschendrahtkäfig saß, und ein anderer Wärter schloß die Zelle am Ende eines sonnenhellen Korridors auf, durch den all die typischen Knastgeräusche dröhnten: zuschlagende Türen und scheppernde Scheuereimer, ein gutes Dutzend Radios, die auf zig verschiedene Sender eingestellt waren, laute Stimmen, die von den Wänden widerhallten. Mingo Bloomberg saß in Boxershorts auf einer Pritsche, die mit Ketten an der Wand befestigt war. Sein Körper war rosig, unbehaart, weder fett noch sonstwie bemerkenswert, so als wäre er künstlich hergestellt. Die Naht über seinem Ohr sah aus, als habe ihm jemand ein kleines Stück schwarzen Stacheldraht in die Kopfhaut gedrückt.

»Kelso sagt, Sie machen Rabatz«, sagte ich.

Er ließ ein Handtuch zwischen seinen Beinen baumeln und tippte es träge mit den bloßen Zehen an.

»Hat Ihnen Ihr Anwalt gesagt, daß unsere Zeugen zu ihrer Aussage stehen?« fragte ich.

Ich war darauf gefaßt, daß er aufbrauste, mich ein weiteres Mal herumzukriegen versuchte. Statt dessen war er mürrisch, auf die Geräusche draußen auf dem Korridor konzentriert, so als ob sie etwas zu bedeuten hätten, das ihm zuvor nie ganz klargewesen war.

»Haben Sie mich verstanden?« fragte ich.

»Ich hab gestern abend mit meinem Cousin geredet. Ein paar Leute glauben, daß Sie mich in der Mangel haben. Es gibt da 'n Schwarzen, 'ne Type aus Miami, ein Freischaffender, weil in Miami niemand das Sagen hat. Er soll aussehn wie'n zwei Meter großer Haufen Affenscheiße. Es geht das Gerücht, daß er womöglich der Typ is, der den Drehbuchschreiber im Quarter erledigt hat. Mein Cousin sagt, der Typ aus Miami hat 'n Auftrag, zu dem er 'n paar Briketts im Knast zuziehen will.«

»Meinen Sie, das gilt Ihnen?«

Er starrte zu Boden und steckte sich den kleinen Finger ins Ohr, als sei ihm Wasser hineingeraten. »Ich hab mich immer an die Regeln gehalten. Is 'n komisches Gefühl«, sagte er.

»Wer will Sie umlegen lassen, Mingo?«

»Wen könnt ich denn alles reinreiten? Überlegen Sie mal.«

»Haben Sie schon mal was von einem *Bugarron* gehört?« fragte ich.

»Nein ... Fragen Sie mich nicht nach irgendwelchem Blödsinn, von dem ich nix weiß. Ich bin fällig.« Er ließ die Schultern hängen, saß zusammengesackt da. »Sie ham doch allerhand gelesen, nicht wahr, schlaue Bücher, mein ich damit, und ähnliches Zeug.«

»Ein paar.«

»Ich hab mal eins gelesen, in der Leihbücherei droben in St. Charles. Darin hat's geheißen ... am Ende seines Lebens gelangt man wieder da an, wo man angefangen hat; man wird womöglich wieder zum Kleinkind. Mit dem Unterschied, daß man beim zweiten Mal verständig ist. Aber das nutzt einem überhaupt nix.«

»Ja?«

»Ich hab das früher nie begriffen.«

An diesem Abend geleitete ein Wärter Mingo Bloomberg in Gummilatschen und Unterwäsche zur Dusche. Der Wärter setzte sich auf eine Holzbank vor der Trennwand, aß ein Sandwich und las eine Illustrierte. Dampfschwaden wallten auf dem Beton nach draußen, dann plätscherte das Wasser stetig und ununterbrochen auf den Boden. Der Wärter legte seine Illustrierte weg und warf einen Blick um die Ecke. Er sah Mingos Gesicht und die Wasserströme, die darüberrannen, ließ sein Sandwich fallen, rannte den Korridor entlang und holte den zuständigen Mann aus seinem Käfig.

12

Die Sonne ging auf, als ich am nächsten Morgen in die Auffahrt zu Buford LaRoses Haus einbog. Ich sah ihn in einem Pinienwäldchen im hinteren Teil seines Grundstücks, wo er, eine graue englische Reitkappe auf dem Kopf und ein Zaumzeug in der Hand, auf ein gutes Dutzend Pferde zuging, die zwischen den Bäumen hin und her preschten. Die Temperatur war über Nacht gefallen, und im frühen Tageslicht stieg der Dampf wie Rauchfahnen von ihren Rücken auf. Ich fuhr mit meinem Pickup am Rande eines abgeernteten Zuckerrohrfeldes entlang, kletterte durch das Gatter und ging über die Piniennadeln in den Schatten der Bäume, wo es nach aufgewühlter Grasnarbe und frischen Pferdeäpfeln roch.

Ich wartete nicht, bis er mich begrüßte. Ich zog ein Foto aus der Brusttasche meines Hemds und zeigte es ihm.

»Erkennen Sie den Mann?« fragte ich.

»Nein. Wer ist das? Ein Sträfling?«

»Mingo Bloomberg. Er hat mir erzählt, daß er für Jerry Joe Plumb Geld bei Ihnen abgeliefert hat.«

»Tut mir leid. Ich kenne ihn nicht.«

Ich zog ein zweites Foto aus der Tasche, eine Polaroidaufnahme, und hielt sie ihm in der offenen Hand hin.

»Das wurde letzte Nacht aufgenommen«, sagte ich. »Wir hatten ihn zu seinem eigenen Schutz eingesperrt. Aber er hat sich mit einem Handtuch in der Dusche erhängt.«

»Sie können einen vielleicht in aller Frühe erschrecken, Dave. Schaun Sie, Jerry Joe hat Beziehungen zu einer Reihe von Gewerkschaften. Wenn ich seine Spenden ablehne, verliere ich möglicherweise etliche tausend Stimmen von Gewerkschaftlern in den Bezirken Jefferson und Orleans.«

»Klingt jedenfalls einigermaßen unverfänglich.«

»Tut mir leid, wenn das nicht Ihren Moralvorstellungen entspricht ... Gehen Sie noch nicht. Ich möchte Ihnen etwas zeigen.«

Er ging tiefer in den Wald hinein. Obwohl am Morgen Rauhreif auf den Zuckerrohrstoppeln gewesen war, trug er nur ein T-Shirt zu seiner Khakihose, den halbhohen Stiefeln und der Reitkappe. Sein Trizeps wirkte dick und hart, die Haut spröde und schuppig – ein Andenken an seine Angeltour unten an der West Cote Blanche Bay, wo er im Frühherbst Rotbarsche gefangen hatte. Er wandte sich um und wartete auf mich.

»Kommen Sie, Dave. Sie hatten doch Ihren Auftritt, als Sie mit diesen Horrorbildern zu meinem Haus gekommen sind. Jetzt können Sie auch fünf Minuten für mich erübrigen«, sagte er.

Das Gelände war abschüssig, führte durch Persimonenbäume, Zwergpalmen und ein trockenes Bachbett, das voller Laub lag. Ich hörte die Pferde hinter uns wiehern, hörte ihren Hufschlag auf dem weichen Boden. Vor mir sah ich das spiegelnde Sonnenlicht auf dem Bayou und die Umrisse einer Gruft aus schwarzem Marmor, die von Grabsteinen, einem

Teppich aus Pilzen und einem verfallenen Eisenzaun umgeben war. Die Grabsteine waren mit grünem Moos überwuchert, die eingemeißelten französischen Inschriften verwittert und nur noch schwer zu erkennen.

Buford stieß das schwere Eisentor auf und wartete, daß ich eintrat.

»Meine Urgroßeltern liegen in dieser Gruft«, sagte er. Er strich mit der Hand über einen glatten Stein und hielt bei einem runden, rosa-weißen Ornament inne, durch das sich ein Riß zog. »Erkennen Sie die Blume? Mein Urgroßvater und seine beiden Brüder sind mit den Knights of the White Camellia geritten.«

»Ihre Frau hat es mir erzählt.«

»Sie haben sich dessen nicht geschämt. Sie waren anständige Männer, auch wenn manches von dem, was sie getan haben, falsch war.«

»Worauf wollen Sie hinaus?«

»Ich glaube, daß es nie zu spät ist, Buße zu tun. Ich glaube, daß wir die Vergangenheit wiedergutmachen, sie in gewisser Weise bereinigen können.«

»Und das haben Sie mit den Rittern der Weißen Kamelie vor?«

»Ich tu das für meine Familie. Ist daran etwas auszusetzen?« sagte er. Er schaute mich unverwandt an. Das Wasser auf dem Bayou floß ruhig und langsam dahin, und am Rande der abgestorbenen Wasserhyazinthen schwammen Brautenten. »Dave?«

»Ich geh jetzt lieber«, sagte ich.

Er stupste mit den Fingern vorn an meine Windbluse. Aber ich sagte nichts.

»Ich habe mit Ihnen über ein sehr persönliches Thema gesprochen. Sie maßen sich allerhand an«, sagte er und betrachtete mich mit funkelndem Blick. Ich wandte mich ab. »Sind Sie schwerhörig?« Wieder stupste er mir gegen die Brust, diesmal fester.

»Lassen Sie das«, sagte ich.

»Dann antworten Sie mir.«

»Ich glaube nicht, daß sie anständige Männer waren.«

»Sir?«

»Shakespeare sagt es im *König Lear*. Der Fürst der Finsternis ist ein Edelmann. Sie haben Farbige terrorisiert und ermordet. Lassen Sie den Quatsch, Buford.«

Ich ging durch das Tor und unter den Bäumen hindurch zurück. Ich hörte seine Schritte auf dem Laub hinter mir. Er packte mich am Arm und riß mich herum.

»Das war das letzte Mal, daß Sie mir den Rücken zugekehrt haben, Sir«, sagte er.

»Scheren Sie sich zum Teufel.«

Er ließ die Hände herabhängen, öffnete und schloß sie, als ob er unsichtbare Gummibälle knetete. Seine von dicken Adern durchzogenen Unterarme wirkten wie geschwollen.

»Sie haben mit meiner Frau gevögelt und sie sitzenlassen. Sie werfen mir vor, daß ich einem Unschuldigen nachstelle. Sie beleidigen meine Familie. Ich weiß nicht, warum ich einen Scheißkerl wie Sie jemals auf meinen Grund und Boden gelassen habe. Aber es wird nicht wieder vorkommen. Das versichere ich Ihnen, Dave.«

Er atmete schwer. Ein finsterer Ausdruck war in seine Augen getreten, wie ein dunkler Vogel mit gekrümmtem Schnabel, verweilte einen Moment und verschwand dann wieder. Linkisch schob er die Hände in seine Gesäßtaschen.

Ich spürte, wie mein Gesicht spannte, mit einemmal kalt war im Wind, der vom Bayou wehte. Mein Hals fühlte sich trocken an, wie zugeschnürt, als ob ich eine Gräte im Hals stecken hätte. Ich schluckte, suchte nach einer passenden Antwort. Das Laub und die dürren Zweige knirschten unter meinen Füßen.

»Wiederholen Sie das, was Sie gerade gesagt haben, wenn Sie mich außer Dienst antreffen …«, fing ich an.

»Sie sind ein brutaler Mann und leicht durchschaubar, der ideale Beistand für Aaron Crown«, sagte er und ging unter den Pinien auf das Haus zu. Er schleuderte das Zaumzeug gegen einen Baumstamm.

In dieser Nacht lag ich im Dunkeln und schaute die Decke an, setzte mich dann auf die Bettkante, doch ich wurde die Gedanken nicht los, die mich heimsuchten wie Spinnen, die aus einer Papiertüte krabbeln. Dichter Bodennebel lag über dem Sumpf, und die toten Zypressen ragten im Mondlicht auf wie morsches Pfahlwerk in einem weißen Meer.

»Worum geht's?« fragte Bootsie.

»Buford LaRose.«

»Wegen heut morgen?«

»Ich hätte ihn am liebsten in der Luft zerrissen. Ich glaube, ich war noch nie so wütend auf jemanden.«

»Du mußt lockerlassen, Dave.«

Ich rieb mir mit den Händen über die Knie und atmete aus.

»Wieso macht er dir so zu schaffen?« fragte sie.

»Weil man sich so was von niemandem sagen läßt.«

»Die Leute haben schon Schlimmeres zu dir gesagt.« Sie legte mir die Hand auf den Arm. »Deck dich zu. Es ist kalt.«

»Ich mach mir was zu essen.«

»Hat es was mit seiner Herkunft zu tun?«

»Ich weiß es nicht.«

Sie schwieg eine ganze Weile.

»Oder geht's um Karyn?« fragte sie dann.

Ich ging allein in die Küche, goß mir ein Glas Milch ein und schaute aus dem Fenster auf die Weide meines Nachbarn, wo eine seiner Stuten in vollem Galopp, mit dampfendem Atem und rhythmisch arbeitenden Muskeln am Zaun entlangpreschte, als steigere sie sich in eine Wollust hinein, die sich jeden Moment entladen konnte.

Am nächsten Morgen parkte ich meinen Pickup an der Decatur Street, am Rande des French Quarter, und ging über den Jackson Square, an der St. Louis Cathedral vorbei und die St. Ann Street hoch zu dem braun verputzten Haus mit dem Torbogen und dem gepflasterten Innenhof, in dem Clete sein Büro hatte. Kurz vor der Morgendämmerung hatte es geregnet, und die Luft war kühl und klar, und durch das schmiedeeiserne Balkongeländer im ersten Stock hingen Bougainvilleen. Ich schaute durch das Fenster und sah ihn in einen braunen Aktenordner vertieft am Schreibtisch sitzen. Das Hemd spannte sich über seinen Rücken, und seine Brille wirkte in dem breiten Gesicht klein wie ein Kneifer.

Ich öffnete die Tür und steckte den Kopf hinein.

»Immer noch sauer?« fragte ich.

»Hey, was gibt's, Großer?«

»Ich spendier dir ein Beignet«, sagte ich.

Er dachte darüber nach, schüttelte Finger und Hände aus und folgte mir dann nach draußen.

»Komm mir bloß nicht mehr mit Aaron Crown und Buford LaRose«, sagte er.

»Mach ich nicht.«

»Was treibst du in New Orleans?«

»Ich muß mir Jimmy Ray Dixon noch mal vornehmen. In seinem Büro hat man mir gesagt, er sei in seinem Poolsalon draußen beim Desire.«

Er stülpte sich seinen Porkpie-Hut auf den Kopf und blinzelte zur Sonne über den Dächern.

»Hast du jemals einen Baseball angespuckt, als du Pitcher bei der American Legion gewesen bist?« fragte er.

Wir saßen bei Beignets und Kaffee an einem Tisch vor dem

Café du Monde. Auf dem gegenüberliegenden Gehsteig, vor dem Eisenzaun, der den Park umgab, standen Straßenmaler an ihren Staffeleien, und man hörte die Schiffshörner draußen auf dem Fluß. Ich berichtete ihm von Mingo Bloombergs Tod.

»Das überrascht mich nicht. Meiner Meinung nach legen die's darauf an.«

»Worauf?«

»Auf den großen Abgang. Wenn's ihnen keiner abnimmt, machen sie es selber. Die meisten von denen wären besser drangewesen, wenn ihre Mutter sie gleich weggeschmissen und die Nachgeburt großgezogen hätte.«

»Lust auf eine kleine Spitztour?«

»Die Gegend ist Feindesland, Streak. Laß Jimmy Ray Dixon sein. Der is 'ne wandelnde Werbekampagne für den Klan.«

»Bis später dann.«

»Ach, leck mich doch«, sagte er, zog sein Sportsakko an, steckte sich ein mit Puderzucker bestreutes Beignet in den Mund und kam hinter mir her.

Der Poolsalon war sechs Straßen von einer Sozialsiedlung namens Desire entfernt. Die Fenster waren vergittert, die Mauern aus Bimsstein und über und über mit Graffiti besprüht. Ich parkte an der Bordsteinkante, stieg aus und schaute unwillkürlich einmal die Straße auf und ab.

»Wir sind hier weit oben am Mekong, Dave. Häng dein Abzeichen raus«, sagte Clete.

Ich zog meine Dienstmarke aus dem Etui und hakte sie vorne an meinen Gürtel, hörte, wie jemand die Kugeln zurechtrückte und das Queue auf die Tischkante knallen ließ, dann ging ich durch die Tür in den dunklen Innenraum.

Die niedrige Decke sah aus, als könnte sie jeden Moment auf die Spieler herabfallen. Die Bar nahm die ganze Längsseite des Raums ein, der voller Pooltische stand, über denen Lampen mit Blechschirmen hingen, die rauchige Lichtkegel auf die Filzbespannung warfen. Niemand schaute uns offen an; statt dessen nahm man uns wie selbstverständlich zur Kenntnis, so wie ein Fischschwarm reagiert, wenn ein Räuber in der Nähe ist. Bis auf einen Mann, der aus der Toilette kam, sich mit einem Blechkamm durch die Haare fuhr, einen Blick nach vorn warf und dann aus dem Notausgang stürmte.

Jimmy Ray Dixon saß allein an einem Kartentisch im hinteren Teil des Raums, hatte ein Kontobuch vor sich, einen Taschenrechner, einen Aschenbecher, in dem eine Zigarre mit Filterspitze lag, und einen Stapel Abrechnungszettel. Er trug einen blauen Anzug, ein gestärktes rosa Hemd mit hohem Kragen und eine braune Strickkrawatte samt einer goldenen Krawattennadel mit einem roten Stein.

»Ich hab Sie im Fernsehn gesehn, als Sie sich für den Mann eingesetzt ham, der meinen Bruder umgebracht hat«, sagte er, ohne von seiner Arbeit aufzublicken. Er griff mit seinem Stahlhaken nach einer Quittung und legte sie wieder hin.

»Ich brauche Ihre Hilfe«, sagte ich. Ich wartete, aber er widmete sich weiter seiner Arbeit. »Sir?« sagte ich.

»Was?«

»Dürfen wir uns setzen?«

»Machen Sie, was Sie wollen, Mann.«

Clete ging zur Bar und holte sich einen Schnaps und ein Bier, drehte dann einen Stuhl um und setzte sich neben mich.

»Jemand hat einen Auftrag für Mingo Bloomberg erteilt«, sagte ich.

»Ich hab gehört, daß er sich bei euch im Knast am Wasserrohr aufgehängt hat«, sagte Jimmy Ray.

»Das hat sich ja schnell rumgesprochen.«

»Wenn so ’ne Type abkratzt, gibt’s hier ’n Festzug.«

»Er hat mir erzählt, daß ein Schwarzer aus Miami auf ihn angesetzt ist. Er sagte, der Typ sieht aus wie ein zwei Meter großer Haufen Affenscheiße.«

Clete nahm sich eine Handvoll Erdnüsse aus einer Schale am Nebentisch und ließ den Blick zur Bar schweifen.

»Vielleicht denken Sie mal drüber nach, wo Sie hier sind«, sagte Jimmy Ray.

»Haben Sie was von einem Mechaniker aus Miami gehört?« fragte ich.

»Ich sag Ihnen mal, wie ich die Sache seh. Sie ham jemand als Verräter hingestellt und ihn eingelocht, so daß er nicht abhaun konnte. Und vielleicht drückt jetzt jemand das Gewissen. Wissen, Sie, was ich meine?« sagte er.

»Ich glaube, daß der gleiche Killer dahintersteckt, der auch Lonnie Feltons Drehbuchautor umgelegt hat.«

»Könnt schon sein. Aber um so was kümmer ich mich nicht.«

»Worum kümmern Sie sich dann?«

»Schau, Mann, folgendermaßen sieht's aus. Ein kluger Mann hat seine Finger hier und dort drinstecken. Muß ja nicht unbedingt was Schlechtes dabei sein. Weil der Typ, nach dem Sie mich gefracht ham, nämlich ein Bruder is. Ich sag's Ihnen ungern so direkt, aber mit Ihrer Einstellung haut was nich hin. Die is ja nicht viel anders wie die von dem Bauernsack droben in Angola.«

Clete beugte sich vor, knackte eine Erdnußschale und warf sich die Nuß in den Mund.

»Hast du noch Mädels laufen, Jimmy Ray?« fragte er, ohne jemanden anzuschauen.

»Du gehst mir langsam auf den Wecker, Macker.«

»Ich hab hier zirka zehn Ausgebüxte gezählt. Darunter drei, die dem Geier, bei dem sie sich die Kaution geliehen haben, nicht mal die Zinsen zahlen. Der Typ mit den heißen Ohren, der durch den Notausgang abgehauen ist, hat drüben in Algiers eine von Dock Greens Nutten kaltgemacht«, sagte Clete.

»Wenn du telefonieren willst, bitte. Macht einen Quarter«, sagte Jimmy Ray.

»Kein schwarzer Killer treibt sich ohne Erlaubnis in der Stadt rum. Warum soll der die Feste feiern, und du schiebst den Blues?«

»Mein Blues kommt allenfalls aus der Jukebox, übrigens von Jerry Joe Plumb gestellt, mit dem Sie, glaub ich, aufgewachsen sind«, sagte Jimmy Ray zu mir.

»Crown muß weiter sitzen, damit Buford LaRose nach Baton Rouge kommt. Sagen Sie mir, daß Sie nichts damit zu tun haben«, sagte ich.

Er schaute zu der Uhr über der Bar. »Die Schulkinder kommen gleich raus. Habt ihr irgendwas in euerm Auto, das ihr behalten wollt? ... Entschuldigt mich, ich muß sehn, wieviel ich mir heut abend zu futtern kaufen kann.«

Er nahm seinen Taschenrechner und tippte die Zahlen von einem Abrechnungszettel ein.

An diesem Abend kehrten Alafair und ich den Schuppen und das Pferdegatter aus, in dem sie ihren Appaloosa hielt. Dann luden wir das Stroh und die ausgetrockneten grünen Pferdeäpfel auf eine Schubkarre und vergruben sie in dem Komposthaufen bei unserem Gemüsegarten. Der Himmel war grau, die Luft kühl und regennaß und roch nach Benzin und Chrysanthemen.

»Wer ist der Mann unten am Bootsanleger, Dave?« fragte Alafair.

Er hockte zusammengekauert da, hatte uns den Rücken zugekehrt. Er trug einen Fedora, eine dunkelbraune Hose und eine abgewetzte Lederjacke. Er schnitzte an einem Zuckerrohrstengel herum, schnitt dicke Streifen ab und steckte sie sich, zwischen Daumen und Messerklinge geklemmt, in den Mund.

»Er war heut nachmittag im Laden. Er hat einen roten Fallschirm auf dem Unterarm tätowiert«, sagte sie.

Ich stellte den Fuß auf das Schaufelblatt und stützte mich mit dem Arm auf den Stiel. »Jerry Joe Plumb«, sagte ich.

»Ist der Mann böse?«

»Darüber bin ich mir nicht recht im klaren. Sag Bootsie, daß ich gleich komme.«

Ich ging hinunter zum Bootssteg und stützte die Hände aufs Geländer. Jerry Joe schaute nach wie vor auf das braune Wasser. Dann klappte er sein Taschenmesser mit dem Handballen zu. Die Klinge schimmerte matt wie eine alte Blechmarke.

»Ist dir klar, daß ich dir was schulde?«

»Wofür?«

»Ich hab vor langer Zeit mal was von dir mitgehn lassen.«

»Ich kann mich nicht mehr dran erinnern.«

»Doch, kannst du wohl. Ich hab's dir immer übelgenommen.«

»Was ist los, Partner?«

Die Narbe an seinem Augenwinkel sah aus wie ein zusammengeknüllter weißer Faden.

»Meine Mama hat früher im Haus von Buford LaRoses Eltern geputzt ... Der alte Herr konnte ein elender Mistkerl sein, aber er hat mir drüben in Westtexas einen Job als Ölbohrer verschafft, als ich grad mal siebzehn war, und später hat er mich bei den Fallschirmjägern untergebracht. Aber was mir immer zu schaffen gemacht hat, war die Art, wie der alte Herr Buford behandelt hat, vielleicht, weil ich zum Teil dafür verantwortlich gewesen bin. Meinst du etwa, die stutzen dich nicht zurecht, bloß weil sie reich sind? Es reicht nicht, daß die gewinnen; jemand muß verlieren. Ich will damit sagen, daß sich jeder Scheiß aus der Welt schaffen läßt. Du bist da keine Ausnahme, Dave.«

»Ich verstehe überhaupt nichts.«

»Die machen dich fertig.«

Was folgt, sind Jerry Joes Worte, die ich hier wiedergebe, so gut ich kann.

13

Bei San Antonio ist mir das Geld für Bus und Verpflegung ausgegangen, und den texanischen Polizeistreifen hab ich auch nicht über den Weg getraut, weil die der Meinung waren, daß Landstraßenteeren ein Mittel ist, das gegen so gut wie alles hilft. Folglich bin ich fünf Meilen die Bahngleise entlanggelaufen, bis ich einen schweren Zug mit zwei Loks gehört habe, bin dann losgerannt, daß mir mein Seesack nur so ins Kreuz geschlackert ist, neben einer Reihe leerer Flachachser her – das sind Güterwaggons ohne Federn –, die geschlingert und geschaukelt haben, wenn sie über die Weichen gerumpelt sind, und auf dem Nebengleis ist mir mit Volldampf ein Personenzug entgegengekommen. Aber ich hab in vollem Lauf die Tür aufgekriegt, meinen Seesack auf den Boden geschmissen und bin reingekrochen, in den warmen Duft nach Kornsäcken und Stroh, das im Wind rumgewirbelt ist, rauf auf den Zug, der schrill pfeifend dahinrauschte.

Kurz vor der Morgendämmerung bin ich aufgewacht, und ich hab gleich gewußt, daß wir auf einem Viadukt sind, weil man lediglich das Quietschen und Kreischen der Räder auf den Schienen gehört hat, aber keinerlei Echo vom Bahndamm oder aus der Umgebung. Die Luft war kalt und hat nach Mesquitesträuchern, Schwarzeichen und nassem Beifuß gerochen, so als ob da noch nie jemand gewesen wäre – keine Benzinmotoren, keine Viehtreiber, die den Fluß da unten durchquert haben, nicht mal Indianer in den Schluchten ringsum, die sich wie gebrochene Finger zu Tal geschlängelt haben und voller gelber Felsbrocken lagen, die so groß wie ein Auto waren.

Mitten in dem Fluß waren Sandbänke mit Wassertümpeln, die rot wie Blut waren, und totes Wild, das die Truthahngeier von oben angefressen hatten, so daß die blanken Knochen aus dem Fell ragten. Dann waren wir auf einem langen Plateau, wo wir in ein Gewitter geraten sind, und weit weg hab ich im Schein der Blitze Rinderpferche gesehen und Silos, kaputte Windmühlen, um die sich Steppenhexen gewickelt hatten, Adobehäuser mit eingefallenen Mauern, einen einspurigen Fahrweg, eine Holzbrücke und ein Hinweisschild auf den Pecos, in dessen Bett nichts als festgebackener Lehm war, der unter den Stiefelsohlen zerbröckelt.

Der alte Herr, Jude LaRose, hatte mir den Namen der Stadt gesagt, aber nicht, wie man dort hinkommt. Das war so seine Art. Er hat einem irgend etwas vorgegeben, und wenn du dich dran gehalten hast, konnte er richtig anständig zu dir sein. Andernfalls bist du für ihn Luft gewesen. Der Haken dabei war, daß du nie genau gewußt hast, worauf er hinauswill.

Mir war nicht klargewesen, daß ich auf einen Expreßzug gesprungen war, der in einem Stück durchfährt, ohne unterwegs anzuhalten. An einer Steigung, kurz vor einem weiteren Viadukt, bin ich abgesprungen, voll auf die Schnauze geflogen, eine ewig lange Böschung runtergerutscht und in einer nassen Sandkuhle gelandet, unmittelbar neben einer Reihe von Weiden, die mal ein Flußbett gesäumt haben, das jetzt von Hufspuren und Hirschfährten durchzogen war, in denen das Regenwasser stand. Ich bin den ganzen Tag bei strömendem Regen gelaufen, über Zäune gestiegen, auch wenn auf den Schildern in Spanisch und Englisch stand, daß es verboten ist, habe Wildpferde gesehen, bin barfuß durch einen Fluß mit seifig glatten Felsen gewatet und schließlich auf einen Fahrweg gestoßen, auf dem sich grade ein Tieflader mit einem Bohrgestänge und etlichen Mexikanern, die unter einer Plane auf der Ladefläche geschlafen haben, durch ein Wasserloch gewühlt hat. Er hat kurz angehalten, und der Mann, der sich mit einem M-1-Karabiner oben ans Führerhaus gelehnt hat, hat gesagt: »Wo willst du denn hin, Mann?«

Ich hab vermutlich ausgesehen wie eine ersäufte Katze. Ich hatte seit zwei Tagen nichts mehr gegessen, hatte meine Stiefel um den Hals hängen, und meine Hosenknie waren zerfetzt. Er hatte einen blauen Regenmantel an, einen Hut auf, von dessen Krempe das Wasser geströmt ist, und er hatte einen schwarzen, seidigen Bart, der spitz zulief, wie bei einem Chinesen.

»Zu Jude LaRoses Anwesen. Das ist doch hier irgendwo in der Gegend, oder?« hab ich gesagt.

»Du bist schon drauf, Mann.«

»Wo wohnt er?«

»Was geht dich das an?«

»Ich bin ein Freund von ihm. Er hat gesagt, ich soll hierherkommen.«

Er hat sich zum Fenster runtergebeugt und zu den Mexikanern im Führerhaus gesagt: »*Dice que es amigo del Señor LaRose.*« Die haben bloß gelacht. Die andern, die hinten drauf waren, haben die Plane zurückgeschlagen, damit sie mich sehen konnten, und zwei von ihnen haben Bohneneintopf mit Tortillas gegessen, die sie zu großen Fladen zusammengeklappt und in der Hand gehalten haben. Aber die waren von einem andern Schlag, nicht die Sorte, die über andere Leute lacht.

»Wissen Sie, wie ich zu seinem Haus komme?« hab ich gefragt.

Aber er hat gar nicht mehr hingehört. Er hat mit der Faust aufs Dach des Führerhauses geschlagen, und dann sind sie im Regen davongefahren, und ich weiß noch genau, wie das Bohrgestänge hinten drauf rumgeschlackert ist und daß die Mexikaner unter ihrer Plane zu mir hergeschaut haben.

Am Abend bin ich dann auf Jude LaRoses Stadt gestoßen. Sie lag inmitten einer Talsenke, in der sich zwei Fahrwege kreuzten, umgeben von Bergen, die im Sonnenuntergang rot und lila leuchteten. Aber viel mehr gab's da auch nicht – eine

Markthalle für die Viehauktionen und einen Schlachthof, beide dicht, einen stillgelegten Schweinemastbetrieb an einer Bahnstrecke ohne Gleise, einen verfaulten und zusammengebrochenen hölzernen Wasserturm und einen einstöckigen, vorne mit Schindeln verkleideten Saloon, hinter dem ein kleines schwarzes Mädchen über einem Mesquitefeuer Steaks gebraten hat. Der Gehsteig war fast höher als die Pickups und die Pferde, die davor standen, die Bretter waren rotbraun verfärbt von den rostigen Zaumringen und voller Blut, weil an dem Tag jemand einen Puma geschossen hatte, den er mit einem Draht um den Hals an der Halterung einer Carta-Blanca-Reklame aufgehängt hat, die genauso blau geglüht hat wie der Himmel über den Bergen.

Die Decke in dem Saloon war aus gehämmertem Blech, weiter hinten standen Karten- und Dominotische, vorne gab's eine Bar mit alten Handtuchringen und einem Wandspiegel, einem Messinghandlauf und Spucknäpfen, und an die Stützpfosten waren Hirschgeweihe genagelt. Etliche Cowboys und Ölmänner saßen beim Stud-Poker, kippten ihre Kurzen und spülten mit einem Schluck Pearl oder Grand Prize nach.

Auf einer Schiefertafel über der Bar war angeschrieben, was es alles zu essen gab. Der Barkeeper hatte einen roten Kinnbart, tief in den Höhlen liegende Augen und dicke, speckige Arme. Eine Schwarze hat einen Teller Sandwiches mit Grillfleisch in die Durchreiche gestellt und die Glocke geläutet. Das Brot war buttergelb und goldbraun an den Röststellen, ganz weich in der Mitte, dort, wo es mit der Grillsoße durchtränkt war. Der Barkeeper stellte vier Flaschen Pearl-Bier auf ein Tablett und brachte sie zu dem Kartentisch.

»Wieviel kostet die Linsensuppe ohne Brot?« hab ich gefragt. Ich hab die Hände flach auf den Tresen drücken müssen, weil unmittelbar vor mir eine Holzschüssel voller Cracker und Pickles stand.

»Zwanzig Cents«, sagte er.

»Was macht eine kleine Portion?«

»Wo kommst du her, mein Junge?«

»Aus Louisiana.«

»Komm hinten rum. Ich sag dem Nigger, daß er was für dich machen soll.«

»Ich hab nicht um ein Almosen gebeten.«

Er hat seine Schürze hochgezogen, ein Feuerzeug aus seiner Bluejeans geholt und sich eine Zigarette angezündet. Er hat sie geraucht, einen Tabakbrösel ausgespien. Dann hat er die Schale mit den Crackern und den Pickles weggenommen und hinter sich auf die Bar gestellt, neben die Whiskeyflaschen, den Rum und den Tequila.

»Du kannst hier nicht einfach rumhocken«, sagte er.

Draußen hatte es wieder angefangen zu regnen, und ich hab gesehen, wie das Wasser von der Carta-Blanca-Reklame in die Schnauze des toten Pumas getropft ist. Seine Augen waren zugenäht, wie wenn er eingeschlafen wäre. Ein Mann hat die Tür aufgemacht, und der Regen ist rein auf den Boden gestoben.

»Wie weit ist es zum LaRose-Haus?« hab ich gefragt.

»Was willst du denn da draußen?«

»Mister LaRose hat gesagt, daß ich rauskommen soll.«

Der Zigarettenrauch ist aus seinem Mundwinkel aufgestiegen. Sein Gesicht hat sich verdüstert, so als ob er hin- und hergerissen wäre zwischen Angst, Mißtrauen und Ärger über sich selber und zugleich noch mehr Angst hat, daß man ihm ansieht, was in ihm vorgeht.

Er ist zum andern Ende der Bar gegangen und hat zum Telefon gegriffen, das auf dem Tresen stand. Als er den Hörer wieder aufgelegt hat, konnte er mir nicht in die Augen schaun.

»Mister LaRose sagt, du sollst dir was bestellen. Er kommt vorbei, wenn's aufhört zu regnen«, hat er gemeint. Er hat die Schüssel mit Crackern und Pickles wieder vor mich hingestellt, hat dann mit einem Öffner an der Wand eine Flasche Malzbier aufgehebelt und sie neben die Schüssel gestellt.

»Wie wär's mit einem Steak mit Eiern und gedünsteten Tomaten?« hab ich gesagt.

»Sonst noch was?«

»Wie wär's mit ein paar Bratkartoffeln?«

»Noch was?«

»Wieso fährt auf einem Laster mit Bohrgeräten ein Mexikaner mit einem M-1-Karabiner mit?« hab ich gefragt.

Er hat sich über die Bar gebeugt. Seine Kleidung roch nach Schweiß und Seife. »Wo hast du das gesehen?« hat er gefragt.

»Als ich von Norden durch den Fluß gekommen bin.«

»Schon mal gehört, daß es westlich des Pecos weder Gott noch Gesetz gibt?«

»Nein.«

»Wenn du Mexen siehst, vergiß es, heißt das.«

»Ich versteh nicht recht.«

»Das is'n Thema, mit dem man sich am besten nicht befaßt«, hat er gesagt.

Eine Stunde später, als es draußen wieder klar und trocken war und der Himmel hinter den Bergen blaß wurde und man meilenweit über den Beifuß hinwegschaun konnte, hat Jude LaRose mit einem Ford-Kombi mit Holzpaneelen neben dem Gehsteig gehalten, sich rübergebeugt, die Beifahrertür aufgemacht und mich unter der Krempe seines Stetson mit seinen blauen Augen angeschaut, die man nie mehr vergißt. Er war in jeder Hinsicht ein stattlicher Mann – groß, mit flachem Bauch, die grauen Haare kurzgestutzt wie ein GI, die Haut braungebrannt wie trockene Tabakblätter –, aber ich hab niemals, weder vorher noch hinterher, so schöne Augen gesehn, jedenfalls nicht bei einem Mann. Sie waren dunkelblau, so wie manchmal das Wasser drunten bei den Florida Keys an einem heißen Tag, kurz vor einem Gewitter, wenn eine tiefdunkle Wolke über das

Riff zieht und man fast meint, man könnte die Hand in die Farbe tunken und sie sich auf die Haut reiben wie Tinte – aber aus irgendeinem Grund weiß man auch, daß unter diesem herrlichen Blau, drunten in den Korallenriffen, grade ein Rudel Hammerhaie einen Bonito in rosa Fetzen zerreißt.

Ich hab mich neben ihn gesetzt, meinen Seesack zwischen die Beine geklemmt und die Tür zugemacht. Die Sitze waren mit wulstigem gelbem Leder bezogen, und das Licht von dem mit Mahagoni getäfelten Armaturenbrett ist auf das Leder gefallen und hat sich in Judes Gesicht gespiegelt.

»Wirst du gesucht?« hat er gefragt.

»Sir?«

»Du weißt, was ich meine.«

»Nicht mit Haftbefehl.«

»Was war los?«

»Ein Mann hat mich hinter Provost's Saloon mit seinem Gürtel verdroschen. Ein anderer hat mich dabei festgehalten.«

»Was noch?«

»Ich hab ihn mir noch in der gleichen Nacht geschnappt. Als er allein war. Diesmal isses anders gelaufen.«

Er hat die Brusttasche von seinem Hemd aufgeknöpft, eine Camel rausgeholt und sie in den Mund gesteckt, ohne mich einen Moment aus den Augen zu lassen.

»Das mit dem Haftbefehl war doch nicht gelogen, oder?«

»Bei so was würd ich nie lügen.«

»Bei was würdest du denn lügen?«

»Sir?«

Als wir weggefahren sind, hab ich gesehen, wie das kleine schwarze Mädchen, das auf dem Mesquitefeuer Steaks gebraten hat, neben dem Haus auf die Straße gelaufen ist und dem Kombi zugewunken hat.

In dieser Nacht hab ich auf einer blanken Matratze in einer Lehmziegelhütte voller Gartengeräte hinter dem Herrenhaus geschlafen. Ich habe geträumt, ich wär auf einem Güterzug, auf einem Viadukt hoch über einer Schlucht, und mit einemmal knicken die Stützpfeiler weg, und die Räder kreischen und schlagen Funken und versuchen die Spur zu halten.

Das Herrenhaus war zwei Stockwerke hoch und aus dunkelroten Ziegeln, hatte weiße Balkons und Wandelgänge auf dem Dach, und um den Hinterhof waren Pappeln als Windschutz gepflanzt. Zu dem Anwesen gehörten eine mit Dachpappe gedeckte Schlafbaracke für die Feldarbeiter, reihenweise Futterpferche, Wellblechwassertanks und Windmühlen für das Vieh, eine rote Scheune voller Heuballen, in die ein Zeppelin gepaßt hätte, eine Weide für Judes Vollblüter, die mit einem unter Strom stehenden Drahtzaun umgeben war, ein Schrottplatz, der das reinste Museum war – mit dampfgetriebenen Traktoren und T-Model-Pritschenwagen; etwas abseits davon ein fünfzig Hektar großes Stück bewässertes Land für Gemüse, Melonen und Kantalupen, und durch das bauchhohe Gras in einem langen, abschüssigen Tal, das zu einem Steilufer über dem Fluß führte, zogen Hirsche und spanische Bullen.

An jedem Zaun war ein Warnschild angebracht, und für diejenigen, die nicht lesen konnten, Tiere oder herumstreunende Mexen, hatte Judes Vormann tote Krähen oder ausgeweidete und eingepökelte Kojoten an die Holzpfosten genagelt.

Das Licht im Herrenhaus ging um vier Uhr morgens an, wenn Mrs. LaRose, eine schwarzhaarige Deutsche mit roten Backen und dicken Armen, die Jude aus dem Krieg mitgebracht hatte, am Küchentisch im Buch Mormon las, dann zu dem offenen Schuppen neben der Schlafbaracke ging und den Holzofen anschürte.

An meinem ersten Arbeitstag bin ich früh um sieben an einem Ölbohrturm unmittelbar oberhalb des Rio Grande angetreten, mit drahtverstärkten Handschuhen, Schutzhelm und

Stahlkappenstiefeln, und hab am Bohrmeißel malocht, mitten im Lärm der Antriebsmaschine, während das Hebewerk gescheppert, der Flaschenzug am Bohrgestänge geknarrt und gekreischt hat und Bohrschlamm und Salzwasser aus dem Loch geschossen sind, als ob wir auf einen unterirdischen See getroffen wären.

Eine Woche später ist Jude runter zu meiner Hütte gekommen und hat mit Buford in der Tür gestanden. Der war damals grade sieben Jahre alt, ein Ebenbild seines Vaters, trotz der kurzen Hosen.

»Hast du irgendwelche Fragen, was den Alltag hier angeht?« hat er gefragt.

»Nein, Sir.«

Er hat genickt. »Bist du dir da sicher?«

»Ich komm bestens klar. Mir gefällt's hier.«

»Gut so.« Er hat sich umgedreht und zur Sonne über den Bergen geschaut. Er hatte die Augen zusammengezogen. Sie waren fast violett, so als ob er sie geschminkt hätte. »Die Jungs aus Mexiko quatschen manchmal Blödsinn. Die vergessen schnell, wie es auf dem Bohnenfeld drunten in Chihuahua gewesen ist.«

»Da acht ich gar nicht drauf.«

»Auf was achtest du nicht?«

»Die reden spanisch. Daher hör ich gar nicht erst hin.«

»Aha.« Er legte die Hand auf Bufords Kopf. »Ich möchte, daß du morgen mit ihm auf dem Tomatenfeld arbeitest.«

»Aber ich muß doch zum Bohrturm.«

»Ich möchte, daß Buford sich an die Arbeit gewöhnt. Komm um sechs zum Haus und hol ihn ab.«

»Ja, Sir, wenn Sie's so wollen.«

»Mein Vormann hat gesagt, daß du dich erkundigt hast, wieviel die Jungs aus Mexiko verdienen.«

»Kann ich mich gar nicht mehr dran erinnern«, hab ich gesagt.

Er musterte mich von der Seite und strubbelte die ganze Zeit in Bufords Haaren herum.

»Wenn du das nächste Mal was wissen willst, kommst du zu mir«, hat er gesagt.

Ich hab auf den Boden geschaut, damit er nicht sehen konnte, wie ich schlucken mußte.

Man mußte nicht lange auf Judes Bohrstellen arbeiten, um zu kapieren, was da gelaufen ist. Nachts hat man die Laster gehört, die sich durch das Flußbett gewühlt haben. Und Judes Vormann hat sämtliche Rinder auf die obere Weide geschafft und die Zäune am Flußufer einreißen lassen, damit die Laster durchkamen, wenn der Mond untergegangen war, und auf den Fahrweg gelangten, der zu der Ranch nebenan führte, wo ein anderer Ölmensch, ein viel größerer als Jude, genauso gewirtschaftet hat.

Ein Weißer hat zwei Dollar die Stunde gekriegt, wenn er drunten auf der Arbeitsbühne eingesetzt war, und zwosiebenundzwanzig droben auf dem Turm. Die Illegalen haben das für ein Viertel plus Verpflegung gemacht. Die haben überall gebohrt, ohne Rückschlagschutz oder sonst was; die sind mit den Suchtrupps raus, mitten im Gewitter, in die offene Prärie, mit einem Lastwagen voller Dynamit und Zündkapseln, haben eine hundert Meter lange Kette gebildet und die Eisenrohre und die Stahlstreben durchgereicht, als ob sie persönlich den Blitz ableiten wollten. Ich hatte den Verdacht, daß es eine Art religiöse Erfahrung war.

Ich hab erlebt, wie sich Jungs am Hebelwerk die Finger abgeklemmt haben, mit dem Unterarm ins Gestänge geraten sind und später festgestellt haben, daß sie außer einem warmen Händedruck nichts mit zurücknehmen können nach Mexiko.

Auf der Ranch nebenan war es noch schlimmer. Ich hab gehört, daß ein kaputtes Rückschlagventil auf der Arbeitsbühne eines Bohrturms durchgeknallt ist und einen Mexen umgebracht hat. Ein Deputy hat ihn in einem Mesquitewäldchen verscharren helfen, und eine Stunde später war die Arbeitsbühne abgespritzt, und der Bohrer hat wieder tief unten im Loch gesungen.

Und das war noch nicht alles. Jude und ein paar von seinen Freunden hatten einen Spezialtrupp aus besser bezahlten Mexen und weißen Jungs, Jungs, die in Huntsville und auf der Erbsenfarm in Sugarland gesessen und die Anbohrungen gemacht haben – das heißt, daß du den Bohrer schräg ansetzt, die Quelle von jemand anderm oder das unterirdische Depot einer Firma anzapfst und denjenigen schmierst, der auf die Druckmesser aufpassen soll. Dann haben sie das Öl abgesaugt wie Limo durch 'n Strohhalm, das Loch wieder zugemacht, haben gesagt, das Ding wär furztrocken, und haben sich drunten in Saucillo mit Dos X und Mescal zugeschüttet, ehe die Texaco Company überhaupt gemerkt hat, daß man sie ausgenommen hat.

Aber ich konnte mich nicht beklagen. Jude hat mich bezahlt wie alle andern Weißen, egal ob ich am Bohrer malocht oder draußen auf dem Feld auf Buford aufgepaßt habe. Er war ein süßer kleiner Kerl mit seinen kurzen Hosen und dem Cowboyhut. Wir haben ein Maultier vor den Tomatenschlitten gespannt, vier Körbe draufgestellt und eine Reihe nach der andern abgepflückt, und ich hab ihn immer das Maultier führen und mir vormachen lassen, wie weit er die Tomaten schmeißen kann, die schon zu weich waren.

Als ich zwei Monate da war, haben Buford und ich im hinteren Teil des Feldes Melonen geerntet, bei der Hütte, in der eine schwarze Familie gewohnt hat. Jude kam mit seinem Pferd raus aufs Feld geritten, hat sich im Sattel gereckt, die Arme auf den Sattelknopf gestützt und seinen Hut mit dem Daumen hochgeschoben. Buford hat dem Maultier die Zügel auf den

Hintern geknallt und es am Ende des Beetes im Kreis gehen lassen.

»Wie macht er sich?« hat Jude gefragt.

»Der kann arbeiten«, hab ich gesagt.

»Gut so.« Er hat zu der Hütte von der schwarzen Familie rübergeschaut. Ein kleines Mädchen hat auf der Veranda mit seiner Puppe gespielt. »Habt ihr die ganze Zeit durchgearbeitet?«

»Ja, Sir, ununterbrochen«, hab ich gesagt.

»Ich will nicht, daß er mit jemandem hier spielt.«

Ich hab ständig zu Buford geschaut, der am andern Ende vom Feld mit dem Schlitten zugange war, hab auf Durchzug geschaltet, als ob's nicht wichtig wäre, daß ich seine Worte höre.

»Hast du verstanden, was ich damit sagen will?« hat Jude gesagt.

»Ja, Sir. Sie haben sich ziemlich klar ausgedrückt.«

»Stört dich das, was ich dir sage?«

»Das ist die Kleine, die mit ihrer Mutter in dem Saloon arbeitet, nicht?«

»Schau nicht woanders hin, wenn du mit mir redest, Jerry Joe.«

Ich hab zu ihm aufgeblickt. Mit der Sonne im Rücken hat er ausgesehn wie aus schwarzem Stoff geschnitten. Meine Augen haben vor Hitze und Staub gebrannt.

»Wird Zeit, daß der Junge den Unterschied begreift, das ist alles«, hat er gesagt.

»Ich halt mich da raus, Mister Jude.«

»Mag sein, daß du es höflich gemeint hast, Jerry Joe. Aber rede einen Weißen niemals so an, als ob du ein Farbiger wärst.«

Jude hat genau gewußt, wie er es einem reinreiben konnte.

Ich hab Mrs. LaRose gemocht. Sie hat für alle Frühstück gemacht, Riesenportionen, mit Eiern und Räucherspeck, Bohnenbrei und Grütze, und zum Abendessen hat sie jedesmal einen Kuchen gebacken. Aber was Jude anging, da war sie blind und taub. Vielleicht hatte das damit zu tun, daß er ein Kriegsheld war und ihr Vater in einem von Hitlers Konzentrationslagern gestorben ist und Jude sie aus einem Lager für Verschleppte auf Zypern hierhergebracht hat. Ich mein damit, daß er nichts gegen eine gelegentliche Spritztour runter nach Mexiko einzuwenden hatte, am Samstag abend, mit seinem Vormann, einem Mann, der angeblich auf einer Ranch drüben in Presidio, auf der er mal gearbeitet hat, Vollblütersamen gestohlen haben soll. Eines Sonntagmorgens, als der Vormann immer noch besoffen war, hat er auf der Fahrt raus zum Bohrturm zu mir gesagt: »Die müssen euch ja ganz schön scharf rannehmen, da, wo du herkommst.«

»Wie bitte?« hab ich gesagt.

»Trotz dem deutschen Mädel, das er sich da mitgebracht hat, steigt Jude nach wie vor noch über die eine oder andere.«

Später hat er mich dann abgepaßt, als ich allein auf der Arbeitsbühne war. Er hat eine ganze Weile geschwiegen, seine Fingernägel mit dem Taschenmesser geputzt, hatte nach wie vor eine Fahne, die nach Tequila und Nikotin roch. Dann hat er mir erklärt, daß ich mich lieber so weit wie möglich davonmachen sollte, falls ich jemals ein Sterbenswörtchen von dem, was er mir gesagt hat, weitererzählen würde.

Versteh mich nicht falsch. Ich habe großen Respekt vor Jude gehabt. Er hat mir erzählt, was für Schiß er gehabt hat, als sie in die deutsche Flak geraten sind. Er hat gesagt, es sah aus wie große, geschwärzte Baumwollfetzen und daß man weder drunter noch drüber noch dran vorbeifliegen konnte. Sie haben bloß dagehockt, und der Schweiß ist ihnen in den Haaren gefroren, während ihre Maschine hin und her und auf und ab geschüttelt worden ist, wie wenn sie auf eine Schotterpiste geraten wären. Gleich nach dem Angriff auf Dresden hat ein Granatsplitter, der etwa so ausgesehen hat wie ein verbogener

Teelöffel, seine Pilotenjacke durchschlagen und den Brustkorb aufgeschlitzt, so daß er die Hand reinstecken und die blanken Rippen spüren konnte.

Was danach passiert ist, hab ich mir immer vorgeworfen.

Buford und ich haben bei den Stangenbohnen im hinteren Teil des Feldes Unkraut gejätet, als der alte Mexikaner, der den Jauchewagen gefahren hat, mit einem Rad in den Bewässerungskanal geraten ist und festgesessen hat. Ich hab Buford alleine gelassen, hab mir das Stemmeisen und ein paar Bohlen von der Karre gegriffen, unter die Achse geschoben und das Stemmeisen am Rand angesetzt, und dann haben wir das Ding rausgeschaukelt, bis alle vier Räder wieder auf festem Boden waren. Dann hab ich unter dem Laster durchgeschaut und gesehn, wie Buford drüben, auf der anderen Seite vom Feld, im Schatten eines Baumes mit dem schwarzen Mädchen gespielt hat. Und genau in dem Moment kam Jude mit seinem Kombi die Straße runter.

Ich bin mir blöd vorgekommen, war aus irgendeinem unerklärlichen Grund vielleicht auch feige. Aber ich hab da auf dem Bauch gelegen, halb unter dem Laster, als Jude LaRose aus seinem Wagen stieg, auf seinen Sohn zuging und ihn angeschaut hat; Buford ist kreideweiß geworden.

Er hat Buford zu der Veranda von der schwarzen Familie raufgezerrt, ist durch die Tür rein, ohne sich was dabei zu denken, so als ob er das Tor zu einem Schweinekoben aufstößt, und im nächsten Moment ist er wieder rausgekommen, mit einem zusammengeknüllten Kleid von der Kleinen in der Hand.

Erst hat er Buford mit einer Rute auf die bloßen Beine geschlagen, dann hat er ihm das Kleid über den Kopf gezogen und ihn mitten auf dem Feld auf einer Grapefruitkiste stehenlassen, während die Mexikaner auf den Beeten rundum die Köpfe eingezogen und so getan haben, als ob sie nichts mitkriegen.

Ich hab gewußt, was danach kommt.

Er ist zu dem Jauchewagen gefahren, der nach wie vor auf der Kippe hing, und hat mich aus dem Autofenster angeschaut, als ob ich ein dummes Tier wäre, aus dem seiner Meinung nach nie was wird.

»Du hast nicht aufgepaßt. Das da drüben ist der Lohn dafür«, hat er gesagt.

»Dann hätten Sie's an mir auslassen sollen.«

»Tu nicht auch noch so scheinheilig. Wenn du Mumm hättest, hättest du den Mund aufgemacht, bevor ich ihn verdroschen habe.«

Ich hab gespürt, wie mir das Wasser in die Augen geschossen ist und wie mein Mund gezuckt hat, aber ich mußte es loswerden. »Meiner Meinung nach sind Sie ein elender Mistkerl, Jude.«

»Er ist ein LaRose. So was wirst du nie verstehen, Jerry Joe. Du bist ein Kind kleiner Leute, daher kannst du nichts dafür. Aber du hast hier die Chance deines Lebens. Laß sie dir nicht entgehen.«

Ohne sich die geringste Gefühlsregung anmerken zu lassen, hat er den ersten Gang eingelegt, hat mich einfach stehenlassen und ist in einer großen zimtbraunen Staubwolke davongefahren.

Ich würde dir gern erzählen, daß ich mich an diesem Abend zugedröhnt habe, hab ich aber nicht. Mir gingen ständig Judes Worte durch den Kopf, und mein Gesicht hat geglüht, als ob er sie mir um die Ohren geschlagen hätte, so als wär er der einzige Mensch auf der Welt, der gewußt hat, wer ich wirklich war.

Schon komisch, wie man zum Spiegelbild dessen werden kann, was man in den Augen eines Mannes sieht, den man bewundert und zugleich haßt. Im Herbst ist die Familie nach Louisiana zurückgekehrt, und ich bin geblieben und hab Anbohrungen gemacht, Mexen über den Fluß geschafft, für eine Hundefutterfirma Wildpferde abgeschossen und mich jeden Samstagabend drunten in Chihuahua verliebt. Mit den Jungs aus Huntsville und Sugarland bin ich bestens klargekommen.

Als er zehn Jahre später an Lungenkrebs gestorben ist, hab ich gedacht, ich geh zur Beerdigung und mach meinen Frieden mit ihm. Ich bin bloß bis zur Tür gekommen, wo mir zwei Jungs erklärt haben, daß auf Mr. LaRoses ausdrücklichen Wunsch hin nur Familienangehörige an der Trauerfeier teilnehmen dürften.

Der alte Jude hat sich ausgekannt.

14

Es war mittlerweile dunkel, und der Regen fiel auf den Bayou und das Blechdach des Köderladens. Jerry Joe saß auf der anderen Seite des Tisches und hatte eine dicke weiße Kaffeetasse in der Hand. Über uns hing eine nackte Glühbirne, und sein Gesicht lag im Schatten des Fedora.

»Worauf willst du hinaus?« fragte ich.

»Du bist ein kleiner Polizist in einer kleinen Stadt, Dave. Wann hast du das letzte Mal einen Reichen eingebuchtet?«

»Vor etwa zwanzig Jahren, wegen Alkohol am Steuer.«

»Dann kapierst du also allmählich?«

»Das ändert gar nichts.«

»Ich hab Buford mal als Pitcher bei 'nem Spiel auf dem College erlebt. Ein Junge hat nach einem verhunzten Abschlag den Schläger nach ihm geschmissen. Als der Junge das nächste Mal dran war, hat Buford ihm einen scharf angeschnittenen Ball in den Rücken geknallt. Er hat so getan, als ob's ihm furchtbar leid täte, als sich der Junge am Boden gekrümmt hat, aber nach dem Spiel hab ich gehört, wie er zu seinem Fänger gesagt hat: ›Scheint so, als ob wir heute jemanden bekehrt haben.‹«

»Meiner Meinung nach ist Buford nicht gefährlich.«

»Es ist Einstellungssache. Die tun andern Leuten nichts an, die lassen es passieren. Deren Hände bleiben immer sauber.«

»Wenn du dich von den LaRoses benutzen läßt, ist das deine Sache, Jerry Joe.«

»Verdammt, du bringst mich auf die Palme«, sagte er. Er schlug mit seinem Löffel an den Griff der Tasse und schaute hinaus in den Regen, der im Schein der Strahler fiel. Seine Lederjacke war zerknittert und abgetragen, und ich fragte mich, vor wie vielen Jahren er sie gekauft hatte, um einem Mann nachzueifern, der einst mitgeholfen hatte, eine Stadt einzuäschern, die man das Florenz des Nordens nannte.

»Kümmer dich um deine eigenen Angelegenheiten, Dave. Laß meinetwegen den Job sausen. Ich bring dich bei der Gewerkschaft unter. Ist ganz einfach. Du kriegst 'ne Handvoll Kugelschreiber und 'n Klemmbrett, und dann kannst du das durchziehn, bis du abtrittst.«

»Willst du mit raufkommen und mit uns essen?«

»Klingt nicht übel ...« Einen Moment lang wirkte er melancholisch. »Aber ein andermal. Ich hab 'ne Kleine drüben in Lafayette, die auf mich wartet. Die Heiraterei hat bei mir nie lang hingehauen, weißt du, was ich meine? ... Dave, die schwarze Nutte, die gesehn hat, wie der Drehbuchautor abgeknallt worden ist – die arbeitet für Dock Green, falls du sie immer noch suchst ... Hey, morgen schick ich dir 'ne Jukebox vorbei. Alles drin, Partner – Lloyd Price, Jimmy Clanton, Warren Storm, Dale und Grace Broussard, Iry LeJeune ... Keine Widerrede.«

Und damit ging er durch die Fliegengittertür hinaus in den Regen. Im gelben Schein der Lichterkette warf er einen doppelten Schatten, so als ob er uneins mit sich wäre.

Dock Green war ein aufgeregter, fahriger und gelegentlich auch abgefeimter Mann, der einst schwere Baumaschinen gefahren hatte und behauptete, er sei vom Vietcong von einer Baustelle in der Nähe von Hue entführt und bei lebendigem Leib am Ufer des Perfume-Flusses begraben worden. Sein Gesicht war wulstig, als ob es aus Kitt modelliert wäre, der ungleichmäßig getrocknet war. Ständig zuckte und verzog es sich, wenn er einen mit seinem stechenden Vogelblick anstarrte, immer auf der Hut, die Augen hektisch auf jemanden hinter einem oder auf einen Gegenstand neben einem gerichtet.

Er besaß eine Baufirma, ein Restaurant und die Hälfte von einem schwimmenden Casino, doch sein erstes Geld hatte Dock mit Prostitution verdient. Und er hatte – ob aus Habgier oder aus Angst, daß seine legalen Geschäfte eines Tages nichts mehr abwerfen könnten, oder weil es ihm einfach Genugtuung verschaffte, wenn er über andere bestimmen konnte – die Finger nicht mehr von den Mädchen und ihren Luden gelassen, die von den zahlreichen Kongressen und Tagungen in New Orleans profitierten und ihm vierzig Prozent abtraten.

Er hatte in die Familie Giacano eingeheiratet, die sich seiner aber bald schämte. Manchmal, sei es in einem Restaurant oder in einem Fahrstuhl, überschlug sich Docks Stimme ohne jeden Anlaß, und er kreischte schrill los, so als ob er sich vor Wut kaum beherrschen könnte. Wenn es soweit war, stammelte er nur noch unverständliches Zeug und warf jedem, der ihn besänftigen oder ihm gut zureden wollte, Grobheiten und Obszönitäten an den Kopf.

Er hatte ein Lager und ein Stück Land draußen am alten Highway 190, zwischen Opelousas und Baton Rouge, unmittelbar am Damm und neben den Sumpfwäldern am Ufer des Atchafalaya gelegen. Sein metallic-graues, mit einem Blechdach gedecktes Holzhaus mit der von Fliegengitter umgebenen Veranda war von Palmen und Bananenstauden umgeben, und auf dem Hof und draußen auf der Weide, wo seine Pferde das Wintergras bis auf den blanken Boden abgefressen hatten, wucherten Zwergpalmen. Clete und ich fuhren mit Cletes Kabrio die Stichstraße entlang und hielten vor einem Viehgatter. Das Tor war mit einer um den Pfosten geschlungenen Kette verschlossen.

Ein Mann in Khakihose und einem weißen Hemd mit aufgedruckten Rosen hatte einen Eimer in der Hand und schleuderte Maiskolben in den Hühnerhof. Clete drückte auf die Hupe.

»Was machst du da?« fragte ich.

»Der ist irre. Den mußt du mit irgendwas beschäftigen.«

»Wie wär's, wenn du hier wartest, Clete?«

»Der Typ hat die Syphilis im Hirn. In dessen Haus würd ich eh nur gehn, wenn ich mir vorher Kleenexschachteln über die Schuhe gezogen hab.«

»Er hat das Tourette-Syndrom.«

»Klar, deswegen ist auch die Hälfte seiner Bräute in der Tripperklinik in Behandlung.«

Ich kletterte über den Stacheldrahtzaun neben dem Viehgatter. Dock Green stand reglos da, wie aus Stein gemeißelt, und hatte den Eimergriff über der offenen Hand hängen. Seine dünnen braunen Haare waren kurzgeschnitten, feucht und frisch gekämmt. Ich sah ihm an den Augen an, daß er mich erkannte, sah, wie ein Nerv in seinem Gesicht zuckte.

Doch das eigentliche Problem im Umgang mit Dock Green war nicht seine verquere und neurotische Art. Es war vielmehr sein instinktives und geradezu unheimliches Gespür für die unterschwelligen Motive anderer Menschen, vielleicht sogar für ihre Gedanken.

»Wer hat euch gesagt, daß ich hier bin?« fragte er.

»Sie genießen hier in der Gegend eine Menge Respekt, Dock. Der Sheriff in St. Landry weiß gern Bescheid, wenn Sie in der Stadt sind.«

»Wer hockt in der Scheißkiste?«

»Clete Purcel.«

Er stellte den Eimer ab, legte die eine Hand an den Mund, die andere an seine Genitalien und schrie: »Hey, Purcel, du gehst mir auf die Eier!«

»Dock, ich suche eine schwarze Nutte namens Brandy Grisum.«

»'ne Süchtige, diejenige, die gesehn hat, wie der Drehbuchautor umgelegt worden ist?«

»Ganz recht.«

»Über die weiß ich gar nix. Warum steht er da draußen?«

»Sie haben gerade gesagt –«

»Die Polizei in New Orleans hat schon mit mir geredet. Deswegen weiß ich's.« Die Haut unter seinem Auge zuckte wie runzlig gewordene Farbe in einem Eimer. »Hat Short Boy Jerry euch hergeschickt?«

»Warum sollte er?« Ich lächelte und versuchte, mir nichts anmerken zu lassen.

»Ihr seid zusammen zur Schule gegangen. Er zieht jetzt wieder nach New Iberia. Und jetzt tauchen Sie auf meinem Anwesen auf. Gehört nicht viel Grips dazu, daß man da draufkommt.«

»Überlassen Sie mir das Mädchen, Dock. Ich mach es wieder gut.«

»Wenn Sie 'ne schwarze Nutte oder 'n schwarzen Killer suchen, sollten Sie mit Jimmy Ray Dixon reden.«

»Hier komm ich nicht weiter, was?« sagte ich. Der Wind fuhr durch die Weiden, die auf der anderen Seite des Deiches standen. »Hübsch haben Sie's hier.«

»Kommen Sie mir nicht auf die lässige, Robicheaux. Ich will Ihnen mal sagen, worum's hier geht. Short Boy Jerry hat gedacht, er könnt mir ein paar Streikposten auf die Baustellen stellen und mich kleinkriegen. Hat nicht funktioniert. Also benutzt er jetzt Sie, um mir Steine in den Weg zu legen. Ich glaub, er hat mich auch bei der Polizei in New Orleans angeschwärzt.«

»Sie sind ziemlich flink, Dock.«

Er richtete den Blick zum Gartentor.

»Ich glaub's einfach nicht. Purcel pißt an meinen Viehzaun. Ich hab hier Nachbarn«, sagte Dock.

»Sie und die Giacanos unterstützen doch nicht etwa Buford LaRose, oder?« fragte ich.

Er lächelte zum ersten Mal, wenn auch mit schmalen Lippen und verkniffenen Augen.

»Ich setze nie auf Menschen«, sagte er. »Kommen Sie mit rein. Ich brauch 'n Pepto oder so was ähnliches. Wenn ich Purcel seh, wird mir schlecht.«

Die mit Pinienholz getäfelten Wände seines Wohnzimmers hingen voller präparierter Hirsch- und Antilopenköpfe. Über dem Kamin thronte ein Marlin, dessen lackierte, künstlich wirkende Haut mit einer Staubschicht überzogen war. Auf einem langen Bücherregal stand eine Reihe Gläser, in denen in Formalin eingelegte Klapper- und Wassermokassinschlangen, ein haarloses Opossum, Dosenschildkröten, Alligatorenbabys und eine Nutria schwammen, deren paddelartiger Fuß ans Glas gedrückt war.

Dock ging in die Küche und kam mit einer Dose Bier zurück. Mir bot er nichts an. Hinter ihm sah ich seine Frau, eine der Giacanos, die mich mit ihren tief in den Höhlen liegenden Augen anstarrte. Ihre rabenschwarzen Haare waren nach hinten gekämmt und zu einem Knoten gerafft, die Haut war weiß wie Weizenmehl.

»Purcel geht mir auf den Geist«, sagte Dock.

»Warum?«

»Aus dem gleichen Grund wie Sie.«

»Wie bitte?«

»Sie stellen jemand als verrückt hin, glauben, wenn Sie ihm ein paar Münzen reinstecken, tanzt er los wie aufgezogen. Tatsache is, daß ich wo gewesen bin, wo einem die Augen und die Ohren und der Mund mit Erde verstopft waren, wo du keinen Ton gehört hast außer den Stimmen der Toten in deinem Kopf ... Da drunten erfährst du Geheimnisse, die du nie wieder vergißt.«

»Ich war auch da drüben, Dock. Sie haben die Erfahrung nicht für sich allein gepachtet.«

»Nicht da, wo ich war. Nicht mal in Ihren schlimmsten Alpträumen.« Er trank einen Schluck aus der Bierdose und wischte sich mit dem Handballen den Mund ab. Einen Moment lang schien er mich nicht mehr zur Kenntnis zu nehmen, dann fiel ihm etwas ein, und er verzog das Gesicht, als sei ihm eine Mücke ins Auge geflogen.

»Wieso lassen Sie mich nicht in Ruhe? Machen Sie sich lieber hinter dem Ku-Kluxer her, bevor er die Briketts auf hundertachtzig bringt. Das heißt, falls er nicht ersoffen is. Wir haben auch so schon genug Zoff zwischen den Rassen drunten in New Orleans«, sagte er.

»Von wem sprechen Sie überhaupt?«

Er schaute mich eine ganze Weile wie benommen an, während sich auf seinem Gesicht ein wahres Psychodrama abspielte, so als habe es ein Eigenleben entwickelt.

»Dieser Crown, derjenige, den Sie im Fernsehn verteidigt haben, der is heut früh in den Mississippi gesprungen«, sagte er. »Habt ihr kein Radio in eurer Scheißkiste?«

Er trank einen Schluck und schaute mich mit leerem Blick über den Dosenrand hinweg an.

15

Es regnete und war noch dunkel, als Clete mich am nächsten Morgen vor der Dienststelle des Sheriffs im Bezirk Iberia absetzte, dann regelwidrig umkehrte und vor einer Grillbude auf der anderen Straßenseite hielt. Kurz zuvor hatte der Blitz in das Dienstgebäude eingeschlagen, so daß der Strom ausgefallen war und nur die Notbeleuchtung brannte. Als ich in das Büro des Sheriffs kam, stand er im Halbdunkel am Fenster, hatte eine Tasse Kaffee in der Hand und schaute über die Straße.

»Was will Purcel in der Stadt?« fragte er.

»Ein, zwei Tage angeln gehen.«

»Und deshalb fährt er Sie zur Arbeit?«

»Mein Pickup ist in der Werkstatt.«

»Er ist ein korrupter Cop, Dave.«

»Das ist zu hart, Skipper.«

»Er benimmt sich für gewöhnlich wie die Axt im Walde. Dazu wird es hier nicht kommen, mein Freund.«

»Sie haben sich deutlich ausgedrückt, Sir«, sagte ich.

»Gut.«

Dann berichtete er mir, was tags zuvor in Angola und später auf einer Süßkartoffelfarm nördlich von Morganza vorgefallen war.

Aaron Crown hatte sich in seiner Zelle erbrochen, sich in Krämpfen am Boden gewunden, als habe er einen epileptischen Anfall oder eine Gallenkolik. Er wurde in Handschellen und Fußeisen gelegt, mit einer Plastikbrechtüte auf dem Schoß vorn in einen Kleinbus gesetzt statt nach hinten und von einem jungen weißen Wachmann zum Krankenrevier gefahren.

Der Wachmann paßte kaum auf, schaute vielleicht sogar absichtlich weg, als Aaron sich vornüberbeugte und wieder von einem Brechreiz geschüttelt wurde, sah die Haarnadel nicht, die Aaron im Mund versteckt hatte und mit der er das Schloß an seiner linken Handschelle knackte. Vielleicht dachte er auch nicht, daß bei Aaron Fluchtgefahr bestehen könnte, nicht auf dem Farmgelände mit seinen endlosen Anbauflächen jedenfalls, oder daß dieser Häftling sich jemals an einem Weißen vergreifen würde.

Bis sie um die Kurve am Fluß kamen und Aaron den linken Arm um den Hals des Wachmanns schlang, ihm die rechte Faust, an deren Gelenk die Handschelle baumelte, ins Gesicht rammte und ihm den Unterkiefer zertrümmerte.

Dann humpelte er, nach wie vor mit den Eisen an den Füßen, die ihm die Knöchel wund und blutig schürften, durch einen Gummibaumhain und über ein Sojabohnenfeld davon, über den Damm und runter zu den Weiden am Rande eines Schlammlochs, watete durch das Altwasser, zwischen dem Schilf und den Rohrkolben hindurch, und warf sich in die Strömung.

Unter normalen Umständen hätte er ertrinken müssen, aber später stieß ein Trupp Deputies aus West-Feliciana, die mit Hunden unterwegs waren, flußabwärts auf etliche entwurzelte und ineinander verhedderte Baumstämme und fand ein Stück Drillichstoff, das auf einer Wurzel steckte. Sie schlossen daraus, daß Aaron sich an diese schwimmende Insel aus allerlei Müll und Abfällen geklammert hatte. Dann hatte er sich wie eine Bisamratte tief ins Geäst gedrückt und sich mitten auf dem Fluß sieben Meilen weit treiben lassen, bis die halb untergetauchten Bäume an eine Sandbank am anderen Ufer stießen, wie eine Fähre, die er eigens gechartert hatte, so daß er bequem absteigen und die wiedergewonnene Freiheit genießen konnte.

Dann setzte er sich ins Waldland ab, wo Gottesfurcht und eingefleischter Fundamentalismus herrschten, dorthin, wo er aufgewachsen war, in einen Landstrich, in dem sich nie etwas ändern würde. Davon war er so felsenfest überzeugt, daß er noch in der gleichen Nacht in die Scheune eines schwarzen Farmers eindrang, scheppernd in den in Reih und Glied an der Wand hängenden Hacken, Sensen, Äxten und Hämmern herumwühlte und ein Gerät suchte, mit dem er seine Fußketten durchtrennen konnte, ohne auch nur daran zu denken, daß er zur Rede gestellt, geschweige denn mit vorgehaltener Waffe in Schach gehalten werden könnte.

Der Schwarze, der ihm gegenüberstand, war alt, barfuß und ohne Hemd; er trug nur die Latzhose, die er rasch übergezogen hatte, als er gehört hatte, wie Aaron in seine Scheune einbrach.

»Was machen Sie hier, alter Mann?« fragte er und richtete die schwere einläufige Schrotflinte auf Aarons Brust.

»Da draußen braut sich ein Unwetter zusammen. Ich wollt hier unterkriechen.« Aaron hielt die rechte Hand, an der die Fessel baumelte, auf den Rücken.

Draußen blitzte es, und der Lichtschein fiel wie eine flackernde Kerzenflamme durch die Ritzen in der Wand.

»Sie ham Ketten an den Füßen«, sagte der Schwarze.

»Trenn sie durch.«

»Wo sind Sie abgehaun?«

»Ich hab wegen was gesessen, das ich nicht gemacht hab. Trenn die Kette durch. Ich komm wieder und geb dir was dafür.«

»Sie sind der, der gesucht wird, derjenige, der den Bürgerrechtler umgebracht hat, nicht wahr?«

»Das ist erstunken und erlogen, weil man mich fertigmachen will.«

»Moment, ich will Ihnen nix zuleide tun ... Bleiben Sie stehn, hab ich gesagt –«

Aaron riß dem Schwarzen die Schrotflinte aus der Hand, packte ihn an der Gurgel und drückte zu, bis die Knie seines

Opfers nachgaben. Dann fesselte er ihn mit Heudraht an einen Stützpfahl, stellte das Haus auf den Kopf und plünderte die Küche.

Fünf Minuten später verschwand Aaron Crown mit dem Pickup des Schwarzen im heulenden Sturm; er hatte die Schrotflinte, eine Zigarrenkiste voller Pennies und eine Tüte mit Lebensmitteln neben sich auf dem Sitz stehen.

»Was glauben Sie, wohin er will?« fragte ich.

»Er hat den Pickup letzte Nacht in Baton Rouge stehenlassen. Eine Querstraße weiter wurde ein Honda von einer Tankstelle gestohlen. Wissen Sie was? Crowns Anwalt, derjenige, der ihn zu einem Schuldeingeständnis bewogen hat, hat beschlossen, daß er lieber ein paar Wochen nach Europa verreist.«

»Was ist mit dem Richter, der ihn verdonnert hat?«

»Die Staatspolizei bewacht sein Haus.« Er musterte mein Gesicht. »Was denken Sie?«

»Wenn ich an Aaron Crowns Stelle wäre, würde ich meine Wut eher an jemandem hier in der Gegend auslassen.«

»Ich glaube, Sie haben meine Gedanken gelesen, Dave.«

»Das läuft auf was hinaus, zu dem ich keine Lust habe, Sheriff.«

»In unserem Revier wird der nächste Gouverneur nicht ermordet werden.«

»Nicht ich. Nein, Sir.«

»Wenn Sie mit den LaRoses persönlich nichts zu schaffen haben wollen, ist das Ihre Sache. Aber Sie müssen die Überwachung des Hauses leiten … Schaun Sie, am Dienstag ist die Wahl. Danach wird der Mistkerl wahrscheinlich Gouverneur. Auf diese Weise sind wir seit jeher die Leute losgeworden, die wir nicht gemocht haben – wir wählen sie in ein öffentliches Amt. Halten wir's weiter so.«

»Ich bin nicht der richtige Mann dafür.«

»Karyn LaRose ist anderer Meinung. Sie hat gestern abend angerufen und eigens nach Ihnen verlangt ... Könnten Sie mir vielleicht mal näher erklären, was zwischen Ihnen beiden vorgefallen ist?«

»Aus irgendeinem Grund kommt mir das alles so abwegig vor.«

»Aha ...« Er saugte an einem Zahn. »Na schön, eine Sache noch ... Vorhin hab ich einen Anruf von der Polizei in Lafayette gekriegt. Jemand ist gegen fünf Uhr morgens in eine Pfandleihe eingebrochen. Der Dieb hat nur ein Beutestück mitgehen lassen – ein Enfield 303 mit Zielfernrohr und Lederriemen. Haben Sie schon mal gehört, daß jemand in ein Pfandleihhaus einbricht und nur ein Stück mitnimmt? ... Ich hab in Korea britische Scharfschützen damit umgehn sehen. Die haben aus fünfhundert Meter Entfernung alles weggeputzt, jede noch so kleine Silhouette, die sich auf einer Anhöhe gezeigt hat ... Betrachten Sie das nicht als lästige Pflichtaufgabe, Dave.«

Lonnie Feltons dunkelroter Lincoln Continental parkte unter einer triefenden Eiche in meiner Auffahrt, als Clete mich an diesem Abend nach der Arbeit zu Hause absetzte. Ich rannte durch die Regenpfützen im Garten zur Veranda und roch den Zigarettenqualm, der durch das Fliegengitter zog.

Er saß auf dem Diwan und tippte die Asche in ein Bonbonglas. Selbst jetzt, da er entspannt war, wirkte er drahtig und muskulös wie ein Turner, und mit seinem gespaltenen Kinn, dem Römerprofil und dem braunen, von grauen Strähnen durchzogenen Pferdeschwanz hätte er durchaus ein erstklassiger Hochstapler, ein Fassadenkletterer oder eben ein Prominenter sein können.

»Wie geht's Ihnen, Sir?« fragte ich.

»Ich komm mir auch ohne das ›Sir‹ schon alt genug vor«, sagte er. Seine Zähne waren weiß und überkront, und wie die meisten Leute aus der Unterhaltungsbranche, die ich kennengelernt hatte, schaute er einen unverwandt an, ohne auch nur einmal mit den Augen zu zwinkern, so daß man nicht feststellen konnte, ob er seine Unsicherheit verbergen wollte, ein bestimmtes Anliegen hatte oder gar nichts weiter wollte.

»Ich versuche Mister Felton grade zu überreden, daß er zum Abendessen bleibt«, sagte Bootsie.

Ich zog den Regenmantel aus und hängte ihn an den Garderobenständer im Flur. »Klar, warum auch nicht?« sagte ich.

»Ein andermal. Ich bin in etwa zwei Wochen wieder in der Gegend.«

»Oh?«

»Ich möchte Aaron Crowns alte Unterkunft filmen, Sie wissen schon, diesen Ziegelschuppen an dem Entwässerungsgraben, und im Vergleich dazu die LaRose-Plantage zeigen.«

»Meiner Ansicht nach hätten Sie das von Anfang an machen sollen«, sagte ich und setzte mich auf den Polstersessel am anderen Ende des Kaffeetisches.

Er warf mir einen belustigten Blick zu. Der *Daily Iberian* lag zusammengefaltet mitten auf dem Tisch. Ich schlug die Titelseite auf. »EINHEIMISCHER FLIEHT AUS ANGOLA«, lautete die dreispaltige Schlagzeile.

»Das Ende Ihrer Dokumentation spielt sich womöglich in New Iberia ab«, sagte ich.

»Wieso das?«

»Das wissen Sie doch ganz genau.«

»Ich kann Ihre Schlußfolgerungen nicht recht nachvollziehen. Glauben Sie etwa, Jack Ruby hat Lee Harvey Oswald deswegen umgebracht, weil ein Bildreporter zugegen war?«

Bootsie stand schweigend auf, ging in die Küche und stellte das Kaffeegeschirr auf ein Tablett. Er schaute ihr nach, als sie das Zimmer verließ, senkte den Blick und ließ ihn einen Moment lang auf ihrem Hintern verweilen.

»Was wollen Sie von mir, Sir?« fragte ich.

»Sie sind ein interessanter Mann. Sie haben sich für Aaron Crown stark gemacht. Dazu gehört Mut. Ich möchte, daß Sie in zwei, drei Szenen am Schluß als Sprecher auftreten. Ich möchte dabeisein, wenn Sie das Haus der LaRoses überwachen.«

»Ich glaube, Sie wollen nur ein bißchen Ballerei filmen, Sir.«

Er setzte seine Brille auf und drehte den Kopf nach hinten, so daß er das Stück Wand neben dem Fenster sehen konnte.

»Sind da die Einschußlöcher gewesen?« fragte er.

»*Was?*«

»Ich habe mich ziemlich eingehend mit Ihnen beschäftigt. Genau dort hat Ihre Gattin doch eine andere Frau umgebracht, oder? Ist Ihnen die Presse nicht auf die Pelle gerückt, nachdem sie ihr den halben Kopf weggeschossen hatte?«

»Meine Frau hat mir das Leben gerettet. Und Sie verlassen jetzt mein Haus, Mister Felton.«

Bootsie stand wie erstarrt in der Küchentür, das Kaffeetablett in der Hand.

Felton drückte seine Zigarette in der Bonbonschale aus, stand langsam auf, gelassen, ungerührt.

»An Ihrer Stelle würde ich Buford LaRose die Suppe versalzen, solange es noch geht. Ich glaube, der zahlt es einem gern heim«, sagte er. Er wandte sich an Bootsie: »Tut mir leid, wenn ich Ihnen zu nahe getreten bin, Mrs. Robicheaux.«

»Wenn mein Mann gesagt hat, daß Sie gehen sollen, mein Guter, dann meint er's ernst«, sagte sie.

Vor einem Jahr hatte ich neben dem Fenster die Tapete von der Wand gerissen, die beiden Einschußlöcher mit Holzkitt aufgefüllt und verspachtelt, die Zypressenbretter glatt geschmirgelt und frisch tapeziert. Aber manchmal, wenn ich einfach nur dasaß und einen Moment zu lange auf die Wand schaute, konnte ich mich wieder genau an diesen Nachmittag erinnern, als mir eine gedungene Mörderin eine 22er Ruger an die Schläfe gehalten hatte, als ich davon ausgegangen war, daß alles vorbei war – und wie Bootsie, die in ihrem ganzen Leben noch niemandem etwas zuleide getan hatte, mit einemmal im Flur vor der Küche gestanden und zwei Schuß aus einer 9mm-Beretta abgegeben hatte.

Lonnie Felton setzte seinen Lincoln zurück und fuhr dann durch den Dunst, der zwischen den Bäumen am Ufer des Bayous waberte, in Richtung Zugbrücke.

»Da geht deine Hollywoodkarriere dahin, Streak«, sagte Bootsie.

»Irgendwie läßt mich das völlig kalt.«

»Meinst du, daß Aaron Crown wieder hier ist?«

»Wenn ja, wär's schlecht. Sag mal, du hast diesem Felton ganz schön zugesetzt.«

»Du stehst heut wohl auf harte Mädels, was? Schlecht für wen?«

»Ich glaube, daß Buford mit ein paar Mafiosi aus New Orleans gemeinsame Sache macht. Womöglich landet Aaron nicht wieder im Gefängnis ... Ach komm, lassen wir das. Fahren wir heute abend lieber mit meinem Boot den Bayou runter.«

»Bei dem Regen?«

»Warum nicht?«

»Was macht dir zu schaffen, Dave?«

»Ich muß auf Buford aufpassen. Er kommt um zehn mit der Maschine aus Monroe.«

»Aha.«

»Am Dienstag ist alles vorbei.«

»Von wegen«, sagte sie.

»Stell dich nicht so an«, sagte ich und legte ihr die Hände auf die Schultern.

»Wie denn?« Dann strahlte sie mich an und sagte es noch mal: »Wie denn, Dave?«

Noch am gleichen Abend fuhren Helen Soileau und ich zum Flugplatz in Lafayette, holten Buford von seiner Privatmaschine ab und folgten ihm in einem Streifenwagen bis zur LaRose-Plantage. Danach parkten wir im Dunkeln auf der Zufahrt und warteten darauf, daß wir um Mitternacht abgelöst wurden. Der Rasenstreifen rund um das Haus, die Sklavenunterkünfte, in denen jetzt Heu aufbewahrt wurde, und der aus Ziegeln gebaute Reitstall mit seinen eisernen Fensterläden waren gleißend hell angestrahlt und fluoreszierten förmlich in der feuchten Luft. Im Haus gingen nach und nach die Lichter aus.

»Kannst du mir vielleicht verraten, wieso ich mir bei diesem Einsatz vorkomme wie bestellt und nicht abgeholt?«

»Keine Ahnung«, sagte ich.

»Angenommen, du wärst an Aaron Crowns Stelle und willst Buford umnieten – wo würdest du dich auf die Lauer legen?«

»Unter den Bäumen, mit der Morgensonne im Rücken.«

»Willst du nicht nachgucken?«

»Die Sonne ist noch nicht aufgegangen.«

»Ganz schön gleichgültig.«

»Vielleicht sollte man Buford endlich mal zu seinen Sünden stehen lassen.«

»Das vergeß ich lieber schleunigst.«

Tags darauf, an einem kühlen Samstagmorgen, zog ich mich in aller Frühe an, während Bootsie noch friedlich schlief, fuhr zur LaRose-Plantage und suchte am Waldrand zwischen Straße und Bayou nach Spuren. Genaugenommen rechnete ich gar nicht damit, daß ich irgend etwas finden würde. Aaron war nicht beim Militär gewesen, hielt sich an keine taktischen Regeln, sondern verließ sich hauptsächlich auf seine Bauernschläue, und die war so unberechenbar und widersinnig wie nur was.

Doch ich vergaß dabei, daß Aaron sein Leben lang auf die Jagd gegangen war, nicht spaßeshalber, oder weil er seine Allmacht über die Natur genießen wollte, sondern weil all die Gürteltiere und Hirsche, die Opossums und Enten, Eichhörnchen und Rotkehlchen, aber auch jeder Hornhecht, den er vom Boot aus schießen konnte, für ihn Nahrung darstellten – eins genausogut oder schlecht wie das andere und keines weniger begehrenswert –, Beute, die er töten mußte, um sich zu ernähren, und das tat er denn auch ebenso ruhig und leidenschaftslos, wie er Hühner oder Schweine schlachtete.

Wenn man's recht bedachte, hätte mancher Scharfschütze von Aaron Crown einiges lernen können.

Etwa hundert Meter von Bufords Garten entfernt, dort, wo man freie Sicht auf die umgebaute Remise, die Auffahrt und die geparkten Autos hatte, entdeckte ich umgeknickte graue Blätter und Knie- und Stiefelabdrücke im feuchten Erdreich hinter einem Persimonenbaum, dazu eine leere Dose mit Wiener Würstchen, Salzcrackerkrümel und die Überreste einer selbstgedrehten Zigarette.

Dann meinte ich einen Moment lang schnelle Schritte zu hören, so als ob jemand zwischen den Bäumen davonlaufe, runter zum trockenen Bachlauf und hinter der Marmorgruft der LaRoses vorbei. Doch als ich im Morgenrot und im Regen, der wie Kristallnadeln in den ersten Sonnenstrahlen funkelte, erneut hinschaute, sah ich nur die roten Pferde, die mit dampfenden Leibern zwischen den Bäumen umhersprengten und mit den Hufen das dichte Laub aufwirbelten.

Ich holte eine Beweismitteltüte aus meiner Hosentasche und wollte gerade das zerrissene Zigarettenpapier und die Würstchendose mit meinem Kugelschreiber aufspießen, als ich Buford aus der Hintertür kommen sah. Er trug Jeans, Cowboystiefel, eine schwarze Wildlederjacke und einen grauen Stetson und wandte das Gesicht in die Morgenröte, so als berge sie ein besonderes Vorzeichen.

Ich fragte mich, ob er sich schon mal vorgestellt hatte, wie sein Gesicht durch ein Zielfernrohr aussah, kurz bevor jemand auf den Abzug drückte und eine 303er Kugel ein Riesenloch hineinriß.

Vielleicht. Aber vielleicht gab ich mich auch nur Gewaltphantasien hin, die darauf hindeuteten, daß meine Wut und meine Verstimmung größer und nachhaltiger waren, als ich mir eingestehen wollte.

An diesem Nachmittag parkte Clete seinen Cadillac vor der Bootsrampe, stieg zum Anlegesteg herunter und kam in den Köderladen, wo ich gerade die Stühle hochstellen und den Boden wischen wollte. Er ging zum Tresen, goß sich eine Tasse Kaffee ein und trank sie aus.

»Du siehst aus, als ob's dich heute mächtig eingeweicht hat«, sagte ich.

»Hast du was gefangen?«

»Nix. Das Wasser wird schon zu kalt. Aber ich hab Brandy Grissum gefunden.«

Ich stellte einen Stuhl hoch und lehnte den Schrubber in die Ecke.

»Ich verdiene meine Brötchen nach wie vor hauptsächlich damit, daß ich Ausgebüxte einfange, für die Nig Rosewater und Wee Willie Bimstine die Kaution gestellt haben«, sagte er. »Deshalb hab ich heut nachmittag bei Nig vorbeigeschaut, um zu sehen, ob er irgendwas für mich hat, und er erzählt mir aus heiterem Himmel, daß 'ne schwarze Braut namens Brandy Grissum, die ein Verfahren wegen Prostitution laufen hat, ausgebüxt ist und Nig und Willie auf der Kaution sitzenlassen hat. Aber weil die meisten Asozialen der Ansicht sind, daß Nig für einen Kautionsadvokaten ein halbwegs anständiger Kerl ist, ruft Brandy ihn von einem Resozialisierungsheim in Morgan City an und sagt, daß sie sich vor lauter Angst nicht mehr nach New Orleans traut und ob Nig ihren Zoff mit dem Gericht ausbügeln und die Kaution für sie erneuern kann. Kannst du dir vorstellen, wieviel Vertrauen diese Leute in einen Kautionsadvokaten setzen? Früher hat mir meine Dienstmarke immer gefehlt. Aber mittlerweile glaub ich, ich sollte mir so einen kleinen Bürocontainer mit Neonreklame drunten beim Stadtgefängnis zulegen.«

»Sie ist in einem Resozialisierungsheim?« fragte ich.

»Nicht mehr lange. Sie fliegt demnächst raus. Habt ihr einen Topf für Spitzel?«

»Wir sind froh, daß wir den Strom bezahlen können.«

»Das würd ich aber nicht so deutlich durchklingen lassen.«

Das zweistöckige Resozialisierungsheim war kanariengelb gestrichen, mit Blumentöpfen geschmückt und stand an einer mit Muschelschalen bestreuten Straße, die parallel zu einem von Bananenstauden und wilden Elefantenohren gesäumten Kanal verlief. Die Blätter der Elefantenohren waren welk und weiß gestreift vom Spritzwasser, das von den vorbeifahrenden Autos aus den Schlaglöchern geschleudert wurde. Auf der anderen Seite des Kanals lag ein verfaulter, halb untergegangener Krabbenkutter, und Alligatorhechte fraßen an irgend etwas Totem herum, das aus einem der Speigatts getrieben war. Die Galerie des Wohnheims war voller Topfpflanzen und hölzerner Lehnstühle, auf denen sowohl Schwarze als auch Weiße saßen, die meisten in bunt zusammengewürfelter Kleidung, Zigaretten rauchten, ins Leere starrten, ihre Schuhe betrachteten oder den vorbeifahrenden Autos nachschauten, bis sie schließlich auf den Highway bogen, der nach Morgan City führte, auf den Lichtschein zu, der wie aufgemalt am Abendhimmel stand.

Brandy Grissum saß an einem mit Kinderspielzeug übersäten Tisch unter einem Maulbeerbaum. Sie hatte ihre Lippen geschminkt, Rouge aufgelegt und trug ein Haarnetz mit Pailletten, Jeans, dunkelrote Stoffslipper und ein langärmliges Baumwollhemd mit spitzenbesetzten Manschetten. Ihre Augäpfel waren von feinen Äderchen durchzogen.

»Könnt ihr mir 'n bißchen Geld geben?« fragte sie.

»Kommt drauf an, was Sie zu bieten haben«, sagte ich.

»Die setzn mich morgen vor die Tür. Ich kann nirgendwo hin. Er weiß, wo meine Angehörigen sind.«

»Der Schütze?« fragte ich.

»Er hat mich zweimal gefunden. Er hat mich mit raus in den Wald genommen ... hat mich auf dem Rücksitz von seim Auto Sachen machen lassen.« Sie wich meinem Blick aus.

»Wer ist der Typ, Brandy?« fragte Clete.

»Er nennt sich Mookie. Er sagt, er is aus Miami. Aber er redet französisch und kennt sämtliche Fischgründe droben am Interstate 10.«

»Mookie, und wie noch?« fragte ich.

»Ich will nicht mal dem sein Vornamen wissen. Ich will bloß mein Kleinen bei meiner Mutter abholn und irgendwo anders hin.«

»Warum setzt man Sie vor die Tür?«

Sie massierte das Fleisch an ihrem Oberarm und schaute hinaus auf die im Zwielicht liegende Straße.

»Die ham gesacht, mein Urin wär nicht sauber gewesen, als ich neulich ins Heim zurückgekommen bin. Ich hab gesacht, ihr könnt euch mein Arm anschaun, ich hab keine neuen Einstiche. Die Heimleiterin, die hat gesacht, ich tät's mir am Schenkel unter die Haut setzen, die anderen Frauen im Wohnheim hätten's unter der Dusche gesehn. Ich setz mir aber nix unter die Haut, das is die reine Wahrheit, und ich hab seit siebenunddreißig Tagen kein Rock mehr geraucht.«

»Wieso ist dein Urin dann nicht sauber gewesen?« fragte Clete.

Sie zupfte an ihren Ohrläppchen und zog die Augenbrauen hoch. »Frach mich nicht«, sagte sie.

»Warum hat Mookie Ihren Freier umgebracht?« fragte ich.

»Er hat gesacht, er hat ’n paar Freunden ausgeholfn. Er hat gesagt, der Typ hätt sowieso nich mit schwarzen Frauen rummachen solln.«

»Arbeiten Sie für Dock Green, Brandy?« fragte ich.

»Ich hab’n Straßenmanager.«

»Einen Bauernfänger hast du«, sagte Clete.

Sie zog ein schiefes Gesicht.

»Warum hat Mookie Sie davonkommen lassen?« fragte ich.

»Er hat gesacht, er mag mich. Er hat gesacht, ich könnt bestes H kriegen, soviel Crack und soviel Shit, wie ich will, ich bräucht bloß zu fragn. Er hat in seim Auto Crack geraucht. Danach hat er ein Gesicht gemacht, daß ich echt Schiß gekriegt hab. Sir, ich muß weg aus Louisiana, sonst find er mich wieder.«

»Ich brauche noch mehr Auskünfte von Ihnen, Brandy«, sagte ich.

»Sin Sie der Polizist aus New Iberia?«

»Ganz recht.«

»Er weiß alles über Sie. Er weiß auch über den Bescheid, den Sie dabeiham.«

Clete wollte sich gerade eine Zigarette anzünden. Er nahm sie aus dem Mund und schaute sie an.

»Er hat gesacht, und das sin seine Worte, nicht meine: ›Wenn der Fette wieder wo aufkreuzt, wo er nix zu suchen hat, hab ich die Erlaubnis, ihm das Licht auszublasen!«

»Wann war das?« fragte ich.

»Vor ’ner Woche. Vielleicht isses auch zwei Wochen her. Ich weiß es nicht mehr.«

»Kann ich dem Typ irgendwie eine Nachricht zukommen lassen?« fragte Clete.

»Mehr weiß ich nicht. Ich hab mit all dem nix zu tun ham wolln. Gebt ihr mir jetzt das Fahrgeld für mich und mein Kleinen?«

Ich zog einen Umschlag aus meiner Gesäßtasche und reichte ihn ihr.

»Das sin ja bloß zweihundert Dollar«, sagte sie.

»Mehr ist bei meiner Hausbank nicht zu holen«, sagte ich.

»Das heißt, daß es der Mann aus seiner eigenen Tasche bezahlt«, sagte Clete.

»Kommt mir 'n bißchen mickrich vor für das, was ich euch erzählt hab.«

»Ich glaube, ich mach 'n Spaziergang und schmeiß 'n paar Steine auf die Alligatorhechte. Drück auf die Hupe, wenn du marschbereit bist. Findest du's nicht zauberhaft, so mitten im prallen Leben zu stehn?« fragte Clete.

In der Nacht vor der Wahl lag ich im Dunkeln und ging den ganzen Fall noch mal in Gedanken durch. Warum hatte sich der schwarze Riese mit dem entkrausten Haar weiter in New Orleans rumgetrieben, nachdem er den Drehbuchautor erledigt hatte? Vielleicht, weil er es auf Mingo Bloomberg abgesehen hatte? Oder sogar auf Clete?

Aber konnte man bei einem Psychopathen überhaupt davon ausgehen, daß er sich vernünftig verhielt?

Viel wichtiger war, für wen er arbeitete. Brandy Grissum hatte gesagt, der hünenhafte Schwarze habe die Drohung gegen Clete vor ein, zwei Wochen ausgesprochen, also bevor wir Dock Green aufgesucht hatten. Aber Dock hatte wahrscheinlich schon vorher gehört, daß wir uns umtaten, daher war der Zeitrahmen nicht ausschlaggebend.

Außerdem ging ich davon aus, daß Brandy Grissum nicht gelogen hatte. Tatsache ist, daß die meisten Leute, mit denen man als Polizist zu tun hat – Straftäter, Asoziale jedweder Couleur, Verkehrssünder, Opfer und Augenzeugen eines Verbrechens, Angehörige der Opfer oder streitsüchtige Spinner, die sich über die Hunde ihres Nachbarn aufregen –, an irgendeinem Punkt das Gefühl haben, jetzt müßten sie lügen, sei es, um sich selbst oder jemand anderen zu schützen, oder um dafür zu sorgen, daß jemand bestraft wird. Daß sie einen dabei behandeln, als wäre man ein leichtgläubiger Trottel, wird ihnen anscheinend gar nicht bewußt.

Ich war nach wie vor davon überzeugt, daß die LaRose-Plantage der Dreh- und Angelpunkt dieses Falls war. Die drei Verbindungen dorthin führten über Jimmy Ray Dixon, Dock Green und Jerry Joe Plumb. Geldgier war der Charakterzug, der sämtliche Beteiligten auszeichnete.

Nichts Neues unter der Sonne.

Aber dadurch, daß hier Macht und Prominenz im Spiel waren, bekam das Ganze eine glamouröse Verbrämung. Die LaRoses stellten das dar, was andere Leute gern sein wollten, und ihre Sünden schienen kaum der Erwähnung wert.

Doch nicht für einen Mann, dessen Knöchel von den Fußfesseln aufgeschürft waren und dessen Gedanken ohne Unterlaß von einem Haß beherrscht wurden, der so hell loderte wie trockene Bretter, die man ins Feuer schiebt.

16

Buford gewann die Wahl.

Im Norden des Staates entfiel ein Teil der Stimmen auf den Kandidaten einer rassistischen Splitterpartei, doch die südlichen Bezirke stimmten geschlossen für einen der Ihren, einen katholischen Bonvivant und Footballstar, der von Offizieren der konföderierten Kavallerie abstammte, zugleich aber aufgrund seiner zwei Doktortitel und seines Eintretens für die Ideale des Neuen Südens Gewähr dafür bot, daß sich die Wählerschaft seiner nicht schämen mußte.

Bei den Feierlichkeiten, die an diesem Abend in Baton Rouge stattfanden, herrschte eine Medienpräsenz wie sonst nur beim Mardi Gras.

Am Mittwoch abend wurden die Festivitäten auf die LaRose-Plantage in New Iberia verlagert. Die feuchte Luft roch nach Blumen und Grillfeuer, und als ob die Natur das Ihre zu Bufords politischem Erfolg beitragen wollte, war ein gelber Vollmond über dem Bayou, den abgeernteten Feldern und den Vollblütern auf der Weide aufgegangen, über all dem, was für die lange Geschichte der Familie LaRose stand. Auf einem Tieflader im Garten spielte erst eine Dixieland- und danach eine Zydeco-Band. Hunderte von Gästen aßen Gumbo mit Okra und Würstchen und gegrillte Hühnerflügel von Papptellern und standen an den Kristallglasschalen voller Whiskeysour und Punch. Sie waren ausgelassen und hemmungslos, benahmen sich wie Leute, die wußten, daß ihre Zeit gekommen war – die zertretenen Blumenbeete, die quer über den Rasen verstreuten Teller, die heiseren Stimmen und roten Gesichter waren nur ein Tribut, den man um seiner eigenen Selbstbestätigung willen gern bezahlte.

Helen Soileau und ich liefen unter den Bäumen am Rand der Felder hinter dem Haus entlang, redeten mit zwei Polizisten, die mit Schrotflinten bewaffnet waren, Vorderschaftrepetiergewehre mit abgesägtem Kolben, leuchteten mit unseren Taschenlampen in die Lagerschuppen, die Scheune und die Stallungen und gingen dann wieder zu unserem Streifenwagen, der in der Auffahrt vor dem Haus stand. Es würde eine lange Nacht werden.

Clay Mason stand zwischen zwei geparkten Wagen, trug wie üblich Cowboystiefel und hatte den einen Fuß auf eine Stoßstange gestellt, rauchte einen Zigarrenstumpen und schaute nachdenklich auf die abgeernteten Felder und den gelben Mond, der durch die Zweige einer moosbehangenen Eiche schien.

»Ah, Mister Robicheaux, wie geht es Ihnen?« fragte er.

»Sind Sie zu Besuch, Sir?« erwiderte ich.

»Wollte lediglich meine Glückwünsche überbringen. Bei Gott, was für ein Ereignis! Mich wundert nur, daß Bufords Vater sich nicht aus dem Grab erhoben hat.«

»Soweit ich gehört habe, muß er ein ziemliches Original gewesen sein.«

»Wenn Sie damit ausdrücken wollen, daß er ein elender Mistkerl war – ja, das war er.«

»Woher kennen Sie seinen Vater?«

»Er besaß die Ranch neben dem Anwesen meiner Familie, weit draußen, westlich des Pecos.«

»Aha.«

»Mein Vater pflegte immer zu sagen, daß es elender Mistkerle bedarf, um große Nationen aufzubauen. Was halten Sie von so einer Einstellung?« Er zog an seiner Zigarre.

»Ich weiß nicht recht.« Helen stieg in den Streifenwagen und schloß im Dunkeln die Tür.

»Mein Sohn, nichts ist anrüchiger als ein intelligenter Mann, der sich begriffsstutzig stellt.«

»Ich sag jetzt besser gute Nacht, Doktor Mason.«

»Spielen Sie hier nicht den Einfaltspinsel. Kommen Sie, gehn wir rüber und besorgen uns was zu trinken.«

»Nein, danke.«

Er schien die Äste der Eiche zu mustern, deren Silhouette sich im Mondlicht abzeichnete.

»Meines Wissens habt ihr festgestellt, daß dieser Klansmann, dieser Crown – heißt er so? –, seine Fingerabdrücke auf ein paar Blechbüchsen und Zigarettenpapieren hinterlassen hat, die Sie drüben im Wald gefunden haben.«

»Ganz recht.«

Er schnippte seine Zigarre in ein Rosenbeet. »Fassen Sie diesen elenden Rassisten, Mister Robicheaux.«

»Meiner Meinung nach ist Aaron Crown kein Rassist.«

Er legte seine Hand, die von oben wie eine Klaue aussah, auf meinen Arm. Ein Schneidezahn schimmerte, als er mich angrinste.

»Ein Mitglied des Ku-Klux-Klan? Machen Sie sich nichts vor. So ein Mann zerreißt einem die Kehle und verzehrt das Herz, als wäre es ein Granatapfel«, sagte er.

Ein Windstoß fegte seine feinen, wie Maisfasern wirkenden weißen Haare an seinen Schädel.

Eine Viertelstunde später mußte ich auf die Toilette.

»Geh doch rein«, sagte Helen.

»Das möchte ich lieber vermeiden.«

»Willst du mit dem Streifenwagen ein Stück die Straße runterfahren?«

»Das gehört sich nicht.«

»Dann mußt du vermutlich reingehn«, sagte sie.

Ich lief zwischen den dicht an dicht stehenden Festgästen im Garten hindurch, an den Zydeco-Musikern auf dem Tieflader vorbei, die gerade mit Akkordeon, Fiedel und elektrischen Gitarren den »Valse Negresse« hinlegten, zu dem ein Mann, der Fingerhüte übergestreift und ein U-förmig gebogenes Waschbrett aus Aluminium umhängen hatte, das sich wie ein weicher Harnisch um seine Brust schmiegte, den Rhythmus schrappte. Das Haus war ebenfalls voller Menschen, so daß ich die Wendeltreppe in den ersten Stock hochgehen mußte, ehe ich eine freie Toilette fand.

Jedenfalls dachte ich zunächst, sie wäre frei.

Die Tür stand einen Spalt offen. Dann sah ich einen nackten Männerschenkel, die unter dem Knie hängende Hose und eine goldene Uhr an einem behaarten Handgelenk. Aus Anstand hätte ich ein Stück zurücktreten und an der Treppe warten sollen. Aber ich hatte noch etwas anderes gesehen – eine gläserne Röhre zwischen zwei Fingern, den auf dem Kolben ruhenden Daumen, eine helle Flüssigkeit, die aus der Nadelspitze spritzte.

Ich stieß die Tür auf.

Als Buford die Vene fand, schloß er kurz die Augen und schlug sie wieder auf, bekam dann einen glasigen Blick, öffnete träge den Mund, und ein dumpfer Ton drang aus seiner Kehle, so als sei er kurz vor einem Orgasmus.

Dann hörte er mich.

»Oh … Dave«, sagte er. Er legte die Spritze auf den Rand des Waschbeckens und schluckte trocken, während sich seine Pupillen zusammenzogen und die Augen stumpf wurden.

»Elender Mist, Buford«, sagte ich.

Er knöpfte seine Hose zu und versuchte seinen Gürtel zu schließen.

»Bockshoden und Vitamine. Nicht das, was Sie denken, Dave«, sagte er.

»Und warum schießen Sie es sich dann in den Schenkel?«

»John Kennedy hat das gemacht.« Er lächelte matt. »Haben Sie vor, dem künftigen Gouverneur in seinen eigenen vier Wänden Handschellen anzulegen?«

»Das bringt nichts. Warum reden Sie darüber nicht mit jemandem, dem Sie vertrauen, bevor Sie verbrennen?«

»Könnte vielleicht ein spannender Brand werden.«

»Ich bin noch keinem Fixer begegnet, der auch nur einen Deut anders war als ein Säufer. Ich rede von mir, Buford. Wir sind alle Klugscheißer.«

»Sie leben zur falschen Zeit. Sie hätten zur Rechten des heiligen Augustinus sitzen sollen. Sie sind wie geschaffen für den Beichtstuhl. Kommen Sie, ein neuer Tag bricht an, Sir, wenn Sie mir nur einen Moment zur Hand gehen könnten.«

Ich half ihm zur Toilette, setzte ihn auf den Deckel und sah dann beinahe wie ein Voyeur zu, wie sein Gesicht wieder Farbe bekam, sein Atem regelmäßiger wurde, wie er die Schultern straffte und belustigt zu mir aufblickte.

»Wir gleiten auf goldenen Schwingen über dem Abgrund«, sagte er. »Die Gäste warten –«

Ich zertrümmerte seine Spritze in der Kloschüssel.

»Das fällt unter schlechte Manieren«, sagte ich.

Am nächsten Morgen rief mich der Sheriff in aller Frühe in sein Büro.

»Die Polizei in Lafayette möchte, daß wir ihr bei der Überwachung des Hotels Acadiana an der Pinhook Road helfen«, sagte er.

»Geht's wieder um Buford?«

»Der Kerl hat das Gouverneursamt in eine Dauerfete umgemodelt. Vermutlich haben wir das noch eine Weile am Hals.«

»Ich möchte abgezogen werden, Skipper.«

»Ich möchte mein volles Haar wiederhaben.«

»Er ist ein Fixer.«

»Wollen Sie damit sagen, daß wir grade einen Junkie gewählt haben?«

Ich berichtete ihm, was in der Nacht zuvor passiert war. Er stieß den Atem aus.

»Sind Sie sicher, daß er kein Diabetiker oder so was ähnliches ist?« fragte er.

»Ich glaube, es war Speed.«

»Aber festnehmen wollten Sie ihn nicht?«

»Jemanden ohne Durchsuchungs- oder Haftbefehl in seiner eigenen Toilette hopsnehmen?«

Er rieb sich die Schläfe.

»Ich sag's nur ungern, aber ich bin nach wie vor froh, daß er gewonnen hat und nicht einer der anderen Schwachköpfe«, sagte er. Er wartete einen Moment. »Kein Kommentar?«

»Er bringt uns nichts Gutes. Wir werden dafür nach Strich und Faden büßen.«

»Herrgott, Sie können einem wirklich ein echter Trost sein.«

Ich holte meine Morgenpost ab und kam gerade in mein Büro, als das Telefon klingelte. Dock Green mußte mit dem falschen Fuß zuerst aufgestanden sein.

»Bestellen Sie dem Irensack, wenn er was von mir will, treff ich mich mit ihm auf der Straße, inner Gasse, von mir aus auch draußen auf 'ner Sandbank mitten im Atchafalaya. Dem hätte schon längst mal jemand die Gräten brechen sollen«, sagte er.

»Welcher Irensack?« fragte ich.

»Na, wer wohl?« antwortete er. »Er hat in meinem Casino einen Riesenaufstand gemacht. Die Gäste sind rausgelaufen, als gäb's 'n Feueralarm. Und in meinem Restaurant hat er jemand 'ne Poolkugel an den Kopf geschmissen.«

»Sagen Sie's ihm selber.«

»Würd ich ja. Bloß daß ich ihn nicht finden kann. Der is zu sehr damit beschäftigt, seinen Scheiß in der ganzen Stadt zu verteilen.«

»Clete ist ein sehr direkter Typ, Dock.«

»Ja? Tja, ich bin ein zivilisierter Mensch. Jimmy Ray Dixon isses nicht. Ihr Freund ist drunten in der Kannibalenstadt gewesen und hat gesagt, sie sollen den schwarzen Affen rausrücken, sonst nagelt er jemand den Schwanz an die Möbel. Ich kann bloß hoffen, daß sie ihn in einen Kochtopf stecken.«

»Der Killer, den wir wollen, ist ein Typ namens Mookie. Er erzählt den Leuten, daß er die Erlaubnis hat, Purcel aus dem

Verkehr zu ziehen. Wer hat ihm die Erlaubnis dazu erteilt, Dock?«

»Schreiben Sie sich eins hinter die Ohren, Robicheaux –«

Dann hörte ich eine Frauenstimme und ein Schaben und Scharren, so als reiße jemand Dock den Telefonhörer aus der Hand.

»Mister Robicheaux?«

»Ja.«

»Hier spricht Persephone Green. Wir sind uns vor Jahren mal begegnet, als ich noch Giacano geheißen habe.«

»Ja, ich erinnere mich«, sagte ich, obwohl es nicht stimmte.

»Sind Sie sicher? Weil Sie seinerzeit nämlich betrunken waren.«

Ich räusperte mich.

»Mein Mann will Ihnen sagen, daß wir mit den Angelegenheiten der schwarzen Einwohnerschaft von New Orleans nichts zu schaffen haben«, sagte sie. »Lassen Sie uns in Ruhe. Und bestellen Sie Ihrem Freund das gleiche.«

»Ihr Mann ist ein Zuhälter.«

»Und Sie sind ein Idiot, der ihm hinten und vorne nicht das Wasser reichen kann«, sagte sie und legte auf.

Entweder waren die Feministinnen inzwischen bis zum Mob vorgedrungen, oder die Spaghettis von New Orleans hatten eine neue Generation ausgebrütet.

Ich feierte am Nachmittag meine Überstunden ab und ging zu Red Lerille's Health and Racquet Club in Lafayette. Ich zog vier Serien freies Hanteltraining durch, Stemmen, Kniebeugen und Bankdrücken, und ging dann in den großen Fitneßraum, der eine Glaswand hatte, durch die man die schattige Zufahrt und die angrenzenden Tennisplätze sehen konnte, und in dem eine Reihe Übungsgeräte neben der anderen stand. Da es noch früh am Tag war, waren nur wenige Leute an den Geräten zugange. Ein halbes Dutzend Cops aus Lafayette, die offenbar außer Dienst waren und aussahen wie mit Anabolika gemästet, standen um eine Zugmaschine und unterhielten sich miteinander.

Doch ihre Blicke schweiften immer wieder zum anderen Ende des Raums, wo Karyn LaRose auf einer schräg nach hinten gekippten Bank lag, Unterschenkel und Knöchel in zwei gepolsterten Vinylröhren stecken hatte und ein ums andere Mal den Oberkörper aufrichtete, bis er fast die Knie berührte. Sie hatte die Hände hinter dem Kopf verschränkt, ihre Schenkel glänzten vor Schweiß, und die Brüste zeichneten sich prall wie Grapefruits unter ihrem Harley-Davidson-T-Shirt ab.

Ich setzte mich auf einen Nautilus-Beintrainer, stellte ihn auf 140 Kilo ein und drückte den Hebemechanismus mit den Füßen hoch, bis meine Unterschenkel gerade ausgestreckt waren und meine Oberschenkel anfingen zu brennen.

Ich nahm aus den Augenwinkeln wahr, wie sie zu mir kam. Sie ließ ihr verschwitztes Handtuch gegen mein Bein fallen wie einen feuchten Kuß.

»Hüllt sich unser Leibwächter zur Zeit in Schweigen?« fragte sie.

»Hallo, Karyn.«

Sie wischte sich Hals und Hinterkopf ab. Ihre schwarzen Shorts waren schweißnaß und klebten an ihrem Körper.

»Bist du immer noch sauer?« fragte sie.

»Ich scher mich nicht um alten Krempel.«

Sie sperrte den Mund auf.

»'tschuldigung, schlecht ausgedrückt«, sagte ich.

»Du bist mir vielleicht einer.«

»Wie wär's, wenn du darum bittest, daß man mich von eurem Personenschutz abzieht?« fragte ich.

»Du bleibst, mein Lieber.«

»Warum?«

»Weil du ein Schatz bist, deswegen.« Sie stützte ihren Unterarm auf das Gerät. Ihr Schenkel berührte meinen.

»Klingt, als ob du mich an der Kandare hast«, sagte ich.

»Genau darum geht es doch, Süßer.« Wieder stupste sie mich an.

»Hör auf, mit anderen Leuten rumzuspielen, Karyn. Aaron Crown ist irgendwo da draußen. Der schert sich nicht um schlaue Sprüche.«

»Dann geh ihn doch suchen.«

»Ich glaube, er kommt zu uns. Und das wird alles andere als angenehm.«

Sie schaute den Gang zwischen den Übungsmaschinen entlang. Die Cops aus Lafayette waren inzwischen an einem mit zentnerschweren Platten bepackten Stemmgerät zugange. Karyn saugte an ihrem Zeigefinger, ohne mich aus den Augen zu lassen, und drückte ihn mir dann auf die Lippen.

Später fuhr ich zu Sabelle Crown's Bar bei der Unterführung in Lafayette. Selbst an diesem strahlend schönen Tag war es innen stockdunkel. Sabelle war hinten in einem Lagerschuppen, wo die durch die Ritzen in den Brettern einfallenden Sonnenstrahlen Streifen auf ihren Körper zeichneten, und beaufsichtigte zwei Schwarze, die Plastiksäcke voller Bierdosen auf einen Lastwagen luden.

»Ich hab mich schon gefragt, wann du aufkreuzt«, sagte sie.

»Ach?«

»Der kommt nicht hierher. Und ich weiß auch nicht, wo er ist.«

»Das glaub ich dir nicht.«

»Wie du willst …« Sie wandte sich an die beiden Schwarzen: »Okay, Jungs, habt ihr alles? Nächste Woche will ich euch rechtzeitig hier sehn. Und kommt mir nicht mehr mit dem Gelaber von wegen ›Meine Oma is krank gewesen, Miss Sabelle‹.

Unter dem Müll hier hinten wimmelt ja schon blindes Gewürm rum.«

Sie schaute zu, wie der Laster, dessen hölzerne Bordwände mit Heudraht befestigt waren, durch die Gasse davonrumpelte. »Herrgott, was für ein Leben«, sagte sie. Sie setzte sich auf einen Klappstuhl an der Ziegelmauer und holte ein Sandwich aus einer Papiertüte. Zahllose Holztreppen und rostige Feuerleitern führten kreuz und quer zu den oberen Stockwerken. Sie schob mir mit dem Fuß einen zweiten Stuhl zu. »Setz dich, Dave, du machst mich nervös.«

Ich schaute auf den klebrig wirkenden Fleck auf der Sitzfläche und blieb stehen.

»Es gibt nur einen Menschen auf der Welt, aus dem er sich etwas macht. Erzähl mir nicht, daß er sich nicht bei dir gemeldet hat«, sagte ich.

»Möchtest du ein Mortadella-Sandwich?«

»Noch können wir die Sache hinbiegen. Aber nicht, wenn er Buford etwas antut.«

»Buford hat von seiner Mama von klein auf alles vorne und hinten reingesteckt gekriegt. Laß ihn doch zur Abwechslung mal allein zurechtkommen.«

»Was ist mit deinem Vater?«

»Wenn Daddy sich was in den Kopf gesetzt hat, kann das eh keiner ändern.«

Ihr Blick war nach innen gekehrt, glühte vor ungestillter Wut.

»Was hat Buford dir getan?« fragte ich.

»Wer sagt denn, daß er das hat? Ich liebe diesen Laden hier, wo ich mich mit schwarzen Müllmännern streiten kann und das Klo aufwischen darf, nachdem die Penner dringewesen sind. Sag Buford, er soll mal vorbeischaun. Ich spendier ihm 'ne Flasche Fusel.«

»Er hat gesagt, er kennt dich nicht.«

Langsam blickte sie zu mir auf. »Hat er das? Wisch den Stuhl ab und setz dich hin. Ich erzähl dir 'ne Geschichte über unsern neuen Gouverneur.«

Sie fing an, das Sandwich wieder einzuwickeln; dann warf sie es einfach in ein Ölfaß voller kokelnder Bretter.

An diesem Abend war es so warm, daß wir im Garten hinter dem Haus aßen.

»Mußt du heut abend in Lafayette arbeiten?« fragte Bootsie.

»Schlimmer. Buford veranstaltet dort morgen ein Frühstück. Ich muß womöglich drüben bleiben.«

»Die lassen es richtig raushängen, nicht wahr?«

»Das kannst du glauben.«

»Was dagegen, wenn ich rüberkomme?«

»Ich finde das klasse.«

»Ach, ich hab was vergessen. Jemand hat einen Brief, auf dem keine Marke klebt, in unserem Postkasten hinterlegt.«

»Wer hat ihn eingeworfen?«

»Batist sagt, er hat gesehen, wie ein Schwarzer auf einem Fahrrad draußen an der Straße gehalten hat ... Er liegt auf dem Eßzimmertisch.«

Ich ging hinein und holte ihn. Mein Name und die Anschrift waren mit Bleistift und in zittrigen Druckbuchstaben auf den Umschlag geschrieben. Bootsie musterte mein Gesicht, während ich den Zettel las, der drinsteckte.

»Er ist von *ihm*, stimmt's?«

Ich legte das aus einem Notizblock gerissene Blatt auf den Picknicktisch, so daß sie es lesen konnte.

Ich hab die zwei schwarzen Jungs in dem Geräteschuppen umgebracht, weil sie mich nicht in Ruh gelassen haben. Aber mit dem ersten hab ich nix zu tun. Sagen Sie dem Scheißkerl, der was mir den ganzen

Ärger eingebrockt hat, daß er nicht bis Baton Rouge kommt. Sie warn gut zu mir. Also stellen Sie sich nicht zwischen mich und einen Mann, der was bald in der Hölle schmort, wo er schon lange hingehört.

Hochachtungsvoll
Aaron Jefferson Crown

»Er gebraucht komische Formulierungen. Zum Beispiel ›hab ich nix zu tun‹ statt ›ich bin unschuldig‹«, sagte ich.

»Vermutlich kann er das Wort nicht schreiben.«

»Nein, ich weiß noch genau, daß er immer gesagt hat: ›Ich bin's nicht gewesen.‹«

»Spar dir die Wortklauberei, Dave. Achte lieber auf den letzten Satz. Ich lasse nicht zu, daß du für Buford LaRose den Kopf hinhältst.«

»Dazu wird es nicht kommen.«

»Ganz recht. Ich werde nämlich ein paar Takte mit unserer Freundin Karyn reden.«

»Mach es nicht noch schwerer, Boots.«

»Sie ist ein großes Mädchen. Die weiß das schon zu nehmen.«

»Wenn der Sheriff mich weghaben will, zieht er mich ab.«

»Schöne Aussichten. Und unterdessen treibt sie mit der ganzen Familie Schindluder.«

Ich hatte noch eine halbe Stunde Zeit, bis ich zum Hotel Acadiana am Vermilion River fahren mußte, wo Buford und Karyn beim Verband der Bauunternehmer zu Gast waren. Ich saß am Picknicktisch und nahm meinen halbautomatischen 45er US-Army-Colt aus dem Jahr 1911 auseinander, den ich mir für fünfundzwanzig Dollar an der Bring Cash Alley in Saigon gekauft hatte. Er lag kühl und schwer in meiner Hand, und meine

Finger hinterließen feine Abdrücke auf dem dünnen Ölfilm über der Brünierung. Ich putzte sie mit der Laufreinigungsbürste, wischte die Pulverrückstände, die noch von meinem letzten Besuch auf dem Schießstand stammten, von Schloß und Schlitten, holte sämtliche Hohlspitzgeschosse aus dem Magazin, ölte die Feder und setzte eins nach dem andern wieder ein, bis das achte paßgenau unter meinem Daumen einrastete.

Doch Waffen und die unterschwelligen Phantasien, die mit dem Reinigen einhergingen, waren nur ein schwacher Ersatz für gründliche Gedankenarbeit; in einem derart komplizierten Fall zumal, der hauptsächlich deshalb so schwierig war, weil viele der Beteiligten keine Berufskriminellen waren.

Sabelles Geschichte war keineswegs ungewöhnlich. Bei Tageslicht konnten sich die Wohlhabenden und die Habenichtse in den kleinen Städten des Südens zwar seit jeher, schon vor dem Bürgerkrieg, nicht leiden, doch bei Nacht, wenn sich Lust und Geschlechtstrieb meldeten, wurden die Klassenunterschiede fließend, so leicht sie sich zur Morgenstunde auch feststellen ließen.

Ich habe gesagt, daß es keine außergewöhnliche Geschichte war. Doch das heißt nicht, daß sie nicht trotzdem bezeichnend ist für die Menschen, die wir waren. Ich wußte bloß nicht, ob sie in diesem Fall von Bedeutung war.

Auf der High-School in New Iberia hatte er sie gar nicht richtig wahrgenommen. Sie war eine Klasse unter ihm gewesen – ein Mädchen, das eine selbstgemachte Tätowierung auf der Hand hatte, Kleidung aus der Textilabteilung des Ramschwarenladens trug, und um das sich allerlei Gerüchte rankten, die zu ungeheuerlich waren, als daß man sie glauben konnte. Sie wurde wegen Ladendiebstahls festgenommen, ging dann in der elften Klasse von der Schule ab und wurde Bedienung in einem Drive-in-Restaurant mit Bowlingbahn am Ende der East Main Street. In dem Sommer, in dem er seinen Abschluß machte, war er nach einem Spiel der American Legion mit drei Mannschaftskameraden in seinem metallic-grünen Ford-Kabriolett zu dem Drive-in gefahren, um Bier zu holen. Er war ungeduscht, sein Gesicht gerötet vom Sieg und vom rosigen Zauber des Abends, seine Kluft voller Grasflecken, und seine Spikes klackten auf dem Kies, als er zum Verkaufsschalter ging und sah, wie sie die Hand um den langen Hals einer Jax-Flasche legte und die Feuchtigkeit abwischte.

Sie beugte sich über den Bierkasten, lächelte und schaute ihm in die Augen, sah das Grinsen um seine Mundwinkel und wußte, daß er später wiederkommen würde.

Er fuhr seine Freunde heim, badete, zog sich um und setzte sich an einen der Holztische unter den immergrünen Eichen, trank Bier und hörte sich die Musik aus der Jukebox an, die aus den an die Äste genagelten Lautsprechern schallte, bis sie um Mitternacht herauskam, in den feucht flimmernden Schein des elektrischen Lichts, in sein Auto stieg, sich herüberbeugte und auf die Hupe drückte, um sich von den anderen Bedienungen zu verabschieden, die kichernd hinter dem Glasfenster an der Durchreiche des Drive-in standen. Er nahm gar nicht wahr, wie dreist und besitzergreifend sie sich verhielt; er grinste sogar gut gelaunt. Bis auf eine ältere Schwarze, die Müll einsammelte und in einen Jutesack stopfte, war niemand auf dem Parkplatz.

Beim ersten Mal, auf einer Nebenstraße beim Lake Martin, war es genauso, wie sie erwartet hatte – auf dem Rücksitz, bei offener Tür, während seine Hose samt Gürtel um die Knöchel hing und er am ganzen Körper zitterte vor Lust und Leidenschaft, sich ungeschickt anstellte, den Mund aufsperrte und nur mehr ein heiseres Flüstern hervorbrachte, noch ehe er in sie eingedrungen war.

Drei Abende später kam er zu ihr nach Hause, zu dem Ziegelbau an dem trockenen Abwassergraben beim Montgomery Ward, und überredete sie dazu, bei ihrer Arbeitsstelle anzurufen und sich krank zu melden. Diesmal fuhren sie den Bayou Teche hinunter, in Richtung Jeanerette, und schlugen ihr Lager im Cottage eines Plantagenverwalters auf, das 1790 von Sklaven aus der Karibik gebaut worden war und das Bufords Vater nicht wegen der verschnörkelten schmiedeeisernen Veranden, der von Eichen überschatteten Auffahrt oder der von Wisterien umrankten Gartenlauben gekauft hatte, auch nicht wegen der Miniékugeln der Yankee-Soldaten, die sich einst in die Fensterrahmen gebohrt hatten – für ihn war das nichts weiter als eine kurzfristige Geldanlage, eine Immobilie, für die er einen Scheck ausstellte.

Im Laufe des Sommers wurde aus Bufords und Sabelles nächtlichem Treiben fast so etwas wie eine Beziehung zwischen einem gewöhnlichen jungen Paar, das fest miteinander ging und dessen Leidenschaft so offenkundig war, daß die Unterschiede, was Bildung und Herkunft anging, bedeutungslos schienen.

Ihr kam es vor, als sei der Sommer ein einziger Song, der niemals enden würde. Den Kalender schaute sie nur an, weil sie dort feststellen konnte, wann ihre Tage einsetzen müßten. Der ungeschickte Junge, der in jener ersten Nacht am Lake Martin zitternd auf ihr gelegen und später verschämt, mit hochgezogener Unterwäsche und offener Hose, im Dunkeln dagesessen hatte, während sie seine Hand hielt und ihm versicherte, daß es wunderschön für sie gewesen sei, war mittlerweile zu einem selbstbewußten Liebhaber geworden, der an ihren Atemzügen, am Druck ihrer Hände an bestimmten Stellen, an ihren Bewegungen erkannte, was ihr die meiste Lust bereitete, bis er schließlich genau wußte, was er zu tun hatte, ohne daß man es ihm sagen mußte, und sie kommen lassen konnte, bevor er soweit war, und dann ein zweites Mal, mit ihm zusammen.

Sein Rücken war mit dicken Muskelsträngen bepackt, sein

Hintern klein und knackig, sein Mund stets sanft, wenn er über ihren Körper strich. Vom Bett in dem Verwaltercottage konnte sie auf den von Eichen gesäumten Weg schauen, der zum Teche führte, sah, wie sich die Äste, das Moos und die Blätter im Wind wiegten, und zwischen den dunklen Stämmen konnte sie das Mondlicht erkennen, das wie ein Schwall silberner Münzen aufs Wasser fiel, und sie mußte an ein Bild denken, das sie mal in einem Buch mit biblischen Geschichten für Kinder gesehen hatte.

Die Pforten des Paradieses hatte das Bild geheißen. Als Kind hatte sich sich darunter immer einen Ort vorgestellt, aus dem man vertrieben und verbannt war. Jetzt, da sie Buford zwischen ihren Beinen hielt und ihn tiefer in sich drückte, wußte sie, daß sich diese Pforten für sie auftaten.

Doch im August machte er die ersten Ausflüchte. Er mußte frühzeitig mit dem Training für die kommende Spielzeit anfangen, mußte zeitig ins Bett oder zur ärztlichen Untersuchung nach Baton Rouge, mußte sich mit Trainern von der Tulane, der Ole Miss und der University of Texas treffen, die ihn alle von der Louisiana State University weglocken wollten.

Am letzten Samstag des Monats, einem Tag, an dem er angeblich in New Orleans sein mußte, sah sie sein Kabrio vor dem Slick's Club in St. Martinville stehen. Drei Mädchen hockten auf Heck und Hintertüren und tranken Wodka-Collins, die ihnen ein schwarzer Kellner herausbrachte.

Sie war mit dem Auto ihres Vaters unterwegs. Ein Scheinwerfer war zerbrochen, das Fenster auf der Beifahrerseite mit Karton zugeklebt, und aus sämtlichen Schweißnähten lief der Rost. Sie fuhr zweimal um den Block, hielt mit schweißnassen Händen das Lenkrad, während ihr das Herz im Hals schlug. Dann hielt sie schräg vor dem Kabrio an und stieg aus, hatte das Gefühl, als ob sie einen Eiskloß im Hals hätte.

»Was gibt's?« fragte eins der Mädchen.

»Wo ist Buford? Ihr seid doch mit Buford hier, stimmt's? Das ist sein Auto«, sagte Sabelle. Aber ihre Stimme versagte, wollte ihr nicht gehorchen, und sie klang schwach und zaghaft, irgendwie verschämt.

Die Mädchen schauten einander an.

»Der schöne Buford?« sagte eine von ihnen. Alle drei fingen an zu lachen, schauten dann wieder zu ihr, klimperten mit den Wimpern und bliesen ihren Zigarettenqualm in die warme Luft.

Dann kam ein bulliger Junge mit einem rot-goldenen L.S.U-T-Shirt, messerscharf gestutzten, mit Fettcreme eingeschmierten roten Haaren, die steif wie eine Stahlbürste hochstanden, und whiskeyroten Wangen aus der Tür. Hinter ihm war noch jemand.

Der Junge mit dem Messerschnitt, der als Center an der New Iberia High-School in die Bundesauswahl berufen worden war, warf einen Blick auf Sabelle, drehte sich breit und hämisch grinsend um, hob die Hände und sagte zu seinem Hintermann: »Wow, Mann. Ich würd momentan nicht rausgehn. Es sei denn, du willst dir die Eier auf 'ne Autoantenne spießen lassen.«

Sie sah Bufords Gesicht im Neonschein. Dann war es verschwunden.

Sie wußte nicht mehr, wie sie nach Hause gefahren war. Sie lag im Dunkeln in ihrem Schlafzimmer und horchte auf die Frösche im Wald, hörte ihren Vater, als er pinkeln ging, ihren Nachbarn, einen Müllmann, wie er die Blechbüchsen auf der Ladefläche seines Lasters zerquetschte. Sie schaute sich auf dem Schwarzweißgerät in ihrem winzigen Wohnzimmer einen Fernsehevangelisten an und danach einen Film über nukleare Kriegsführung. In dem Film, der teilweise aus Archivmaterial der US-Army bestand, wurde gezeigt, wie sich radioaktive Strahlung auf lebende Tiere auswirkte, die man fünfhundert

Meter entfernt von einer Atombombenexplosion in Verschläge gesteckt hatte.

Als sie dasaß und die Bilder sah und das Blöken der Tiere hörte, wünschte sie allen, die an diesem Film mitgewirkt hatten, den Tod. Nein, das war es nicht. Sie glaubte, daß ihr, was Männer anging, zum erstenmal etwas klargeworden war, das sie zuvor nie begriffen hatte, und sie wünschte sich, daß ein gleißend weißes Licht draußen vor ihrem Fenster über den Himmel zucken und ihn versengen möge wie verkohltes Cellophan, jawohl, eine weiße Flamme, die die Luft zum Glühen brachte, so daß das Wasser im Bayou verdunstete und die Eichen entlang des Wegs verdorrten, der ihr vorgekommen war wie die Pforten zum Paradies in ihrem Kinderbuch.

Doch ihre Wut wirkte befreiend, und allmählich wurde sie müde. Und als der Morgen anbrach, als es draußen grau und regnerisch war und drinnen das Wasser an den Wänden hinunterlief, als sie die Frau des Müllmanns hörte, die nebenan ihre Kinder anbrüllte, dann eins von ihnen mit dem Gürtel verdrosch, immer heftiger, und mit jedem Schlag schriller schrie, da wußte Sabelle, daß ihr Leben fortan so gleichförmig und fest umrissen sein würde wie die Köpfe der Nägel, die aus dem welligen Linoleum zu ihren Füßen ragten.

Ich hatte nicht auf die Uhr geschaut. Ich ging zu meinem Pickup und wollte schleunigst nach Lafayette fahren, doch Bootsies Toyota stand hinter mir in der Auffahrt.

»Nimm mein Auto«, sagte sie. »Ich fahr mit dem Pickup.«

»Wir sehn uns in Lafayette«, sagte ich.

»Welche Zimmernummer hast du?«

»Weiß ich nicht. Erkundige dich an der Rezeption.«

Ich setzte auf den Fahrweg zurück und schaute noch mal zu meinem Pickup, der in der Einfahrt der alten Scheune stand, die wir als Garage benutzten. Beinahe wäre ich umgekehrt und hätte ihn genommen, aber er war bestens gelaufen, seit ich ihn aus der Werkstatt abgeholt hatte.

Außerdem hatte ich keine Zeit.

Ich sollte es noch bitter bereuen.

17

Früher war die Pinhook Road in Lafayette eine von Bäumen gesäumte zweispurige Straße gewesen, die über den Vermilion River aus der Stadt führte und sich dann meilenweit durch Zuckerrohrfelder zog. Kurz vor der stählernen Zugbrücke, die den Fluß überspannte, stand eine alte Villa aus Bürgerkriegszeiten mit einem herrlichen Garten voller Pecanbäume. Im Frühjahr war der Fluß gelb und führte Hochwasser, die Ufer waren grün und üppig, und wilde Schweine wühlten zwischen den Bäumen. Die einzigen Lokale weit und breit waren ein Drive-in-Restaurant namens The Skunk, in dem Studenten und Schüler herumhingen, und der American Legion Club auf der anderen Seite der Brücke, wo man Blaukrabben essen, Bier aus großen Krügen trinken und auf der mit Fliegengitter umgebenen Veranda sitzen konnte, die auf Stelzen über dem Wasser stand.

Doch der Fortschritt und die Landerschließer hatten auch davor nicht haltgemacht. Die Eichen waren abgesägt, die Wurzelstöcke von den Planierraupen zu Brei zermahlen, die Flußufer zubetoniert, damit man Parkplätze anlegen konnte. Über dieser schönen neuen Stadtlandschaft ragte das Hotel Acadiana auf, in das Bauunternehmer, Landerschließer und Gewerkschaftsbosse aus dem ganzen Staat gekommen waren, um ihrem neuen Gouverneur für dreihundert Dollar pro Gedeck die Ehre zu erweisen.

»Hörst du, wie die kleinen Schweinsfüße zum Trog trippeln?« fragte Helen Soileau. Wir standen links und rechts vom Eingang zum Bankettsaal auf Posten. Drinnen spielte eine Jazzcombo. Helen steigerte sich immer mehr in ihre schlechte Laune hinein.

»Was für eine Bande ... Hast du Karyn an der Bar gesehen? Ich glaube, die ist schon ziemlich blau.«

»Ich glaube, sie fühlt sich nicht ganz wohl unter ihrer neuen Gefolgschaft.«

»Jedenfalls nicht bei Tageslicht ... Schau mal, wer da kommt.«

Persephone Green trug ein schwarzes, durchsichtiges Abendkleid und ein Halsband aus Saphiren und Diamanten. Ihre Schultern waren so weiß und glatt wie Mondstein.

»Woher kennst du Dock Greens Frau?« fragte ich.

»Ich war Streifenpolizistin in New Orleans, als sie bei ihrem Haus im Garden District einen Spanner erschossen hat. Sie hat fünfmal geschossen.«

Persephone Green blieb in der Tür zum Bankettsaal stehen. Ihre schwarze, mit Pailletten besetzte Handtasche hing an einer dünnen Kordel an ihrem Handgelenk.

»Sie kommen herum«, sagte sie zu mir. Ihre Haare waren glatt nach hinten gerafft und mit Diamantsplittern durchsetzt.

»Ich achte auf das allgemeine Wohlergehen und dergleichen mehr«, sagte ich.

»Ich bin überzeugt, daß wir alle ruhiger schlafen werden.« Ihr Blick schweifte wie beiläufig über Helens Gesicht. »Gibt es einen Grund dafür, daß Sie mich so anglotzen, Madam?«

»Nein, Ma'am.«

»Kennen wir uns?«

»Ich war als erste am Tatort, als Sie den Schwarzen bei Ihrem Swimmingpool abgeknallt haben. Ich habe seinen Kopf aus dem Wasser gezogen«, sagte Helen.

»O ja, wie konnte ich das nur vergessen? Sie sind die reizende Person, die gewisse Anschuldigungen vorgebracht hat.«

»Eigentlich nicht. Ich seh nachts vermutlich nicht besonders gut. Ich war die einzige, der die Schmauchspur an der Augenbraue von dem Typ aufgefallen ist«, sagte Helen.

»Stimmt genau, Sie haben damals ein bißchen Stunk gemacht, richtig?«

»Der zuständige Ermittler hatte vermutlich bessere Augen. Er ist noch im gleichen Jahr vorzeitig in den Ruhestand getreten und hat sich draußen in Metairie einen Schnapsladen gekauft«, sagte Helen.

»Oh, was für ein schlauer Kartoffelsack.«

Persephone Green ging in den Bankettsaal. Ihr Abendkleid hatte hinten einen tiefen V-Ausschnitt, der fast bis zum Steißbein reichte.

»Ich geh rauf aufs Dach«, sagte Helen.

»Laß dich von ihr nicht anmachen.«

»Morgen bin ich diesen Scheiß los. Wenn's dem Alten nicht paßt, kann er meine Marke haben.«

Ich schaute ihr nach, als sie durch die Menschenmenge in Richtung Lastenaufzug ging, den Rücken gestrafft, die Arme angewinkelt, und eine Miene zeigte, die kein Lächeln duldete und bei deren Anblick sich die Leute abwandten.

Ich ging durch die Konferenzräume, das Restaurant und den Bereich um die Bar. Karyn LaRose und Jerry Joe Plumb tanzten bei der Bühne, auf der die Band spielte. Ihr Abendkleid sah aus wie geeister rosa Champagner, den man ihr auf den Leib gegossen hatte. Sie löste sich von Jerry Joe und kam zu mir. Ihr Gesicht war rot und erhitzt, ihr Atem roch nach Kirschen und Bourbon.

»Tanz mit mir«, sagte sie.

»Geht nicht, ich bin im Dienst.«

»Doch, es geht.« Sie ergriff meine Hand, hielt sie fest und

reckte das Kinn. Ihre Augen strahlten, so als hinge sie einem Gedanken nach, einer Erinnerung, die sie auskostete.

»Sieht so aus, als ob du dich bestens amüsierst«, sagte ich.

»Ich kenne nur eine Sache, die genauso guttut wie ein Wahlsieg«, sagte sie. Ein Lächeln spielte um ihre Mundwinkel.

»Besorg dir lieber einen Kaffee, Karyn.«

»Du bist ein Sauertopf. Aber du wirst trotzdem in Baton Rouge landen, mein Schnuckelputz.«

»*Adios*«, sagte ich, befreite mich und ging durch die Seitentür hinaus auf den Parkplatz.

Draußen war es warm und drückend, und ein gelber, verhangener Mond stand am Himmel. Auf dem Parkplatz waren Cops aus Lafayette postiert und auf dem Dach Angehörige der State Police mit Gewehren. Ich begab mich zur Rückseite des Hotels und redete an der Hintertür mit einem Polizisten und einem schwarzen Sicherheitsmann, dann überprüfte ich die andere Seite einer Hecke, die an den Parkplatz grenzte, und ging schließlich, da ich nichts anderes zu tun hatte, hinunter zum Fluß.

Wo könnte Aaron Crown sein? fragte ich mich.

Nicht in einer Stadt, egal ob groß oder klein, dachte ich. Aaron war seit jeher, schon bevor er gejagt worden war, ein Mensch gewesen, den es in die Wälder und Sümpfe zog, nicht weil er dort untertauchen oder Zuflucht suchen wollte, sondern weil ihn eine innere Unruhe hinaustrieb, dorthin, wo kein Betonklotz zwischen ihm und den Kräften stand, die, wie er instinktiv wußte, in den verrotteten Stämmen schlummerten, in dem dicken Teppich aus fauligem Laub und den Höhlen, in denen es so dunkel war wie im Mutterleib.

Möglicherweise im Atchafalaya-Becken, dachte ich, in einem Pfahlbau versteckt, wo er sich von Nutrias, Waschbären, Alligatorhechten oder allen möglichen Vögeln ernährte, die er mit der Keule vom Baum holen konnte, die Haut mit Schlamm verschmiert, um sich vor den Moskitos zu schützen, die von den Fußeisen aufgeschürften Knöchel mit Schwären bedeckt.

Wenn er Buford heute nacht erwischen will, wird er es aller Wahrscheinlichkeit nach von weitem versuchen, dachte ich. Er könnte den Vermilion herunterkommen, das Boot unter einem Anlegesteg verstecken, sich womöglich um das Hotel herumschleichen und in dem Gebüsch hinter dem Parkplatz auf die Lauer legen. Mit etwas Glück tauchte Buford unter einer der Markisen vor den Ausgängen auf oder zwischen zwei geparkten Autos, worauf Aaron den Lederriemen seines Gewehrs eng wie eine Aderpresse um den linken Unterarm schlingen und das Fadenkreuz im Zielfernrohr auf den Mann richten würde, der ihn nicht nur ins Gefängnis gebracht, sondern seine Tochter benutzt und abgelegt hatte wie ein weißer Aufseher die nächstbeste Feldarbeiterin. Vermutlich würde er mit beinahe sinnlichem Genuß die Backenzähne zusammenbeißen, während er abdrückte und zusah, wie die Welt mit Aaron Crowns Werk umzugehen versuchte.

Aber erst mußte er soweit kommen.

Ich rief vom Münztelefon in einem Restaurant zu Hause an. Während ich meiner eigenen Stimme am Anrufbeantworter zuhörte, warf ich einen Blick aus dem Fenster, auf den Parkplatz und den vierspurigen Scheinwerferstrom draußen auf der Pinhook Road. Ein Partyservice-Laster bog in Richtung Hotel ab, dann ein Kleinbus von einer Teppichreinigungsfirma mit einer Frau am Steuer, eine weiße Stretchlimousine voller Gäste, dazu ein halbes Dutzend Taxis.

Ich hängte den Hörer ein und ging wieder hinaus. Es war fast neun Uhr. Wo blieb Bootsie?

Ich ging ins Hotel zurück und fuhr mit dem Lastenaufzug hinauf zum Dach. Der Wind war warm und roch nach Regen, und das Mondlicht lag dick und gelb auf dem Fluß, so als ob Öllachen auf dem Wasser trieben.

Tief unten trugen die Leute vom Partyservice Edelstahlbehälter mit Essen herein, und eine blonde Frau in einem weiten grauen Kleid holte einen Korb voller Teppichreinigungsutensilien aus ihrem Kleinbus. Ein Betrunkener mit Hut und Regenmantel lief zwischen den geparkten Wagen entlang, steuerte dann geradewegs die Hecke hinter dem Parkplatz an und zog gleichzeitig seinen Hosenstall auf. Der Polizist am Lieferanteneingang ging hinaus auf den Parkplatz, blieb unter einer Lampe stehen und stützte die Hände in die Hüfte, trat dann vor die Hecke, stellte sich auf die Zehenspitzen und hielt Ausschau nach dem Mann im Regenmantel. Der Polizist verschwand in der Dunkelheit.

»Was ist los?« fragte Helen.

»Ein Polizist ist hinter einem Betrunkenen in dem Gebüsch her. Im Augenblick sehe ich keinen von beiden ... Häng dich doch mal ans Funkgerät.«

»Was geht bei euch da unten vor?« meldete sie sich über Walkie-talkie.

»Überhaupt nix«, schallte die Stimme eines Schwarzen zurück.

»Wer spricht da?«

»Der Sicherheitsmann.«

»Geben Sie mir einen Polizisten.«

»Is keiner da.«

»Was ist mit dem Kerl in der Hecke los?«

»Was für'n Kerl?«

»Der Betrunkene, hinter dem der Polizist her ist. Los, suchen Sie einen Officer und geben Sie ihm das Funkgerät.«

»Ich hab Ihnen doch schon gesagt, daß nix los is. Außer daß jemand hier drunten is, der in dem Hotel nix zu schaffen hat.«

»Was meinen Sie damit?« fragte Helen.

»Hier drunten stinkt jemand, daß einem fast die Nase abfällt, das mein ich. Alles klar?« Einen Moment lang herrschte

Stille. Der Sicherheitsmann war nach wie vor auf Sendung, aber er sprach jetzt mit jemand anderem. »Ich hab Ihnen doch gesagt, daß Sie 'n Ausweis brauchen ... Sie können da nicht rein ... Hey, komm mir bloß nicht so ...«

Das Handfunkgerät schlug am Boden auf.

Helen und ich rannten zum Lastenaufzug.

Als wir im Erdgeschoß ankamen, rannten ein Stadtpolizist aus Lafayette und ein Angehöriger der State Police vor uns den Gang entlang zum Dienstboteneingang. Durch die Glastür sah ich den Partyservice-Laster und den Kleinbus von der Teppichreinigungsfirma auf dem Parkplatz stehen.

»Hier is keiner«, sagte der Stadtpolizist, während er sich in dem Gang umschaute und dann einen Blick nach draußen warf. Er hatte Koteletten und trug einen Hut, der zu groß für seinen Kopf war. Er schnüffelte und verzog das Gesicht. »Mann, was stinkt denn hier so? Das riecht ja, als ob jemand Scheiße an die Wände geschmiert hat.«

Der Gang knickte nach links in Richtung Küche ab. Auf halber Höhe waren zwei hölzerne Jalousettentüren, hinter denen ein lautes Summen zu hören war. Ein Kleiderkorb mit Gummischrubbern, einem Teppichreinigungsgerät und etlichen Flaschen mit Chemikalien stand schräg an der Wand. Ich öffnete eine der Türen und sah unmittelbar neben einem Heißwasserkessel, an einen Haufen zerdrückter Pappkartons gelehnt, einen dünnen Schwarzen mit einem Schnurrbart sitzen. Er trug eine Wachschutzuniform, hatte die Knie angezogen, die Hände an den Unterleib gepreßt und schaute mich mit schreckverzerrter Miene an.

»Was ist passiert, Partner?« fragte ich.

»Die Frau is das gewesen«, antwortete er.

»Die Frau?«

»Ich mein, sie war angezogen wie 'ne Frau. Sie hat mich bedrängt. Ich hab's nicht tun wollen, aber ich hab ihr eins mit meinem Stock übergezogen. Die hat sich davon überhaupt nicht aufhalten lassen. Und dann hat sie mich gepackt. Da unten. Sie hat richtig fest zugedrückt. Und immerfort hat sie gesagt: ›Verrat mir, wo LaRose ist, sonst reiß ich sie dir ab.‹« Er schluckte und schaute mich mit großen Augen an.

»Wir holen einen Notarzt. Das wird schon wieder«, sagte ich. Ich hörte, wie Helen wieder vor die Tür ging.

»So was is mir noch nie passiert«, sagte er. Sein Gesicht verzog sich, als er die Beine bewegen wollte. »Es war bloß, weil ich ihre Socken gesehen hab. Da bin ich stutzig geworden. Sonst wär sie mir gar nicht aufgefallen.«

»Ihre Socken?« fragte ich.

»Die Jungs vom Partyservice sind mit dem ganzen Essen zur Küche marschiert. Ich hab gedacht, es wär einer von denen, der so stinkt. Dann hab ich auf die Füße von der Frau geschaut, weil sie den Teppich geschleppt hat. Sie hat schwere Schuhe angehabt, und die Socken warn voller Blut. Ich hab gesagt, sie soll mir ihrn Ausweis zeigen. Sie sagt, der is im Wagen, und dann habt ihr mich über Funk gerufen.«

»Wohin ist diese Person gegangen?« fragte ich.

»Weiß ich nicht. Wieder raus vielleicht. Sie hat in den Kartons rumgekramt, hat irgendwas gesucht. Ich glaub, sie hat was fallen lassen, als ich ihr eins übergezogen hab. Irgendwas Metallisches. Ein Messer vielleicht.«

Helen kam wieder herein.

»Schau dir das an. Das hat draußen auf dem Parkplatz gelegen«, sagte sie und hielt eine zerzauste alte Vogelscheuchenperücke an einer verfilzten blonden Haarsträhne hoch.

»Das haben Sie gut gemacht«, sagte ich zu dem Sicherheitsmann. »Möglicherweise haben Sie dem Gouverneur heute abend das Leben gerettet.«

»Ehrlich? Hab ich das?«

»Ganz bestimmt«, sagte ich. Dann sah ich unter einem zusammengedrückten Karton etwas metallisch schimmern, und mir fiel ein Stück schwarzes Isolierband auf. Ich stützte mich auf ein Knie, hob den Karton hoch und schob meinen Kugelschreiber durch den Abzugsbügel eines Revolvers, dessen zerbrochene hölzerne Griffschalen mit Isolierband zusammengehalten wurden.

»Sieht aus wie ein 32er«, sagte Helen.

»Eindeutig.«

»Was denn, hat das was zu bedeuten?« fragte sie.

»Ich hab ihn schon mal gesehen. In einer Schuhschachtel voller Orden und Militärzeug«, sagte ich.

Eine Stunde später meldete jemand, daß etwa eine halbe Meile entfernt ein Gullideckel aufgestemmt worden sei. Ein Polizist aus Lafayette kroch mit seiner Taschenlampe durch ein großes, schlickverkrustetes Rohr, das unter den Straßen hindurch zu einem Steilufer am Vermilion River führte. Am Boden befanden sich tiefe Fußspuren, die entweder von schweren Männerschuhen oder von Arbeitsstiefeln stammten. Am Ende des Rohrs führten die Spuren quer durch die Büsche und in Schlangenlinien am sumpfigen Ufer unterhalb der Böschung entlang, an einem Apartmenthaus vorbei, in dem die Menschen hinter ihren Glasschiebetüren saßen und sich die Spätnachrichten anschauten, ohne den Mann wahrzunehmen, der aussah, als sei er vor Anbeginn aller Zeiten aus einer Höhle entsprungen.

Er stieß auf ein Speedboot, das mit einer Kette an einem Anlegesteg vertäut war, riß die Kette samt dem Halterungsbolzen los und stellte dann hundert Meter flußabwärts fest, daß er keinen Sprit hatte. Er kletterte mit einem Kanister die Uferböschung hoch, schmiß das Kleid ins Gebüsch und marschierte durch einen trockenen Bachlauf zu einem hell erleuchteten Boulevard, kroch durch ein Wellblechrohr und begab sich in eine Tankstelle. Er hatte nur die Hose und sein schweres Schuhwerk an, und sein haariger, schlammverkrusteter Oberkörper verströmte einen Geruch, bei dem dem Tankwart augenblicklich übel wurde.

Aaron öffnete seine schwielige Hand und zeigte ihm das Taschenmesser mit dem Horngriff.

»Wieviel gibst du mir dafür?« fragte er.

»Ich brauch keins«, erwiderte der Tankwart und versuchte zu lächeln. Er war jung, hatte glatt zurückgekämmte schwarze Haare und trug eine Krawatte, die mit einem Haken aus Pappe am Kragen seines weißen Hemdes befestigt war.

»Ich will sechs Dollar dafür. Du kannst's für zehn weiterverkaufen.«

»Nein, Sir, ich brauch wirklich kein Messer.«

»Ich will bloß für fünf Dollar Benzin und eine Tüte mit den Schweineschwarten da. Das is doch 'n ehrliches Angebot.«

Der Tankwart warf einen Blick hinaus zu dem menschenleeren Vorbau. Regenschleier fegten vor dem flimmernden Neonlicht über den Zapfsäulen vorbei.

»Sie verlangen da, daß ich den Mann beklau, für den ich arbeite«, sagte er.

»Ich hab kein Hemd am Leib. Ich hab nix zu essen. Ich komm aus dem Sauwetter hier rein und bitte um Hilfe, und du nennst mich einen Dieb. Das laß ich mir nicht bieten.«

»Ich ruf mein Chef an und frach ihn. Sie können ja mit ihm reden.«

Der Tankwart nahm den Hörer des unter dem Ladentisch stehenden Telefons ab. Doch Aaron legte seine mächtige Pranke auf seine Hand und drückte zu, drückte fester, spreizte die Finger, quetschte die Knöchel auf das Plastik, und seine Augen, die nur Zentimeter vom Gesicht des Tankwarts entfernt waren, sprühten vor Kraft und Energie, während er die Hand des Tankwarts schmerzhaft zusammenpreßte, bis ein Schrei aus dessen Kehle drang und er mit der freien Hand den Betriebsschalter für eine Zapfsäule mit bleifreiem Benzin umlegte.

Aaron ließ das Taschenmesser auf dem Ladentisch liegen.

»Ich heiße Aaron Crown. Ich hab in Angola zwei Nigger umgebracht, die sich ständich mit mir angelegt ham. Wenn du jemand erzählst, daß ich dich ausgeraubt hab, komm ich wieder«, sagte er.

Doch die Party im Acadiana ging mit vollem Schwung weiter. Allein die Tatsache, daß Aaron Crown bei seinem Versuch, den Personenschutz des künftigen Gouverneurs zu überwinden, so jämmerlich gescheitert war wie ein Insekt, das einen Ausweg aus einer Glasglocke sucht, schien geradezu sinnbildlich zu bestätigen, daß ein neues Zeitalter angebrochen war, eine Ära, in der der charismatische Hoffnungsträger des Neuen Südens und seine bezaubernde Frau wie verliebte Collegestudenten zu den Klängen einer Dixieland-Band tanzten und alle so großmütig teilhaben ließen an ihrem Glanz und Glorienschein, daß selbst der abgebrühteste Bauunternehmer gerührt war und sich durch ihre Anwesenheit geadelt fühlte.

Doch ich war völlig fertig, als ich von der Suche nach Aaron Crown zurückkehrte, und scherte mich nicht mehr um das Schicksal der Familie LaRose, sondern wollte nur noch schlafen gehen. An der Rezeption lag eine Nachricht von Bootsie, als ich meinen Zimmerschlüssel holte: *Der Pickup ist am Spanish Lake liegengeblieben, und ich mußte auf den Abschleppwagen warten. Ich leih mir das Auto meiner Schwester, werde aber erst ziemlich spät eintreffen.*

Ich hinterließ eine Nachricht für Bootsie, in der ich ihr die Zimmernummer mitteilte, und wollte zum Fahrstuhl gehen.

»Mister Robicheaux, für Sie liegt eine weitere Nachricht vor«, sagte der Mann an der Rezeption.

Ich nahm das Blatt Papier entgegen und las es.

Streak, ich hab Infos über unsern Mookie. Wir haben es hier mit dem klassischen Ungeheuer zu tun. Ich weih dich später ein. Bereden wir die Sache an der Bar. Halt die Ohren steif, Großer – Clete.

»Ich versteh das nicht recht. Das ist die Handschrift meines Freundes. Ist er hier im Hotel?« fragte ich.

»O ja, er ist hier. Gewiß ist der hier, Sir.«

»Wie bitte?«

»Ich glaube, mit seiner Einladung war etwas nicht in Ordnung. Er hatte sie anscheinend nicht bei sich. Jemand wollte Ihren Freund am Arm nehmen und zur Tür bringen.«

»Das muß ein sehenswerter Auftritt gewesen sein.«

»Oh, das war es auch, Sir. Eindeutig.« Der Mann an der Rezeption lachte vor sich hin.

Ich ging durch die Bar und das Restaurant, schaute im Ballsaal und in den Bankett- und Konferenzräumen nach. Clete hinterließ normalerweise überall eine deutliche Spur, etwa so wie eine Abrißbirne, aber ich sah nirgendwo ein Zeichen von ihm. Daher fuhr ich mit dem Aufzug in das oberste Stockwerk, wo man mir ein Zimmer am Ende des Flurs zugewiesen hatte, an dem auch Buford und Karyn wohnten, schloß die Tür auf, zog mich aus und legte mich im Dunkeln ins Bett.

Draußen stürmte es jetzt, und durch das Panoramafenster sah ich den Verkehrsstrom auf der Brücke und die Regenschleier, die im Schein der Lampen aufs Wasser fielen. Einstmals hatte diese Gegend Vermilionville geheißen, und genau hier, am Ufer des Flusses, hatten die erschöpften und unterernährten, oftmals barfüßigen Jungs aus Louisiana mit ihren zerlumpten nußbraunen Uniformen gekämpft, damit die Versorgungswege von Texas in die übrigen Staaten der Konföderation offenblieben.

Im Halbschlaf sah ich die brennenden Zuckerrohrfelder und

Häuser, die pflaumenfarbenen Rauchwolken am Himmel, hörte das Knallen der Faustfeuerwaffen und das Scheppern der Musketen und Bajonette, als eine Abteilung Infanterie den Feldweg entlang auf einen Bewässerungsgraben zurannte, und mir war klar, wohin meine Träume mich diese Nacht führen würden.

Diesmal war der Heckenschütze nicht Victor Charles.

Ich saß in der Falle, mitten auf einem Feldweg, konnte nicht davonrennen. Ich sah, wie eine Muskete aus einem giftgrünen Gebüsch geschoben wurde, sah den starren Lauf in die Sonne ragen, und ich hatte das Gefühl, als würden der Schütze und ich zu einer Person, unwiderruflich miteinander verbunden als Mitwirkende an meinem Tod. Und kurz bevor die 58er Kugel aus der Mündung schoß, konnte ich spüren, wie er die Muskete fest umfaßte, so als ob in Wirklichkeit ich es war, der die Hand um den feuchten, harten Kolben legte.

Im Schlaf hörte ich, wie die Hotelzimmertür aufging und wieder geschlossen wurde, hörte, wie jemand einen Schlüssel auf den Nachttisch legte und die Vorhänge zuzog, spürte, wie sich eine Frau auf die Bettkante setzte, mir die Hand auf die Hüfte legte, und ich wußte, daß Bootsie sicher im Hotel angekommen war.

Ich lag auf dem Rücken, hatte das Kissen über dem Gesicht und hörte, wie sie sich im Dunkeln auszog. Sie legte sich neben mich, berührte mich am Bauch, schob sich dann über meinen Unterleib, spreizte die Schenkel und nahm mein Glied zwischen ihre Beine. Dann beugte sie sich zu mir herab, schob das Kissen von meinem Gesicht, küßte meine Wange, steckte mir die Zunge in den Mund und führte mein Glied in sich ein.

Ihre Zunge schmeckte nach Bonbons, wie mit Bourbon getränkte Kirschen. Sie stützte sich auf die Arme, so daß sich die gebräunten Halbmonde oben auf ihren Brüsten abzeichneten.

Ich blickte auf und starrte in das Gesicht von Karyn LaRose, die mich träge anlächelte. »Sag mir, daß es dir nicht gefällt, Dave«, sagte sie. »Sag's mir. Mal sehen, ob du mir das sagen kannst ... Sag's mir ... sag's mir ... sag's mir ...«

18

An der Bar stieß ich auf Clete. Er hatte seinen Porkpie-Hut schräg über ein Auge geschoben, trank einen Tequila und hatte ein Corona und eine Untertasse mit gesalzenen Limonen vor sich stehen. Die Band packte gerade die Instrumente ein, und die Bar war fast menschenleer.

»Wo bist du gewesen, mein Bester? Du siehst aus, als ob du ein paar intus hast«, sagte er.

»War ein langer Tag.« Ich setzte mich neben ihn und rieb mir das Gesicht. Meine Haut fühlte sich kalt an, empfindungslos.

»Ich dachte, ich hätte Bootsie aus dem Foyer gehen sehn.«

»Hast du auch.«

»Was ist los?«

»Mach dir keine Gedanken. Was hast du über diesen Mookie rausgefunden?«

Er schaute mich forschend an, dann kippte er den Schnaps hinunter und trank einen Schluck aus der Corona-Flasche.

»Diese schwarze Braut, Brandy Grissum, ist heut völlig hysterisch in Nigs Büro aufgetaucht. Stell dir vor, die hat sich für die beiden Hunnis, die du ihr gegeben hast, 'n tüchtigen Batzen Crack besorgt und sich zugedröhnt. Und während sie im Haus ihrer Mutter in St. John the Baptist gepennt hat, trudelt unser guter Mookie dort ein und will sich 'n bißchen amüsieren. Rat mal, was passiert ist? Mookie hat sich überlegt, daß er keine Lust auf 'ne zugeknallte Zwanzigdollarhure hat. Also hat er ihre kleine Schwester geschändet.«

Er steckte sich eine Lucky Strike in den Mund und spielte mit seinem Zippo herum, so als wolle er ein Bild loswerden, das er vor Augen hatte. Dann ließ er das Zippo auf den Tresen fallen, ohne die Zigarette anzuzünden.

»Sein Nachname lautet Zerrang«, sagte er. »Er war früher mal Knochenbrecher für zwei Kredithaie an der Küste von Mississippi und hat dann große Karriere als Killer für die Schmalztollen in Miami gemacht. Er muß aber ziemlich gewieft sein. Ein Freund von mir beim NOPD hat den Computer befragt. Er is noch nie eingefahren.«

»Für wen arbeitet er derzeit?«

»Brandy weiß es nicht. Ich glaube, diesmal sagt sie die Wahrheit. Du siehst nicht gut aus, Streak. Was macht dir zu schaffen, Mann?«

Ich erklärte es ihm. Wir waren jetzt die einzigen Menschen an der Bar. Clete hörte mit ausdrucksloser Miene zu. Er rieb sich mit dem Daumen über das Jochbein, so daß ich die weißen Linien in den Krähenfüßen um seine Augenwinkel sehen konnte.

Er räusperte sich rauh und kehlig.

»Das is ja 'ne Story«, sagte er.

Ich nahm mir eine gesalzene Limone aus der Untertasse und legte sie dann wieder hin.

»Ist Bootsie dazugekommen?« fragte er.

»Als Karyn sich gerade angezogen hat.«

»Wie ist die LaRose reingekommen?«

»Sie hat sich beim Zimmermädchen einen Passepartout besorgt.«

»Dave, du hast sie rausgeschmissen. Weiß Bootsie das etwa nicht?«

»Ich hatte noch nicht die Gelegenheit, es ihr zu erklären. Ich rufe sie an, wenn sie wieder daheim ist.«

»Mann.« Er atmete durch die Nase, hatte die Lippen zusammengekniffen. »Aber du hast Karyn LaRose doch gesagt, daß sie sich die Pflaume woanders pudern lassen soll?«

»So was ähnliches.« Eine verschnörkelte Dixie-Bierreklame brannte über den Whiskeyflaschen hinter der Bar. Ich war hundemüde, und meine Hände fühlten sich steif und trocken an, als ich sie öffnete und schloß.

»Du hast nichts Unrechtes getan. Du mußt das Bootsie bloß klarmachen. Stimmt's? Da is doch nix weiter dabei«, sagte er. Er sah zu, wie ich mit der Fingerspitze das Salz in der Untertasse auftupfte. »Los, wir suchen uns ein Nachtlokal und genehmigen uns ein Steak.«

»Ich nehm lieber 'ne Dusche und geh ins Bett«, sagte ich.

»Ich geh mit dir rauf.«

»Den Teufel wirst du tun.«

»Ich *kenn* dich, Streak. Du steigerst dich da rein und machst dir Selbstvorwürfe. Die Schnapsinsel macht dicht. Und für dich is sie sowieso für immer zu. Hast du das kapiert, Großer?«

»Das steht überhaupt nicht zur Debatte, Clete.«

»Ja, ganz bestimmt. Die Braut konnte dich nicht kaufen, deshalb hat sie beschlossen, dir den Kopf zu verdrehen.« Er stand vom Barhocker auf, verzog dann kurz das Gesicht. »Ich komm mir vor wie 'ne Flasche, die auf 'm Kopf steht. Komm schon, nichts wie weg hier. Erinner mich in Zukunft dran, daß ich lieber in Eckkneipen saufen soll, wo's nicht von wichtigen Leuten wimmelt.«

»Du bist der Beste, Clete.«

Er legte mir den Arm um die Schulter, und wir gingen zum Fahrstuhl wie zwei angeschlagene siamesische Zwillinge, die miteinander zu Rande zu kommen versuchen.

Am nächsten Morgen fuhr ich in der Karawane mit, die Karyn und Buford zurück zu ihrem Haus am Teche geleitete. Es war mild und grau nach dem Regen, und man konnte die nasse Erde auf den Feldern riechen und das Geschepper von der Zuckerraffinerie drunten am Bayou hören. Es war ein schöner Spätherbstmorgen, losgelöst von den Ereignissen der letzten Nacht, so als hätte ich sie nur in einem trunkenen Traum erlebt.

Von meinem Wagen aus sah ich zu, wie Karyn und ihr Mann zur Haustür gingen. Sie wirkten verschlossen, waren vermutlich noch immer vom Alkohol benebelt, wollten sich vielleicht nicht anmerken lassen, welche Geheimnisse sie sich später zu erzählen hatten, oder versuchten die unterschwellige Wut zu kaschieren, die sie aneinander auslassen würden, sobald sie drin waren.

Bootsie saß mit einer Tasse Kaffee und einer Zigarette in der Hand an dem Rotholztisch hinter dem Haus, als ich den Wagen in der Auffahrt abstellte. Sie trug Sandalen, ein rotes Frotteehemd und eine hoch um die Taille sitzende Khakihose.

»Hi«, sagte ich.

Sie hatte die Beine übereinandergeschlagen, tippte die Asche in einen umgedrehten Einmachglasdeckel und schaute auf die Enten, die über den Teich paddelten.

»Du rauchst doch gar nicht«, sagte ich.

»Ich fang grade an.«

Ich setzte mich ihr gegenüber hin. Sie wandte mir den Blick zu.

»Ich habe dir letzte Nacht die Wahrheit gesagt«, sagte ich.

»Aus gewissen Gründen tu ich mir damit trotzdem schwer.«

»Warum?«

»Wieso ist sie so versessen auf dich? Was trägst du dazu bei?«

»Ich wollte von Anfang an nicht hin, als sie uns seinerzeit zu sich eingeladen haben. Ich habe versucht, ihr aus dem Weg zu gehen.«

»Wem willst du damit was unterstellen?«

Ich hatte mit einemmal einen Kloß im Hals. Meine Augen brannten, als ob ich durch gleißendes Wasser schaute.

Sie warf die Zigarette in ein Blumenbeet an der hinteren Hauswand, das voller altem Laub lag. Ihr Gesicht war rot und erhitzt. Bevor ich ins Haus ging, hob ich die glimmende Zigarettenkippe auf und zerdrückte sie in dem vor ihr stehenden Weckglasdeckel – eine Geste, die ebenso töricht und selbstgefällig war wie mein Einwand.

Das Wandtelefon in der Küche klingelte. Ich nahm den Hörer ab und starrte durch das Fenster auf Bootsies Rücken. Ihr dichtes Haar wirkte in dem grauen Licht wie mit Gold durchwoben.

»Aaron Crown hat das Boot drunten in der Nähe von Maurice liegenlassen«, sagte der Sheriff.

»Hat ihn jemand gesehen?«

»Nein, nur das Boot.«

»Der kommt wieder.«

»Das klingt ja fast bewundernd.«

»Ein alter Wachmann hat mal gesagt, Aaron wäre das reinste Ungewitter.«

»Sie kriegen jedenfalls Ihren Wunsch erfüllt. Sie sind abgezogen.«

Als ich nichts erwiderte, sagte er: »Wollen Sie gar nicht wissen, warum?«

»Schießen Sie los, Sheriff.«

»Buford hat angerufen und gesagt, daß Ihnen diese Aufgabe nicht liegt. Er hat gesagt, Sie brauchen nicht mehr bei ihm zu Hause vorbeikommen.«

»Allen Ernstes?«

»Das ist noch nicht alles. Er hat gesagt, Sie hätten sich letzte Nacht an seine Frau rangemacht.«

»Er lügt.«

»Ich glaube Ihnen. Aber warum meint er, er müßte jetzt Lügengeschichten über Sie verbreiten?«

»Fragen Sie ihn.«

»Mach ich auch … Dave, sind Sie noch dran?«

»Wir reden später weiter, Sheriff. Ich muß was erledigen.«

»Ich hab von Anfang an gewußt, daß mich dieser Job kleinkriegt … Sagen Sie mal, Sie wollen sich doch nicht etwa Buford vorknöpfen, oder?«

Ich fuhr mit Bootsies Toyota zur Werkstatt, holte meinen Pickup ab und bat den Autoschlosser, den Toyota zurückzubringen. Dann steuerte ich die Plantage der LaRoses an.

Doch ich war nicht der einzige, der an diesem Tag mit Buford ein Hühnchen zu rupfen hatte. Jerry Joe Plumbs blauer Buick parkte schräg vor dem alten Plantagenladen, und Jerry Joe stand auf der Veranda, zwischen den beiden Holzfässern voller Pecannüsse links und rechts der Doppeltür, hatte die Hände in die Hüfte gestützt und redete aufgebracht auf Buford ein.

Ich fuhr quer über die knirschenden Muschelschalen auf dem Parkplatz und stellte den Motor ab. Die beiden schauten zu mir her, traten dann durch die Doppeltür mit den angelaufenen, zerbrochenen Fenstern und stritten sich weiter.

Aber ich bekam einen Teil davon mit.

»Du haust mich übers Ohr. Dein alter Herr hätte das nicht gemacht, Buford.«

»Du bekommst deinen Teil.«

»Drei von den Aufträgen, die du mir versprochen hast, hat schon Dock Green gekriegt.«

»Ich habe dir mein Wort gegeben. Aber hör auf, Vergünstigungen einzufordern, nur weil du ein alter Bekannter der Familie bist.«

»Hat dich Persephone etwa an die Wäsche gelassen?«

Jerry Joe hatte mir den Rücken zugekehrt. Steif und breitschultrig stand er da, die Oberarme mit Muskeln bepackt – wie ein Preisboxer, der auf die letzten Anweisungen des Ringrichters wartet, bevor der Gong ertönt.

Aber Buford wandte sich einfach ab, zündete sich eine Zigarre an, schirmte die Glut mit der Hand ab und paffte im Zwielicht, als ob Jerry Joe gar nicht da wäre.

Jerry Joes Schritte hallten auf der Veranda wider, als er aus der Doppeltür kam.

»Was ist los, Jerry?« fragte ich.

Er blieb stehen, balancierte auf den Ledersohlen seiner rotbraunen Slipper. Sein Gesicht war glutrot.

»Du fragst mich, was los ist? Ich verrat dir mal was. Wenn du dich mit Piranhas einläßt, darfst du nicht erwarten, daß sie ihre Freßgewohnheiten ändern.«

»Hat Buford dich übers Ohr gehauen?«

»Dazu hat der Typ gar nicht genug Schmalz in seinem Hirnkasten. Aber hey, behalt gefälligst die Hosen an oder besorg dir ein Ganzkörperkondom«, sagte er, setzte sich in seinen Buick und ließ den Motor an.

Ich stieg aus meinem Pickup und legte die Hand an sein Seitenfenster. Er ließ die Scheibe runterfahren.

»Sprich Klartext«, sagte ich.

»Du bist im Weg. Die weiß, wie man Geschäft und Vergnügen miteinander verbindet. Stell dich nicht so brunzblöd.« Er drückte wieder auf den elektrischen Fensterheber und pflügte zwei Furchen in den Muschelschalenbelag, als er vom Parkplatz auf die Staatsstraße fuhr.

Ich nahm mir eine Handvoll Pecannüsse aus den Fässern neben der Tür und ging in den Laden.

»Sie schon wieder. Wie Kaugummi, der einem an der Schuhsohle klebt«, sagte Buford.

In dem Laden war es dunkel. Die Zypressendielen waren so abgetreten wie der Holzrost in einem Mastpferch, die halbvollen Regale mit Spinnweben verhangen. Ich legte einen halben Dollar für die Pecannüsse neben die Registrierkasse auf dem Ladentisch und zerknackte zwei davon in der Hand.

»Warum erzählen Sie dem Sheriff Lügengeschichten über mich?« fragte ich.

»Sie haben Karyn im Acadiana nachgestellt. Was erwarten Sie denn?«

»Wer hat das gesagt?«

»Karyn natürlich.«

»Würd ich nichts drauf geben, Ihre Frau ist eine notorische Lügnerin.«

»Ihr Dienst hier ist beendet. Von mir aus können Sie machen, was Sie wollen. Aber halten Sie sich von meinem Grund und Boden fern.«

»Irrtum. Solange Aaron Crown nicht gefaßt ist, komme ich hierher, sooft ich will, Buford.«

Er strich sich mit den Fingernägeln die dicken, lockigen Haare zurück und schaute mich an, als werde ihm allmählich etwas klar.

»Sie wollen mich kleinkriegen, nicht wahr?« sagte er.

»Sie sind ein Lump.«

»Was habe ich Ihnen bloß getan? Können Sie mir wenigstens darauf eine Antwort geben?«

»Sie und Ihre Frau benutzen einander, um anderen zu schaden ... Wissen Sie, was ein *Bugarron* ist?«

Die Haut unter seinem rechten Auge zuckte.

»Wollen Sie mich etwa als –«, setzte er an.

»Sie treiben irgendwas Abartiges. Ich weiß bloß noch nicht, was es ist.«

»Wenn Sie sich hier jemals wieder blicken lassen, breche ich Ihnen den Kiefer. Ich schwör's Ihnen.«

Er wandte sich ab und ging zum anderen Ende des Ladentisches, an den verstaubten Regalen vorbei, und trat durch die Hintertür hinaus ins Licht. Es klang wie ein Schuß, als die Fliegengittertür hinter ihm zuknallte.

Ich nahm mir an diesem Tag frei und rechte das nasse Laub und die Pecanschalen vom Rasen. Von Süden wehte nach wie vor ein warmer Wind, die Wipfel der Bäume im Sumpf zeichneten sich mattgrün am Himmel ab, und das einzige Geräusch, das lauter war als das Dröhnen in meinem Schädel, stammte von Tripod, Alafairs dreibeinigem Waschbär, der im Garten neben dem Haus an seiner Kette auf- und abrannte. Ich verbrannte das Laub in dem trockenen Bachbett, duschte dann, legte mich aufs Ohr und wachte erst nach Sonnenuntergang wieder auf. Ich war gerade beim Anziehen, als das Telefon in der Küche klingelte. Bootsie nahm ab und kam dann zur Schlafzimmertür.

»Batist ist dran«, sagte sie.

»Was will er?«

»Hat er nicht gesagt.« Sie ging ins Wohnzimmer, dann hinaus auf die Veranda und setzte sich in die Schaukel.

»Hat dich der Filmmensch erreicht?« fragte Batist.

»Nein. Weshalb?«

»Er ist hier drunten gewesen, mit 'm Laster und 'n paar Leuten mit Kameras. Ich hab ihm gesacht, daß er erst mit dir drüber reden soll. Ich hab gesehn, wie er in so ein schnurloses Telefon gesprochen hat. Hat er dich nicht erreicht?«

»Dieser Mann will uns nichts Gutes, Batist. Ist er noch da?«

»Nein. Deswegen ruf ich auch nicht an. Es geht um den großen Schwarzen. Der hat nix Gutes im Sinn.«

»Was für ein Schwarzer?«

»Der riesigste, den ich je gesehn hab.«

»Ich komme gleich runter.«

Ich ging hinaus auf die Veranda. Bootsie saß immer noch in der Schaukel, stieß sich mit einem Fuß ab.

»Ich muß mal kurz runter zum Laden«, sagte ich.

»Klar.«

»Boots, du mußt mir ein bißchen Freiraum lassen.«

»Du siehst es nicht ein.«

»Was?«

»Daß du die LaRoses und alles, wofür sie stehen, haßt. Deswegen haben sie soviel Macht über dich.«

»Ich bin Polizist. Sie sind korrupt.«

»Das sagst du. Aber sonst niemand.« Sie ging hinein. Die Schaukel drehte sich verlassen an den Ketten unter dem Außenlicht.

Ich ging zwischen den Bäumen hinab zum Bootsanleger. Die Lichterkette über dem Steg war angeschaltet, und man konnte die Brassen sehen, die sich an den ins Wasser gefallenen Insekten gütlich taten. Batist war im Köderladen und reinigte die Kaffeemaschine.

»Erzähl mir von dem Schwarzen«, sagte ich.

Batist schaute von seiner Arbeit auf und musterte mein Gesicht. Er hatte den Kopf zur Seite geneigt und eine Augenbraue hochgezogen.

»Weswegen bist du sauer?« fragte er.

»Wegen gar nichts.«

»Das seh ich. Na schön ... Der Filmmensch hat ein Boot gemietet, ist den Bayou rauf und runter gefahren und hat Aufnahmen gemacht. Da hab ich den Schwarzen zum erstenmal gesehn. Er hat droben an der Straße in 'nem Pickup gesessen und durch das Fenster den Bayou beobachtet. Später isser runtergekommen und hat gefracht, ob hier ein Film gedreht wird. ›Sieht so aus‹, sag ich. Er hat mich gefracht, ob's ein Film über den Weißen wird, der aus Angola ausgebrochen is, der, der vor langer Zeit den schwarzen Bürgerrechtler in Baton Rouge umgebracht hat. Als ich ihm erklärt hab, daß ich's nicht weiß, sacht er, er hat 'ne Geschichte, die er dem Filmmensch anbieten kann, wenn er Geld dafür kriegt, und daß er mir was davon abgibt. Aber erst muß er rausfinden, wo der Filmmensch wohnt.

›Was willst du hier?‹ hab ich gefracht.

Er hat ’n Strohhut aufgehabt, mit ’m Band außen rum. Er hat ihn abgenommen, und ich hab gesehn, daß sein Kopf an der Seite kahlrasiert is. Er sacht: ›Ich bin so stark, daß sogar meine Scheiße Muskeln hat, Alter. Ich tät aufpassen, was ich sag.‹ Und die ganze Zeit hat er gelächelt und seine Goldzähne funkeln lassen.

Ich sag: Ich bin grad am Aufräumen. Willst du irgendwas kaufen?

Dave, die Arme von dem Mann warn so dick wie meine Oberschenkel. Seine Schultern ham links und rechts die Tür gestreift, als er reingekommen is. Er sacht: ›Bist du sicher, daß dir der Filmmensch nicht gesacht hat, wo er wohnt?‹

Ich sag: ›Das geht mich nix an. Und jemand anders auch nicht.‹

Er hat mich immerzu angeschaut, hat gegrinst und mit dem Salzstreuer oben auf dem Tresen rumgespielt, wie wenn er irgendwas vorhat.

Also sag ich: ›Nigger, beweis nicht, daß deine Mama ’n Dummkopf großgezogen hat.‹

Er hat gelacht, hat sich ’n Schinkensandwich genommen, ’n Fünfdollarschein zusammengeknüllt, auf den Tresen geschmissen und is raus. Einfach so. Dem Mann isses wurscht gewesen, ob ich ihn beleidigt hab. Das hat den nicht mehr geschert wie ein Moskito, der ihm um den Kopf fliegt.«

»Ruf mich an, wenn du ihn wieder siehst. Leg dich nicht mit ihm an.«

»Wer ist der Kerl, Dave?«

»Klingt nach einem gewissen Mookie Zerrang. Er ist ein Killer, Batist.«

Er fing an, den Tresen abzuwischen, und schmiß den Lappen dann in den Eimer.

»Die ham nix dafür übrig, nicht wahr?« sagte er.

»Wie bitte?«

»Das da draußen, das hier drin. Auf mich horcht ja keiner«, sagte er und winkte zu den Fliegengitterfenstern hin, zu dem im Scheinwerferlicht liegenden Bayou, der schwarzen Schattenwand am anderen Ufer. »Es wird nie wieder so wie früher. Wozu ham wir uns das alles eingebrockt, Dave?«

Er wandte mir den Rücken zu, ließ die Holzjalousien an den Fenstern herunter und verriegelte sie von innen.

19

Am Samstag morgen ging ich in aller Frühe in den Köderladen, kochte mir Kaffee, machte mir eine Schale mit Studentenfutter und Blaubeeren, frühstückte allein am Tresen und sah zu, wie die Sonne über dem Sumpf aufging. Über Nacht hatte es geregnet, danach aber wieder aufgeklart, und das Wasser im Bayou war lehmgelb, der Bootsanleger glitschig vom Regenwasser. Vor einer Woche, als ich nicht dagewesen war, hatte Jerry Joe von seiner Spielautomatenfirma eine Jukebox liefern lassen, eine nachgebaute 1950er Wurlitzer. Schwer und massig stand sie in der Ecke, mit ihrem Plastikgehäuse, den orange, rot und lila flimmernden Lichtern und den 45er Platten, die in einem glänzend schwarzen Halbkreis hinter dem Plexiglas aufgereiht waren. Ich hatte beschlossen, sie von Jerry Joes Leuten wieder abholen zu lassen.

Ich hatte immer noch nicht angerufen.

Ich drückte Jimmy Clantons »Just a Dream«, Harry Choates 1946 aufgenommene Version von »La Jolie Blon« und Nathan Abshires »Pine Grove Blues«.

Die Stimmen und die Musik stammten aus einer anderen Ära, einer Zeit, von der wir geglaubt hatten, sie werde nie zu

Ende gehen. Doch sie ging vorbei, Schritt für Schritt, auf eine Art und Weise, die seinerzeit bedeutungslos schien – zum Beispiel in Gestalt eines sonnengebräunten Ölmaklers, der unverhofft vor dem Tor stand, Khakiarbeitskleidung anhatte und nicht viel anders wirkte als wir anderen auch.

Ich zog den Stecker der Musikbox aus der Wand. Die Plastikleuchtröhren erloschen und knisterten in der Stille wie brennendes Cellophan.

Dann fuhr ich zur Bibliothek der University of Southwestern Louisiana in Lafayette.

Bufords Bibliographie war beeindruckend. Er hatte historische Abhandlungen über die Knights of the White Camellia, die White League und die blutigen Revolten veröffentlicht, die sie nach dem Bürgerkrieg gegen die Besatzungsmacht der Bundesregierung geführt hatten. Die Artikel waren in der nüchternen, schwer verständlichen Sprache akademischer Fachblätter verfaßt, doch seine wahre Gesinnung hatte er nicht allzugut kaschiert: Den Reitern, die des Nachts auszogen, mordeten und brandschatzten, hatte man ihre Rolle aufgezwungen.

In psychologischen und medizinischen Fachzeitschriften standen weitere Beiträge von ihm. Die Themen waren vielseitig, ohne eine eindeutige Linie, befaßten sich unter anderem mit allerlei Phobien und Depressionen, aber auch mit sogenannten Haßgruppen, radikalen Gruppierungen, die sich mit einer pluralistischen Gesellschaftsordnung nicht abfinden mochten.

Doch in den letzten fünf Jahren hatte er ein anderes wissenschaftliches Interessengebiet gefunden und schrieb seither über Psychopharmaka und ihre Verwendung zur Heilung Alkoholkranker.

Ich brachte die Zeitschriften und Fachblätter zur Ausgabestelle zurück. Aber es war noch nicht einmal Mittag, und da ich ohnehin hier war und meines Wissens nichts anderes zu tun hatte, bat ich die Bibliothekarin um die Studentenjahrbücher aus den frühen siebziger Jahren – ungefähr die Zeit, um die Karyn LaRose die U.S.L. besucht haben mußte.

Sie war nicht in die Welt eines Buford LaRose hineingeboren worden. Ihr Vater war ein schwer arbeitender, liebenswerter Mann gewesen, der die Automatenaufsteller mit Kaugummikugeln und allerlei neumodischem Krempel, zum Beispiel mit Monsterzähnen aus Plastik und Vampirfingernägeln, belieferte. Die Familie wohnte in einem kleinen Holzhaus an der alten Straße nach St. Martinville, und die Unterkanten der ungestrichenen, knochentrockenen Garage schillerten in allen Regenbogenfarben, weil die im Inneren gelagerten Kaugummis im Lauf der Zeit zerschmolzen und durch den Boden gesickert waren. Wenn man Karyn fragte, womit ihr Vater sein Geld verdiene, erwiderte sie stets, er sei Großhandelskaufmann.

Die meisten von uns, die auf die U.S.L. gingen, stammten aus französischsprachigen Arbeiterfamilien oder konnten es sich nicht leisten, die Louisiana State oder die Tulane University zu besuchen. Wir kamen hauptsächlich aus den umliegenden Bezirken und fuhren nach Unterrichtsschluß wieder heim, daher herrschte auf dem Campus zumeist gähnende Leere, und an den Wochenenden war so gut wie gar nichts los.

Aber nicht so Karyn. Sie machte das Beste aus ihrer Situation, und ihr Name samt Foto tauchte ein ums andere Mal in den vier Jahrbüchern auf, in denen ihre Studienzeit an der U.S.L. festgehalten war. Sie kam in die Damentennismannschaft, gehörte einer Studentinnenvereinigung und dem Ehrenrat an, war im einen Jahr Ehrenjungfer der Schulfestkönigin und wurde im Jahr darauf, bei der nächsten Wiedersehensfeier mit den Ehemaligen, selbst zur Schönheitskönigin gewählt. Auf den Fotos wirkte sie bescheiden, strahlte aber übers ganze Gesicht, so als bestünde die ganze Welt für sie nur aus Güte und wohlfeilen Verheißungen.

Ich wollte das letzte Jahrbuch bereits zuschlagen und den ganzen Stapel zur Ausgabestelle zurückbringen, als ich mir noch einmal ein Gruppenfoto anschaute, das vor Karyns Wohnheim aufgenommen worden war, und die Namen im Bildtext überflog.

Die Studentin am äußersten Ende der Reihe, neben Karyn, war Persephone Giacano. Beide lächelten, standen Schulter an Schulter, so eng beisammen, daß sich ihre Handrücken berührten.

Ich suchte in den anderen Jahrbüchern nach Persephone. Ihr Name tauchte nirgendwo auf. Es war, als ob sie nur zu dem einen Gruppenfoto vor dem Wohnheim angetreten sei, sich ansonsten aber nie wieder auf dem Campus habe blicken lassen.

Die Verwaltung war noch offen. Ich rief vom Telefon der Bibliothekarin in der Registratur an.

»Wir achten hier auf Datenschutz, wissen Sie?« sagte die Frau, die sich am anderen Apparat meldete.

»Ich möchte doch bloß wissen, wann sie hiergewesen ist«, sagte ich.

»Sind Sie Polizist?«

»Ganz genau.«

Ich hörte, wie sie etwas in ihren Computer eingab.

»1972 bis 1973«, sagte sie.

»Hat sie abgebrochen, oder ist sie auf eine andere Universität gegangen?« fragte ich.

Sie schwieg einen Moment. »An Ihrer Stelle«, sagte sie dann, »würde ich mir mal die Unizeitungen aus der Zeit vornehmen. Wer weiß, was da alles drinsteht.«

Es dauerte eine Weile, bis ich darauf stieß. Es war ein kurzer Artikel, ein Einspalter, allenfalls fünfundzwanzig Zeilen lang, mit einer kleinen Überschrift, der in der Frühjahrsausgabe des *Vermilion* aus dem Jahr 1973 stand, verfaßt im trockenen Stil einer offiziellen Presseverlautbarung von seiten der Verwaltung, so als wolle man nicht viel Aufhebens um einen internen Skandal machen.

Ein halbes Dutzend Studenten war seinerzeit relegiert worden, weil sie Prüfungsunterlagen aus dem Forschungstrakt gestohlen hatten. In dem Artikel hieß es, die Prüfungsfragen seien aus einem Aktenschrank entwendet worden, aber man habe den Diebstahl bemerkt, bevor die Klausuren stattfanden, und die betroffenen Professoren davon in Kenntnis gesetzt.

Am Ende des Artikels stand: *Eine siebte U.S.L.-Studentin, Persephone Giacano, ging freiwillig von der Universität ab, bevor disziplinarische Maßnahmen gegen sie ergriffen wurden.*

Ich rief noch mal in der Registratur an, worauf sich die gleiche Frau meldete.

»Darf ich Einsicht in eine alte Akte nehmen?« fragte ich. »Ich weiß, daß Sie die auf Anfrage sowieso rausgeben, nicht wahr?«

»Warum kommen Sie nicht rüber und stellen sich vor? Sie klingen ja höchst interessant«, antwortete sie.

Ich ging quer über den gepflegten Rasen, trat unter dem Ziegelsteintorbogen hindurch in die Registratur und blieb am Schalter stehen, bis sich eine ältere, flachbrüstige Frau mit blauen Haaren an mich wandte. Ich klappte das Etui mit meiner Dienstmarke auf.

»Mein Gott, Sie sind ja wirklich einer«, sagte sie.

»Wird hier jeder so behandelt?«

»Das heben wir uns für ein paar ganz spezielle Gäste auf.«

Ich schrieb Karyns Mädchennamen auf einen Notizblock und schob ihn ihr über den Schalter zu. Sie musterte ihn eine ganze Weile. Im Vorzimmer war keine Menschenseele.

»Aus gewissen Gründen, auf die ich lieber nicht näher eingehen möchte, ist das für mich wichtig«, sagte ich.

»Warum kommen Sie nicht hier hinter?« erwiderte sie.

Ich stand hinter ihrem Stuhl, während sie die Daten in den

Computer eingab. Dann tauchte Karyns Akte auf dem Bildschirm auf. »Sie war vier Jahre hier und hat 1974 ihren Abschluß gemacht. Sehen Sie«, sagte die Frau und ließ langsam die Liste mit Karyns akademischen Verdiensten über den Monitor laufen, schob ihren Stuhl zur Seite, damit ich freie Sicht hatte.

Karyn hatte Geisteswissenschaften als Hauptfach gewählt und in Philosophie, Kunst, Literatur und ähnlichem fast durchweg nur Einsen geschrieben. Doch in Wirtschaftslehre, Biologie und Mathematik hatte sie allenfalls eine Drei geschafft oder das Fach abgewählt.

»Könnten Sie noch mal zum Frühjahr 1973 zurückgehen?« fragte ich.

Die Frau zögerte kurz und rollte dann das Bild zurück. Sie ließ es nur ein paar Sekunden stehen, ehe sie die Datei schloß. Doch es genügte mir.

Karyn hatte genau in dem Semester, in dem Persephone Giacano gezwungenermaßen von der Universität abgegangen war, eine Eins in Biologie und Chemie geschrieben.

Karyn hielt für niemanden den Kopf hin.

Ich parkte meinen Pickup hinter Sabelle Crown's Bar und trat durch die Hintertür ein. Die einzigen Lichtquellen waren wie üblich die Neonröhren mit der Bierreklame und der Fernseher, wo gerade ein Spiel zwischen der L.S.U. und dem Georgia Institute of Technology lief. Die Luft war zum Schneiden dick und roch nach ungewaschenen Haaren, alten Schuhen, Schweiß und synthetischem Wein.

Sabelle wischte gerade ihr kleines Büro hinter dem Lokal.

»Ich brauche Lonnie Feltons Adresse«, sagte ich.

Sie steckte den Schrubber in den Eimer und holte eine Visitenkarte aus der Schreibtischschublade.

»Er hat sich 'n Bungalow auf der andern Seite vom Fluß gemietet. Prima Leben, was?« sagte sie. Dann widmete sie sich wieder ihrer Arbeit, kehrte mir den Rücken zu, so daß ich die Muskeln an ihrer bloßen Taille sah, die sich bei jeder Armbewegung abzeichneten.

»Aaron war hier, stimmt's?« sagte ich.

»Wie kommst du denn darauf?« erwiderte sie tonlos.

»Er hatte den 32er bei sich, der in der Schuhschachtel mit den ganzen Orden war, die du mir neulich gezeigt hast.«

Sie hielt inne, richtete sich auf und schaute mich erstaunt an.

»Hast du das nicht gewußt?« fragte ich.

Sie ging vor zur Bar und kehrte mit der Schuhschachtel zurück, pulte die Gummis ab, mit denen sie verschlossen war, und kippte sämtliche Ringe und Uhren, Taschenmesser und Orden auf den Schreibtisch.

Sie wirkte geistesabwesend, in sich gekehrt, so als laufe vor ihrem inneren Auge ein Film ab. Die Fingernägel hatte sie in ihre Handballen gegraben.

»Ich komm mir vor wie die letzte Pflaume«, sagte sie.

»Das mußt du nicht.«

Sie zog eine Rolle Pfefferminzdrops aus ihrer Hosentasche und steckte sich eins in den Mund. »Lonnie war hier. Mitten in der Nacht«, sagte sie. »Er hat Daddy interviewt, da draußen an der Bar. Ich bin losgezogen und hab was zu essen geholt. Als ich zurückgekommen bin, war bloß noch Lonnie da.«

»Hat Felton gewußt, daß dein Vater die Knarre hat?«

»Frag mich was Leichteres«, sagte sie. Ihr Gesicht glänzte, wirkte straff wie eine Maske, und sie schaute mich mit verschwommenen Augen an, so als wisse sie seit alters her Bescheid über die Schwächen und die Heimtücke der Menschen.

Ich traf Lonnie Felton am Swimmingpool im Innenhof des weißen Bungalows an, den er sich auf der anderen Seite des Vermilion River gemietet hatte. Im Sonnenlicht, das durch das Moos in den Bäumen fiel, wirkte das mit einer Schicht Sonnenöl überzogene Wasser wie glasiert. Lonnie Felton lag auf einem breiten, hellgelben Plastikklubsessel, neben ihm ein rothaariges Mädchen, etwa achtzehn, neunzehn Jahre alt. Beide trugen dunkle Sonnenbrillen und nasse Badekleidung, waren braungebrannt, durchtrainiert und wirkten frisch und abgekühlt. Lonnie Felton nahm einen Schluck aus einem Cocktailglas und lächelte mich mit blitzenden Zähnen an, ohne die Sonnenbrille abzunehmen. Seine Freundin, die mit angezogenen Beinen und angewinkelten Armen neben ihm lag, kuschelte sich noch enger an ihn.

»Wissen Sie, was Beihilfe bei einer Straftat ist?« fragte ich.

»Aber klar.«

»Ich kann Ihnen das anhängen.«

Wieder lächelte er mich mit schmalen Lippen an. Sein Geschlecht zeichnete sich wie gemeißelt unter der Badehose ab. »Gilt hier etwa der Code Napoléon statt der amerikanischen Verfassung?« fragte er.

»Ich glaube, Mookie Zerrang war gestern bei meinem Köderladen. Er wollte wissen, wo Sie wohnen.«

»Wer?«

»Der Schwarze, der Ihren Drehbuchautor ermordet hat.«

»O ja. Nun, halten Sie mich auf dem laufenden, ja?«

»Mir ist kalt, Lonnie. Ich möchte reingehn«, sagte das Mädchen neben ihm. Es zupfte mit den Fingerspitzen am Gummizug seiner Badehose.

»Ich bewundere Ihre Kaltblütigkeit. Ich würde mir Sorgen machen, wenn sich so ein Typ nach mir erkundigt«, sagte ich.

»Ich will Ihnen mal was sagen. Dwayne Parsons, das ist der tolle Autor, um den es hier geht, war ein heruntergekommener alter Perverser, der sich in das Projekt reingedrängt hat, weil er ein paar Freunde dabei gefilmt hat, wie sie im Bett ein paar eklige Sachen miteinander treiben. Ich will damit sagen, daß er ein schlechtes Karma hatte und es ihn deshalb erwischt hat.

Wissen Sie, was ich dem Schwarzen sage, wenn er hierherkommt und mich erledigen will? ›Danke, daß du nicht früher gekommen bist. Besten Dank, daß du mich mein Leben hast genießen lassen.‹ Ich hadere nicht mit dem Schicksal, Mann. So einfach ist das.«

»Ich habe das Gefühl, daß er nicht zuhören wird.«

Kleine, gelb und blutrot verfärbte Blätter fielen von den Bäumen und segelten in den Swimmingpool. Das rothaarige Mädchen rieb das Gesicht an Lonnie Feltons Brust und legte den Unterarm über seine Lenden.

»Sie mögen uns nicht besonders, was?« sagte er.

»Uns?«

»Die Filmleute, wie Sie uns vermutlich nennen.«

»Einen schönen Tag noch, Mister Felton. Sichern Sie nach hinten.«

»Was?«

»Gehen Sie öfter ins Kino. Schauen Sie sich mal wieder *Platoon* an.«

Ich fuhr am Fluß entlang, bog auf die vierspurige Schnellstraße nach Broussard und nahm dann den alten Highway in Richtung Cade und dem Spanish Lake nach New Iberia. Die Straße war mit zermalmten Zuckerrohrstrünken übersät, die auf der Fahrt zur Raffinerie von den Wagen gefallen waren; Staubwirbel tanzten auf den kahlen, frisch geeggten Feldern, und in der Ferne sah ich Silberreiher, die über ein Pappelwäldchen flogen wie verstreute Blütenblätter.

Ich hatte Lonnie Felton angelogen. Es war mehr als fraglich, ob ich ihn wegen Beihilfe drankriegen konnte. Aber möglicherweise wäre es das Beste, was ihm passieren kann, dachte ich.

Ich schaltete das Radio ein und hörte mir auf dem Heimweg den Bericht vom Spiel der L.S.U. gegen Georgia Tech an.

Bootsie war beim Geschirrspülen, als ich in die Küche kam. Sie trug Strohsandalen, eine weiße Hose und eine violette Bluse, die mit grünen und roten Blumen bedruckt war. Ihre Haarspitzen leuchteten golden im Licht, das durch das Fliegengitter fiel.

»Was ist los, Boß?« fragte sie, ohne sich umzudrehen.

Ich legte die Hand auf ihren Rücken.

»In Lafayette gibt's ein Krebsbüfett. Für 6,95 kannst du essen, soviel du willst«, sagte ich.

»Ich koche schon was.«

»Ich hab in den letzten zwei Tagen ein paar dumme Äußerungen von mir gegeben«, sagte ich.

Sie spülte einen Teller ab und stellte ihn in den Abtropfständer. Dann blickte sie auf eine Spottdrossel, die auf unserem Gartentisch hockte.

»Es gibt ein paar Sachen, mit denen sich eine Frau nur sehr schwer abfinden kann. Und es spielt auch keine Rolle, wie es dazu gekommen ist«, sagte sie.

Sie nahm den nächsten Teller und spülte ihn ab. Ich spürte, wie sie sich vorbeugte und meiner Hand auswich.

»Möchtest du heute nachmittag zur Messe gehen?« fragte ich.

»Ich glaub, ich habe keine Zeit, mich umzuziehen.«

An diesem Abend fuhr ich mit Alafair und einer Freundin von ihr nach New Iberia, ging mit ihnen ins Kino und hinterher ein Eis essen. Später trieb ich mich am Köderladen herum und suchte mir allerlei Beschäftigungen, obwohl die Angelsaison so gut wie vorbei war und morgens nur noch wenige Kunden kamen. Durch die schwarzen Umrisse der Bäume am Hang sah ich die hell erleuchtete Veranda unseres Hauses, die dunklen Wohnzimmerfenster und Bootsies Schatten hinter den heruntergezogenen Jalousien in unserem Schlafzimmer.

Ich rief meinen Betreuer bei den Anonymen Alkoholikern

an, einen ehemaligen Ölarbeiter und Barbesitzer namens Tee Neg, der sieben Jahre trocken gewesen war, als er eines Tages in einen Schnaps- und Angelladen ging, der einem Schwarzen gehörte, und einen Eimer Köderfische verlangte, sich dann spontan, ohne jeden Vorsatz – er war allenfalls ein bißchen sauer, weil er sich am Bohrgestänge die Finger eingeklemmt hatte –, eine Literflasche Whiskey bestellte und die folgenden fünf Jahre durchsoff. Sein nächstes AA-Treffen fand in Angola statt, dem Staatsgefängnis von Louisiana.

Ich erzählte ihm, was zwischen mir und Bootsie vorgefallen war. Ich wußte genau, was kam.

»Hast du deswegen getrunken?« fragte er.

»Nein.«

»Hey, bist du beim Schlafen schon mal besoffen geworden?«

»Nein.«

»Dann geh zu Bett. Ich red morgen mit dir.« Er legte auf.

Nachdem sämtliche Lichter im Haus ausgegangen waren, ging ich hinauf und legte mich im Dunkeln auf die Wohnzimmercouch.

Wally, unser Telefonist, rief um ein Uhr morgens an.

»Die Jungs vom Sheriff in St. Martin vernehmen draußen im Henderson-Sumpf grad 'n paar durchgedrehte Teenager. Kommt mir ziemlich wirr vor. Willst du da rausfahren?« fragte er.

»Eigentlich nicht.«

»Es klingt aber nach Aaron Crown. Du glaubst doch, dasser sich da irgendwo versteckt hat, stimmt's?«

»Was klingt nach Aaron Crown?«

»Der Typ, der die zwei Leute auseinandergenommen hat. Die ham gesagt, daß die Wände von dem Hausboot voller Blut sind. Der Typ hat das Mädchen festgehalten, während er den Mann alle gemacht hat, dann hat er sich die Kleine vorgenommen.«

»Du redest wirres Zeug, Wally.«

»Hab ich doch gesagt. Der Deputy, der's gemeldet hat, hat auch wirres Zeug geredet. Wie wär's also, wenn du dich da rausschwingst?«

20

Wenn es darum geht, ein Gewaltverbrechen zu rekonstruieren, sind Augenzeugen manchmal die unzuverlässigste Quelle. Das Blut stockt ihnen in den Adern, sie verlieren die Nerven, ihr Gedächtnis läßt sie im Stich und sperrt sich gegen die Bilder, die das Menschengeschlecht in all seiner Scheußlichkeit zeigen.

Sieben Rettungswagen standen auf dem Henderson-Damm, als ich hinkam. Der Mond war aufgegangen und warf einen zinngrauen Schein auf das Wasser und das Moos in den Zypressen. Eine hölzerne Laufplanke führte vom Damm zwischen ein paar überfluteten Weiden hindurch, zu einem großen, motorisierten Hausboot, dessen Deck und Aufbauten im gleißenden Scheinwerferlicht eines daneben vertäuten Sheriffboots lagen.

Bei den Augenzeugen handelte es sich um einen älteren Mann und seine halbblinde Frau, die das Wochenende auf ihrem Hausboot verbracht hatten, und um eine Horde bekiffter Oberschüler, die nach Joints und Faßbier rochen und am ganzen Leib zitterten, je mehr sie sich bewußt wurden, in was sie da hineingeraten waren.

Sie hatten die Opfer zuvor in einem Restaurant ein Stück weiter oben am Damm gesehen, wo sie was getrunken hatten. Alle waren sich einig gewesen, daß sie ein schmuckes Paar abgaben – Touristen vermutlich, freundlich und absolut höflich, auch wenn die Frau ein bißchen jung wirkte. Aber der Mann hatte nichtsdestotrotz Charme, wirkte sportlich, war freundlich zu den Kids, ein angenehmer Typ, der offensichtlich wußte, was er wollte (einer der zugedröhnten Oberschüler sagte, er sei »so 'ne Art moderner Managertyp gewesen, wie man sie im Fernsehn sieht«). Er hatte sich eine Angelausrüstung mieten und einen Führer engagieren wollen, der morgens mit ihm losziehen sollte.

Der Eindringling kam kurz vor Mitternacht in einem flachen Aluminiumboot mit Außenbordmotor. Er hatte das Gas zurückgenommen, so daß der Motor nur leise tuckerte, als er das Boot durch die Fahrrinne am Rande des Sumpfes steuerte, an den Inseln aus abgestorbenen Wasserhyazinthen und den grauen Zypressen vorbei, die an den Buchten wie spitze Keile aus dem Wasser ragten.

Aber er kannte sein Ziel. Mitten in der Fahrrinne drehte er bei und steuerte das von dem Pärchen gemietete Hausboot an, stellte dann den Motor ab und ließ das Boot zwischen den Trauerweiden hindurchtreiben, bis es sacht an die Gummireifen stieß, die an der Bordwand des Hausboots hingen.

Die Leute an Bord waren noch auf. Sie saßen an einem kleinen Tisch in der Pantry, hatten eine Flasche Weißwein und einen Fonduetopf zwischen sich stehen und nahmen ein spätes Abendessen zu sich. Entweder hörten sie den Eindringling nicht, oder sie konnten nicht mehr rechtzeitig reagieren, als er sich mit einer Hand an der Reling hochzog und leichtfüßig, mit einer Schnelligkeit und Eleganz, die man ihm bei seiner Größe gar nicht zugetraut hätte, über die Bordwand setzte.

Dann riß er die Luke auf, mit einer solchen Wucht, daß sich das Scharnier löste.

Zuerst dachten die Kids, die um die Heckklappe eines Pickup standen, der Eindringling wäre ein Schwarzer. Doch dann, als er in die hell erleuchtete Kabine stürmte, erkannten sie, daß er schwarze Handschuhe und eine Strickmaske trug.

Aber was danach abgelaufen war, wußten sie noch genau.

Als der Mann, den sie im Restaurant gesehen hatten, von seinem Stuhl in der Pantry aufstehen wollte, trieb ihm der Eindringling die breite Klinge seines Klappmessers seitlich in den Hals und riß sie schräg nach unten, zum Brustkorb hin, zog sie ihm dann wieder und immer wieder über Kopf und Nacken, während er die junge Frau am Arm festhielt, traf ihn ein ums andere Mal, stach weiter auf ihn ein, bis der Verletzte, dessen Blut quer über die Fenster spritzte, in die Knie sank und schließlich zu Boden ging.

Er hielt inne, als ob ihm bewußt sei, daß er Zuschauer hatte, starrte durch die Augenschlitze seiner Maske zum Damm, öffnete dann den Mund und ließ seine Goldzähne funkeln, leckte den Hals der kreischenden jungen Frau, die er mit seinem dicken, muskelbepackten Arm an sich drückte, und zog ihr das Messer über die Kehle.

Ich stand mit einem Detective der Mordkommission aus St. Martin und einem Gerichtsmediziner hinter der abgerissenen Luke. Die beiden Leichen lagen zusammengekrümmt am Boden, Stirn an Stirn, so daß sich sich fast berührten.

»Haben Sie schon mal soviel Blut auf einem Haufen gesehen?« fragte der Detective. Er trug einen braunen Anzug, einen Fedora und einen einfarbigen blauen Schlips, den er unter die Knopfleiste seines Hemds gesteckt hatte. Er biß in einen Schokoriegel. »Ich hab Zuckermangel«, sagte er.

Zwei Sanitäter wollten den Toten hochheben und in einen Leichensack legen. Sein Pferdeschwanz war von einem Schuh breitgetreten worden und klebte am Linoleum.

»Alles in Ordnung, Dave?« fragte der Detective.

»Klar.«

»Der Täter hat ihre Ausweise mitgehen lassen.«

»Sein Name ist Lonnie Felton. Wer das Mädchen ist, weiß ich nicht. Er war Filmregisseur.«

»Haben Sie ihn gekannt?«

Ich nickte und schaute in Feltons aufgerissene Augen.

»Meiner Meinung nach ist das Aaron Crown gewesen«, sagte der Detective. »Was meinen Sie? Wen gibt's denn sonst noch hier in der Gegend, der so was fertigbringt? ... Hören Sie überhaupt zu, Dave?«

»Was?« fragte ich. Die Sanitäter zogen den Reißverschluß des Plastiksacks über Feltons Gesicht. »Oh, Entschuldigung ...«, sagte ich zu dem Detective. »Die Kids haben das am Anfang richtig erkannt. Es war ein Schwarzer. Mookie Zerrang heißt er. Kam mir bloß komisch vor, was Sie da grade gesagt haben.«

»Wie war das?«

»Es geht ums Zuhören. Ich habe Felton gesagt, daß der Typ, der es auf ihn abgesehen hat, vermutlich nicht zuhört. Dabei wollte ich nur einen schlauen Spruch loswerden.«

Der Detective warf mir einen seltsamen Blick zu. Ein Schokoladenklecks klebte an seinem Mund.

21

Nach meiner Entlassung aus dem Militärdienst fuhr ich mit einem Freund aus meiner Einheit quer durchs Land zu einem Angelurlaub in Montana. Am 4. Juli machten wir in einer kleinen Stadt in Westkansas Halt, die aussah wie ein Gemälde von Norman Rockwell. Die Straßen waren gepflastert, von chinesischen Ulmen gesäumt, und am Marktplatz ragte das aus Kalkstein gebaute Gerichtsgebäude inmitten der Eisenwarenhandlungen, Futtermittelgeschäfte und Läden mit landwirtschaftlichen Geräten wie eine mittelalterliche Burg in den blauen Himmel, der hart wie gebranntes Porzellan wirkte. Neben unserem Motel, im Schatten einer riesigen Weide, die höher als die Dachtraufen war, stand eine stuckverzierte Bierkneipe, die aussah wie eine Hochzeitstorte. Am Ende der Straße erstreckten sich, soweit das Auge reichte, grüne Weizenfelder, die wie ein Meer im Wind wogten. Als es an diesem Nachmittag regnete, stieg von den heißen Gehsteigen ein Duft auf, wie ich ihn süßer nie erlebt habe.

Was das soll?

Jahrelang stellte ich mir diesen Ort als eine Insel der Glückseligen vor, unberührt vom Krieg in Indochina und fernab von den brennenden Großstädten daheim. Als ich noch Uniform trug und in den Sozialsiedlungen von New Orleans auf Streife ging, dachte ich immer an diesen heißen, frischen Duft, der an diesem Sommertag des Jahres 1965 in der Luft lag, als der Regen auf die Gehsteige fiel.

Dann erzählte mir ein ehemaliger Cop aus Kansas, den wir wegen Trunkenheit am Steuer und Fahrerflucht aufgriffen, daß die Stadt, die ich so angenehm in Erinnerung hatte, der Schauplatz von Truman Capotes Buch *Kaltblütig* war, einer wahren Geschichte über zwei notorische Mörder, die wegen neununddreißig Dollar und einem Radiogerät eine ganze Familie umgebracht hatten.

Eins wird einem früher oder später klar: Es gibt keine Inseln der Glückseligen.

Es war Montag morgen, und bislang war niemand wegen des Doppelmordes im Bezirk St. Martin inhaftiert.

»Ich fürchte, die kaufen Ihnen die Geschichte mit dem schwarzen Killer nicht ab«, sagte der Sheriff.

»Warum nicht?«

»Es gibt keinerlei Beweise, daß der Mann schwarz war.«

»Er hatte den Mund voller Goldzähne, genau wie der Kerl, der den Drehbuchautor erledigt hat.«

»Na und? Vielleicht hat Aaron Crown ebenfalls Goldplomben.«

»Ich bezweifle, daß Aaron sich jemals eine Zahnbürste gekauft hat, geschweige denn zum Zahnarzt gegangen ist.«

»Sie glauben also, jemand wollte verhindern, daß Felton unsern künftigen Gouverneur als moralisch Unterbelichteten bloßstellt. Vielleicht haben Sie recht. Aber für viele Leute ist das ziemlich weit hergeholt.«

»Crown hat das nicht getan, Sheriff.«

»Schaun Sie, der Gerichtsmediziner von St. Martin sagt, beide Opfer hätten Heroin geraucht, bevor es sie erwischt hat. In Feltons Bungalow lag ein halbes Kilo vom feinsten weißen Stoff. Die Jungs in St. Martin meinen, daß es bei den Morden um eine Drogensache ging. Raubmord käme ebenfalls in Frage.«

»Raubmord?«

»Der Mörder hat die Handtasche von dem Mädchen und Feltons Brieftasche mitgenommen. Felton hat vorher, in dem Restaurant, mit dicken Scheinen rumgewedelt ...« Er hielt inne und erwiderte meinen Blick. »Hab ich Sie etwa nicht überzeugt?«

»Worauf wollen Sie hinaus, Skipper?«

»Auf gar nichts. Muß ich auch nicht. Wir sind nicht dafür zuständig. Keine weiteren Diskussionen, Dave.«

Ich machte in meinem Büro die Morgenpost auf, holte eine Verrückte aus der Herrentoilette, griff in einem staatlichen Wettbüro draußen am Highway einen Mann auf, der gegen die Bewährungsauflagen verstoßen hatte, half, einen gestohlenen Traktor wiederzubeschaffen, brachte meine Mittagspause im Gerichtsgebäude zu, wo ich eine Aussage machen sollte, und wartete danach noch zwei Stunden, nur um zu erfahren, daß man dem Angeklagten Aufschub gewährt hatte, kehrte mit Kopfschmerzen in mein Büro zurück und hatte das Gefühl, den

Großteil des Tages mit Kinkerlitzchen verplempert zu haben, während ringsum Pest und Tod herrschten.

Für Bufords Personenschutz war jetzt in erster Linie die State Police zuständig, und für Aaron Crown und meinen Ärger mit den LaRoses interessierte sich kaum noch jemand.

Aber ein Mensch, von Clete einmal abgesehen, hat versucht mir zu helfen, dachte ich.

Der tätowierte Volksfestarbeiter namens Araña.

Ich schob die Kassette, auf der Helen und ich seine Aussage auf dem Sterbelager aufgenommen hatten, in das Gerät und hörte sie mir noch einmal von Anfang bis Ende an. Aber nur ein kurzer Teil davon war aufschlußreich: »Der *Bugarron* reitet auf einem Sattel mit Blumenmuster. Ich hab ihn auf der Ranch gesehen. Sie versauen denen alles. Die bringen Sie um, Mann …«

»Wer ist der Kerl?« ertönte meine Stimme.

Und der Mann, der sich Araña nannte, antwortete: »Er hat keinen Namen. Er hat ein rotes Pferd und einen silbernen Sattel. Er mag Indianerjungs.«

Ich stellte den Recorder ab, legte die Kassette auf meine Schreibunterlage und schaute sie an. Wusel dich da durch, dachte ich.

Dann warf ich einen Blick aus dem Fenster, und wie es der Zufall wollte, sah ich einen Autofahrer, der sich wild hupend über zwei Spuren hinweg durch den Verkehr drängte und seinen Wagen auf einem Behindertenparkplatz abstellte. Sein Gesicht wirkte starr wie aus Gips, als er über das Gras zum Eingang ging, ohne den Sprinkler zu beachten, der einen dunklen Streifen auf seiner Hose hinterließ.

Kurz darauf rief Wally bei mir im Büro an.

»Dave, hier im Wartezimmer ist ein echter Zombie, der sagt, er will dich sprechen«, sagte er.

»Ja, ich weiß. Schick ihn hinter.«

»Wer ist das?«

»Dock Green.«

»Der Zuhälter aus New Orleans, der angeblich einen Sprung in der Schüssel hat?«

»Genau der.«

»Dave, haben wir hier bei uns nicht schon genug Irre? Mußt du die Typen auch noch importieren?«

Dock Green trug ein beiges, stramm in den Hosenbund gestecktes Polohemd mit rundem Kragen, so daß seine Hals- und Kopfbewegungen noch starrer und ruckartiger wirkten, wie bei einem Film, aus dem man einzelne Bilder herausgeschnitten hat. Er nahm unaufgefordert vor meinem Schreibtisch Platz, schaute an mir vorbei zum Fenster und wandte sich dann an mich. Die Haut zwischen seiner Oberlippe und dem Nasenflügel zuckte.

»Ich muß mal Ihr Telefon benutzen«, sagte er, nahm den Hörer ab und fing an zu wählen.

»Das ist ein Dienst ... Macht nichts, nur zu«, sagte ich.

»Ich hol dich Punkt sechs ab ... Nein, draußen, Persephone«, sagte er. »Nein, ich bin dort nicht erwünscht, ich fühl mich nicht wohl, ich geh da nicht rein ... Bye.«

Er legte auf und blies sich den Atem ins Gesicht. »Ich muß 'ne Anzeige erstatten«, sagte er.

»Worum dreht es sich denn, Dock?«

»Wie ich sehe, ham Sie alles im Griff. Jerry the Glide kann auch andre Saiten aufziehn.«

»Aha?«

»Er is mit 'n paar von seinen Arschkriechern raus zu meiner Baustelle und hat meinen Polier aufgemischt. Hat ihn an den Ohren gepackt, zu Boden gedrückt und ihm ins Gesicht gespuckt.«

»Ins Gesicht gespuckt?«

»Gibt's hier drin 'n Echo?«

Ich machte mir eine Notiz auf meinem Schreibblock – nur

zur Erinnerung, daß ich auf dem Heimweg zwei Liter Milch besorgen wollte.

»Wir kümmern uns gleich drum, Dock.«

»Is das alles?«

»Yo.«

»Sie ham mich nicht gefragt, wo das gewesen is.«

»Warum sagen Sie's mir nicht?«

Er beschrieb mir den Weg. Ich betastete die Kassette mit der Aussage, die Araña auf dem Sterbelager gemacht hatte.

»Kommen Sie, wir fahren hin und hören uns an, was Jerry Joe dazu zu sagen hat«, meinte ich.

»Jetzt sofort?«

»Na klar.«

Er schaute mich so gebannt an, daß ich an eine gegen ein Glas gedrückte Schmarotzerbiene denken mußte.

Wir fuhren mit einem Streifenwagen unter den immergrünen Eichen an der East Main Street hindurch zu dem Grundstück am Bayou Teche, auf dem Jerry Joe sein neues Haus baute. Die Maschinen standen einsam und verlassen da, die Arbeiter waren weg.

»Vermutlich sind wir jemandem aufgefallen«, sagte ich und fuhr über die Zugbrücke stadtauswärts, in Richtung der La-Rose-Plantage.

»Das is nicht der richtige Weg.«

»Ist doch ein herrlicher Tag für eine Spritztour.«

Ich sah Dock am Gesicht an, daß er begriffen hatte, wohin die Fahrt ging.

»Sie wollen mir ans Bein pinkeln. Sie wissen, daß meine Frau draußen bei Karyn LaRose is«, sagte er.

»Ich muß was überprüfen, Dock. Mit Ihnen hat das gar nichts zu tun.«

»Scheiß drauf, und auf Sie scheiß ich auch. Ich kann die nicht leiden. Ich geh nicht auf denen ihr Anwesen.«

Ich fuhr aufs Bankett und hielt bei der Zufahrt zu den LaRoses an. Staubwolken hingen über den Feldern weiter hinten, und das Haus mit seinem Säulenportal zeichnete sich weiß und massig vor dem grauen Himmel ab.

»Warum nicht?« fragte ich.

»Bloß weil ich Geschäfte mit Heuchlern mach, heißt das noch lang nicht, daß ich aufs gleiche Klo geh wie die. Hey, glauben Sie etwa, die haben keine Bremsspuren in der Unterhose? Auf dem Grundstück hier liegen Tote.«

»Meinen Sie damit den Friedhof da hinten?«

»Ich riech ein Grab, auch wenn kein Stein drauf is. Da drüben bei dem Baum is eins. Drunten am Wasser is noch eins. Da is 'n Kind drin.«

»Wissen Sie was von einem Mord?«

Aber er brachte keine Antwort heraus. Ein Schauder überlief ihn, und er sank in den Sitz zurück und brabbelte unverständliches Zeug, zog die Lippen nach hinten und bleckte die Zähne, als ob er nicht mehr Herr seiner Sinne sei.

Ich legte den Gang ein und bog in die Zufahrt.

»Kriegen Sie sich wieder ein, Dock?«

Sein Atem roch dumpfig, wie alte Abgase. Er preßte die Hand vor den Mund.

»Ganz locker, mein Guter«, sagte ich, ging über die Auffahrt in den Garten hinter dem Haus, wo ein Angehöriger der State Police postiert war. Er saß auf einem Segeltuchstuhl, hatte seine Sonnenbrille auf und aß eine Schale Eis.

Ich zeigte ihm meine Dienstmarke.

»Ich möchte die Stallungen überprüfen«, sagte ich.

»Weshalb?«

Ich wandte mich ab und steckte das Etui mit meiner Dienstmarke hinten in die Hosentasche.

»Ich habe irgendwie ein komisches Gefühl wegen diesem Crown«, antwortete ich.

»Dann machen Sie mal.«

Ich stieg über das Pferdegatter und trat in die alte Schmiede, in der sich jetzt die Stallungen befanden. Die eisernen Läden an den Fenstern waren geschlossen, und in den fahlen Lichtstreifen, die in den nach vorn offenen Ziegelbau fielen, tanzten dicke Staubklumpen. Die Luft war warm und roch süßsauer – nach Leder und verschwitzten Pferdedecken, nach den Hühnern, die von draußen hereinliefen, nach modrigen Holzböden und frischem Stroh, nach dem Mist, mit dem eine Schubkarre beladen war, und nach Kraftfutter: getrocknete Getreidebälle in Sirup, die in einem Faß in der Ecke gelagert wurden.

Ich ging in die Sattelkammer am anderen Ende des Gebäudes. Bufords Sättel hingen an ausklappbaren Holzgestängen, die an Wandhaken befestigt waren. Die englischen Sättel waren schlicht, einer wie der andere aus glattem Leder, ohne jeden Schmuck. Doch die Westernsättel waren mit eingepunzten Rosen, Vögeln und Schlangen verziert, und hinten prangte auf jedem eine mit Perlmutt eingelegte offene weiße Kamelie.

Aber der Mann, der sich Araña nannte, hatte gesagt, der *Bugarron* reite auf einem silbernen Sattel, und hier war keiner.

»Was suchen Sie denn in der Sattelkammer, Detective Robicheaux?« fragte der Angehörige der State Police hinter mir. Er lehnte am Türrahmen, hatte die Arme verschränkt und die Augen hinter der Sonnenbrille versteckt. Er trug einen tief in die Augen geschobenen Feldhut und hatte Lederriemen um den Hinterkopf, wie ein Ausbilder beim Militär.

»Man kann nie wissen, über was man stolpert.«

»Irgendwie klingt das faul.«

»Kennen wir uns?«

»Jetzt schon. Mrs. LaRose sagt, es paßt ihr nicht, daß Sie auf ihrem Grund und Boden sind.«

»Es wird ihr noch viel weniger passen, wenn Aaron Crown sie hier aufsucht. Einen schönen Tag noch.«

Ich ging über den Holzboden zwischen den Boxen auf die offene Vorderseite des Gebäudes zu.

»Lassen Sie sich ohne richterliche Vollmacht nicht mehr in den Stallungen blicken, Sir«, sagte der Polizist.

Ich stieg durch das Pferdegatter und ging unter den Bäumen im Garten auf die überdachte Auffahrt zu. Karyn LaRose kam aus der Seitentür, hatte ein Glas in der Hand. Hinter ihr stand Persephone Green. Karyn drehte sich um und hob die Hand.

»Laß mich einen Moment mit Dave allein, Seph«, sagte sie.

Persephone Green verkniff das Gesicht und funkelte mich finster an. Doch sie tat, wie ihr geheißen, ging wieder hinein und schloß die Glastür.

»Du wirst noch bitter büßen für das, was du mir angetan hast«, sagte Karyn.

»Was habe ich dir denn angetan?«

»Vor deiner Frau in dem Hotel. Du elender Dreckskerl.«

»Du bist mit dir selbst nicht im reinen, Karyn. Du weißt es bloß nicht.«

»Heb dir deine Küchenpsychologie für dein nächstes Antialkoholikertreffen auf. Dir wird's noch so was von elend ergehen. Ich schwör's dir.«

»Dock Green sagt, unter dem Baum im Garten neben eurem Haus sind Tote vergraben.«

»Tolle kriminalistische Leistung. Die wurden vor mehr als hundert Jahren gelyncht und unter diesem Baum begraben.«

»Was ist mit dem Kind, das drunten am Wasser verscharrt ist?«

Sie wurde weiß, trotz der Schminke, und ihre Haut wirkte so trocken wie Papier.

22

Am nächsten Morgen stellte ich Jerry Joe Plumb auf seinem mit Bäumen bestandenen Grundstück mitten im alten Stadtviertel an der East Main Street zur Rede. Er stand neben zwei Zementmischmaschinen, hatte einen Fuß auf einen gefällten Baum gestützt und sah zu, wie die Bauarbeiter das Fundament für sein Haus am Bayou legten. Er trug halbhohe Arbeitsstiefel, eine Khakihose und seine lederne Pilotenjacke, und die Sonnenstrahlen, die durch die Eichen auf sein Gesicht fielen, sahen aus wie gelbe Grashalme.

»Dock Green sagt, du bist über seinen Polier hergefallen«, sagte ich.

»Die Sache ist ein bißchen aus dem Ruder gelaufen.«

»Hast du ihn festgehalten und ihm ins Gesicht gespuckt?«

»Ich hab mich entschuldigt.«

»Dafür war er bestimmt dankbar.«

»Ich hab dreihundert Riesen zur Unterstützung von Bufords Wahlkampf aufgenommen. Weißt du, wieviel Zinsen man für dreihundert Riesen zahlt? Und jetzt mauschelt und murkst Dock mit Buford rum, während ich die Baustoffhändler am Hals habe.«

»Dann hör auf, Buford zu decken.«

»Du verstehst das falsch ... Aber ... Pfeif drauf, komm mit in meinen Wohnwagen, dann zeig ich dir was.«

Drinnen breitete er einen Bauplan auf dem Zeichentisch aus und beschwerte die Ecken, kämmte sich dann die Haare und schaute bewundernd auf den Entwurf des fertigen Hauses. »Siehst du, wie um die Jahrhundertwende. Das paßt bestens hierher. Die Ziegel sind dunkelrot und stammen von einem hundert Jahre alten Haus, das ich drüben in Mississippi entdeckt habe«, sagte er.

Es war ein zweistöckiger Bau, eher eine mittelalterliche Burg als ein Wohnhaus, mit Balkons, Wandelgängen auf dem Dach und Bäumen, die den Wind abhalten sollten, obwohl das mitten in der Stadt völlig überflüssig war. Ich mußte unwillkürlich an Jerry Joes Beschreibung vom Wohnsitz der LaRoses westlich des Pecos denken, zu dem er mit siebzehn Jahren geflüchtet war.

»Willst du dich etwa von Buford aufs Kreuz legen lassen, bloß weil du seinen alten Herrn gekannt hast, diesen – wie hieß er noch? – Jude?« fragte ich.

»Wenn Jude nicht gewesen wäre, wär ich als Baumwollpflücker auf 'ner Gefängnisfarm gelandet.«

»Ich bin gestern mit Dock raus zur LaRose-Plantage gefahren. Er sagt, unten am Wasser sei ein Kind begraben.«

»Dann hör lieber auf ihn.«

»Ach ja?«

»Der Typ hört Stimmen. Mir kommt's manchmal so vor, als ob er Sachen weiß, die Menschen nicht wissen sollten. Er bewahrt totes Zeug in Weckgläsern auf. Womöglich ist er ein Ghul.«

Ich wandte mich zum Gehen. »Sieh zu, daß du dich von seiner Baustelle fernhältst, okay?« sagte ich.

»Es geht doch gar nicht um mich, Dave. Um Dock auch nicht. Ihr habt die Seuche in der Stadt. Im ganzen Staat, und von da oben am Bayou geht sie aus.«

»Dann laß dich von Buford nicht mehr als Prellbock benutzen«, sagte ich.

Jerry Joe steckte den Kamm in seine Hemdtasche und baute sich vor mir auf, ließ die Arme hängen, hatte aber die Hände gekrümmt wie ein Affe, und die weiße Narbe an seinem Augenwinkel war zu einem Knoten zusammengezogen.

»Wir sind Freunde, aber sag so was nie wieder zu mir«, sagte er.

Als ich wieder in der Dienststelle war, meldete sich der Sheriff bei mir und bat mich in sein Büro. Er saß vornübergebeugt am Schreibtisch und kratzte mit einem Federmesser den Kopf seiner Tabakspfeife aus.

»Unser Amtsarzt hat heut morgen angerufen. Es gibt da anscheinend ein Problem mit Ihrer Versicherung«, sagte er.

»Worum geht es?«

»Um Ihre Alkoholgeschichten.«

»Warum kommen die jetzt damit an?«

»Genau das ist die Frage. Sie sind doch vor ein paar Jahren in Therapie gewesen?«

»Ganz recht.«

»Nachdem Ihre Frau umgebracht worden ist?«

Ich nickte und wandte den Blick ab.

»Die psychologischen Unterlagen über Sie sind heute morgen per Fax bei denen eingegangen«, sagte er. »Bei uns ebenfalls. Und außerdem beim *Daily Iberian.*« Bevor ich etwas erwidern konnte, sagte er: »Ich hab sie zerrissen. Aber der Blaukreuzler war etwas außer sich.«

»Pech gehabt.«

»Dave, Sie sind jetzt trocken, aber Sie sind zweimal rückfällig geworden, ehe Sie's gepackt haben. Ich nehm an, daß in der Akte auch allerhand Vietnamzeug gestanden hat. Zivilisten können mit so was nicht umgehen.« Er legte die Pfeife hin und betrachtete seine Handrücken. »Wer hat das Fax geschickt?«

»Der Therapeut ist vor zwei Jahren gestorben.«

»Und?«

»Ich bin nicht allwissend.«

»Wir wissen alle beide, worauf ich hinauswill.«

»Er hatte seine Praxis im Oil Center. In der gleichen Suite wie Buford LaRose.«

»Buford war es aber nicht, oder?«

»Ich glaube, niemand weiß so recht, wozu Buford fähig ist.«

»Dave, sagen Sie mal, Sie sind doch nicht etwa draußen bei Karyn gewesen?«

»Gestern ... Ich war mit Dock Green dort.«

Der Drehstuhl knarrte, als er sich zurücklehnte. Mit einem lauten Klacken biß er auf das Mundstück seiner kalten Pfeife.

Tags darauf stellte ich nördlich der LaRose-Plantage den Außenbordmotor ab und ließ das Aluminiumboot in der Morgendämmerung quer durch die Strömung treiben, an dem bis ins Wasser reichenden Stacheldrahtzaun vorbei, der die Grenze von Bufords Anwesen markierte. Die Sonne stand wie ein oranger Klecks hinter den Hartholzbäumen, und durch den Nebel, der über dem Bachbett hing, hörte ich Pferde wiehern. Mit dem Paddel brachte ich das Boot aus der Strömung ins stehende Wasser und ruderte durch die Rohrkolben, die links und rechts an der Bordwand entlangstreiften, bis ich spürte, wie der Boden auf den Schlick stieß.

Oben an der Uferböschung sah ich die Gruft aus schwarzem Marmor und den spitzen Eisenzaun, der sie umgab, die Silhouette eines Polizisten, der in die andere Richtung schaute, einen Rotschimmelwallach, der den Kopf hin und her warf und rückwärts aus den Spinnenweben kam, die zwischen den Stämmen zweier Persimonenbäume hingen.

Ein Teil des Bachbetts war verschüttet, und das Wasser war über das Ufer getreten und hatte Abflußrinnen gegraben, die sich wie die gespreizten Finger einer Hand über die Uferböschung herunter zum Bayou zogen. Ich stieß das Paddel mit aller Kraft in den Schlick und betrachtete die Bäume, die Zwergpalmen, einen Anlegesteg samt Bootshaus und den mit Piniennadeln bedeckten und von Pferdehufen aufgerissenen Waldboden, der an mir vorüberzog.

Dann sah ich es, so wie man im tropischen Regenwald erkennt, daß der Tod stets gegenwärtig ist, wenn sich plötzlich die Vögel aus dem Blätterdach aufschwingen oder der Wind dreht und man einen Geruch wahrnimmt, der einen unterbewußt seit jeher begleitet hat wie ein düsterer Gedanke.

Genaugenommen war es nicht viel – mehrere Mulden an der Uferböschung, Gras, das ungewöhnlich grün war, dazwischen vereinzelte Pilze mit giftig wirkenden Hüten. Vielleicht bildete ich mir alles nur ein, weil sich mein Hader mit den LaRoses inzwischen fast zu einer Besessenheit entwickelt hatte. Ich zog eine Ruderdolle heraus, band ein Taschentuch herum und warf sie ans Ufer.

Dann ließ ich mich von der Strömung lautlos um die nächste Biegung treiben, riß am Starterseil und spürte geradezu schmerzhaft, wie der Motor ansprang.

Als die Sonne unterging, zog ich Turnhose und Laufschuhe an und joggte anderthalb Meilen weit zur Zugbrücke, winkte dem Brückenwärter zu und machte mich, als die kühle Luft wie Feuer auf meiner Haut brannte, wieder auf den Heimweg. Vor mir zog ein Buick aufs Bankett und hielt an. Ich sah, wie das Seitenfenster heruntergelassen und die Tür einen Spalt geöffnet wurde. Jerry Joe blieb sitzen und stützte die Arme auf die Türkante, als hocke er an einer Bar, hatte eine Dose Budweiser in der einen und eine Flasche Whiskey in der anderen Hand. Er wirkte frisch, so als habe er gerade geduscht, und trug einen weißen Anzug und ein lavendelfarbenes Hemd mit offenem Kragen. Auf dem Ledersitz neben ihm stand ein flacher Pappkarton.

»Hast du vor, mich festzunehmen, weil ich in aller Öffentlichkeit saufe?« fragte er.

»Wäre schon möglich.«

»Tut mir leid, daß ich dich gestern so angemacht habe.«

»Schwamm drüber.«

»Kannst du dich noch an meine Mutter erinnern?«

»Klar.«

»Sie hat mich ständig zur Beichte geschickt. Ich konnt's nicht ab. Aber sie war 'ne richtig katholische Cajunbraut, weißt du, und sie hat immer gesagt: ›Wenn du meinst, daß du Schuld auf dich geladen hast, weil du jemand was angetan hast, Jerry Joe, dann mußt du so tun, als ob du denjenigen nicht kennst, weil er dich sonst dran erinnert, wer du bist und was du ihm Böses getan hast, und vielleicht willst du ihm dann deswegen weh tun. Deswegen mußt du beichten gehen!«

Er hob die Flasche und goß einen dünnen Strahl Bourbon in den offenen Schlitz der Bierdose. Er trank einen Schluck und schaute mich versonnen an.

»Und?« sagte ich.

»Leute wie Karyn und Buford sind falsche Fuffziger. Es ist so, wie meine Mutter gesagt hat. Die wollen nicht in den Spiegel gucken, weil es sie dran erinnern könnte, wie sie mal gewesen sind.«

»Was kann ich für dich tun, Partner?«

»Ich bin weiß Gott kein Engel. Ich hab mich viel zu lange mit der Familie LaRose eingelassen. Aber das, was da jetzt abläuft ... Ich weiß nicht ... Es geht nicht bloß ums Geld ... Es macht mir zu schaffen.«

»Erzähl jemandem, worum es geht. Mach es so, wie deine Mutter gesagt hat.« Ich versuchte zu lächeln.

Er griff hinter sich und hielt mir den Karton hin, der auf dem Beifahrersitz gestanden hatte. »Ich hab dir was mitgebracht, das dir gehört. Es war noch hinter dem alten Haus vergraben.«

Ich stellte die Schachtel auf die Fensterkante und nahm den Deckel ab. Mitten in dem zusammengeknüllten weißen Packpapier lag die Handkurbel des alten Grammophons. Das Metall war verzogen und voller Rostblasen, der Holzgriff weggefault.

»Hiermit gebe ich dir etwas zurück, was dir gehört. Jetzt hab ich keinen Grund mehr, sauer auf dich zu sein«, sagte er und lächelte. Dann schlug er die Wagentür zu und ließ den Motor an.

»Laß dich nicht aus dem Takt bringen«, sagte ich.

»Hab ich noch nie.«

Ich lief langsam nach Hause. Die Sonne war inzwischen untergegangen, die Luft war feucht und klamm, und in der Dunkelheit tanzten die rauchig roten Lichter der letzten Glühwürmchen.

23

Wenn man das Gefühl hat, daß alle Stränge gerissen sind, daß man tiefer abgestürzt ist, als man es je für möglich gehalten hat, daß einem der Tag nichts Besseres zu bieten hat als eine erste Tüte bei Sonnenaufgang, damit sich die Morgenflatter legt, oder einen Speedball vom nächstbesten Straßendealer, der das Herz in einen Knallfrosch verwandeln kann, dann landet man unter Umständen an einem Ort wie diesem.

Das Haus war ein paar Querstraßen von der Canal Street entfernt. Es war einst ein Bordell gewesen, in dem sowohl Mulattinnen als auch Weiße ihre Dienste anboten. Später, zu züchtigeren Zeiten, als die Puffs in der Innenstadt von den Behörden geschlossen wurden und die Mädchen statt dessen am Straßenstrich anschaffen gingen, wurde das Gebäude umgebaut und in allerlei Apartments und Studios für Künstler unterteilt, und schließlich wurde ein Hotel daraus, ohne Namen – nur die fünf Neonbuchstaben auf einem Blechschild über dem breiten Fenster, hinter dem eine Reihe aneinandergeschraubter Kinostühle zu sehen war. Alte Leute, anscheinend verarmt, die offenbar überhaupt nicht fassen konnten, wie sie hierher geraten waren, starrten geistesabwesend durch die Glasfront auf den Gehsteig.

Der Mexikaner war über die Feuerleiter auf das spitze Dach geklettert und hatte dann den Flug zu den Sternen angetreten. Er war mit einer derartigen Wucht im Innenhof aufgeschlagen, daß eine Bodenplatte zersplittert war, als wär's eine Schiefertafel.

Der Flur war dunkel und roch nach den Abfällen in den fleckigen Papiertüten, die wie Schildwachen vor den Türen standen. Clete schloß das Zimmer des Toten mit einem Passepartout auf.

»Der Laden gehört einer vietnamesischen Flüchtlingsfrau. Sie hat den Kontoauszug von dem Typ gefunden und gedacht, ich könnte vom Staat die rückständige Miete eintreiben«, sagte er.

Der Putz war von den Wänden gebröckelt. Eine zusammengerollte Matratze lag auf dem eisernen Bettgestell, und in der einen Ecke war ein ordentlich zusammengekehrter Haufen Müll – allerlei Papierfetzen, grüne Weinflaschen und etliche leere Behälter mit Fertiggerichten. Auf dem Holztisch lagen eine flache Brieftasche, ein Pappkoffer und eine Gitarre mit zwölf Stimmwirbeln, aber ohne Saiten. Das Schalloch war rundum mit grünen und rosa Perlmuttintarsien verziert, das Holz darunter voller Schrammen, die wie die Schnurrhaare einer Katze aussahen.

»Was hat er getrieben?« fragte ich.

»Zwei Matschbirnen haben gesagt, daß er braunes H mit Amphetamin verkocht hat. Durch das Speed soll das Zeug stärker reinhaun. Die Mama-san hat die Brieftasche unter dem Bett gefunden.«

Sie enthielt kein Geld, nur den abgerissenen Durchschlag einer Zahlungsanweisung über sechsundneunzig Dollar, in deren linker oberer Ecke Buford LaRoses Name und Adresse in

Druckbuchstaben standen, und ein katholisches Heiligenbildchen mit einer Darstellung der Mutter Gottes, umgeben von einem blau-goldenen Strahlenkranz. *La Virgen de Zapopan* stand unter der Figur.

Ich öffnete den Koffer. Die Hemden, Hosen und die Unterwäsche waren allesamt zu Bällen zusammengerollt. In der einen Ecke lag ein Paar Stiefel mit umgeklappten Schäften. Sie liefen vorne spitz zu, waren am Rand abgewetzt, hatten abgetretene Absätze, und das Leder fühlte sich so weich und geschmeidig an wie italienische Slipper. Unter den Stiefeln befand sich ein in ein Handtuch eingeschlagener einzelner Sporn mit Zackenrad und verschnörkelten geflügelten Schlangen.

»Sieht so aus, als ob der Typ irgendwann mal ein anderes Leben geführt hat«, sagte Clete.

»Weiß man beim NOPD, daß er für Buford LaRose gearbeitet hatte?«

»Die Mama-san hat angerufen, aber bloß ein breites Gähnen geerntet. Die Polizei in New Orleans hat mit sich selber zu tun. Hier gibt's Cops, die bewaffnete Raubüberfälle durchziehen. Was interessiert die das schon, wenn in dem Scheißviertel hier drunten ein Typ vom Dach fliegt?«

»Dock Green sagt, auf dem Anwesen der LaRoses sei ein Kind begraben.«

»Willst du dir einen Durchsuchungsbefehl besorgen?«

»Die Verdachtsmomente reichen nicht, sagt der Richter. Anscheinend meint er, daß es mir um etwas Persönliches geht.«

»Du packst das falsch an, Streak. Nimm jemand in die Mangel, der den LaRoses nahesteht.«

»Wen?«

»Der alte Knacker, der Dichter, dieser übriggebliebene Wirrkopf aus den Sechzigern, der hat seinen Stuß gestern abend an der Tulane abgelassen. Heut nachmittag tritt er noch mal droben an der St. Charles auf.«

Er trommelte mit seinen breiten Fingerspitzen auf dem Resonanzkörper der Gitarre.

»Kein großer Auftritt, Clete«, sagte ich.

»Meinst du mich?«

Clay Masons Dichterlesung fand im Festsaal über einem Restaurant im Garden District statt. Durch die verglaste Doppeltür im ersten Stock sah man ein Straßencafé, die Eichen entlang der Avenue und einen K&B-Drogeriemarkt an der Ecke, dessen grün-rote Neonreklame wie bunter Rauch im Regen hing.

Clete und ich saßen auf Klappstühlen am hinteren Ende des Saals. Wir hatten Glück, daß wir überhaupt einen Sitzplatz bekommen hatten. Entlang der Wände standen zig College-Kids im typischen Seattle-Grunge-Look.

»Ist das denn zu glauben, daß heutzutage noch jemand auf dem seinen Schmus steht?« sagte Clete.

»Das ist derzeit in.«

»Warum?«

»Weil sie seinerzeit den ganzen Spaß verpaßt haben.«

Genaugenommen wußte ich, daß es vermutlich eine bessere Erklärung dafür gab. Aber sie kam mir so abgestanden und weltverdrossen vor, daß ich lieber den Mund hielt. Präsidenten, die in ihrem ganzen Leben nicht einen einzigen scharfen Schuß mitbekommen hatten, machten dies heutzutage dadurch wett, daß sie andere ins Unglück stürzten, und wurden dafür auch noch gepriesen. Clay Mason wußte genau, wie das kollektive Gedächtnis funktionierte, und so hatte er einfach abgewartet, bis seine Zeit wiederkam und eine neue Generation von intellektuellem Kanonenfutter herangewachsen war.

Seine anmaßende Art, die falsche Altersbescheidenheit und seine Respektlosigkeit vor allen Tabus waren geradezu peinlich. Er war jahrelang Professor gewesen, doch jetzt lästerte er über Universitäten und Akademiker gleichermaßen. Über seinen eigenen Werdegang äußerte er sich eher zurückhaltend, vermittelte aber trotzdem den Eindruck, daß er mit den berühmtesten Autoren seiner Zeit persönlich bekannt gewesen war. Er stand in seinem ausgefallenen Westernaufzug da, den Stetson schief auf dem Kopf, eine brennende Zigarette in der schmächtigen Hand, und schwang sich zum großen Rebellen auf, zum Fürsprecher der Wobblies, der frühen Arbeiterbewegung, der Hobos um Woody Guthrie und Hart Crane, die mit der Eisenbahn frei durchs Land schweiften, der Bergleute, die in Ludlow, Colorado, umgebracht worden, der Mädchen, die beim Brand in der Triangle Shirt Factory in New York bei lebendigem Leib verbrannt waren.

Seine Gedichte handelten von den Mesas des Südwestens, von Pejotekakteen und Ponys, die aus blutroten Flüssen tranken, von Feldern voller Kornblumen und Mohn, von heißem Wind, der nach brennendem Hanf roch.

Er stellte sämtliche Konventionen und Gesetzmäßigkeiten in Frage, selbst den eigenen Tod, den er in einem Gedicht als eine Art künstlichen Regenbogen schilderte, der aus der Asche seiner Seele erstand.

Das Publikum war hingerissen.

Clete beugte sich vor und reckte den Hals.

»Schau mal zur Tür, Großer«, sagte er.

Karyn LaRose trug ein hellblaues Kostüm, weiße Strümpfe und ein weißes Tuch um den Hals, hatte die Beine übereinandergeschlagen und hörte Clay Mason gebannt zu. Sie hatte eine dunkle Hornbrille auf, durch die sie um so gefaßter wirkte, ganz die selbstbewußte Frau. Zwei Angehörige der State Police standen etwa anderthalb Meter von ihr entfernt, hatten die Hände am Rücken gefaltet wie nach dem Abtreten vom Appell.

»Kannst du mir sagen, warum ich mir vorkomme wie ein

Verhungernder, der ein Tablett voller Königskrabben vor Augen hat?« sagte Clete. »Meinst du, ich könnte ihr meinen ganz speziellen Personenschutz andienen?«

Eine Mittvierzigerin, die unmittelbar vor uns saß, drehte sich um und sagte: »Könnten Sie etwas leiser sein?«

»'tschuldigung«, sagte Clete, ohne eine Miene zu verziehen.

Als Clay Mason sein letztes Gedicht vorgetragen hatte, stand das Publikum auf und klatschte, klatschte immer lauter. Clete und ich drängten uns nach vorn durch, zu der Bar und dem Büfett, das daneben aufgebaut war.

»Paß auf die Bullen auf«, sagte Clete. »Sieht so aus, als ob die sich ein paar Streifen dazuverdienen wollen.«

Clay Mason stand auf seinen Stock gestützt bei Karyn LaRose, umgeben von einer Anhängerschar. Es kam mir fast so vor, als ob die Furchen in seinem verwitterten Gesicht noch eine Spur tiefer wurden, als er mich sah, dann lächelte er rasch und streckte mir die Hand entgegen. Sie fühlte sich an wie ein dürrer Ast.

»Fühle mich sehr geschmeichelt ob Ihrer Anwesenheit, Sir«, sagte er.

»Eigentlich bin ich eher aus dienstlichen Gründen hier. Ein junger Mexikaner, der für Buford gearbeitet hat, hat sich vom Dach einer Absteige gestürzt«, sagte ich.

»Jawoll, war 'ne ziemliche Sauerei. Die haben ihm das Hirn mit 'ner Kelle wieder in den Schädel schaufeln müssen«, sagte Clete.

Ich warf ihm einen scharfen Blick zu, aber er reagierte nicht darauf.

»Tut mir leid um den Burschen«, sagte Clay Mason.

Aus dem Augenwinkel konnte ich Karyn LaRose sehen, die keinen halben Meter von uns entfernt saß.

»Was gibt's, Karyn?« sagte ich, ohne sie anzuschauen.

»Die Herrn haben doch nicht etwa vor, bei einer friedlichen

Zusammenkunft Stunk zu machen, oder?« sagte Clay Mason und verzog die Mundwinkel zu einem knappen Lächeln.

Ich holte den Überweisungsauftrag aus meiner Hemdtasche und schaute ihn an. »Der Junge hieß Fernando Spinoza. Kennen Sie ihn?« fragte ich.

»Nein, beim besten Willen nicht«, sagte Clay Mason.

»Wie sieht's mit dir aus, Karyn?« fragte ich.

Sie hatte rote Streifen im Gesicht, die wie Pfeilspitzen aussahen. Doch ihre Augen waren klar, der Blick entschlossen, und sie konterte unverzüglich.

»Dieser Mann ist Detective bei der Sheriffdienststelle New Iberia«, sagte sie zu den beiden Polizisten. »Er belästigt mich und meinen Mann auf jede nur erdenkliche Weise. Meiner Meinung nach ist er nur aus diesem Grund hier.«

»Ist das richtig, Sir?« sagte einer der Polizisten, warf mir einen scheelen Blick zu und wippte leicht auf den Fußballen, hatte die Hände aber nach wie vor am Rücken verschränkt.

»Ich bin wegen eines Jungen hier, den man buchstäblich vom Pflaster kratzen mußte«, sagte ich.

»Haben Sie in New Orleans überhaupt Amtsbefugnisse? Wie wär's, wenn ihr rüber zum Büfett geht und was eßt?« sagte der Polizist. Er wirkte etwas verkrampft, nicht unfreundlich oder feindselig, nur verkrampft und ein bißchen kriecherisch.

»Nur zur Aufklärung, mein Guter«, sagte Clete. »Der alte Knacker, für den du den Türsteher spielst, hat seine eigene Frau abgeknallt. Hat ihr bei 'ner Party in irgend 'nem Kaff drunten im Tortillaland mit 'ner 44er Magnum einen Apfel vom Kopf geschossen. Bloß daß er so sturzbesoffen war, daß er ihre Haare quer über die Tapete verteilt hat. Vielleicht sollten wir das den dummen Kids erzählen, die sich sein Geseire anhören.«

Sämtliche Gespräche um uns herum erstarben, als ob jemand den Stecker einer Stereoanlage herausgezogen hätte. Ich schaute zu Clete, auf den ich noch nie so stolz gewesen war.

Doch unser Zusammentreffen mit Clay Mason war noch nicht vorüber. Wir sahen ihn draußen noch mal, als er in Begleitung von Karyn LaRose unter der blauen Segeltuchmarkise über dem Eingang des Restaurants hervorkam und auf seinen Stock gestützt vorsichtig über den welligen Gehsteig, dessen Betonbelag von den Wurzeln der Eichen gesprengt war, auf eine wartende Limousine zuging. Plötzlich tauchte ein kleiner schwarzbrauner Straßenköter auf, eine häßliche Promenadenmischung mit hochgestellten Haaren, die wie Schweineborsten aussahen, und kläffte Mason an, fletschte die Zähne und scharrte mit den Krallen am Boden, rückte abwechselnd vor und wieder zurück, hin- und hergerissen zwischen Furcht und Feindseligkeit. Mason blickte starr geradeaus und setzte seinen Weg fort. Dann riß er unvermittelt den Stock hoch, ohne einen Schritt innezuhalten, und zog ihn dem Hund derart heftig über den Rücken, daß das Tier vor Schmerz aufjaulte und zwischen den vorbeifahrenden Autos davonjagte.

Am nächsten Abend fuhr ich mit meinem Pickup die parallel zum Bayou Teche verlaufende Staatsstraße entlang und parkte in einem am Wasser gelegenen Wäldchen gegenüber von Bufords Plantage. Durch meinen japanischen Feldstecher konnte ich die unter dem Anlegesteg und dem Bootshaus vorbeiströmenden Fluten sehen, die gebogenen eisernen Fensterläden an der Schmiede, die Pferde auf den Feldern, die Pappeln, die vom Wind ans Haus gedrückt wurden. Dann suchte ich mit dem Glas das Ufer ab, bis ich auf die Stelle stieß, an der ich die mit einem Taschentuch umwickelte Ruderdolle an Land geworfen hatte. Die Dolle war weg, und irgend jemand hatte ein Stück Böschung eingeebnet, ein Betonfundament gelegt und mit dem Bau eines Gartenpavillons begonnen.

Ich stützte die Ellbogen auf die Haube meines Pickup und spähte mit dem Glas zwischen den Bäumen hindurch. Im

Abendrot, das wie Feuerschein auf die Stämme fiel, sah ich zuerst einen Polizisten, dann einen zweiten und einen dritten, alle mit Repetiergewehren samt Zielfernrohr und Lederriemen bewaffnet. Sie saßen auf Stühlen im Schatten, wie Jäger, die im Ansitz auf den Hirsch lauern.

Hinter mir knackte ein Zweig unter einem Stiefel.

»Kann ich Ihnen behilflich sein?« fragte ein Polizist.

Er war groß und grauhaarig, kurz vor dem Pensionsalter, und sein Bauch hing wie ein Sack voll Kies über seinen Gürtel.

Ich schlug das Etui mit meiner Marke auf.

»Bin im Dienst«, sagte ich

»Trotzdem würd ich mich lieber nicht hier aufhalten. Wissen Sie, was ich meine?« fragte er.

»Nein.«

»Heut morgen hat man im Sumpf unten am Ufer Fußspuren entdeckt. Abdrücke von Arbeitsstiefeln, wie sie auch ein Sträfling tragen könnte.«

»Verstehe.«

»Die wollen nicht, daß er verscheucht wird, falls er hier auftaucht«, sagte der Polizist. Wir schauten einander schweigend an. Ein Lächeln spielte um seine Augen.

»Sieht so aus, als ob sie ihr Handwerk verstehen«, sagte ich.

»Sehen Sie's, wie Sie wollen. Aber wenn Crown hier aufkreuzt, muß er seinen nächsten Nigger drunten in der Hölle umbringen.«

Der Garten hinter dem Haus war dunstverhangen, als ich mir am Morgen darauf das Frühstück zubereitete. Ich hörte, wie Bootsie hinter mir in die Küche kam. Das Fenster über der Spüle stand offen, und das Radio auf dem Fensterbrett lief.

»Hörst du Radio?« fragte sie.

»Ja, ich hab's grade eingeschaltet.«

»Alafair schläft noch.«

»Daran hab ich gar nicht gedacht. Ich schalt es aus.«

»Nein, stell's bloß ein bißchen leiser.«

»In Ordnung«, sagte ich. Ich ging zur Spüle und drehte die Lautstärke zurück. Ich schaute aus dem Fenster in den Garten, bis ich sicher war, daß man mir keine Gefühlsregung anmerkte, dann setzte ich mich wieder hin, und wir aßen schweigend.

Wir waren beide froh, als das Telefon an der Wand klingelte.

»Haben Sie die Nachrichten an?« fragte der Sheriff.

»Nein.«

»Normalerweise würd ich nicht so früh anrufen, aber ich dachte, es wär besser, wenn Sie's von mir hören ...«

»Worum geht's, Skipper?«

»Um Short Boy Jerry. Die Polizei von New Orleans hat seinen Wagen vor einer halben Stunde bei dieser Sozialsiedlung namens Desire entdeckt ... Er wurde erschlagen ...«

Ein Nerv zuckte an meinem Hals. Ich drückte mir mit dem Daumen fest unter das Ohr, damit das Schwirren aufhörte, das wie der Flügelschlag eines verletzten Schmetterlings klang. Ich sah, wie Bootsie mich anschaute, langsam die Kaffeetasse hinstellte, sah, wie sich ihr Gesicht verkrampfte.

»Sind Sie noch dran, Partner?« fragte der Sheriff.

»Wer ist es gewesen?«

»Eine Bande schwarzer Taugenichtse, meint man beim NOPD. Ich sag's Ihnen lieber im voraus, Dave: Er ist elendiglich umgekommen.«

»Ich brauche ein Flugzeug«, sagte ich.

24

Die Sonne stand fahl, fast weiß, wie ein Stück Eis, hinter den Wolken über dem Lake Pontchartrain, als Clete mich am Flughafen von New Orleans abholte und auf dem I-10 in Richtung Innenstadt fuhr.

»Willst du wirklich in den Gefrierfleischschuppen, Streak?« fragte er.

»Weißt du was Besseres? Wo sollen wir denn sonst anfangen?«

»War ja bloß 'ne Frage.«

In Leichenschauhäusern findet man nicht die Farben, die man gemeinhin mit dem Tod verbindet. Die Einrichtung ist kühl, aus Aluminium und Edelstahl, auf dem sich stumpf das Licht der Neonröhren an der Decke spiegelt, so daß alles um so steriler wirkt. Der Tisch mit den Abflußrinnen, auf dem gerade eine Autopsie durchgeführt wird, ist blitzblank; das Wasser, das über die Metallfläche spült, könnte aus einem frischen Quell stammen.

Aber irgendwie meint man hinter all den schimmernden Schubfächern Geräusche zu vernehmen, so als höre man, wie die Körpersäfte rinnen, wie eine Sehne sich strafft und eine Lippe sich zurückzieht und die Zähne entblößt.

Der Assistent trug einen knöchellangen weißen Laborkittel, der wie ein Staubmantel aus dem neunzehnten Jahrhundert wirkte. Er blieb vor einem Schubfach stehen. Er war erkältet und wischte sich ständig mit dem Handrücken über die Nase.

»Seine Hände stecken in Tüten. Ansonsten sieht er so aus, wie man ihn aufgefunden hat«, sagte er.

»Die Bude hier is ja der reinste Iglu. Schaun wir's uns an, okay?« sagte Clete.

Der Assistent warf Clete einen seltsamen Blick zu und zog

dann die Schublade heraus. Clete schaute auf Jerry Joe, atmete tief aus und blickte dann zu mir auf.

»Wenn's so schlimm ist, war normalerweise ein Radeisen im Spiel, vielleicht auch eine Kandare. Die Polizeistreife hat ihn auf dem Gehsteig gefunden. Daher läßt sich das im Moment schwer sagen«, sagte der Assistent. »Haben Sie ihn gekannt?«

»Ja, er hat ihn gekannt«, antwortete Clete.

»Ich hab mich bloß gefragt, was er bei Nacht in der Gegend gesucht hat, das ist alles«, sagte der Assistent. »Wenn ein Weißer bei Nacht da runtergeht, will er entweder Weiber oder Stoff. Da sind wir uns doch einig?«

Man hatte Jerry Joe fast sämtliche Zähne ausgeschlagen. Sein eines Auge sah aus wie ein in Tee getauchtes Ei. Das andere war nicht mehr vorhanden. Ich hob seine linke Hand an. Sie fühlte sich durch die Plastiktüte an wie matschiges altes Obst.

»Alle beide gebrochen. Ich weiß nichts über den Typ, aber ich würde wetten, daß er die ganze Tortur durchgemacht hat, bevor die ihm den Rest gegeben haben«, sagte der Assistent.

»Vielen Dank für Ihre Mühe, Sir«, sagte ich, drehte mich um und ging hinaus.

Ich rief vom Münztelefon in einer Tankstelle beim zuständigen Revier an und redete mit dem Sachbearbeiter. Er sprach mit schwerem Akzent, im typischen Tonfall der einfachen Leute von New Orleans, der eher nach Brooklyn klingt als nach dem tiefen Süden. Er erklärte mir, daß er zu einer Versammlung müßte und nicht mit mir reden könnte.

»Wann können Sie denn?« fragte ich.

»Wenn ich aus der Versammlung zurück bin.«

»Wann ist das?«

»Geben Sie mir Ihre Nummer.«

Wir fädelten uns wieder in den Verkehr ein. Cletes Fenster

war offen, und der Wind zerzauste ihm die Haare. Er schaute ständig zu mir herüber.

»Streak, du machst mich nervös.«

»Glaubst du, daß das Kids gewesen sind?« fragte ich.

»Meiner Meinung nach läuft's darauf hinaus.«

»Du hast meine Frage nicht beantwortet.«

Er nahm ein Cocktailrührstäbchen vom Armaturenbrett und steckte es in den Mund. Ein grüner, mit Palmen bestandener Mittelstreifen huschte an uns vorbei. »Ich kann mir einfach nicht vorstellen, daß Jerry Joe sich von einem Haufen Rotzlümmel fertigmachen läßt. Jedenfalls nicht so. Vielleicht ist er zugedröhnt gewesen und –«

»Was wollte er überhaupt da drunten?«

»Er hat auf schwarze Musik gestanden. Er war bei den Fallschirmspringern. Er hat gemeint, ihm könnte keiner was … Dave, versuch da nicht irgendwas reinzudeuten. Diese Stadt brennt lichterloh. Man sieht's bloß nicht.«

Jerry Joes Buick war bereits abgeschleppt worden. Ein Polizist in Uniform öffnete das eiserne Tor zum Fuhrhof und führte uns an einer Reihe beschlagnahmter Wagen vorbei zum hinteren Teil des Geländes. Der Buick stand vor einer Ziegelmauer. Der Kofferraum war offen, das Armaturenbrett herausgerissen, das Handschuhfach ausgeräumt, die Lautsprecher auf der Hutablage waren abgeschraubt. Ein Stück gelbes Absperrband hatte sich an einem Rad verfangen und flatterte im Wind.

»'ne halbe Stunde länger, und die hätten auch den Motor ausgebaut«, sagte Clete.

»Wie siehst du das?« fragte ich.

»'ne Bande Straßengören ist drauf gestoßen, als er schon tot war.«

»Sieht aus, als ob sie ihn für einen Muli gehalten haben.«

»Wegen der Türverkleidung? Jawoll. Was aber wiederum heißt, daß sie nicht gewußt haben, wer er war.«

»Aber wenn sie ihn umgebracht hätten, würden sie sich doch nicht lang da aufhalten und den Wagen ausschlachten, was meinst du?« sagte ich.

»Nein, die waren sich keiner Schuld bewußt. Und genau das sagen sie dir auch, wenn du sie dir vornimmst. Alles ganz harmlos, Mann, sind bloß noch 'n bißchen draußen gewesen, weil's so 'n schöner Abend war, und ham die Karre von 'nem Toten ausgeräumt. Ich glaub, ich zieh lieber nach Los Angeles«, sagte er.

Wir fuhren zum Revier und trafen den Sachbearbeiter an seinem Schreibtisch an. Er hieß Cramer, war groß und blond, hatte ein schmales Gesicht und trug ein himmelblaues Sportsacko, ein weißes Hemd und eine dunkle Krawatte, an der ein Goldkettchen mit einer Pistole hing. Kerzengerade saß er da, so daß der Bauchansatz, die flache Brust und die Nikotinflecken an den Fingern auf Anhieb gar nicht auffielen.

»Haben wir jemand festgenommen? Nein. Gibt es Verdächtige? Ja. Sämtliches Gesindel in der Gegend«, sagte er.

»Meiner Meinung nach war es ein Auftragsmord«, sagte ich.

»Sie meinen, es war ein Auftrag?« erwiderte er.

»Möglicherweise wollte Jerry Joe ein paar Leute auffliegen lassen, Bauunternehmer, die schon Schlange stehen für den großen Reibach oben in Baton Rouge«, sagte ich.

»Sie sind doch mal im First District gewesen, stimmt's?«

»Richtig.«

»Dann sagen Sie mir Bescheid, wenn Ihnen daran was komisch vorkommt – ein Weißer, der bei Nacht da runter geht, fordert's doch geradezu heraus.«

»Kommen Sie, Cramer. Straßenkids hauen ab, wenn sie jemanden umgebracht haben. Die räumen nicht das Auto aus, neben dem die Leiche liegt.«

»Vielleicht haben sie nicht gewußt, daß sie ihn umgebracht haben. Was halten Sie davon?«

»Meiner Meinung nach wollen Sie den Fall bloß loswerden«, sagte ich.

»Ich hab heut früh um vier angefangen. Ein schwarzer Teenager hat drunten in der Desire-Siedlung auf 'n andern Teenager geschossen. Der Schuß ging vorbei. Er hat statt dessen ein drei Monate altes Baby umgebracht. Short Boy Jerry war ein Nichtsnutz. Wollen Sie wissen, ob ich was Besseres zu tun habe? Selbstverständlich hab ich das.«

Sein Telefon klingelte. Er nahm den Hörer ab und drückte dann auf die Wartetaste.

»Geht eine Tasse Kaffee trinken, laßt mir zehn Minuten Zeit«, sagte er.

Clete und ich liefen die Straße entlang, aßen im Stehen einen Hot-dog und kehrten dann zum Polizeirevier zurück.

»Das war der Gerichtsmediziner«, sagte Cramer. »Short Boy Jerry hatte Kies und Betongranulat in der Kopfhaut. Stammt aber vom Sturz, nicht von einem Schlag. In den Wunden um seine Augen hat man Lederpartikel gefunden, vermutlich von den Handschuhen, die der Angreifer getragen hat, oder von einem Totschläger. Der Tod wurde durch eine gebrochene Rippe verursacht, die ins Herz getrieben wurde.«

Er zündete sich eine Zigarette an, legte das Streichholz mit zwei Fingern sorgfältig in den Aschenbecher und schaute uns mit verhangenem Blick an.

»Was gibt's sonst noch?« fragte ich.

»Der Gerichtsmediziner meint, daß der oder die Angreifer Short Boy Jerry aufrecht gehalten haben, damit sie länger auf ihn eindreschen konnten. Die Blutergüsse am Hals deuten darauf hin, daß er mit einer Hand festgehalten wurde, während man ihm in den Bauch schlug. Er hatte bereits Hirnblutungen, als die Rippe ins Herz eindrang …«

»Was ist das für eine Zahl, die da unten auf dem Blatt steht?« fragte ich.

»Die Faust, mit der die Schläge in die Rippen geführt wurden, muß einen Durchmesser von rund fünfzehn Zentimetern gehabt haben.«

»Ist bei Ihnen ein Schläger aktenkundig, der so riesig ist?« fragte ich.

»Das heißt noch lange nicht, daß es keinen gibt.«

»Fahnden Sie nach einem schwarzen Killer namens Mookie Zerrang«, sagte ich.

»Nach wem?«

»Er schaut aus wie ein Haufen Gorillascheiße mit Goldzähnen. Fühlen Sie sich geschmeichelt. Er kriegt in Miami zehn Riesen pro Auftrag. Ich wundere mich bloß, daß er sich in so einer Gegend hat blicken lassen. Ohne Scheiß, der Typ soll nämlich angeblich strenge Wertvorstellungen haben«, sagte Clete und schaute Cramer mit ernstem Blick an.

An diesem Abend ließ ich Batist frühzeitig nach Hause gehen und putzte selbst den Köderladen und die Tische am Bootsanleger. Die Luft war kühl, der Himmel purpurrot und voller Vögel, und die untergehende Sonne stand grell wie eine Acetylengasflamme am Horizont. Ich sah einen Schwarm Enten, die in Keilformation tief über den Sumpf angeflogen kamen, dann abdrehten und in der Dunkelheit hinter den Wipfeln der Zypressen landeten.

Ich steckte Jerry Joes Jukebox an und sah zu, wie die bunten Lichter durch die Plastikröhren wanderten wie der Rauch von Markierungsgranaten. Der halbrunde Plattenständer enthielt zwei Aufnahmen von »La Jolie Blon«, eine von Harry Choates, die andere von Iry LeJeune. Ich hatte nie darüber nachgedacht, aber das Leben beider Männer schien auf immer untrennbar mit diesem eindringlichen, wunderschönen Song verbunden, einem Lied, das von Schmerz und Verlust handelte und dieses Gefühl so rein wiedergab, daß man kein Französisch verstehen mußte, um zu begreifen, was der Sänger empfand. In »La Jolie Blon« ging es nicht um verlorene Liebe. Es ging um das Ende einer Ära.

Iry LeJeune kam auf dem Highway ums Leben, beim Reifenwechsel, und Harry Choates starb im Alkoholdelirium im Stadtgefängnis von Austin, nachdem er sich entweder selbst den Kopf an den Gitterstangen blutig geschlagen hatte oder von den Wärtern fürchterlich verprügelt worden war.

Möglicherweise hatte ihr tragisches Ende gar nichts mit dem Song zu tun, auch wenn er einem das Herz brechen konnte. Vielleicht bildete ich mir so was nur ein, weil ich selber Alkoholiker war. Aber ich mußte einen Moment um die beiden Toten trauern, ebenso wie um Jerry Joe und vielleicht um uns alle, die wir eine Zeit anhalten wollten, die nur allzu schnell verrann.

Jerry the Glide hatte Wurlitzer-Jukeboxes angebetet und insgeheim den Mann verehrt, der Dresden mit in Schutt und Asche gelegt hatte. Nichts als Notbehelfe, dachte ich und fragte mich dann, wie ich es damit hielt.

Ein Wagen kam in der Dämmerung die Straße entlang, wurde langsamer, so als ob der Fahrer halten, sich vielleicht auf dem Heimweg ein Bier mitnehmen wollte. Ich schaltete die Strahler draußen aus, dann die Lichterkette über dem Bootsanleger und schließlich das Licht im Laden, worauf der Wagen an der Bootsrampe vorbeifuhr und um die Kurve verschwand. Ich stützte mich mit dem Unterarm auf die Jukebox und drückte ein paar Nummern. Aber man kann die Vergangenheit nicht mit einer Schallplattenaufnahme zurückgewinnen, die vierzig Jahre alt ist, und auch die versäumten Gelegenheiten nicht nachholen, bei denen man den Toten das Leben ein bißchen leichter hätte machen können.

Ich spürte, wie mir das Blut in den Fäusten pochte. Ich riß den Stecker aus der Wand, schnitt das Kabel mit meinem Taschenmesser entzwei, schob die Jukebox nach hinten und ließ sie mit der Vorderseite zur Wand im hereinfallenden Mondlicht stehen.

25

Am Samstag morgen hielt ich mit meinem Pickup in aller Frühe in der Gasse hinter Sabelle Crown's Bar in Lafayette. Die Gasse war voller Flaschen und Bierdosen, und auf dem Treppenabsatz über dem Hintereingang der Bar stritten sich ein Mann und eine Frau. Die Frau trug einen bestickten japanischen Umhang, der ihre feisten Schenkel erkennen ließ, ihre kastanienbraunen Haare waren nicht gekämmt, das Gesicht ungeschminkt. Der Mann warf einen unsicheren Blick auf mich, dann wandte er sich wieder der Frau zu.

»Schau doch in den Spiegel, wenn du meinst, du bist was Bessers«, sagte er. Er stieg die Holztreppe herunter, ging die Gasse entlang und trat über eine Pfütze, ohne mich eines weiteren Blickes zu würdigen. Die Frau ging wieder hinein.

Ich stieg zum dritten Stock hoch, wo Sabelle am Ende eines dunklen Flurs wohnte, der nach Insektengift und Schimmel roch.

»Es ist früh um sieben. Bist du auf Sauftour oder was?« sagte sie, als sie die Tür aufmachte. Sie trug nur ein T-Shirt ohne BH und eine Jeans, die knapp unter ihrem Nabel saß.

»Hast du immer noch Mädchen hier, die anschaffen gehen, Sabelle?« fragte ich.

»Wir gehn alle anschaffen, Schätzchen. Das habt ihr bloß noch nicht geschnallt.« Sie ließ die Tür offen, ging barfuß über das Linoleum vor mir her und nahm eine Kaffeekanne von einer der beiden Kochplatten ihres Herds.

»Ich möchte, daß du mich mit deinem Vater zusammenbringst.«

»Meinst du damit, daß du dich mit ihm treffen willst?«

»Mach es von mir aus so, wie du willst.«

»Damit du ihn dem Henker übergeben kannst?«

»Ich glaube, daß Buford ihn in die Falle locken und umbringen will.«

Sie stellte die Kaffeekanne wieder auf den Herd.

»Woher weißt du das?« fragte sie.

»Ich war draußen bei seinem Anwesen. Die Cops dort sehen nicht so aus, als ob sie Gefangene machen wollen.«

Sie saugte an ihrer Unterlippe.

»Was hast du zu bieten?« fragte sie.

»Überführung in eine Bundeshaftanstalt möglicherweise.«

»Daddy haßt die Bundesregierung.«

»Das ist eine dämliche Einstellung.«

»Danke für die Anmerkung. Ich werd drüber nachdenken.«

»Es gibt nur eine Handvoll Leute, die Buford im Weg gestanden haben. Der Drehbuchautor und Lonnie Felton waren zwei davon. Jerry Joe der dritte. Er ist gestern morgen umgebracht worden. Damit bleibt nur noch dein Vater übrig.«

»Jerry Joe?« sagte sie. Ihr Gesicht war völlig offen, so wie man es manchmal sieht, wenn jemand unbewußt vom Blitzlicht eines Fotografen erfaßt wird.

»Er wurde systematisch zu Tode geprügelt. Meiner Meinung nach von dem gleichen Schwarzen, der auch Felton und seine Freundin umgebracht hat. Und den Drehbuchautor.«

Sie setzte sich an den kleinen Küchentisch und schaute aus dem Fenster über die Hausdächer hinweg.

»Wieder der Schwarze?« fragte sie.

»Sagt dir das was?«

»Was weiß ich schon über Schwarze? Sie holen meinen Müll ab. Sie verkehren nicht in meiner Bar.«

»Sieh zu, daß du dir deinen alten Herrn vornimmst, Sabelle.«

»Sag mal, aber in einem irrst du dich.«

»Aha?«

»Daddy ist nicht der einzige, der Buford im Weg steht. Laß dir das von 'nem Mädchen gesagt sein, das Bescheid weiß. Wenn er mit jemand vögeln will, isses ihm wurscht, ob Männlein oder Weiblein. Kneif die Beine zusammen, Süßer.«

Ich schaute sie an, sah das Glitzern in ihren Augen und erkannte die Wut und den Schmerz, und mir wurde klar, daß unsere Freundschaft nur auf Einbildung und Eitelkeit meinerseits beruhte, daß Sabelle Crown mich in Wirklichkeit längst genauso abgeschrieben hatte, ob zu Unrecht oder nicht, wie die zahllosen anderen Männer, die einen mißbrauchten und benutzten, die immer nur nahmen und nie etwas gaben.

Am Montag klopfte ein übergewichtiger Mann, der einen marineblauen Anzug trug und lackschwarze Haare hatte, an das Glas meiner Bürotür. Er hatte ein tiefes Grübchen am Kinn.

»Kann ich Ihnen behilflich sein?« fragte ich.

»Yo, ich bin nämlich sozusagen von allein hier hinter gekommen. Hübsches Dienstgebäude habt ihr hier.« Er hatte die rechte Hand um eine Papiertüte gelegt. Ich wartete. »Oh, Entschuldigung«, sagte er. »Ich heiße Ciro Tauzin, State Police, Baton Rouge. Haben Sie 'n Moment Zeit, Sir?«

Seine Schenkel drückten sich auf dem Stuhl breit, als er sich hinsetzte. Das gestärkte Anzughemd war ihm eine Nummer zu klein, und der Kragenknopf unter dem Krawattenknoten war abgeplatzt.

»Wissen Sie, was ich hier hab?« fragte er und streckte die Hand in die Papiertüte. »Eine Ruderdolle mit einem Taschentuch drum herum. Schon eigenartig, wenn jemand so was in seinem Garten findet, nicht wahr?«

»Kommt drauf an, um wen es sich handelt.«

»In diesem Fall war's einer meiner Männer, der es auf Buford LaRoses Anwesen gefunden hat. Und da ein entsprungener Sträfling den künftigen Gouverneur ermorden will, wollten wir uns auf nix einlassen und haben deshalb ein paar Abdrücke gesichert und übers AFIS laufen lassen, Sie wissen schon, das Automatische Fingerabdruck-Identifizierungs-System. Ich sag Ihnen, Mann, wir haben vielleicht gestaunt, als wir festgestellt haben, von wem die Abdrücke stammen. Hat jemand eine Ruderdolle von einem Ihrer Boote gestohlen, Sir?«

»Meines Wissens nicht.«

»Schmeißen Sie Ihre Ruderdollen immer in andrer Leute Garten?«

»Es war nur so eine Idee von mir. Angeblich soll da jemand begraben sein.«

»Ist das wahr? Hut ab. Ihr habt ja ein paar interessante Arbeitsmethoden hier im Bezirk Iberia.«

»Sie können sich jederzeit bei uns bewerben.«

»Mrs. LaRose sagt, Sie hätten was gegen sie, daß Sie eine Art privaten Rachefeldzug führen. Sie glaubt, daß Sie hinten auf dem Grundstück womöglich ein Zeichen für Aaron Crown hinterlassen wollten.«

»Karyn hat viel Phantasie.«

»Tja, Sie wissen ja, wie die Leute sind, Sir. Die denken zuviel nach und bilden sich dann allerhand Sachen ein. Aber einer meiner Männer hat mir erzählt, daß Sie in den Stallungen rumgewuselt sind, wo Sie nix verloren haben. Was haben Sie vor, Mister Robicheaux?«

»Ich glaube, daß Aaron Crown ein toter Mann ist, wenn er Ihren Leuten in die Quere kommt.«

»Wirklich? Tja, Sir, ich will Sie heut nicht länger behelligen. Hier haben Sie Ihre Ruderdolle wieder. Sie schmeißen denen doch nicht noch mal was in ihren Garten, nicht wahr?«

»Ich hab's nicht vor. Aber sagen Sie mir eins.«

»Ja, Sir?«

»Warum wollen die LaRoses mit einemmal ausgerechnet dort, wo meiner Meinung nach jemand heimlich begraben wurde, einen Gartenpavillon bauen?«

»Wissen Sie, das hab ich mir auch schon überlegt. Daher hab ich bei der Baufirma nachgefragt. Mister LaRose hat den Pavillon vor zwei Monaten in Auftrag gegeben.«

Er stand auf und streckte die Hand aus.

Ich schlug nicht ein.

»Sie decken jemanden, der keinerlei Charakter hat, Mister Tauzin. Nehmen Sie's mir nicht übel«, sagte ich.

An diesem Abend ging ich früh zu Bett, vor Bootsie, und war schon fast eingeschlafen, als ich hörte, wie sie ins Zimmer kam und sich auszog. Sie putzte sich die Zähne und blieb eine ganze Weile im Badezimmer, schaltete dann das Badezimmerlicht aus, legte sich ins Bett und wandte sich zur Wand. Ich legte die Hand auf ihren Rücken. Ihre Haut fühlte sich durch das Nachthemd warm an.

Sie blickte in die Dunkelheit hinauf.

»Kommst du zurecht?« fragte sie.

»Klar.«

»Mit Jerry Joe, mein ich.«

»Mir ging's heut ganz gut.«

»Dave?«

»Ja?«

»Nein ... tut mir leid. Ich bin heute abend zu müde, um drüber zu reden.«

»Worüber?«

Sie antwortete zunächst nicht, dann sagte sie: »Diese Frau ... ich hasse sie.«

»Ach komm, Boots. Schau sie dir doch bloß an.«

»Du läßt dich auf ihre Touren ein. Ihr schaukelt euch da beide dran hoch. Mehr will ich dazu nicht sagen ...« Sie setzte sich auf und schlüpfte in ihre Slipper. »Ich halt das nicht aus, Dave«, sagte sie, raffte ihr Kissen und die Zudecke zusammen und ging ins Wohnzimmer.

Der Mond war untergegangen und der Himmel nachtschwarz, als ich am nächsten Morgen um fünf wegen eines Geräuschs erwachte, das von draußen im Sumpf übers Wasser hallte, so als schlage Holz aufeinander. Während ich noch verschlafen auf der Bettkante saß, hörte ich es wieder – ein Ruder, das auf einen Baumstamm traf womöglich, oder ein Bug, der an einem Zypressenstumpf abglitt. Dann sah ich im Dunst draußen, tief zwischen den überfluteten Bäumen, ein Licht, das sich etwa einen Meter über dem Wasserspiegel fortbewegte und in der feuchten Luft wie eine kleine Phosphorflamme flimmerte.

Ich zog Khakihosen, Schuhe und ein Flanellhemd an, holte eine Taschenlampe aus dem Nachttisch und meine 45er Automatik aus der Kommodenschublade und ging hinunter zum Bootsanleger.

Das Licht zwischen den Bäumen war verschwunden. Die Luft war grau und dunstig, das Wasser im Bayou kräuselte sich über den Rücken der auftauchenden Alligatorhechte.

»Wer ist da?« rief ich.

Es war still, so als ob die Person, die sich da draußen zwischen den Bäumen aufhielt, über meine Frage nachdachte. Dann hörte ich, wie ein Paddel oder ein Ruder aufs Wasser traf, über eine hölzerne Bordwand scharrte.

»Sagen Sie, wer Sie sind!« rief ich. Nichts. Ich kam mir vor wie ein Narr, der seiner eigenen Angst aufsitzt.

Ich schloß den Köderladen auf und schaltete die Strahler ein, ließ dann ein am Ende der Betonrampe liegendes Boot von der Kette, stützte mich mit einem Knie auf den Sitz und stieß ins

Wasser. Ich warf den Außenbordmotor an, fuhr dreißig Meter flußabwärts und bog dann in einen schmalen Einschnitt, der zu einer Bucht führte, einem von Weiden und Zypressen umgebenen Altwasserarm. Die Luft war kalt und dunstig, und als ich den Motor abstellte, hörte ich einen Barsch, der im seichten Wasser mit der Schwanzflosse schlug. Auf jeder sich bietenden Sitzgelegenheit hockten Nutrias, deren Augen im Schein meiner Taschenlampe rot wie Saphire funkelten.

Dann bemerkte ich am Rande der Bucht die Spur, die ein Boot durch die zwischen den Baumstümpfen treibende Algenschicht gezogen hatte. Ich richtete den Lichtstrahl zwischen die Bäume und sah eine Schattengestalt, den dunklen Umriß eines vornübergebeugten Mannes, einen Schwall schmutzig-goldenen Wassers, das nach hinten spritzte, als die Piroge hinter einer mit Zwergpalmen überwucherten Schlammbank verschwand.

»Aaron?« rief ich in die Dunkelheit.

Doch niemand antwortete.

Ich rief mir das Bild noch einmal vor Augen – die breiten Schultern, eine Hand, die einen Zweig beiseite zog, ein kurzer stämmiger Hals, so als säße der Kopf unmittelbar auf dem Oberkörper. Aber genaugenommen hatte ich überhaupt nichts deutlich erkennen können, nur einen Mann, der tief in einer Piroge hockte, und –

Einen schmalen, schimmernden Gegenstand am Heck. Ein Stück Metall, dachte ich. Eine Kette womöglich. Oder der Lauf eines Gewehrs.

Mein Flanellhemd roch nach saurem Schweiß. In der Stille zwischen den Bäumen konnte ich mein Herz schlagen hören.

Alafair war noch in der Schule, als ich an diesem Tag in der Mittagspause nach Hause kam, und Bootsie war weg. An dem Korkbrett, an dem wir einander Nachrichten hinterließen, hing keine Notiz. Ich machte mir ein Sandwich, nahm mir ein Glas Eistee, wärmte eine Schüssel mit ungeschältem Reis auf und aß am Küchentisch. Batist rief aus dem Köderladen an.

»Dave, draußen auf dem Bootsanleger is 'n Haufen Schwarzer, die Bier trinken und lästerliche Reden führn«, sagte er.

»Wer sind sie?« fragte ich.

»Der eine hat einen Arm zuwenig, und statt einem Haken hat er ein Messer am Stumpf.«

»Ein was?«

»Komm und schau's dir an, weil ich sie nämlich gleich davonjag.«

Ich ging zwischen den Bäumen hindurch die Böschung hinab. Ein neuer Dodge Caravan war neben der Betonrampe geparkt, und am Ende des Bootsanlegers standen fünf schwarze Männer mit hochgekrempelten Hemdsärmeln und tranken Bier, während Jimmy Ray Dixon einen über einen halben Meter langen gelben Wels ausnahm, der mit den Kiemen an einem Nagel am Laternenpfahl hing.

Eine spitze, geschwungene Klinge, die so scharf geschliffen war, daß sie bläulich schimmerte wie ein Rasiermesser, war in die mit Leder bezogene Metallprothese am Stumpf von Jimmy Rays linkem Unterarm geschraubt. Er führte die Klinge einmal rund um die Kiemen des Welses, setzte sie dann beiderseits der Rückenflosse an, schnitt schnurgerade nach unten durch und zog dann die Haut mit einer Zange ab, die er in der rechten Hand hatte. Er schlitzte den Bauch vom Kiemenansatz bis zum After auf und ließ die Innereien herausfallen wie einen Sack blaurotes Gelee.

Seine Segeltuchschuhe waren voller Blutspritzer. Er grinste.

»Den hab ich von 'nem Mann gekauft, der ihn im Henderson mit 'nem Wurfnetz gefangen hat«, sagte er.

»Wollt ihr euch ein Boot mieten?«

»Ich hab gehört, daß man hier nicht viel fängt.«

»Derzeit fängt man nirgendwo viel. Das Wasser ist zu kalt.«

»Ich hab zwei Leute am Hals, die mir Scherereien machen. Ich glaub, daß Sie dahinterstecken«, sagte er.

»Wollen Sie nicht erst das Publikum wegschicken?« sagte ich.

»Laßt mich mal 'n Moment allein«, sagte er zu den anderen Männern. Sie trugen Tropenhemden, alte Hosen, Schuhe, die sie nicht pflegten. Aber Angler waren sie nicht. Sie hatten die Hand am Schritt, drückten sich geradezu genüßlich die Genitalien; ihre Blicke folgten einer schwarzen Frau, die auf der Straße vorbeiging; sie tuschelten miteinander, doch ihr Gespräch drehte sich um nichts und wieder nichts.

Sie wollten in den Laden gehen.

»Geschlossen«, sagte ich.

»Hey, Jim, wir klaun Ihnen schon nicht die Wassermelonen«, sagte Jimmy Ray.

»Ich wäre Ihnen dankbar, wenn Sie die rassistische Anrede unterlassen würden«, sagte ich.

»Macht die Kühlbox in der Karre auf. Ich komm gleich«, sagte er zu seinen Freunden. Er schaute ihnen nach, als sie gemeinsam den Steg entlang auf ihren Van zugingen.

»Folgendermaßen sieht's aus«, sagte er. »Dieser Knacker namens Cramer – ja, Sie ham's kapiert, die weiße Type von der Mordkommission, die immer nach Deodorant riecht – taucht drunten in meinem Poolsalon auf und frägt mich, warum Jerry the Glide in der Gegend gewesen is, als ihm jemand sämtliche Gräten gebrochen hat.«

Nicht schlecht, Cramer, dachte ich.

»Dann hört Ihr Freund Purcel von 'nem zugeknallten Straßenchick, daß Mookie Zerrang die Erlaubnis hat, ihm das Licht auszublasen, und gibt prompt mir die Schuld. Ich hab keine Zeit für so was, Mann.«

»Und warum *war* Jerry Joe in Ihrer Gegend?«

»Das is nicht *meine* Gegend, ich hab da ein Geschäft laufen. Bei Nacht geh ich da auch nich hin.« Er wischte die Fischgedärme mit dem Schuh vom Bootssteg und sah zu, wie sie in der Strömung davontrieben. »Warum fassen Sie überhaupt in diese Scheiße rein, Mann?«

»Sie wissen doch, wie das ist. Manchmal muß man aus Lust und Laune einfach irgendwas machen.«

»Ich hab gehört, daß es um 'ne Edelschnepfe geht, mit der Sie mal gefickt ham und die mit dem falschen Macker verheiratet ist. Das is Ihre Sache, Mann, aber wehe, Sie benutzen irgendwie im Zusammenhang mit dem, was Sie da vorhaben, den Namen meines Bruders. Geben Sie den Fisch dem alten Mann da drin«, sagte er und wollte weggehen.

Ich folgte ihm und legte ihm die Hand auf den Rücken. Ich spürte seine Schulterblätter unter dem Hemd, sah die dunklen Bartstoppeln an seinem Unterkiefer, roch den Schweiß und das Talkumpuder auf seiner Haut.

»Drücken Sie sich in der Nähe meines Hauses bitte nicht so unflätig aus«, sagte ich.

»Sie störn sich an meiner Ausdrucksweise? Auf mein Haus hat man einen Schuß abgegeben, und meinen Bruder hat man umgebracht. Das is der Unterschied zwischen uns zwei. Lassen Sie sich das mal gesagt sein, Mann.«

Er setzte sich auf den Beifahrersitz des Busses, schob eine Metallscheide über die Klinge an seinem Arm, schraubte sie dann ab, nahm sich eine Flasche Carta Blanca und trank sie in einem Zug aus. Dumpf scheppernd landete die Flasche im Unkraut neben der Straße.

Am nächsten Tag bekam ich die richterliche Vollmacht für eine Suchaktion auf dem Anwesen der LaRoses. Helen Soileau hielt mit dem Streifenwagen in der Auffahrt, und ich stieg aus und klopfte an die Haustür.

Karyn war barfuß, trug nur Shorts und ein Bustier und hatte ein dickes Handtuch um den Hals, als sie die Tür öffnete. Im weichen Nachmittagslicht wirkte ihre sonnengebräunte Haut dunkel wie gebrannter Honig. Im ersten Moment war sie überrascht, faßte sich dann wieder, stützte den Arm an den Türstock und strich sich mit den Fingern die Haare zurück.

»Was wollen wir denn heute schon wieder?« fragte sie.

»Hier ist der Durchsuchungsbefehl. Wir wollen uns hinten am Bayou ein bißchen umsehen.«

»Wie hast du –«, fing sie an und brach dann ab.

»Ich mußte dem Richter lediglich mitteilen, daß mich die State Police vor dem Betreten des Grundstücks gewarnt hat. Er war ziemlich aufgebracht, daß sich andere Leute in seine Amtsgeschäfte einmischen.«

»Dann halt dich ran und bring die Sache in Gottes Namen rasch hinter dich, auch wenn ich nicht weiß, was das soll.«

»Macht dir Jerry Joes Tod überhaupt nichts aus?«

Wütend kniff sie den Mund zusammen.

»Es gibt Tage, da wünschte ich, ich wäre ein Mann, Dave. Ich hätte ehrlich gesagt große Lust, dich windelweich zu prügeln.« Die Tür fiel ins Schloß.

Helen und ich gingen unter dem kühlen Vordach hindurch hinter das Haus. Der ganze Garten lag in einem rauchig goldenen Licht. In dem verglasten hinteren Erker des Hauses konnte ich Karyn LaRose sehen, die mit gespreizten Beinen dastand, sich abwechselnd nach links und rechts bewegte und ihre Zehenspitzen berührte. Ihr Nacken glänzte vor Schweiß.

»Hast du schon mal was über das Kolosseum in Rom gelesen? Als dort Gladiatoren auf brennenden Ölseen miteinander gekämpft haben und solches Zeug?« fragte Helen.

»Ja, ich glaub schon.«

»Ich hab das Gefühl, daß Karyn LaRose im Publikum gesessen haben könnte.«

Wir gingen an den Stallungen vorbei zum abschüssigen Ufer des Teche. Ein korpulenter schwarzer Polizist saß auf einem Klappstuhl unter den Bäumen und aß geröstete Schweineschwarten aus einem Glas. Sein mit einem Zielfernrohr bestücktes Gewehr lehnte an einem Pinienstamm. Er warf einen Blick auf das Etui mit meiner Dienstmarke, das an meiner Jackentasche hing, und nickte.

»Crown hat bislang noch nicht versucht, hier einzudringen, was?« sagte ich und lächelte.

»Meiner Ansicht nach isser verscheucht worden«, antwortete er.

»Wie das?« fragte ich.

»Der Mann is schlau. Sehn Sie die Moskitos, die ich den ganzen Tag totschlag?«

»Wenn's geregnet hat, sind sie die reinste Plage«, sagte ich.

»Unter den Bäumen hier sind sie immer eine Plage. Wenn der Mann drüben am Ufer niemand im freien Gelände sieht, weiß er, was ihn im Wald erwartet. Entweder das, oder jemand hat ihm Bescheid gesagt.«

»Nehmen Sie's leicht«, sagte ich.

Helen und ich gingen am Ufer entlang zu der Stelle, wo ich die Ruderdolle an Land geworfen hatte. Ich konnte ihren Blick geradezu spüren.

»Du bist verdammt still«, sagte sie.

»Tut mir leid, war nicht beabsichtigt.«

»*Dave?*«

»Was gibt's?«

»Ich hab da so ein ungutes Gefühl.«

»Was ist das?« sagte ich und schaute zu den beiden Zimmerleuten, die hinter der Biegung des Bayous mit Hämmern und Sägen an einem Gartenpavillon arbeiteten.

»Wegen dem, was der Polizist gesagt hat. Hast du Crown gewarnt?«

»Im Bezirk Iberia wird niemand hingerichtet. Wir wollen den Mann hinter Schloß und Riegel bringen, aber nicht in einen Sarg.«

»Dieses Gespräch hat nicht stattgefunden, Streak.«

Die Zimmerleute waren auf allen vieren auf dem runden, spitz zulaufenden Dach des Pavillons zugange. Die Nageltaschen schaukelten vor ihrem Bauch.

»Das ist ja ein richtiges Fundament. Gießt ihr unter einem Gartenpavillon immer eine Betonplatte?« fragte ich.

»Bei Hochwasser fault sonst alles weg«, antwortete der eine.

»Was habt ihr mit dem Erdaushub gemacht?«

»Den hat 'n Typ abtransportiert, als Mutterboden.«

»Was für ein Typ?«

»Jemand, der für Mister LaRose arbeitet, nehm ich an.«

»Habt ihr die Erde ausgehoben?«

»Nein, Sir, das hat Mister LaRose selber gemacht. Er hat 'n eignen Bagger.«

»Aha. Kommt ihr voran?«

»Ja, Sir. Stimmt irgendwas nicht?«

»Ganz und gar nicht«, sagte ich.

Ich ging zu dem mit Gras bewachsenen Ufer hinab, über das sich kreuz und quer tiefe Abdrücke von Profilreifen und Raupenketten zogen. Ein kleiner Haufen aus Lehm und ausgerissenen Grassoden lag zwischen den Rohrkolben am Rande des Bayous. Ich stocherte mit einem Stock darin herum und sah zu, wie er sich in der Strömung auflöste und davontrieb.

»Willst du was davon eintüten?« fragte Helen.

»Zeitverschwendung. Buford ist uns zuvorgekommen.«

»Es war ja auch ein Schuß ins Blaue«, sagte Helen. »Außerdem mußt du bedenken, woher die Auskunft stammt, Dave. Dock Green ist durchgeknallt.«

»Nein, ist er nicht. Er ist bloß anders.«

»Das ist 'n neuer Ausdruck dafür.«

Ich sagte nichts. Wir stiegen die Böschung hoch und gingen unter den Bäumen auf das Haus zu. Goldene Sonnenstrahlen fielen zwischen den Stämmen hindurch, und man konnte das Wasser im Bachbett riechen und den erdig feuchten Duft der Farne und bloßliegenden Wurzeln, die wie zerrissene Spinnweben in der Strömung trieben.

»Darf ich mal einen Moment aus der Reihe tanzen?« sagte Helen.

Ich schaute sie an und wartete. Sie ging weiter den Hang hinauf, hatte die Augen nach vorn gerichtet, die Schultern leicht gebeugt, die muskulösen, maskulin wirkenden Arme angewinkelt.

»Die Morde, über die du dir den Kopf zerbrichst, haben sich nicht in unserem Zuständigkeitsgebiet ereignet. Der Indianer, der dich mit einer Machete aufmischen wollte, ist tot. Im Bezirk Iberia liegt gegen die LaRoses nicht das geringste vor, Dave«, sagte sie.

»Die beiden sind nicht sauber.«

»Das gilt für den ganzen Planeten«, sagte sie.

Wir nahmen auf dem Rückweg eine Abkürzung, kamen bei einem abgeernteten Feld aus dem Wald und gingen an den Stallungen und einem angrenzenden Gatter vorbei, wo ein einsamer brauner Wallach wie ein Stück fleckiges Rotholz in einer Säule aus Staub und Sonnenlicht stand. Er trug ein Brandzeichen, das tief in das Fell an seiner Flanke gegraben war, eine Rose, die aussah wie das Kalkgehäuse eines Ringelwurms.

»Die müssen allem ihren Stempel aufdrücken, was?« sagte ich.

»Was sollen sie denn sonst nehmen? Spraydosen? Nun mach mal halblang«, sagte Helen.

»Ich sag ihnen Bescheid, daß wir gehen«, sagte ich.

»Mach das nicht, Dave.«

»Wir sehen uns im Wagen, Helen.«

Sie entfernte sich über das Feld in Richtung Auffahrt. Ich ging durch den Garten auf das Vordach zu und warf einen Blick durch einen Bambusbusch auf die verglaste Rückseite des Hauses, wo Karyn ihre Turnübungen gemacht hatte. Wir starrten einander verdutzt und zugleich mit einer beiderseitigen Vertrautheit an, die über das Hier und Jetzt hinausging, die ich nicht erklären konnte, geschweige denn mich dagegen wehren, die ein bewußt vergessenes Bild heraufbeschwor – zwei Menschen, die sich beim Geschlechtsverkehr offen ins Gesicht schauen.

Ich hatte sie an der Bar überrascht, auf deren Marmorplatte ein Sektglas und ein silberner Eiskübel mit einer Flasche Cold Duck standen. Doch Karyn LaRose ließ sich durch eine unverhoffte Begegnung mit einem Widersacher nicht aus der Fassung bringen. Ohne den Blick von mir zu wenden, mit einer Schnute wie ein ungezogener Teenager, hakte sie ihr Bustier auf und ließ es fallen, knöpfte dann die Shorts auf, schob sie samt dem Höschen über Schenkel und Knie und stieg heraus. Dann zog sie die Nadeln aus ihrem platinblonden Haar, schüttelte es aus, setzte das Sektglas an den Mund und schaute mich dabei unverwandt mit leerem, leblosem Blick an.

26

Jimmy Ray Dixon zählte zu jenen dreisten Zeitgenossen, die andere mit einer derartigen Selbstverständlichkeit beleidigen und schurigeln, daß man immer annimmt, sie hätten nichts zu verbergen.

Ein guter Trick. Man hat stets eine Lüge auf Lager, selbst wenn man sich für gar nichts rechtfertigen muß. Zum Beispiel darüber, wie man in Vietnam eine Hand verloren hat.

Nachdem Jimmy Ray und seine Begleiter den Bootsanleger verlassen hatten, hatte ich einen Freund beim Veteranenbetreuungsamt in New Orleans angerufen.

Als ich tags darauf von der LaRose-Plantage in die Dienststelle zurückkam, rief er an und las mir alles vor, was der Computer über Jimmy Ray Dixon ausgespuckt hatte.

Er hatte seine Hand nicht beim Minenräumen auf einem Reisfeld im Feindesland verloren. Seine Geschäftspartner, eine Bande chinesischer Diebe, mit denen er gestohlenen Schnaps aus PX-Beständen verhökerte, hatten sie ihm abgeschnitten.

Darüber hinaus wurde in einem CID-Bericht angedeutet, daß Jimmy Ray möglicherweise im Drogengeschäft mitmischte und Heroin in den Särgen gefallener GIs in die Heimat geschmuggelt hatte.

Über seine Militärzeit hat er also gelogen, dachte ich. Aber wer würde das bei so einer Personalakte nicht tun?

Das störte mich nicht weiter.

Doch Jimmy Ray Dixon hatte am Bootsanleger gesagt, jemand habe auf sein Haus geschossen und seinen Bruder umgebracht.

Auf *sein* Haus.

Ich ging in die Stadtbibliothek und ins Archiv des *Daily Iberian* und durchforstete jeden Schnipsel Mikrofilm, den ich finden konnte, nach Berichten über den Mord an Ely Dixon.

Nur in einem Artikel, in *Newsweek*, wurde erwähnt, daß Ely in einem Einfamilienhaus getötet worden war, das er für fünfzig Dollar im Monat von seinem Bruder gemietet hatte, der in der Reportage als kriegsversehrter Vietnamveteran bezeichnet wurde.

Ich fuhr zur Dienststelle zurück und ging ins Büro des Sheriffs.

»Was ist, wenn der Falsche umgebracht wurde?« fragte ich.

»Ich hab das Gefühl, daß mich das eigentlich überhaupt nicht interessiert.«

»Es war in den sechziger Jahren. In Birmingham und Bogalusa wurden Bombenanschläge auf Kirchen verübt, in Missisipi Bürgerrechtler gelyncht. Seinerzeit ging jeder davon aus, daß der Schuß Ely Dixon gegolten hat.«

»Versuchen Sie hier etwa hinter die Motive eines Mordes zu kommen, der vor achtundzwanzig Jahren passiert ist? Wen kümmert das? Das Opfer jedenfalls nicht. Der Kerl ist sowieso tot.«

Er klang unwirsch, konnte seinen Unmut kaum verhehlen. Er drehte seinen Stuhl zur Seite, damit er mich nicht anschauen mußte, als er das Wort ergriff.

»Ich mag Sie sehr, Dave, aber Sie hören einfach nicht zu, verdammt noch mal. Lassen Sie die LaRoses in Ruhe. Kümmern Sie sich nicht um einen Scheißkerl wie Aaron Crown.«

»Ich habe zu Helen gesagt, daß im Bezirk Iberia keine Hinrichtungen stattfinden.«

»Machen Sie sich nichts vor. Das kommt nur daher, weil der elektrische Stuhl nicht mehr über Land fährt.«

Er spielte mit einem Aktenordner herum, legte ihn dann in seine Schreibtischschublade, stand auf und schaute aus dem Fenster, bis ich die Tür hinter mir zuzog.

Batist war an diesem Nachmittag mit einer Erkältung heimgegangen, und kurz vor dem Abendessen fuhren Alafair und ich mit einem Topf Suppe zu ihm nach Hause. Seine Frau war ein Jahr zuvor gestorben, und seither lebte er allein mit seinen drei Hühnerhunden und acht Katzen in dem an einem Fahrweg gelegenen, ungestrichenen Holzhaus mit seiner durchhängenden Veranda, dem spitzen Wellblechdach, einem Gemüsegarten, den er auf einer angrenzenden Parzelle bestellte, und einem Räucherhaus hinter dem Wohngebäude. Das spärliche Gras in seinem Garten war sauber gerecht, der Komposthaufen mit Hühnerdraht eingefaßt, und seine Krabbenfallen waren neben einem riesigen Eisenpott im Hinterhof gestapelt, wo er im Herbst Schweineschwarten kochte.

Im Laufe der Jahre hatte er mit seinem Pflug, mit dem er zu Frühlingsanfang den festgebackenen Boden in seinem Garten aufbrach, Teile alter Holznägel, eine rostige Wagenfeder, 58er Miniékugeln, verwitterte Blechstücke, die von Zündhütchen stammten, einen verrotteten Stiefel und ein Koppelschloß aus Messing zutage gefördert, auf dem die Buchstaben *CSA* eingeprägt waren – die Überreste eines konföderierten Lagers, das vermutlich im Jahre 1863 von der Unionsarmee überrannt worden war.

Ich hatte Batist kennengelernt, als ich noch ein kleiner Junge war und er ein Teenager, der als Schmiedegehilfe in einem weitläufigen, scheunenartigen roten Bau auf einer grünen Wiese draußen an der West Main Street arbeitete. Batists Arbeitgeber war ein gebrechlicher, uralter Mann namens Mr. Antoine, einer der letzten noch lebenden Veteranen der konföderierten Armee im Staat Louisiana. Tag für Tag saß Mr. Antoine mit seinen roten Hosenträgern, dem Strohhut und den Hautlappen an seinem Hals, die wie ein umgekehrter Hahnenkamm nach unten hingen, unter dem offenen Tor seiner Schmiede, um ein bißchen Luft zu schnappen.

Jeder, der Lust dazu hatte, konnte vorbeikommen und sich Geschichten aus »dem Krieg« anhören, wie er ihn nannte.

Nur wenige taten es.

Aber eine, die er Batist und mir erzählte, werde ich nie vergessen.

Es geschah bei Jubal Earlys letztem Angriff auf die Unionsarmee, kurz vor der Kapitulation des Südens bei Appomattox. Ein vierzehnjähriger Trommlerjunge aus Alabama war der einzige nicht verwundete Überlebende seiner Einheit. Doch statt sich zu ergeben oder davonzulaufen, band er eine konföderierte Kriegsflagge an eine ungeladene Muskete, stieg auf ein Pferd und rückte auf die Stellungen der Union vor. Er ritt zweihundert Meter weit durch ein von Kugeln zerfetztes und mit toten Südstaatlern übersätes Maisfeld, hielt die Fahne die ganze Zeit hoch über dem Kopf und hatte den Blick unverwandt auf die Steinmauer gerichtet, hinter der fünftausend Unionssoldaten warteten und ihm ungläubig entgegenschauten.

Keiner feuerte seine Waffe ab.

Statt dessen packten ihn drei Unionssoldaten, als sich sein Pferd den Hang hochgekämpft hatte und durch eine Bresche in der Mauer stürmte, zerrten ihn aus dem Sattel, nahmen ihm die Flagge ab und rangen ihn zu Boden. Der Junge schlug und trat wild um sich, bis einer der Soldaten in Blau sagte: »Mein Sohn, du mußt dich nicht mehr prüfen. Du bist jetzt auf der Seite des Herrn.«

Mr. Antoine schlug sich auf die Schenkel und johlte vor Vergnügen über seine Geschichte und alles, wofür sie stand, was immer das auch sein mochte.

Später las ich in einem Bericht über den Angriff auf den Cemetery Ridge eine ganz ähnliche Geschichte. Vielleicht war das alles nur Legende. Aber wenn man auch nur einmal anzweifelte, daß Mr. Antoine wahrhaft ein Veteran des Bürgerkriegs war, forderte er einen auf, die verkapselte Revolverkugel zu betasten, die wie ein Spatzenei unter seinem rechten Ellbogen hervortrat.

Der Witz an der Sache war, daß der Mann, der vermutlich mehr Berichte aus erster Hand über Mr. Antoines Krieg kannte als sonst jemand, daß dieser Mann, der sein Gemüse auf den Überresten eines konföderierten Feldlagers zog, ein Nachkomme von Sklaven war, weder lesen noch schreiben konnte und infolgedessen von niemandem als Zeitzeuge zu Rate gezogen wurde.

Er trug ein Paar Slipper, eine aus Marinebeständen stammende Latzhose und ein bis zum Hals zugeknöpftes Drillichhemd, als er uns die Tür aufmachte. Dann setzte er sich mit der Suppe an den Tisch. Zwischen den Bäumen hinter dem Haus schimmerte der Bayou in der Sonne.

»Fat Daddy Babineau hat mir 'n paar Schweinekoteletts gebracht, aber die bekommen einem nicht, wenn man sich den Magen verrenkt hat. Ich wollt ihn bloß nicht kränken.«

»Kommst du alleine zurecht?« fragte ich.

»Ich werd schon wieder.« Er blickte zu Alafair, die ein paar Miniékugeln auf seinem Küchenregal musterte. Dann schaute er wieder zu mir.

»Was ist los?« fragte ich.

»Fat Daddy is grad gegangen. Ich wollt dich schon anrufen.« Er blickte mich unverwandt an.

»Alf, hast du Lust, mit dem Pickup zu den Four Corners zu fahren und zwei Liter Milch zu holen?« fragte ich.

»Du willst mich wohl loswerden? Ganz schön raffiniert. Aber … na schön«, sagte sie, streckte eine Hand nach den Schlüsseln aus und stützte die andere in die Taille.

»Fat Daddy hat gesehn, wie dieser Mann mit seiner Piroge aus dem Sumpf gekommen is«, sagte Batist, nachdem Alafair aus der Tür war. »Er und seine Frau sind am Ufer fischen gewesen, und dieser riesige Nigger, der die eine Seite von seim Kopf rasiert hat, is zwischen den Bäumen rausgepaddelt. Es is am selben Morgen gewesen, an dem du den Mann mit dem Licht draußen bei unserm Bootsanleger gesehn hast, Dave. Fat Daddy sagt, der riesige Nigger hat goldene Zähne gehabt, und seine Arme warn so dick wie Telefonmasten. Im Bug von seim Boot is 'n Gewehr gewesen, und als Fat Daddy es gesehn hat, hat ihm der Nigger so 'n bösen Blick zugeworfen, daß Fat Daddys Frau ins Auto gewollt hat. Das is der Mann, der bei unserm Laden gewesen is, nicht?«

»Klingt ganz danach.«

»Das ist noch nicht alles. Als Fat Daddy und seine Frau den Uferdamm runtergelaufen sind, ham sie denselben Nigger wieder gesehn. Diesmal hat er mit dem Fuß den Boden von der Piroge kaputtgemacht. Er hat Riesenlöcher reingetreten und sie mitten im Kanal versenkt. Was bezweckt er denn damit?«

»Wer weiß? Vielleicht will er keine Fingerabdrücke hinterlassen.«

»Das is noch nich alles. Er hat gesehn, daß sie ihm zuschaun, und is den Damm hochgelaufen und hat sich zwischen Fat Daddy und Fat Daddys Auto gestellt. ›Warum geht ihr mir nach?‹ hat er gesagt.

›Wir sind zum Fischen hier‹, sagt Fat Daddy. ›Wir kümmern uns nicht drum, was andre machen.‹

Darauf sagt der Nigger: ›Willst du jemand erzähln, daß du 'n Mann gesehn hast, der Alligatoren wildert? Weil du nämlich 'n gottverdammter Lügner bist, wenn du das tust.‹

Sagt Fat Daddy: ›Wir wissen nix von 'nem Gator. Also lassen Sie uns in Ruh. Wir machen Ihnen kein Ärger.‹

Darauf lächelt der Nigger. ›Du bist 'n hübscher fetter Kerl. Weißt du, warum ich meine Piroge kaputtgemacht hab? Weil sie Löcher gehabt hat.‹ Und die ganze Zeit hat er mit der Hand an seinem Gemächt rumgedrückt, wie wenn's ihn juckt, wie wenn's ihm wurscht wär, daß eine Frau dabei is. Fat Daddy sagt, wenn man dem Nigger ins Gesicht geschaut hat, hat man genau gewußt, was der im Sinn hat. Der hat bloß drauf gewartet, daß man ein falsches Wort sagt, damit er seine ganze Boshaftigkeit an einem auslassen kann.

Fat Daddys Frau hat sich ins Auto gesetzt und sich keinen Zentimeter von der Stelle gerührt, hat vor lauter Angst kaum mehr Luft geholt und die ganze Zeit gebetet, daß Fat Daddy einsteigt und sie fortbringt.

Dann nimmt der Nigger Fat Daddy seine Angel und den Eimer ab, schmeißt sie auf den Rücksitz, macht die Vordertür auf und hilft Fat Daddy beim Einsteigen. ›Ich zeig euch mal was‹, sagt er, ›aber ich bin mir nicht sicher, ob ich's noch kann. Paßt mal auf.‹

Er hat mit beiden Händen unter die vordere Stoßstange gegriffen und sich so angestrengt, daß es ausgeschaut hat, wie wenn ihm sämtliche Adern im Gesicht platzen, und er hat dabei mit seinen Goldzähnen gegrinst, und die Spucke is ihm aus dem Mund gelaufen. Dann hat er das Auto vorn hochgehoben, so daß es mit den Hinterrädern fast vom Damm gerollt wär, eh er's wieder fallengelassen hat.

Er kommt zum Seitenfenster, grinst immer noch, wie wenn er was Tolles gemacht hätt, und läßt die Spucke auf sein Finger tropfen. Er nimmt Fat Daddy den Sonnenhut vom Kopf, steckt ihm den Finger ins Ohr und setzt ihm den Hut wieder auf. Hat kein Wort gesagt. Hat Fat Daddy bloß seine Spucke ins Ohr geschmiert und is weggegangen.

Was für ein Mann macht denn so was, Dave? Ich komm mir dabei richtig schlecht vor. Ich wünschte, ich hätt irgendwas gegen den unternommen, als er in unsern Laden gekommen is. Lieber Gott, wirklich wahr.«

Batist schüttelte den Kopf. Die Suppe und den Löffel, der neben dem Teller lag, hatte er vergessen.

Ein Therapeut erklärte mir mal, daß Träume überhaupt nicht rätselhaft seien. Sie stünden für unsere Ängste und Hoffnungen, sagte er. Leider konnte ich beides noch nie richtig auseinanderhalten.

Ich sehe eine Laube auf einer grasbewachsenen Böschung am Bayou Teche. Die Baumstämme wirken hart und weiß im Mondschein, wie Steine, doch voller Kraft, so als ob durch das kalte Licht eine flackernde Energie in der Borke gebannt werde. In der Laube stehen ein Weidenkorb voller Trauben und Bananen, eine verkorkte grüne Flasche mit Burgunderwein, eine in ein weiches Handtuch eingeschlagene Flasche Jack Daniel's Black Label und ein Eimer mit gestoßenem Eis, in dem zwei beschlagene Chrombecher liegen.

Ich koste den nach Holzkohle und Eiche schmeckenden Whiskey, der wie flüssiger Rauch über meine Zunge rinnt. Ich spüre die Hitze, die sich vom Bauch aus in Brust und Lenden ausbreitet. Aber ich bin innerlich trocken, so als ob meine Eingeweide zu Staub geworden sind, und die Wirkung stellt sich erst beim zweiten Schluck ein, einem langen, tiefen Zug, der nach Zucker und gestoßenem Eis, nach Minzblättern und Bourbon schmeckt und dann sämtliche Nerven erfaßt, als ob jemand ein Streichholz an meiner Schädelbasis angerissen hätte.

Doch diesmal handelt der Traum nicht von dem über Holzkohle gefilterten Erzeugnis aus Lynchburg, Tennessee. Sie kniet in der Laube, so daß ihr Gesäß auf den Fersen ruht, ißt mit beiden Händen ein Sandwich und wirkt irgendwie verletzlich, wie ein verängstigtes und hungriges Kind auf einem Foto aus Kriegszeiten. Sie lächelt, als sie mich sieht, als begrüße sie einen alten Freund, ergreift mit beiden Händen den Saum ihres Kleids und zieht es über den Kopf. Ihr braungebrannter Leib glänzt im Mondlicht wie glasiert, die Brüste sind prall und fest, sie wirkt unschuldig und ohne Arg, wenn da der Druck ihrer Schenkel nicht wäre, mit dem sie mich empfängt. Selbst im Traum weiß ich, daß es falsch ist, daß ich an einem Punkt angelangt bin, an dem es kein Zurück gibt – genau wie mit dem Whiskey, der die alte Glut von neuem entfacht und einmal mehr Anspruch auf einen Bereich meines Wesens erhebt, den ich längst vergessen hatte. Sie drückt ihren Mund auf meinen, legt mir die Finger auf die Hüfte, massiert dann meinen Rücken, und ich spüre, wie etwas in mir birst, so als platze der Boden einer Papiertüte unter einem Wasserschwall, und als ich sie zitternd vor Erregung anschaue, sehe ich einen Wust platinblonder Haare, Augen, die wie schwarzes Glas wirken, und ein genießerisch träges Lächeln, das in einem verächtlichen Kuß auf die Wange endet.

Ich wachte auf, setzte mich auf die Bettkante und schlang die Hände um die Knie, hatte ein Ziehen in den Lenden, wie ein halbwüchsiger Junge, der die Bilder, die er sich beim Masturbieren vorstellt, nicht mehr los wird.

Ich hörte, wie Tripod draußen an seiner Kette auf- und ablief, wie der Wind durch die Bäume strich und das abgefallene Laub über den Hof fegte. Als der Wind sich legte, kehrte einen Moment lang Stille ein, dann hörte ich wieder das Laub. Diesmal knirschte es unter einem Fuß.

Ich schaute aus dem Fenster und sah Tripod auf seiner Hütte hocken, den Blick zum Garten hinter dem Haus gerichtet.

Ich zog Bluejeans und meine Tennisschuhe an, holte meinen 45er aus der Kommode und die Taschenlampe aus dem Nachtkasten und überprüfte das Schloß an der Haustür. Bootsie schlief auf der Couch, hatte den Arm über die Augen gelegt und eine aufgeschlagene Illustrierte neben sich am Boden liegen. Ich schaltete den Strahler im Mimosenbaum ein und trat hinaus auf den Hof.

Aschewolken trieben vom Feld meines Nachbarn herüber, und der Widerschein der Sterne brach sich auf dem vom Wind gekräuselten Wasser des Ententeichs bei unserem Zaun. Ich suchte den Garten neben dem Haus ab, die Pferdekoppel und den Stall, den Aluminiumschuppen, in dem noch immer der alte Traktor meines Vaters stand, und ging dann am Rande des Bachbetts in Richtung Ententeich.

Die Batterien in meiner Taschenlampe wurden schwächer, daher schaltete ich sie aus und wollte zurück zum Haus gehen. Ich hörte den schrillen, aufgeregten Schrei einer Nutria draußen im Sumpf.

Ein kräftiger Mann, der von der Statur her an einen Urmenschen erinnerte, trat rasch zwischen den Bananenstauden hervor und stieß mir einen runden, harten Gegenstand in den Rücken.

»Ich hätt auch anrufen können. Aber ich bin hergekommen, weil ich Ihnen trau. Versaun Sie's nicht«, sagte er.

»Was wollen Sie, Aaron?«

»Geben Sie mir Ihre Pistole ... Sie kriegen sie wieder. Ich versprech's. Ich tu auch niemand was zuleid.«

Er tastete an meinem Arm entlang und nahm mir den 45er aus der Hand. Er roch nach Humus und wollener Kleidung, nach Lagerfeuerqualm und trockenem Schweiß.

»Erwischt! Donnerwetter, es hat geklappt! Sauber hab ich Sie reingelegt!« sagte er. Er ging in die Hocke, schüttete sich vor Lachen schier aus und schlug sich mit einer Hand auf den Schenkel. »Dabei hab ich bloß die alte Maiskolbenpfeife hier gehabt, die ich aus 'm Müllkübel geholt hab. Wie finden Sie das?«

»Warum benehmen Sie sich nicht wie ein erwachsener Mensch?«

»Habt ihr die Vietcongs genauso ausgetrickst?« Er tanzte wie ein wildgewordener Affe unter den dürren Bananenblättern.

»Geben Sie mir meine Waffe wieder?« fragte ich.

»Kann ich nicht machen.« Dann wurde er ernst und schaute mich offen und unverblümt an. »Ich will mich Buford LaRose stellen, und Sie solln das einfädeln.«

Als ich nichts erwiderte, sagte er: »Sind Sie taub? Sie solln's doch bloß einfädeln. Irgendwo draußen auf dem Land. Der geht bestimmt drauf ein. Der kommt dabei groß raus.«

»Ich weiß nicht, ob ich Ihnen trauen kann, Partner.«

»Die ham 'n kleinen italienischen Pisser auf mich angesetzt. 'n Mann, mit dem ich im Knast gewesen bin und der gewußt hat, wo ich mein Lager hab. Für manche Leute is Wissen wirklich ein Fluch.«

»Was wollen Sie damit sagen?«

Seine Augen waren weit aufgerissen, wachsam, glühten förmlich, als sei er felsenfest überzeugt, daß auf dieser Welt jeder des andern Feind war.

»Man könnte sagen, ich hab ihm ins Gewissen geredet. Er hat gesagt, daß Sie und ich jemand furchtbar stinken und weggeputzt werden solln, bevor ein bestimmter Gouverneur seinen Amtseid ablegt. Der is soweit gewesen, daß er keine Geheimnisse mehr für sich behalten wollt.«

»Das gefällt mir ganz und gar nicht, Aaron.«

»Die ham mich schlimmer behandelt wie jeden schwarzen Sittenstrolch. Mir isses scheißegal, was Ihnen gefällt oder nicht ... Hier geht's um uns beide.«

»Nein, geht es nicht.«

Er drückte mir den 45er unter das Kinn. »Dann gehn Sie in den Schuppen.«

»Allmählich werde ich ernsthaft sauer, Aaron.«

Er drückte mir die Mündung fester an den Hals. »LaRose hat meine Tochter benutzt und weggeschmissen. Danach hat er mich ins Gefängnis gebracht. Wenn Sie zu dem halten, sind Sie mein Feind.«

Sein Gesicht war blutleer, aus seinen aufgeblähten Nasenlöchern wucherten graue Haare. Er war jetzt kein wunderlicher alter Mann mehr, auch nicht mehr das bemitleidenswerte, einfältige Opfer irgendwelcher Ränke. Als ich in seine ausdruckslosen Augen schaute, wußte ich mit einemmal genau, daß er immer einen Grund gefunden hätte, einen Feldzug gegen die Welt zu führen, für die ein Buford LaRose stand, selbst wenn es Buford nicht gegeben hätte.

»Ich gehe nicht in den Schuppen, Aaron«, sagte ich.

Er atmete laut aus. Seine Zunge wirkte in der Dunkelheit wie ein graues Biskuit.

»Ihre Telefonleitung hab ich schon gekappt. Den hier geb ich Ihnen später zurück. Aber gehn Sie mir nicht nach«, sagte er.

»Sie sind ein Blödmann.«

»Nein, ich bin ein toter Mann. So nennt man die Leute, die in der Todeszelle sitzen, die toten Männer. Warten Sie mal ab, bis Sie der riesige Nigger in die Finger kriegt. Oder eine der Ihrn droben im Haus. Mal schaun, wie verständnisvoll Sie dann sind.«

»Was haben Sie da gesagt?«

Aber er war schon weg, hatte sich seitlich in die Büsche geschlagen wie eine Krabbe. Ich hörte nur noch das Laub unter seinen Arbeitsstiefeln knirschen, als er davonrannte.

Ich setzte mich neben der Couch, auf der Bootsie schlief, auf den Boden. Sie schlug die Augen auf und schaute mich an.

»Was ist los?« fragte sie.

»Aaron Crown war draußen …« Ich legte ihr die Hand auf den Arm, bevor sie sich aufsetzen konnte. »Ist schon in Ordnung. Er ist wieder weg. Aber er hat die Telefonleitung gekappt.«

»Crown war –«

»Ich geb's auf, Boots. Für Aaron, die LaRoses und alles, was die vorhaben, ist jetzt jemand anders zuständig.«

Sie stützte sich auf den Ellbogen.

»Was ist da draußen passiert?« fragte sie.

»Gar nichts. Das ist es ja. Ich kann diese Leute nicht ändern, da kann ich machen, was ich will.«

Sie schaute mich unverwandt an, so als wolle sie in mich hineinblicken.

»Soll ich uns was zu essen machen?« fragte sie.

»Das wäre klasse. Ich geh runter zum Köderladen und ruf von dort aus in der Dienststelle an.«

Als ich die Haustür hinter mir zuzog, sah ich sie in der Küche stehen. Sie hatte ihren Morgenmantel zugebunden, eine rohe Kartoffel in der einen, ein Reibeisen in der anderen Hand, und bereitete das Frühstück zu, so als sei dies ein ganz normaler Tag in unserem Leben, so wie früher, bevor ich mich auf Aaron Crown und die LaRoses eingelassen hatte.

Am Morgen fand Batist meinen 45er in einer Kentucky-Fried-Chicken-Tüte unter dem Fußabtreter auf seiner Veranda.

27

Wir haben da einen echten Schatz in der Arrestzelle«, sagte Helen.

Ich folgte ihr den Korridor entlang zum Haftbereich und wartete, bis der Deputy die Zelle aufgeschlossen hatte. Der Biker, der drin saß, hatte einen goldgelben Bart und Haare wie eine Löwenmähne. Seine Augen erinnerten mich an kleine rote Leuchtkugeln, die tief in die Falten seines Gesichts gedrückt waren, das wund wirkte, sei es vom Wundbrand, vom Alkohol oder aufgrund eines überhohen Blutdrucks.

Er hieß Jody Hatcher. Vor anderthalb Jahren war er vor Gericht unter der Auflage freigekommen, daß er sich freiwillig zum Marine Corps meldete. Womöglich hatte man gehofft, daß dadurch die ganze Familie Hatcher einfach aus dem Bezirk Iberia verschwinden würde. Seine Zwillingsschwester hatte kurze Zeit landesweit für Aufsehen gesorgt, als sie wegen Mordes an sieben Männern festgenommen worden war, die sie beim Trampen auf dem Florida Turnpike mitgenommen hatte. Die Mutter, eine fette, cholerische Frau mit starkem Damenbart, wurde von CBS auf der Veranda vor der Hütte interviewt, in der sie ihre Kinder großgezogen hatte. Ich werde ihre Worte nie vergessen: »Meine Schuld ist das nicht. Die is von Anfang an so gewesen. Ich hab sie jeden Tag geprügelt, schon als sie noch ganz klein gewesen ist. Es hat nix genutzt.«

»Werden Sie anständig behandelt, Jody?« fragte ich, nachdem der Deputy mich und Helen eingeschlossen hatte.

»Ich kann das Echo nicht ab, Mann. Ich kann nicht auseinanderhalten, was von draußen am Gang kommt und was da drin is«, sagte er grinsend und deutete auf seinen Kopf. Er trug hautenge schwarze Jeans und eine schwarze Lederweste, aber kein Hemd. Er strahlte geradezu, wirkte fröhlich und leicht selbstironisch, so als sehe er belustigt zu, wie sein Leben den Bach runterging.

Helen und ich setzten uns auf die Holzbank an der hinteren Wand. Mitten in der Zelle befand sich ein Abflußloch, das voller Urinflecken war.

»Ihre Satteltaschen sollen voller Amphetaminpulver gewesen sein«, sagte ich.

»Ja, der Macker, dem ich meine Harley geborgt hab, hat mich wahrscheinlich echt angeschissen. Mann, ich kann's nicht ab, wenn die so was mit einem machen.«

Ich nickte, als hörte ich eine traurige, aber wahre Geschichte.

»Ich dachte, Sie wären auf Haiti«, sagte ich.

»Bin entlassen worden, Mann. Ham Sie im Fernsehn die Schießerei bei dem Polizeirevier mitgekriegt? Das is mein Zug gewesen. Schaun Sie, da is 'ne Einheimische gewesen, die uns vom Balkon aus zugejubelt hat, und 'n Attaché hat ihr 'n Schlagstock über'n Schädel gezogen. Deswegen sind wir drunten bei dem Polizeirevier gewesen. Wir sind ausgeschwärmt und ham die Gegend gesichert, weil wir nicht gewollt ham, daß die Jungs noch mehr Leuten was antun. Die Marineinfanterie sorgt für Frieden, aber friedlich is sie nich, auch wenn das viele Zivilisten nicht kapiern. Wir ham gehört, daß die Jungs uns einheizen wolln, und dann kommt so 'n Macker raus und läuft mit 'ner Uzi in der Hand auf uns zu, und *puff* macht's, Mann, und ich seh die Leuchtspurmunition aus der Knarre vom Lieutenant, und im nächsten Moment ist der Teufel los, und eh ich mich's verseh, hab ich 'n ganzes Magazin auf einen Typ rausgerotzt, und der fliegt gegen 'ne Mauer und sieht aus, als ob ihn ein Schwarm Hühner totgepickt hätt. Ich hab das nicht gerafft, Mann. So was is echt grusliger Scheiß.«

Er saß auf einer Holzbank, hatte die Unterarme auf den Knien übereinandergelegt, die Fäuste geballt und schaute geistesabwesend ins Leere.

»Erzählen Sie Detective Robicheaux von dem mexikanischen Cowboy«, sagte Helen.

»Das ham wir doch schon durchgekaut, oder nich? Ich denk nich gern an so 'n Zeug.« Er spitzte den Mund wie ein Fisch.

»Sie müssen mit uns zusammenarbeiten, Jody, wenn Sie wegen der Sache mit dem Speed Strafnachlaß wollen«, sagte Helen.

»Das war kurz bevor ich zu den Marines gegangen bin. Ich hab in einer Bar in Loreauville 'n paar Mexikaner kennengelernt. Ich bin auf Dust und Trips gewesen und hab mir 'n paar Wodkas eingepfiffen, und dann sind wir alle irgendwo draußen im Wald gelandet. Es is 'ne richtig abgefahren heiße Nacht gewesen, voller Glühwürmchen, die auf den Bäumen rumgewimmelt sind, und draußen im Sumpf ham die Ochsenfrösche gequakt und die Nutrias geschrien. Die Jungs ham herrliches Speed gehabt, astreines Zeug, das dir nich das Blut versaut. Aber der eine Cowboy hat sich den Arm abgebunden und 'ne Vene rausgekitzelt, bis sie prall und lila wie 'ne Runkelrübe gewesen is, und dann hat er sich 'n Schuß gesetzt, und *plopp*, krümmt er sich zusammen und kippt um, und der Gummiriemen zum Abbinden schlackert zwischen seinen Zähnen wie 'ne geköpfte Schlange. Das is nicht wie bei billigem H. Das vergeht nicht, wenn du jemand ins kalte Wasser oder inne Schneewehe legst. Der Typ hat die Augen verdreht, er hat alles mögliche Zeug rausgesabbert, und seine Knie ham an die Brust geschlackert. Was willst'n da machen, Mann? Ich bin fix und fertig gewesen. Herrgott, das is, als ob du zuschaust, wie jemand ersäuft, und du kannst überhaupt nix dagegen machen.«

»Ist das alles, Jody?« fragte ich.

»Sagen Sie's ihm«, meinte Helen.

»Die ham ein Loch gebuddelt und ihn begraben«, sagte er.

»Wer?« fragte ich.

»Alle. Ich bin in den Wald gerannt. Ich hab das nich mit anschaun können … Womöglich war der noch gar nich tot … Das geht mir ständig durch den Kopf … Die ham keinen Doktor geholt und gar nix … Die hätten ihm wenigstens 'n Spiegel vor die Nase halten solln oder so …«

»Wer war dabei, Jody?« fragte ich.

»Der Typ, der grad zum Gouverneur gewählt worden is.«

»Sind Sie sicher?« fragte ich.

»Der is außer sich gewesen, hat geflennt wie ein kleines Kind. Da sind noch 'n paar andere Amerikaner dabeigewesen, die sich um ihn gekümmert ham.«

»Wer?« fragte ich.

»Weiß ich nicht, Mann. Ich hab mich ausgeklinkt. Ich hab's nich ausgehalten. Ich kann Ihnen nicht mal sagen, wo ich gewesen bin. Ich bin hinter 'ner schwarzen Bar in St. Martinville aufgewacht, weil mich Hunde angepißt ham.«

Sein Gesicht war verquollen, wirkte rot und glasig wie ein Lutscher, um Jahrzehnte älter, als er war. Er wischte sich mit den Handballen über die Augen.

»Was meinst du?« fragte Helen, als wir wieder in meinem Büro waren.

»Nimm seine Aussage auf. Leg sie zu den Akten«, antwortete ich.

»Ist das alles?«

»Jody hat schon lange nicht mehr alle Tassen im Schrank.«

»Glaubst du ihm nicht?«

»Doch, das schon. Aber damit kommen wir nicht durch. Buford LaRose ist erst dann dran, wenn er mit einem toten minderjährigen Stricher im Bett erwischt wird.«

»Zuviel des Guten«, sagte sie und ging hinaus.

Am Samstag morgen kam Clete Purcel aus New Orleans, ging bei leichtem Nebel zwei Stunden lang angeln, gab es dann auf und gönnte sich im Köderladen ein paar Bier, während ich die Belege durchging und die vierteljährlich fällige Einkommenssteuer auszurechnen versuchte. Clete war einsilbig, schaute ab und zu aus dem Fenster auf den Regen, als ob er ein stummes Zwiegespräch mit sich selbst führte.

»Spuck's aus«, sagte ich.

»Als ich nach Vietnam gekommen bin, hab ich mir gewünscht, ich wäre nie zur Marineinfanterie gegangen«, sagte er.

»Und?«

»Du hast die Würfel bereits geworfen, Großer. Du kannst diesen Arschgeigen nicht einfach sagen, daß du nicht mehr mitspielen willst.«

»Warum nicht?«

»Weil ich ständig Jerry Joes Gesicht seh, wenn ich träume, deswegen … Ist das dahinten seine Jukebox?«

»Ja.«

»Was ist da drauf?«

»Lauter Sachen aus den vierziger und fünfziger Jahren. Alles Klassiker.«

»Gib mir 'n bißchen Kleingeld.«

»Ich hab das Kabel zerschnitten.«

»Das is ja 'ne klasse Lösung, Streak.«

Eine halbe Stunde später klingelte das Telefon. Buford LaRose war dran. Ich ging mit dem Apparat nach hinten.

»Kommen Sie ins Patio-Restaurant in Loreauville«, sagte er.

»Nein, danke«, sagte ich.

»Verdammt noch mal, Dave. Ich möchte, daß wir diesen Mist hinter uns bringen.«

»Schön. Verzichten Sie auf Ihr Amt.«

»Crown ist eine Killermaschine«, sagte er.

»Wenn es so ist, haben Sie Ihren Teil dazu beigetragen.«

»Sie wissen noch nicht Bescheid, nicht wahr?«

»Worüber?«

»Über die Leiche, die grade aus dem Henderson-Sumpf gefischt wurde.«

»Das ist der Bezirk St. Martin. Damit habe ich nichts zu tun. Wiederhören, Buford.« Ich legte den Hörer auf.

»War das der Bumskopf?« fragte Clete.

»Yo.«

»Was hat er gewollt?«

Ich sagte es ihm.

»Willst du etwa aufgeben?«

»Darauf läuft's in etwa hinaus.«

»Grundfalsch. Bleib dran, Streak. Gib dir vor denen keine Blöße. Ich sicher dich ab, Mann.«

Er drehte den Barhocker um, wandte mir sein breites Gesicht zu und schaute mich mit tiefgrünen Augen an.

»Hör mir mal zu«, sagte er. »Das war dieser Mookie Zerrang, den du in dem Kahn draußen im Sumpf gesehen hast. Wenn du den Killer loswerden willst, mußt du rausfinden, woher er seine Kohle kriegt.«

Draußen fiel der Regen auf das Wasser, als ob Tausende gelber Lichter auf dem Bayou tanzten. Ich wischte den Tresen ab, trug den Müll hinaus, füllte den Kühlschrank hinten im Laden auf, kam dann endlich mit mir ins reine und rief Bufords telefonischen Auftragsdienst in Lafayette an, weil ich keine Lust hatte, mich bei ihm zu Hause zu melden.

»David Robicheaux am Apparat. Bestellen Sie Mister La-Rose, daß ich am Montag morgen ab acht in meinem Büro zu sprechen bin.«

Er kam um zehn, begleitet von Ciro Tauzin von der State Police. Ich hatte den Bericht der Sheriffdienststelle St. Martin über einen Leichenfund im Herderson-Sumpf vor mir auf dem Schreibtisch liegen.

»Begreifen Sie allmählich, was für ein Mensch dieser Aaron Crown ist?« sagte Buford.

»Eigentlich nicht«, erwiderte ich.

»Eigentlich nicht? Jemand hat dem Opfer die Bauchdecke aufgeschlitzt und mit Steinen aufgefüllt. Wer bringt denn so was fertig?« sagte Buford.

»Ich frage mich was ganz anderes, Buford. Was hat ein Gangster aus New Orleans, ein Killer für die Familie Giacano, draußen im Henderson-Sumpf verloren?«

»Er saß immerhin mit Crown in einer Zelle« sagte Buford.

»Und warum sollte Crown seinen Zellengenossen umbringen?« fragte ich.

»Vielleicht hat er Aaron ans Messer liefern wollen. Der Kerl hat ein paar Verfahren wegen Verstoßes gegen die Waffengesetze am Hals gehabt. Kriminelle haben nicht allzuviel Ehrgefühl«, sagte Tauzin und lächelte.

»Meiner Meinung nach wollte er Crown umlegen und hat den kürzeren gezogen. Was halten Sie davon, Mister Tauzin?« fragte ich.

Die Jacke seines blauen Anzugs sah aus, als sei sie falsch zugeknöpft. In seinen ölig schwarzen Haaren klebten vereinzelte Schuppen. Er rieb sich mit dem Daumen über das gespaltene Kinn.

»Männer wie Crown bringen einen wegen 'nem Paar Schuhe oder einem Teller voll Essen um. Meiner Meinung nach sind die ganz einfach zu durchschaun, Sir«, sagte er.

»Setzen Sie sich über seine Tochter mit ihm in Verbindung«, sagte Buford. »Wenn er sich mir stellt, garantiere ich für seine Sicherheit, und ich verspreche, daß er nicht wegen eines Kapitalverbrechens angeklagt wird …« Er stockte einen Moment, dann hob er die Hände von den Armlehnen des Stuhls. »Er fährt vielleicht zwei, drei Jahre ein, allerhöchstens, dann kann er aufgrund seines Alters entlassen werden.«

»Ziemlich großzügig«, sagte ich.

Buford und Ciro Tauzin warteten. Ich nahm eine Büroklammer und ließ sie auf meine Schreibunterlage fallen.

»Dave?« sagte Buford.

»Er hält Sie für den Feind schlechthin«, erwiderte ich.

»Sie haben mit ihm geredet.« Es war eine Feststellung, keine Frage. Ich konnte beinahe hören, wie er hin und her überlegte, sah an seinem Blick, daß ihm eine Idee kam. Buford war zweifellos hochintelligent. »Ist er auf einen Zusammenstoß aus? Hat er Ihnen gesagt, daß er mich umbringen will?«

»Machen Sie Frieden mit seiner Tochter. Dann hört er vielleicht auf Sie.«

Buford kniff die Augenwinkel leicht zusammen, so als überlege er, was ich damit meinen mochte.

»Wegen einer kurzen Liebelei auf der Schule? Wollen Sie darauf hinaus?« fragte er.

Doch bevor ich etwas sagen konnte, ergriff Ciro Tauzin das Wort: »Folgendermaßen sieht's aus, Mister Robicheaux. Sie können uns helfen, wenn Sie wollen, ansonsten heben Sie sich Ihre Ratschläge für jemand andern auf. Aber wenn sich Aaron Crown nicht stellt, kriegt er ein paar auf den Pelz gebrannt. Ist das einigermaßen klar, Sir?«

Ich erwiderte seinen Blick.

»Soll ich Ihre Bemerkungen weitergeben, Mister Tauzin?« fragte ich.

»Dafür wär ich Ihnen dankbar. Im Umgang mit Ihnen erlebt man ja allerhand, Sir. Ihr Ruf wird Ihnen nicht gerecht.«

Ich malte mit einem Kugelschreiber Kringel auf einen Notizblock, bis sie das Zimmer verlassen hatten.

Zwei Minuten später kam Buford allein zurück und öffnete die Tür. Er hatte seine Leinenjacke über der Schulter hängen, die Ärmel des karierten Hemds über die von dicken Adern durchzogenen Unterarme hochgekrempelt. Die lockigen Haare hingen ihm in die Stirn, und seine Wangen glänzten wie Winteräpfel.

»Sie werden mich niemals leiden können, Dave. Vermutlich kann ich Ihnen das nicht mal verübeln. Aber ich gebe Ihnen mein feierliches Ehrenwort, daß ich Aaron Crown beschützen und dafür sorgen werde, daß er als freier Mann stirbt«, sagte er.

Einen Moment lang sah ich wieder den hübschen jungen Quarterback an der L.S.U. vor mir, umringt von gegnerischen Angreifern, die sich auf ihn stürzen, ihn zu Fall bringen wollten, dessen Lage so aussichtslos war, daß die Leute aufsprangen, und der dann einen Achtzigmeterpaß über die Köpfe der Abwehrspieler hinweg warf, genau in die Hände eines freigelaufenen Receivers, der damit in die Endzone stürmte.

Manche der Helden, die Samstag nachmittags die Massen begeistern, sterben nicht friedlich im eigenen Bett. Zumindest der hier nicht, dachte ich.

Neunzig Prozent aller Kriminalfälle werden vermutlich durch Zufall oder mit Hilfe von Informanten geklärt. Ich hatte keinen Informanten in Bufords Kreisen, aber ich kannte einen Geistesgestörten, dessen Äußerungen immer unterhaltsam, wenn auch nicht erhellend waren.

Ich rief in seinem Restaurant in New Orleans und bei zwei seiner Baufirmen an und schloß aus all den Andeutungen und Ausflüchten, daß Dock Green in seinem Lager am Atchafalaya war.

Der Himmel war grau, und Regentropfen trommelten auf den breiten Fluß, als ich in die Stichstraße einbog und auf das Viehgatter vor dem Anwesen zufuhr. Ich sah Dock Green mit Strohhut und einer schwarzen Regenjacke neben dem Haus stehen, wo er allem Anschein nach einen Haufen dürres Holz verbrannte. Vor allem aber fiel mir Persephone Green auf, die gerade in ihren Chrysler gestiegen war und die Auffahrt heruntergerast kam, daß Schotter und Erdklumpen wie Geschosse durch die Luft flogen. Ich mußte aufs Gras ausweichen, damit sie mich nicht über den Haufen fuhr.

Als ich kurz darauf auf den brennenden Holzhaufen zuging, sah ich den Grund für Persephones Unmut. Hinter dem Haus, in einem großen runden Plastikbecken, das durch einen Gartenschlauch gespeist wurde, lagen zwei Frauen, die so zugedröhnt waren, daß sie das Wetter gar nicht wahrnahmen, auf Luftmatratzen und ließen sich im Wasser treiben.

»Unverhoffter Besuch von der Gattin, Dock?« fragte ich.

»Ich weiß nicht, wieso die nur noch mit dem Unterleib denkt. Aber sie will sich sowieso scheiden lassen.«

Er stocherte mit einem geschwärzten Rechen im Feuer herum. Dann drehte der Wind, und mit einemmal stieg mir ein beißender Geruch in die Nase. Mitten zwischen den brennenden Ästen und der weißen Asche lag der lange, verkohlte Rumpf eines Alligators.

»Er is in meinem Abflußrohr steckengeblieben und ersoffen. Ein Gator kann nicht rückwärts gehen«, sagte er.

»Warum vergraben Sie ihn nicht?«

»Weil ihn dann irgendwelche Viecher wieder ausgraben. Was wolln Sie hier?«

»Sie sind mir die ganze Zeit voraus gewesen, Dock. Vor so was habe ich Hochachtung«, sagte ich.

»Was?«

»Es geht um die Leiche auf der LaRose-Plantage und um allerhand andere Sachen. Ihnen entgeht kaum was, Partner.«

Sein rußverschmiertes Gesicht glühte in der Hitze des Feuers. Er betrachtete mich, als wäre ich ein alter Erzfeind, der über Vorfeld und Graben hinweg in seine feste Burg eindringt.

»Ich bin heute nachmittag eine Weile im Gerichtsgebäude gewesen. Sie haben ein paar Staatsaufträge zum Bau von Krankenhäusern«, sagte ich.

»Und?«

»Die Aufträge sind bereits bewilligt. Sie werden ein reicher Mann. Buford wird's eines Tages erwischen. Warum wollen Sie mit ihm untergehen?«

»Gut gemeint, zieht aber nicht.«

»Sagen Sie mir eins, Dock. Meinen Sie, er läßt Crown abknallen, wenn ich dafür sorge, daß er sich stellt?«

»Wen schert denn so was?«

»Einen Untersuchungsausschuß.«

Er wischte sich mit einem Fingerknöchel über die Nase, schniefte, warf einen kurzen Blick zu den Frauen im Schwimmbecken und schaute dann ins Leere, ohne sich auch nur die geringste Regung anmerken zu lassen.

»Sie sind blöd«, sagte er.

»Aha.«

»Sie zerbrechen sich den Kopf über 'n nichtsnutzigen alten Knacker und irgendwelchen Niggerzoff, der vor dreißig Jahren passiert is. LaRose schiebt Ihnen ein Kantholz in Arsch.«

»Wie das?«

»Er steht auf Gesellschaft.«

»Tut mir leid, Dock, aber da komm ich nicht mit.«

Er knetete mit der Hand den Rechenstiel.

»Warum gehn die Menschen nicht gern über Gräber? Wegen der Kalten, die da drunten liegen? Wenn er Ihren Knöchel zu fassen kriegt, zieht er sie zu sich in die Kiste«, sagte er.

Ich spürte, wie sich meine Lippen bewegten, wie die Haut um meinen Mund zuckte, doch ich brachte kein Wort heraus.

Bootsie und ich spülten nach dem Abendessen gemeinsam ab. Der Regen hatte aufgehört, und der mit lila und roten Wolken durchsetzte Himmel war so blau, daß er wie durchsichtig wirkte.

»Willst du die Sache einfädeln?« fragte sie.

»Ja.«

»Warum?«

»Weil ich es ein für allemal hinter mich bringen will.«

»Was sagt der Sheriff dazu?«

»›Machen Sie's.‹«

»Was macht dir dann so zu schaffen?«

»Ich traue Buford LaRose nicht.«

»Ach, Dave«, sagte sie, atmete aus, schloß die Augen und schlug sie wieder auf. Sie legte mir die Hände auf die Arme und lehnte sich linkisch mit der Stirn an meine Schulter, ohne mit mir wirklich auf Tuchfühlung zu gehen, so als habe sie Angst, mich zu umarmen, weil es sich nicht gehörte.

Am nächsten Morgen rief ich Sabelle Crown an und berichtete ihr von Bufords Angebot. Zwei Stunden später klingelte das Telefon auf meinem Schreibtisch.

»In zwei, drei Jahren komm ich wieder raus«, sagte der Anrufer.

»Aaron?«

»Is das mit Brief und Siegel?« fragte er.

»Ich habe damit nichts zu schaffen. Nehmen Sie sich einen Anwalt.«

»Die Advokaten ham mich schon mal verraten und verkauft.«

»Rufen Sie nie wieder hier an. Verstanden? Ich will nichts mehr mit Ihnen zu tun haben.«

»Dann wolln wir mal das Beste hoffen, sonst gnade Ihnen Gott«, sagte er und legte auf.

Die Tage vergingen, ohne daß ich noch etwas von Aaron Crown hörte. Am Freitag herrschte strahlendes Dezemberwetter, und der Abend war genauso schön. Der Wind wehte vom Golf, und man konnte den Regen in der Ferne riechen, den Duft der Blumen, die bei Dunkelheit noch blühten, das Ozon in den Bäumen, und man mußte sich regelrecht einreden, daß Winter herrschte und nicht Frühling. Bootsie und ich beschlossen, an diesem Abend unsere Weihnachtseinkäufe in Lafayette zu erledigen; deshalb bat ich Batist, den Köderladen zu schließen und bei Alafair oben im Haus zu bleiben, bis wir zurückkehrten.

Eigentlich war es gar nicht notwendig. Sie spielte im Haus unserer Nachbarn. Als ich wegfuhr, stand Batist auf dem Hof vor unserem Haus. Die Träger seiner Latzhose schnitten tief in sein T-Shirt, und er hatte zum Abschied die Hand erhoben, die glatt und goldbraun wie gut gefettetes Sattelleder glänzte.

28

Der Mann mit dem Schlapphut und dem schwarzen Gummiregenmantel kam bei Sonnenuntergang, als die Bäume hinter ihm wie in Feuer getaucht waren, und er kam von weit her, war zunächst nur ein kleiner Fleck am Horizont, der langsam größer wurde, als er über die abgebrannten Zuckerrohrfelder meines Nachbarn marschierte, wo die Asche wie Puder um seine Stiefel aufstob. Er hätte ein Farmarbeiter sein können, der ein verirrtes Kalb suchte, das nicht mehr aus dem Bachbett fand, ein Pachtbauer, der von seinem Feld kam und den Heimweg abkürzen wollte, vielleicht auch ein Landstreicher, der von einem vorüberfahrenden Güterzug gesprungen war – wenn da nicht der entschlossene Gang gewesen wäre, die energische Haltung, der Stock in seiner Hand, mit dem er sich fortwährend ans Bein schlug. Der Mann in dem Regenmantel marschierte immer weiter, auch als dunkle Wolken vor der Sonne aufzogen und Blitze im Feld einschlugen. Die Kühe meines Nachbarn wichen zur Seite wie ein Fischschwarm vor einem Hai, als er des Weges kam.

Batist hatte im Wohnzimmer vor dem Fernseher gesessen. Er ging in die Küche und goß sich noch eine Tasse Kaffee ein, verbrannte sich beim ersten Schluck den Mund, kippte ihn dann in die Untertasse und blies ihn, während er aus dem Fenster auf die Aschewolken schaute, die von den Feldern aufstiegen, und den Regen, der wie gesponnenes Glas vor den letzten glühenden Sonnenstrahlen im Westen fiel.

Das Fenster war offen, und er hörte trappelnde Pferdehufe und das Muhen der Kühe im Bachbett, und erst als er die Augen zusammenkniff, sah er den Mann mit Hut und Mantel, der sich mit dem Stock rhythmisch ans Bein schlug.

Batist rieb sich die Augen, ging ins Wohnzimmer und holte seine Brille, begab sich dann wieder zum Fenster und schaute hinaus. Doch er sah lediglich eine milchige Wolke aus Staub und Regen, die über dem Feld hing, und eine junge Anguskuh, die in unserem Garten stand, aber nirgendwo einen Mann mit Hut und schwarzem Mantel.

Batist ging hinaus in den Hof, in den Schwefeldunst, der aus den Feldern stieg, lief dann zum Ententeich und am Zaun entlang, bis er den umgestoßenen Pfahl sah und den niedergetrampelten Stacheldraht.

»Is da jemand?« rief er.

Der Wind klang wie ein schwärmendes Wasserinsekt.

Er verriegelte die Fliegengittertür hinter sich, ging zur Vorderseite des Hauses, trat auf die Veranda und schaute in den Hof und auf das wirbelnde Laub zwischen den Bäumen, die tanzenden Schatten der Äste am Boden. Drunten am Bayou zerrte ein Boot an seiner Kette, schlug gegen die Stützpfeiler des Stegs.

Er dachte an seine großkalibrige Schrotflinte unten im Köderladen. Im Regen wirkte der Laden klein und verlassen, so als sei er weit weg, und Batist wünschte, er hätte die Lichterkette über dem Bootsanleger eingeschaltet. Doch dann kam er sich albern vor, war geradezu peinlich berührt wegen seiner Gedanken.

Er stand mitten imWohnzimmer und hatte das Gefühl, als bliese der Wind durch Vorder- und Hintertür gleichzeitig und verbreite eine feuchte Kälte im Haus, die sich mit dem Schweißfilm auf seiner Haut verband.

Er zog einen Vorhang auf und schaute über die Auffahrt zum Nachbarhaus. Auf der Veranda brannte Licht, und über der Haustür hing ein grüner Adventskranz mit Kiefernzapfen und rotem Bänderschmuck; ein Weihnachtsbaum, eine Blaufichte mit schimmerndem Rauschgold, stand in einem Fenster. Im Garten zuckte der Strahl einer Sprinkleranlage hin und her und klatschte an die regennassen Bäume.

Er griff zum Telefon und fing an zu wählen, stellte dann aber fest, daß er nicht einmal wußte, wen er anrufen wollte. Er legte den Hörer wieder auf, schämte sich, weil ihm so bang zumute war und seine Hände sich so steif und nutzlos anfühlten.

Er wischte sich mit dem Hemdsärmel über das Gesicht, nahm den sauren Geruch wahr, der aus seiner Achselhöhle aufstieg, ging dann wieder zur Vordertür und blieb unschlüssig stehen. Im Geiste sah er sich hinunter zum Köderladen gehen und mit einer Schrotflinte zurückkehren, wie jemand, der schließlich zugibt, daß seine Ängste schon immer größer waren als sein Mut. Er entriegelte die Fliegengittertür, stieß sie mit der flachen Hand auf und ließ sich den kühlen Dunst ins Gesicht blasen, den der Wind unter das Verandadach trieb, ging dann wieder hinein und atmete tief durch.

Batist nahm den Eindringling mit dem schwarzen Gummiregenmantel erst wahr, als er ihm den Arm um die Kehle schlang und zudrückte, als wolle er eine Walnuß knacken. Er bog Batists Kopf nach hinten, zog seinen Körper an sich, so daß er die scharfkantige Gürtelschnalle spürte, nagelte ihn an seiner Brust fest und drückte ihm das unrasierte Kinn, das sich wie Sandpapier anfühlte, in den Nacken.

Der Schlapphut des Eindringlings fiel zu Boden. Er schien einen Moment lang innezuhalten und einen Blick darauf zu werfen, so als sei er vorübergehend abgelenkt und müsse sich erst wieder entscheiden, wie es mit ihm und seinem Opfer weitergehen sollte.

Aus dem Augenwinkel sah Batist eine Goldkrone, sah, wie der Eindringling mit der Unterseite seiner Zunge daran leckte. Dann wurde ihm der Arm wieder unters Kinn gedrückt, und als Batist durch die Fliegengittertür hinausschaute, kam es ihm vor, als trieben entwurzelte Bäume kopfüber im Regen.

»Ich zerquetsch dir gleich die Gurgel, Alter. Das heißt, daß du keine Luft mehr kriegst. Dann liegst du am Boden und röchelst wie 'n Hund, dem ein Auto übern Hals gefahrn ist … Wo is Robicheaux?« fragte der Eindringling.

Als Batist wieder zu sich kam, lag er mit angezogenen Knien auf der Seite. Im Haus war es still, und er konnte sehen, wie der Regen durch die Fliegengittertür spritzte und auf die Zypressendielen fiel. Im ersten Augenblick dachte er, der Mann mit dem Hut und dem Gummimantel wäre weg.

Dann spürte er einen Handschuh unter dem Kinn, als der Eindringling zupackte und seinen Kopf herumdrehte, als rücke er eine Schaufensterpuppe zurecht.

»Du bist mir weggeknackt, Alter. Weil ich nämlich die dicke Ader abgedrückt hab, die zu dei'm Hirn geht«, sagte der Eindringling. Er kauerte am Boden und nahm einen Schluck aus einer Halbliterflasche Aprikosenschnaps. Seine Augen waren türkisfarben, die glattrasierte Kopfhaut über seinen Ohren wirkte wie dunkler Kitt.

»Hau lieber ab, Nigger, solang du's noch kannst«, sagte Batist.

Der Eindringling setzte die Flasche an, ließ den Schnaps auf der Zunge zergehen und zwischen die Zähne sickern, so als wolle er einen Eiterherd ausspülen.

Batist setzte sich auf, wartete darauf, daß der Eindringling reagierte. Doch der rührte sich nicht. Er nahm einen weiteren Schluck, hockte sich bequemer hin und stützte sich mit einer Hinterbacke auf die Hacke seines Stiefels. Hemd und Mantelkragen waren aufgeknöpft, und darunter sah man die tätowierten blauen Haifischzähne, die sich wie ein Halsband um Schlüsselbein und Brustansatz zogen. In der rechten Hand hielt er ein Bananenmesser mit gekrümmter Spitze und einer scharfgeschliffenen, silbern schimmernden Schneide.

»Gibt's hier viele Fische?« fragte er.

Er streckte den Finger aus und tippte Batist an die Nasenspitze, setzte dann wieder die Flasche an und schloß genüßlich die Augen.

Batist schlug mit der flachen Hand zu und trieb ihm die Flasche in den Mund, daß das Glas an seinen Zähnen zerbarst und seine Lippen aufplatzten wie rote Blumen.

Der Eindringling erstarrte. Schnaps-, Blut- und Speicheltropfen glitzerten auf seinem Gesicht. Doch statt vor Wut und Schmerz davonzustürmen, stand er nur auf und trat Batist mit dem rechten Fuß an die Schläfe. Er fischte mit den Fingern die Glassplitter aus dem Mund, spie aus, als habe er Erdnußschalen auf der Zunge, und verzog die blutenden Lippen zu einem Lächeln.

Er beugte sich vornüber und hielt Batist die gekrümmte Spitze des Bananenmessers vor die Augen. Er wollte etwas sagen, stockte, drückte sich die Hand an den Mund, schaute sie an und wischte sie an seinem Regenmantel ab.

»Jetzt hast du mich soweit, daß ich's umsonst mach. Du mußt doch in nächster Zeit nirgendwo hin, oder?« sagte er und knöpfte seinen Mantel auf.

29

In der gleichen Nacht, in der der Eindringling zu meinem Haus kam, steuerte Aaron Crown etwa vierzig Meilen entfernt, im Atchafalaya-Becken, ein Boot mit Außenbordmotor durch ein Labyrinth aus Kanälen, bis er abseits des Flusses auf einen Altwasserarm stieß, in dem ein Austernkutter mit stählernem Rumpf halbversunken im Schlick lag. Der Bootskörper und die Decks sahen aus wie mit Schorf überzogen, die von Termiten und Würmern zerfressenen Aufbauten wirkten porös wie Kork. Die Einfahrt zu dem Altwasser war schmal, mit dichten Weiden bestanden, und dahinter strömte gelb und schäumend der Fluß vorbei.

Er saß auf einem Holzstuhl in der Kabine, die Haut mit Lehm verschmiert, hatte das gestohlene Enfield-Gewehr zwischen den Beinen stehen und den Blick auf den Fluß gerichtet, über den sie kommen mußten. Das Licht war hervorragend. Er konnte sie von weitem sehen, wie ein Tier, das aus seinem Bau schaut, aber sie konnten ihn nicht erkennen. Keine Hubschrauber, hatte er ihnen gesagt, auch nicht für die Presse. Wenn er Hubschrauber hörte, würde er im Sumpf verschwinden, unter dem dichten Laubdach, bevor jemand die Einfahrt zu dem Altwasserarm erreichte.

Der Leiter der State Police hatte gesagt, es sei alles ganz einfach. Aaron bräuchte nur ins Sonnenlicht zu waten, das Gewehr über dem Kopf. Niemand würde ihm was zuleide tun. Fernsehkameras würden jeden einzelnen Moment aufzeichnen, so daß an diesem Abend Millionen von Menschen zur Kenntnis nehmen müßten, wie ein Mann sich gegen den ganzen Staat zur Wehr gesetzt hatte.

Er mußte an seine erste Verhaftung denken, als er wegen des Mordes an dem Bürgerrechtler festgenommen worden war, und welche Aufmerksamkeit ihm dadurch landesweit zuteil geworden war. Wie vielen Männern war schon vergönnt, zweimal Geschichte zu schreiben?

Der Leiter der State Police hatte die Abmachung bestätigt – zwei, drei Jahre in einer Bundeshaftanstalt für alte Leute, keine schwere Arbeit, keine Einzelhaft, gutes Essen, ein Minigolfplatz, Fernseh- und Kartenzimmer, Verbindung zur Presse, wann immer er wollte.

Aber was war, wenn heute abend etwas schiefging? Auch damit konnte er leben. Buford LaRose würde irgendwo da draußen sein. Aaron schloß die Hand fester um den Schaft des Enfield, so daß der trockene Schlamm leise über das Holz scharrte, und spürte, wie sich etwas in seinen Lenden regte.

Er machte eine Büchse Dosenfleisch auf, tunkte einen Salzcracker darin ein, kaute langsam den Cracker samt Fleisch und trank einen Schluck aus einer heißen Dose Coca-Cola. Als die Büchse fast leer war, brach er einen Cracker entzwei und kratzte die letzten Fleischreste vom Boden, ließ keinen Krümel übrig, legte den Cracker auf seine Zunge und trank die Cola aus. Er wollte sich gerade eine Zigarette drehen, als er einen

Regenschleier quer über den Fluß auf sich zukommen sah, und durch den Regen erkannte er drei große Schnellboote mit aufgespannten Segeltuchplanen hinter den Kabinen und uniformierten Männern an Bord, deren Gesichter sich hinter den nassen Fensterscheiben abzeichneten.

Aber wo war das Boot mit den Presseleuten?

Er stand auf und ließ den Tabak aus dem halb aufgerollten Zigarettenpapier auf seine Hosenbeine und Arbeitsstiefel fallen. Der Wind blies jetzt stärker, peitschte die Weiden und Zypressen und wühlte das Wasser auf. Die uniformierten Männer hatten ihn noch nicht gesehen, aber sie hatten das Gas zurückgenommen, so daß man die Segeltuchplanen im Wind knattern hörte, und ließen die Boote im Wasser treiben.

Der Himmel im Süden hing voller gelber und lila Wolken, wie Rauch, der aus einem Fabrikschlot aufsteigt. Er kniff die Augen zusammen, damit er im Regen besser sehen konnte. Was hatten die vor? Der Leiter der State Police, dieser – wie hieß er doch gleich? – Tauzin, sollte eigentlich mit einem Megaphon an Deck stehen, ihm sagen, was er machen sollte, die Sache in die Hand nehmen, dafür sorgen, daß die Presseleute Aaron filmten, wenn er aus dem Sumpf watete, das Gewehr hoch über den Kopf hielt – ein unbeugsamer Mann aus dem Bergland, der sich nur ergab, weil der Gouverneur des Staates höchstpersönlich die Bedingungen mit ihm ausgehandelt hatte.

Irgendwas stimmte nicht. Jetzt kamen Männer aus den Kabinen und traten an Deck, erst einer, dann zwei, drei, und schließlich waren es vier. Sie hatten die Schirme ihrer Mützen nach hinten gedreht und achteten darauf, daß sie Deckung hatten.

Es kann nicht sein, dachte er. Das Angebot war ihm von einem Mann von der Sheriffdienststelle des Bezirks Iberia unterbreitet worden, einem Mann, dem er vertraute. Der Leiter der State Police hatte ihm ebenfalls sein Wort gegeben. Und wo war dieser verdammte Buford LaRose? Aaron wußte, daß Buford sich nie und nimmer so eine Gelegenheit entgehen lassen würde, da er vor den Kameras stehen konnte, hinter sich das Marschland, die aristokratischen Züge weich und wohlwollend, wie der Inbegriff der Menschlichkeit und des guten Gewissens.

Dann kam ihm ein schrecklicher Gedanke, und er hatte ein Bild vor Augen, das so klar und deutlich war, daß ihm heute noch das Gesicht brannte, als er sich wieder daran erinnerte, obwohl inzwischen über sechzig Jahre vergangen waren – ein kleiner Junge mit der geborgten Latzhose, der von einem anderen Jungen, dessen Vater die Baumwollspinnerei besaß, in eine Pfütze auf dem Schulhof geschubst wurde, dazu die Worte, die ihm ins Gesicht geschleudert wurden: *Aaron, du bist blöder als ein Nigger, der sich in einer Schneewehe verstecken will.* Es war die alte Erkenntnis, daß es trotz aller Mühe, die er sich gab, immer auf dasselbe hinauslief: Er war von Natur aus, von seiner Geburt an, das Opfer derer, die bessergestellt waren. In diesem Fall sah es schlicht und ergreifend so aus, daß Buford LaRose bereits zum Gouverneur gewählt worden war. Er mußte niemandem etwas beweisen. Aaron Crown war nur ein kleiner Störenfried, dessen man schließlich überdrüssig geworden war, weshalb man sich seiner kurzerhand entledigen wollte, wie man ein lästiges Insekt beseitigt.

Aaron hatte all dies ebenso deutlich vor Augen wie das Gesicht des Mannes mit der umgedrehten Mütze, der sich langsam zum Bug des vorderen Bootes vorarbeitete und zwischen Schanzdeck und Kabine in Stellung ging. Jetzt standen sie einander Auge in Auge gegenüber. Aber Aaron dachte nicht daran, klein beizugeben oder sich zu ducken, sich seine Angst anmerken zu lassen, auch wenn er ein Gefühl hatte, als ob sich seine Eingeweide in Wasser verwandelten. *Tun tätst du's schon gern, jawoll, mein Bester, Haare und Hirn über die Bäume verteiln, aber du bist einer von denen, die nicht die Hosen runterlassen und in die Landschaft scheißen, bis dir einer sagt, daß es in Ordnung geht.* Aaron zerdrückte die Blechbüchse in der Hand, daß der Boden aufblinkte wie ein Spiegel.

Er hatte sich geirrt.

Das Mündungsfeuer des M-16-Gewehrs blitzte auf, als sich der Bug des Bootes in der Dünung hob, und die 223er Kugel zischte an Aarons Ohr vorbei, durchschlug glatt die Kabinenwand hinter ihm und landete irgendwo tief im Sumpf. Im nächsten Moment nahmen ihn die anderen Männer unter Beschuß, deckten ihn mit Tränengasgranaten ein und beharkten ihn mit ihren auf Schnellfeuer eingestellten M-16s und den großkalibrigen Remington-Vorderschaftrepetiergewehren, die mit grobem Schrot geladen waren.

Aber Aaron rannte jetzt davon, und er lief nicht dahin, wo sie meinten. Während die Gasgranaten zischend an Deck landeten und der Schrot und die 223er Kugeln die Kabine des Austernkutters durchsiebten, als die Leuchtspurgeschosse kreuz und quer durch die dunkle Kabine zuckten, rutschte er über die Leiter hinab in den stählernen Bauch des Bootes und schlüpfte durch ein Loch am anderen Ende hinaus, dort, wo ein Abwracker etliche Rumpfplatten herausgerissen hatte. Er rannte über Sandbänke hinweg, durch Tümpel, hörte, wie hinter ihm die Kabine in Trümmer geschossen wurde, wie das Glas barst, wie die Kugeln scheppernd auf Metall schlugen, wie zerfetzte Bretter zwischen die Bäume flogen, als ob ein Waldbrand ausgebrochen wäre.

Als er den Außenborder angeworfen hatte, blickte er kurz zurück. *Feuer.* Das hatte er nicht bedacht. Sie hatten ihre Magazine mit Leuchtspurgeschossen geladen, und jetzt leckten Flammenzungen um die Kabine des Austernkutters.

Aarons Augen, die tief unter der Schlammkruste in seinem Gesicht lagen, waren rosa wie Mercurochrom, und in seinem

Blick spiegelte sich die Erkenntnis wider, daß er soeben den letzten Beweis für die Verschwörung erhalten hatte, die seit jeher gegen ihn und seine Familie im Gange war. Irgendwie empfand er dabei Genugtuung, kam sich zutiefst bestätigt vor, und er genoß dieses Gefühl, so als werde er in warmes Wasser getaucht und gebadet. Mit geradezu sinnlicher Lust biß er die Zähne zusammen, doch er hätte beim besten Willen nicht sagen können, warum.

In der gleichen Nacht hinterließ jemand, der einen harten Hinterwäldlerakzent sprach und seinen Namen nicht nannte, eine Nachricht auf meinem Anrufbeantworter: »Buford hat Sie rumgekriegt. Ich weiß nicht, wie. Aber mir isses gleich, ob ich einer Drecksau den Sack abschneid oder zwei.«

30

Die Geschichte von Aaron Crowns Flucht vor der State Police ist meine Darstellung der Ereignisse, die mir ein Deputy aus dem Bezirk St. Martin schilderte, als wir im Warteraum des Iberia General saßen, ein paar Türen von dem Krankenzimmer entfernt, in dem Batist lag. Clete und ich blickten dem Deputy hinterher, als er in den Fahrstuhl stieg und uns mit ausdrucksloser Miene anschaute, während sich die Tür schloß.

»Was meinst du?« fragte Clete.

»Es war kein Zufall, daß Mookie Zerrang am gleichen Abend zu meinem Haus kam, an dem Crown umgelegt werden sollte.«

Clete beugte sich vor und rieb die Hände aneinander, zupfte an einer Schwiele und schaute mich mit seinen grünen Augen nachdenklich an. Er war in zweieinhalb Stunden von New Orleans hierhergefahren, so daß der Dampf wie Trockeneisnebel unter der Haube seines Cadillac hervorgequollen war, als er unter den Bogenlampen auf dem Krankenhausparkplatz angehalten hatte.

»Zerrang muß aus der Welt, Streak«, sagte er.

»Wird er auch.«

»Wird er nicht. Es sei denn, du oder ich sorgen dafür. Der Typ steht in hohen Diensten, Mann.«

Ich antwortete nicht.

»Du weißt, daß ich recht habe. Wenn die dreckige Touren reiten, ziehn wir die schwarze Flagge auf und zahlen's ihnen heim«, sagte er.

»Das ist nicht der richtige Ort, um so was zu besprechen.«

»Ich kenn 'n Freak im Bezirk Jefferson. Ein echter Irrer. Sogar die Mafiosi gehen auf die andre Straßenseite, wenn sie den kommen sehn. Aber er schuldet Nig fünf Riesen. Ich kann das mit den Außenständen regeln. Mookie Zerrang wird auf dem Zahnfleisch gehen ... Hörst du überhaupt zu?«

Ich ging zum Getränkeautomaten, steckte dann mein Kleingeld wieder ein und lief weiter zum Schwesternzimmer.

»Ich muß mit meinem Freund sprechen«, sagte ich.

»Tut mir leid, nicht bevor der Arzt noch mal bei ihm gewesen ist«, erwiderte die Schwester. Sie lächelte und wollte nicht unhöflich sein.

»Dann bitte ich um Entschuldigung«, sagte ich und ging an ihr vorbei in Batists Zimmer.

Er lag auf der Seite, mit dem Gesicht zur Wand, und hatte den ganzen Rücken voller Verbände. Der Eindringling hatte ihn mit einer ausziehbaren Stahlrute bearbeitet, wie man sie in Spezialgeschäften für Polizei- und Wachschutzbedarf kaufen kann. Das Modell, das der Eindringling benutzt hatte, hatte außerdem eine Stahlkugel an der Spitze, die etwa so groß wie eine kleine Murmel war. Die Sanitäter hatten Batists Latzhose und sein T-Shirt mit Scheren abschneiden und ihm den Stoff wie Spinnweben von der Haut ziehen müssen.

Sein Kopf fuhr herum, als er mich hörte.

»Alles okay, Partner«, sagte ich und ging um das Fußende des Betts herum.

Sein rechtes Auge war zugeschwollen, die Nase gebrochen und kreuz und quer verpflastert.

»Ich hab nich viel davon gespürt, Dave. Er hat mir zuerst eins auf den Kopf verpaßt, weil ich aufgestanden bin und ihm noch mal aufs Maul gehaun hab«, sagte er.

Ich nahm einen Stuhl und setzte mich neben das Bett.

»Ich verspreche dir, daß wir den Kerl kriegen«, sagte ich.

»Es is nicht deine Schuld.«

»Man hat Aaron Crown eine Falle gestellt, und ich habe dabei mitgeholfen, Batist. Ich hab's zwar nicht gewußt, aber dadurch hab ich jemandem die Gelegenheit gegeben, auch mich zu beseitigen.«

»Wer macht denn so was, Dave? Was haben wir denen denn getan?«

»Sie wohnen droben am Teche. Buford und Karyn LaRose.«

Er schloß die Augen und schlug sie dann wieder auf, so als sei er am Einschlafen oder denke über etwas nach.

»Das is nicht deren Art«, sagte er.

»Warum?«

»Leute wie die kriegen keine schlimmen Sachen zu sehn, Dave. Jeder Schwarze auf der Plantage kann dir das erzähln. Die Weißen droben in dem großen Haus wolln gar nicht wissen, was draußen auf dem Feld oder in den Quartieren passiert. Die ham ihre Leute, die sich um so was kümmern.«

Die Schwester und der Arzt kamen herein und sahen uns an.

»Kommst du eine Zeitlang allein zurecht?«

»Klar. Die behandeln mich gut«, sagte Batist.

»Es tut mir so leid«, sagte ich.

Er schob die Finger über meine Hand und tätschelte mich, wie mein Vater es getan hätte.

Clete fuhr hinter mir her und ging in unserem Gästezimmer schlafen. Ich lag im Dunkeln neben Bootsie, hatte den Arm über die Augen geschlagen und hörte, wie das Regenwasser von den Bäumen auf das abgefallene Laub tröpfelte. Ich versuchte meine Gedanken zu ordnen, gab es dann auf und schlief ein, als die Sterne noch am Himmel standen. Am Morgen wirkte das Zimmer nackt und leer, genauso, wie ich mir selbst vorkam – ohne jede Erinnerung, so wie früher, wenn ich aus einem schweren Rausch erwachte. Dann fiel mir mit einem Schlag wieder alles ein, was letzte Nacht passiert war.

Batist hatte nicht gewollt, daß ich mir seinetwegen Vorwürfe machte, und mir zuallererst versichert, daß die Schmerzen nicht so schlimm seien, als er mich im Krankenhaus gesehen hatte. Er hatte nicht an sich gedacht, keine Rachegelüste geäußert, mir keinerlei Vorwürfe gemacht oder die Umstände verflucht, durch die er an einen Sadisten wie Mookie Zerrang geraten war.

Ich war zehn Monate in Vietnam gewesen und hatte keine vorsätzlichen Greueltaten erlebt, zumindest keine, die von Amerikanern begangen wurden. Möglicherweise lag das daran, daß meine Dienstzeit vorüber war, bevor der Krieg richtig losging. Ich hatte einmal ein Dorf gesehen, nachdem der Ortsvorsteher unsere 105e Feldartillerie gegen die eigenen Leute angefordert hatte, und ich hatte miterlebt, wie ein paar unserer südvietnamesischen Verbündeten gefangene Vietcongs gefesselt, ihnen Handtücher um den Kopf gewickelt und eine Feldflasche voller Wasser nach der anderen darüber gegossen hatten, bis sie bereit waren, für einen Mundvoll Luft ihre eigenen Familien zu verraten. Irgend jemand hatte immer eine Erklärung dafür, so daß man die Bilder zumindest vorübergehend verdrängen konnte. Es war die sinnlose Grausamkeit – Unrecht, das man gar nicht als solches erkannte –, die an einem hängenblieb, wie eine schwärende Wunde.

Ein Bild wird mir immer vor Augen bleiben, wie eine Ansichtskarte, für die man nicht die richtige Briefmarke findet: Die Mama-san ist vermutlich über siebzig. Ihre Brüste hängen schlaff herab, die Haut ist schrumplig wie ein verdorrter Apfel. Sie und ihre Enkelin putzen für eine Horde Marines die Unterkünfte, waschen ihre Kleidung und verbrennen die Latrinenkübel. Zwei Rekruten basteln aus einem Stück Pappkarton ein Schild, hängen es ihr um den Hals, stellen sich verschwitzt und mit nacktem Oberkörper neben sie, während ein dritter Marineinfanterist mit einer Polaroidkamera ein Foto knipst. Auf dem Schild steht MISS NORTH DAKOTA. Dem faltigen, wie gegerbt wirkenden Gesicht der Mama-san sieht man nicht an, ob sie versteht, daß es sich um eine Beleidigung handelt. Die Marines wiederum grinsen breit in die Linse.

Voltaire hat einmal über die Grausamkeit geschrieben, die er an seinem Nachbarn beobachtete, einem Foltermeister in der Bastille. Er schildert sie als einen unstillbaren Drang, der seinem Wesen nach nicht anders ist als Fleischeslust oder die Abhängigkeit von einer Droge. Wenn der Nachbar nicht in Diensten des Staates gestanden hätte, würde er seinerseits Geld dafür bezahlen, damit er seine Arbeit in den steinernen Gelassen unter den Straßen von Paris fortführen könnte.

Mookie Zerrang war nicht einfach ein gedungener Killer. Er zählte zu jenen Randerscheinungen des Menschengeschlechts, die auf die Lahmen und die Blinden warten oder auf jene, denen keine Stimme gegeben ist, und er lächelte voller Vorfreude, wenn sein Auftritt nahte.

Beim Frühstück brachte ich keinen Bissen herunter. Ich ging ins Wohnzimmer und putzte die Stelle, an der wir Batist gefunden hatten. Ich stopfte den Läufer, auf dem er gelegen hatte, und die Papiertücher, mit denen ich die Zypressendielen geschrubbt hatte, in einen Plastikmüllsack.

»Ich geh runter zum Köderladen«, sagte ich zu Bootsie.

»Mach doch für heute dicht«, erwiderte sie.

»Es ist Samstag. Womöglich kommen ein paar Kunden vorbei.«

»Nein, du willst nur ungestört telefonieren. Mach's von hier aus. Ich geh weg«, sagte sie.

»Wir haben beide kaum geschlafen, Boots. Wir sollten uns heute nicht weh tun.«

»Dann halt dich selber dran.«

Darauf fiel mir nichts mehr ein. Ich schloß den Köderladen auf und wählte Buford LaRoses Nummer.

»Hallo?« sagte Karyn.

»Wo ist Buford?«

»Unter der Dusche.«

»Hol ihn ans Telefon.«

»Laß ihn in Ruhe, Dave. Bleib uns vom Leib.«

»Vielleicht sollte ich ihn mir ein andermal vornehmen. Wie wär's zum Beispiel beim Ball zur Amtseinführung?«

»Dazu braucht man eine Einladung. Du kommst da nicht rein ...« Sie stockte, so als lasse sie ein Stück Eis auf ihrer Zunge zergehen. »Übrigens, da du Naturschützer bist, hab ich was, das dir gefallen wird. Ich habe mit jemandem darüber gesprochen, daß man das Sumpfgebiet rund um deinen Laden zum Landschaftsschutzgebiet erklären sollte. Das heißt natürlich, daß jegliches Gewerbe vom Staat oder von der Bundesregierung übernommen wird. Oh, Buford trocknet sich gerade ab. Einen schönen Tag noch, Dave.«

Sie legte den Hörer auf einen Tisch und rief heiter und beschwingt: »Rat mal, wer dran ist?«

Ich hörte, wie Buford das Telefon in die Hand nahm.

»Nicht verraten«, sagte er.

»Halten Sie den Mund, Buford –«

»Nein, diesmal halten Sie den Mund, Dave. Aaron Crown hat sich nicht an die Abmachung gehalten. Er sollte sein Gewehr ins Wasser werfen. Statt dessen hat er mit einer Blechbüchse oder irgend etwas ähnlichem herumgefuchtelt, worauf ein Polizist das Feuer eröffnet hat. Ich habe versucht, es zu verhindern.«

»Sie waren dabei?«

»Ja, natürlich.«

»Ich glaube, Sie lügen«, sagte ich. Aber seine Erklärung nahm mir den Wind aus den Segeln.

»So war es aber. Erkundigen Sie sich.«

»Der Schwarze, der bei mir arbeitet, wurde gestern abend fast zu Tode geprügelt.«

»Tut mir leid. Aber was habe ich damit zu tun?«

Ich spürte, wie sowohl meine Wut als auch mein Selbstvertrauen schwanden. Ich rieb mir mit dem Handballen über das Auge, bis ich nur noch konzentrische rote Ringe sah. Meine Hände fühlten sich kalt und dick an, und ich roch meinen eigenen Schweiß. Ich wollte etwas sagen, brachte aber kein Wort heraus.

»Dave, ist alles in Ordnung?« fragte er. Seine Stimme klang merkwürdig, beinahe mitleidig.

Ich legte auf, setzte mich an den Ladentisch, stützte die Arme auf den Tresen und ließ den Kopf hängen, fühlte mich mit einemmal erschöpft, ohnmächtig und ausgelaugt, so als hätte ich einen Virus im Leib. Ich hörte, wie Bootsie mit ihrem Wagen zur Straße zurücksetzte, und sah dann, wie sie mit Alafair über die lange Eichenallee in Richtung Stadt fuhr. An einem Pfosten hinter dem Tresen hing ein kleiner Metallspiegel. Das Gesicht, das ich darin sah, kam mir nicht bekannt vor.

31

Clete und ich besuchten Batist im Iberia General und fuhren dann weiter zu Red Lerille's Fitneßstudio in Lafayette. Clete bestellte sich im Café vor dem Übungsraum eine Folienkartoffel mit Käse und Sauerrahm, Schinkenstreifen und grünen Zwiebeln, setzte sich mit seinem Essen an einen Tisch neben der Glaswand und sah zu, wie ich mich eine halbe Stunde an den Geräten abrackerte. Dann zog er eine Badehose an, schwamm ein paar Runden in dem beheizten Freiluftbecken und traf sich dann mit mir im Dampfbad.

»Wie geht's?« fragte er.

»Ganz gut. Ist bloß ein leichter Malariaanfall.«

Ein Mann, der neben uns saß, faltete eine Zeitung zusammen, legte sie auf die Kacheltreppe und ging hinaus. Clete wartete, bis er die Tür hinter sich geschlossen hatte.

»Du setzt dir selber wieder viel zu hart zu, Großer«, sagte er.

»Mehrere Menschen sind tot. Bislang ist niemand verhaftet. Jemand wie Batist wird von einem Abartigen angefallen. Nun sag mir mal, was ich richtig gemacht habe.«

»Jetzt hör mir mal zu«, sagte er und hielt mir den Finger vors Gesicht. Die Haut auf seinen breiten Schultern und der massigen Brust war rot und wirkte im Dampf wie gekocht. »Du bist Polizist. Du kannst nicht einfach wegschaun und so tun, als ob du nicht mitkriegst, was rundum vorgeht. Wenn du Mist baust, hast du eben Pech gehabt. Aber wenn's hart auf hart kommt, mußt du austeilen und zulangen und die Rechtfertigungen jemand anders überlassen. Hör auf, mit dir selber ins Gericht zu gehen.«

»Eines Tages werden wir dir deine Dienstmarke wieder besorgen«, sagte ich.

Er legte mir die Hand auf den Nacken. Ich spürte den Schweiß und das feuchte Fett unter Fingern und Ballen. »Wenn ich mich an die Regeln halten müßte, könnt ich meinem alten Partner nicht den Rücken freihalten«, sagte er.

Er lächelte mich an, als könnte er kein Wässerchen trüben.

Ich setzte ihn vor einem Motel an der Schnellstraße in New Iberia ab und fuhr allein nach Hause. Ich winkte dem Deputy zu, der in einem Streifenwagen beim Köderladen saß, bog in die Auffahrt ein, stellte den Motor ab und hörte zu, wie er klickend abkühlte, während ich zu Bootsies Wagen schaute, auf die Möwen, die in der tief stehenden Sonne vom Feld meines Nachbarn aufstiegen, und dann auf Bootsies Gesicht zwischen den im Wind wehenden Vorhängen an einem der hinteren Fenster, bevor sie sich abwandte, als wäre ich nicht da.

Ich ging zur Hintertür, überlegte hin und her, wie ich die Probleme ansprechen könnte, die ich nicht einmal beim Namen nennen konnte, ließ es dann sein, weil ich keinen klaren Gedanken fassen konnte, und ging hinunter zum Köderladen, in den grünen, gasartigen Geruch der Abendluft. Die Pecanschalen knirschten unter meinen Füßen, als könnte ich mich über Zeit und Raum hinwegsetzen, der lieblos angespannten Atmosphäre entrinnen, die in dem Haus herrschte, das mein Vater einst eigenhändig aus behauenen Zypressen gebaut hatte.

Die Lichterkette über dem Bootsanleger war eingeschaltet, und aus der Fliegengittertür ertönte Musik.

»Was machst du da, Alf?« fragte ich.

»Ich hab mir den Schlüssel für die Jukebox aus der Registrierkasse geholt. Geht das in Ordnung?«

»Ja, schon gut.«

Sie hatte Jerry Joe Plumbs Musikbox von der Wand weggeschoben, die Tür aufgeschlossen und die 45er Schallplatten auf ein weiches Handtuch auf dem Tresen gelegt.

»Ich laß eine nach der anderen auf meinem tragbaren Plattenspieler laufen und nehm sie auf Kassette auf. Ich hab schon fünfzehn überspielt«, sagte sie. »Du magst die alle, nicht?«

Ich nickte und blickte dabei aus dem Fenster zu der hell erleuchteten Veranda des Hauses. »Das ist klasse, Alf«, sagte ich.

»Wer war die Dumpfbacke, die das Kabel durchgeschnitten hat?«

»Wie bitte?«

»Welche Dumpfbacke hat das Kabel durchgeschnitten? Wer macht denn so was?«

»Was ist denn das für eine Ausdrucksweise?«

»Tolles Ding«, sagte sie. Sie nahm eine Platte herunter und legte eine neue auf, schaute dabei nach unten, so daß ihr Gesicht von den Haaren verdeckt wurde.

»Warum bist du so aufgebracht?« fragte ich.

»Wegen dir und Bootsie. Wieso hört ihr nicht damit auf?«

Ich nahm mir einen Hocker und setzte mich neben sie.

»Ich hab ein paar Fehler gemacht«, sagte ich.

»Dann mach sie wieder gut. Du bist mein Vater. Du solltest die Sachen in Ordnung bringen. Nicht die Jukebox kaputtmachen, bloß weil du sauer bist.«

Ich verzog die Lippen und suchte nach den richtigen Worten. Sie fielen mir nicht ein, wenn es sie überhaupt gab.

»Es ist einfach alles so verkorkst zu Hause. Ich kann das nicht ab«, sagte sie. Ihre Augen glänzten und füllten sich mit Tränen.

»Dann wollen wir mal sehen, was wir dagegen tun können«, sagte ich und ging den Hang hinauf, unter den Bäumen hindurch, über die Veranda und in die Stille, die im Haus herrschte.

Bootsie saß am Küchentisch und trank eine Tasse Kaffee. Sie trug Strohsandalen, eine weiße Hose und ein Jeanshemd. Ihr Gesicht wirkte kühl und glatt wie Alabaster.

»Der Job bringt's nicht mehr. Wird Zeit, daß ich ihn an den Nagel hänge«, sagte ich.

»Willst du das denn?«

»Ich kann jederzeit bei Clete als Privatdetektiv arbeiten, falls es finanziell eng wird.«

»Nein.«

»Ich hab gedacht, du würdest das gut finden.«

»Ich mußte heut nachmittag zur Beichte gehen«, sagte sie.

»Weshalb?«

»Ich hab Batist im Krankenhaus besucht. Als ich weggegangen bin, wollte ich den Mann umbringen, der ihm das angetan hat. Und ich wollte, daß Karyn und Buford noch was viel Schlimmeres zustößt. Ich hab Pater Pitre erklärt, daß dieses Gefühl wahrscheinlich auch nicht vergeht. Er hat gesagt, es würde schon wieder gut werden und daß meine Haltung ganz natürlich wäre ... Aber es wird nicht wieder gut, nicht ehe diese Leute bestraft werden. Wer so was getan hat wie die, darf nicht einfach davonkommen.«

Ihr Hals war glühend rot. Ich stand hinter ihrem Stuhl und massierte mit den Daumen ihr Rückgrat, beugte mich dann nach vorn und preßte meine Wange an ihr Haar. Ich spürte, wie sie über mich hinweggriff und mir die Hand in den Nacken legte, den Kopf zurückbeugte und ihre Haare an meiner Haut rieb. Dann stand sie auf, schmiegte sich an mich, hielt sich jetzt nicht mehr zurück, sondern umschlang mich, so daß ich ihre Brüste, den flachen Bauch und die Schenkel spürte – und ihren Mund, der wie eine kalte Flamme an meiner Kehle lag.

Durch das Fliegengitter hörte ich, wie Alafair »La Jolie Blon« spielte.

No Duh Dolowitz war ein Zugereister aus Jersey, ein alter Geldschrankknacker, der zu viele Schläge mit dem Sickenhammer abbekommen hatte. Seine Fähigkeiten als Safeknacker wurden dadurch zwar nicht beeinträchtigt, aber er hatte einen absonderlichen Humor entwickelt, was ihm bei der Polizei schließlich den Beinamen »der Hofnarr des Mob« eintrug. So fuhr er eines Tages mit einem Laster zum Haus eines Bauunternehmers in den Poconos und kippte ihm die Kellerbar samt Hobbyraum bis zur Decke voller Steinkohle, klaute ein andermal einen menschlichen Kopf aus der medizinischen Fakultät der Tulane University und packte ihn in die Bowlingballtasche eines Zeugen der Regierung, und er sabotierte den Tag der offenen Tür auf einem schwimmenden Casino, indem er eine Horde schwarzer Transvestiten an Bord schmuggelte und sie das Unterhaltungsprogramm bestreiten ließ.

Darüber hinaus war er, was Informationen über die Unterwelt anging, eine Art menschlicher Fliegenfänger.

Clete und ich trafen ihn am Sonntag morgen in der Poolkneipe seines Schwagers am Industrial Canal in New Orleans. Er trug ein kastanienbraunes Hemd, weiße Hosenträger, eine graue Flanellhose mit messerscharfer Bügelfalte und einen hellbeigen Derbyhut. Sein Gesicht war schmal und gebräunt, der Schnurrbart schwarz wie Wagenschmiere. Er saß mit uns an einem mit Filz bespannten Kartentisch und schlürfte schwarzen Kaffee aus einer Mokkatasse, in der ein kleiner silberner Löffel steckte. Die Decke des Poolsalons bestand aus gehämmertem Blech, ein Messinggeländer zog sich um den Tresen, der Boden war aus Holz, und auf den breiten Glasfenstern prangten grüne Buchstaben, so daß der ganze Raum leicht grünstichig wirkte. Der Poolsalon war so früh am Tag noch geschlossen.

»Gib No Duh ein Bier und n' Kurzen. Schreib's auf meine Rechnung«, rief Clete dem Barkeeper zu. »Flott siehst du aus, No Duh«, sagte er dann zu Dolowitz.

»Schenk dir das Bier und den Kurzen«, sagte Dolowitz. »Was soll der Schmus?«

»Wir suchen einen gewissen Mookie Zerrang«, sagte ich.

»Ein Kannibale, der ausschaut wie King Kong?« erwiderte er.

»Er hat einen Freund von mir übel zugerichtet. Und ich glaube, daß er auch Short Boy Jerry umgebracht hat«, sagte ich.

Er schaute mit ausdrucksloser Miene zur hinteren Wand.

»Ich hab gehört, daß du mit den Giacanos über Kreuz bist«, sagte Clete.

Dolowitz schüttelte ungerührt den Kopf, verzog keine Miene.

»Du bist mit Stevie Gee bei einem Bruch in 'nem Pfandleihhaus erwischt worden. Du bist zuerst auf Kaution rausgekommen und hast Stevies Haus ausgeräumt«, sagte Clete.

»Hat er auch erzählt, daß er meiner Mutter ihr neues Auto geklaut hat?« erwiderte Dolowitz.

»Du hast in der ganzen Stadt nur schlechte Karten, und außerdem bist du bei Wee Willie Bimstine vier Wochen mit der Zahlung im Verzug«, sagte Clete.

»Ich könnt ja einfach sagen: ›nix da‹, aber ich hab keine Lust, mich zu rechtfertigen oder mich mit euch anzulegen. Wie wär's mit 'ner Runde Pool? Einen Dollar auf die Drei, die Sechs und die Neun.«

»Dave kann bei seiner Dienststelle ein paar Mäuse für dich beschaffen. Ich halte dir Wee Willie vom Hals. Wie wär's damit?« fragte Clete.

»Zerrang is 'n Freischaffender«, sagte Dolowitz. »Schau, nimm dir meine Akte vor. Ich hab ein-, zweimal 'nen Safe geknackt und ab und an ein paar Leuten einen Gefallen getan, wenn's sich ergeben hat. Zerrang macht Leute kalt. Außerdem is er 'n Irrer. Der steht auf grausam, auch wenn's gar nicht sein muß.«

»Ich nenne Ihnen drei Namen. Denken Sie drüber nach, No Duh«, sagte ich. »Jimmy Ray Dixon, Dock Green und seine Frau Persephone.«

Er saß regungslos da und warf uns einen Blick zu, der nicht zu deuten war. Neben seinem Mundwinkel zuckte ein Nerv. Seine braunen Augen wurden eine Spur härter, und auf seiner Oberlippe stand ein Schweißfilm, so als ob es in der Kneipe mit einemmal zu voll und zu warm geworden wäre.

»Zum Schluß noch folgendes«, sagte Clete. »Wenn du uns was über diese Leute lieferst, bring ich die Sache mit Wee Willie in Ordnung. Aber wenn du uns abblitzen läßt und nächste Woche immer noch mit der Zahlung hinterherhinkst, solltest du lieber zusehn, daß du dich wieder nach Jersey davonschwingst, dich in ein Loch verkriechst und den Deckel über dir zumachst.«

Als wir gingen, war seine Gelassenheit dahin. Er haderte sichtlich mit sich, wirkte wie ein gehetztes Tier.

Clete und ich blieben unter der Holzkolonnade vor dem Poolsalon stehen. Im Schatten war es empfindlich kühl, und das Sonnenlicht auf dem mit Palmen bestandenen Mittelstreifen wirkte grell und hart.

»Ich kann das nicht machen, Clete«, sagte ich.

»Vermassel es nicht, Mann.«

Ich klopfte an die Glastür, bis der Barkeeper wieder aufschloß.

»Machen Sie es nur, wenn Ihnen dabei wohl zumute ist, No Duh. Niemand will Sie zu was zwingen«, sagte ich.

»Spielen Sie lieber mit Ihren Würmern. Der Bimbo fährt auf das hier ab. Ich hoffe bloß, daß ihr zwei beim nächsten Mal so wie unsereiner zur Welt kommt. Mal sehn, wie euch das schmeckt«, erwiderte er.

32

Als Polizist findet man sich damit ab, daß man aller Wahrscheinlichkeit nach eines Tages in eine Situation gerät, in der man einer bestimmten Sorte Mensch nicht wiedergutzumachenden Schaden zufügt. Sicher, sie sind für ihr Schicksal selbst verantwortlich, unbelehrbar trotz aller Vorhaltungen, Menschen, die im biblischen Sinn die Natter an ihrer Brust nähren. Dennoch führt kein Weg daran vorbei, daß man das ausführende Organ ist, daß man irgendwann in ihr Leben tritt wie einst der Scharfrichter auf dem Schafott und ihnen ein Los bereitet, das nicht gnädiger ist als jenes, für das im Mittelalter der Mann mit der Maske und dem Beil zuständig war.

Ein, zwei Eindrücke: eine 45er Bleikugel, die an einer Ziegelwand abprallt, ehe sie ihr Ziel trifft; ein zu hoch angesetzter Hieb mit dem Schlagstock, der jemandem die Luftröhre zermalmt; oder die Beweise, die man einem Kindermörder unterschiebt, den man mit legalen Mitteln niemals dingfest machen könnte – ein Typ, der einen in seiner letzten Nacht zu sich bittet. Doch statt seinen Frieden zu finden übergibt er sich in die chemische Toilette aus rostfreiem Stahl und sitzt hemmungslos weinend auf seiner Pritsche, während ein Anstaltsdirektor den Vollstreckungsbefehl vorliest und zwei Wärter mit versteinerter Miene den Hinrichtungsraum aufschließen.

Und weil es die Sache erleichtert, wenn man sie aus der übrigen menschlichen Gesellschaft ausgrenzen kann, belegen wir sie entweder mit nüchternen Begriffen aus der Amtssprache oder mit Bezeichnungen aus dem Knastjargon: Psychopathen, Soziopathen und Rückfalltäter, Asoziale, Drecksäcke, Gesindel, Kotzbrocken, Matschbirnen, Molche und Mistpack. Hauptsache, es geht eindeutig daraus hervor, daß sie grundsätzlich anders sind als man selbst.

Doch dann gerät diese schlichte Einstellung zum Menschengeschlecht durch eine zufällige Begebenheit ins Wanken, die einen wieder zum christlichen Glauben zurückführt.

Am frühen Montag morgen bauten drei Landvermesser, die in einem staatseigenen Boot kamen, auf einer Sandbank gegenüber des Köderladens einen Theodolit auf, steckten in unregelmäßigen Abständen beflaggte Stangen ins Sumpfland und vermaßen das Ufer des Bayous.

»Könnten Sie mir vielleicht erklären, was Sie da tun?« rief ich ihnen vom Bootssteg zu.

Der Mann am Theodolit, der umgeschlagene hüfthohe Gummistiefel und einen Regenhut trug, wischte sich die Moskitos aus dem Gesicht und erwiderte: »Die Staatsverwaltung hat kein aktuelles Kataster.«

»Wen schert das?«

»Wenn Ihnen das nicht recht ist, müssen Sie sich an meinen Chef in Lafayette wenden. Oder glauben Sie, wir wollen eine Autobahn über Ihr Grundstück bauen?«

Ich dachte darüber nach. »Ja, könnte schon sein«, erwiderte ich.

Ich rief seinen Vorgesetzten an, einen leitenden Ingenieur im öffentlichen Dienst, und war danach genauso schlau wie vorher. Anschließend meldete ich mich in der Dienststelle, teilte Wally mit, daß ich etwas später kommen würde, und fuhr nach Lafayette.

Ich war auf der Pinhook Road, unten auf dem alten Teilstück, das noch von Bäumen gesäumt und nicht durch Einkaufszentren verschandelt war, als ich Karyn LaRose drei Wagen vor mir in einem frischgewachsten gelben Celica sah. Die eine Spur war gesperrt, und vor der roten Ampel herrschte dichter Verkehr, aber niemand hupte oder versuchte einen anderen Fahrer zu schneiden.

Mit Ausnahme von Karyn.

Sie steuerte aufs Bankett, umfuhr eine Baustellenabsperrung, hüllte die anderen Wagen in eine Staubwolke ein und drängte sich kurz vor der Kreuzung wieder in die Spur.

Sie verstellte den Rückspiegel und betrachtete sich darin, reckte das Kinn und kratzte sich mit dem Fingernagel am Mundwinkel, ohne einen Blick für ihre Umgebung zu verschwenden. Kühles, grüngoldenes Sonnenlicht fiel blinkend durch das Eichenlaub über ihr. Sie warf die Haare zurück, setzte eine Sonnenbrille auf und trommelte mit dem Ringfinger ungeduldig auf das Lenkrad, so als gäbe sie widerwillig ein Gastspiel, obwohl das Publikum ihren Auftritt gar nicht verdient hatte.

Eine alte Schwarze, krumm und verhutzelt, mit einer dicken Brille und einem kleinen Handtäschchen, das an ihrem Arm baumelte, mühte sich mit ihrem Gehstock eine Seitenstraße entlang und winkte hektisch dem Bus zu, der gerade vorüberfuhr. Sie trug ein bedrucktes Kattunkleid und abgewetzte braune Schuhe, die nicht zugebunden waren, so daß man bei jedem Schritt die hellen, schwieligen Fußsohlen sah.

Karyn schaute zu ihr hin, steuerte auf den Seitenstreifen, stieg aus und hörte wortlos zu, während die Alte mit der Hand in der Luft herumfuchtelte und ihren Unmut über das öffentliche Nahverkehrssystem von Lafayette äußerte. Dann setzte sie ein Knie auf den Boden, band die Schuhe der Alten, faßte sie anschließend am Ellbogen, half ihr auf den Beifahrersitz und fuhr mit ihr bei gelber Ampel los, als habe sie nur kurz haltgemacht und eine alte Freundin mitgenommen.

Ich bin davon überzeugt, daß sie mich nicht gesehen hat. Und daß es ihr nicht darum ging, vor aller Öffentlichkeit eine gute Tat zu vollbringen, denn zuvor hatte sie zur Genüge gezeigt, daß es ihr egal war, was man von ihr hielt. Ich wußte nur, daß es besser für mich war, wenn ich bei meiner eindimensionalen Sichtweise blieb, was Karyn anging, daß ich es mir nicht noch schwerer machen und ihr keine guten Seiten zugestehen durfte.

Zwanzig Minuten später teilte mir der Bauamtsleiter mit, daß das Sumpfgebiet rund um meinen Köderladen als Naturschutzgebiet ausgewiesen werden sollte.

»Was heißt das?« fragte ich.

»Als Lyndon Johnson seine Nachbarn loswerden wollte, hat er ihren Grund und Boden unter Landschaftsschutz stellen lassen ... ist bloß ein Scherz, Mister Robicheaux ... Sir, ich wäre Ihnen sehr verbunden, wenn Sie mich nicht so anschaun würden.«

Helen Soileau blickte zufällig vom Wasserspender auf, als ich vom Parkplatz aus durch die Hintertür in die Dienststelle kam. Sie richtete sich auf, steckte die Bluse mit den Daumen unter ihren Waffengurt und grinste mich an.

»Was ist so komisch?« fragte ich.

»Ich kann dir eine klasse Geschichte über Aaron erzählen.«

»Amüsant finde ich ihn nicht unbedingt, Helen. Laß mich erst meine Post holen.«

Ich nahm die Benachrichtigungszettel und Briefe aus meinem Fach, blieb vor einem Getränkeautomaten stehen und wollte mir ein Dr. Pepper herauslassen. Obenauf lag ein mit Bleistift beschrifteter Umschlag, an mich adressiert, aber ohne Postleitzahl, der laut Stempel in Lafayette aufgegeben worden war. Ich wußte sofort, von wem er stammte.

Ich setzte mich auf einen Stuhl neben dem Getränkeautomaten und riß den Umschlag mit einem Finger auf, so als ziehe ich den Verband von einer Wunde. Ein mit Druckbuchstaben beschriftetes Papierhandtuch steckte drin.

Mr. Roboshow,
ich hab gedacht, Sie wärn ehrlich, aber Sie haben mich genauso angeschissen wie die andern. Gott sei

Dank bin ich alt und hab das Gröbste hinter mir, so daß ihr mir nichts anhaben könnt. Aber das heißt nicht, daß ich Mitleid von Ihnen will, nein, Sir, bestimmt nicht, weil ich nämlich Sie und Ihresgleichen mein Leben lang erlebt habe und weiß, was Sie denken. Tun Sie also nicht so, als ob Sie was Beßres wären. Und bestellen Sie Buford LaRose, dem feigen Mistsack, daß ich erst eine alte Sache erledigen muß und ihn mir danach ebenfalls vornehme.
Sie dürfen diesen Brief jederzeit an die Presse weitergeben

Hochachtungsvoll,
Aaron Jefferson Crown,
ein alter Demokrat, der John Kennedy
gewählt hat.

Helen wartete in meinem Büro auf mich.

»Crown war hinter Jimmy Ray Dixon her. Kannst du dir das vorstellen?« sagte sie.

Ich schaute wieder auf den Brief, den ich in der Hand hatte. »Was hat er denn für Zoff mit Jimmy Ray?«

»Jimmy Ray weiß es nicht oder will zumindest nicht damit rausrücken. Aber uns gegenüber ist er mit einemmal wie umgewandelt.«

Sie erzählte mir die Geschichte, die sie von der Polizei in New Orleans erfahren hatte. Man brauchte nicht allzuviel Phantasie, um sich das Ganze bildlich vorstellen zu können. Es muß eine aberwitzige Szene gewesen sein: eine urtümliche, surreale Landschaft voller Sumpflöcher und brodelnder Tümpel, eine Ursuppe, aus der mit einemmal ein primitives, unfertiges Wesen auftauchte und in eine Welt trat, die nichts von ihren Ursprüngen wissen wollte.

Jimmy Ray Dixon war mit drei Angestellten und deren Frauen in seiner Fischerhütte draußen am Bayou Lafourche. Es war feucht und dunkel, doch das Anwesen lag im hellen Schein eines Handstrahlers, der in einem abgestorbenen Pecanbaum hing, und Jimmy Ray Dixon lag unter seinem aufgebockten Pickup, fuhrwerkte mit dem Schraubenschlüssel an der Bremstrommel herum und brüllte einen seiner Begleiter an, er solle gefälligst in die Hütte gehen und ihm ein Bier besorgen. Als der Mann nicht schnell genug reagierte, ging Jimmy Ray sich sein Bier selber holen. Unterdessen legte sich ein anderer Mann, der sich sowieso langweilte, auf das Rollbrett.

Aaron Crown hatte auf einem Zypressenast am Ufer des Bayous auf der Lauer gelegen und auf die Stimmen gehorcht, die aus dem hell erleuchteten Hof drangen. Da ihm die Hütte im Weg stand, konnte er nicht erkennen, wer sich dort aufhielt, doch als Jimmy Ray Dixon lauthals unter dem Pickup losbrüllte, wußte er Bescheid.

Lautlos ließ er sich vom Ast fallen und landete im Hof. Er trug einen hellen Leinenanzug, der ihm zwei Nummern zu klein war und aussah, als habe er ihn bei der Heilsarmee gestohlen, und nagelneue Basketballschuhe aus weißem Leder, die rund um die Sohlen dick mit Schlamm verkrustet waren.

Einer von Jimmy Rays Angestellten rauchte eine Zigarette, schaute auf den Dunst, der aus dem Sumpf aufstieg, gähnte womöglich, als er mit einemmal etwas Verdächtiges hinter sich wahrnahm, einen stechenden Geruch nach Kot, saurer Milch und Grillfeuer. Er wollte sich umdrehen, doch eine schwielige Hand, die sich rauh wie vertrocknete Fischschuppen anfühlte, legte sich über seinen Mund, und er spürte, wie ihn jemand an sich drückte, spürte jeden Knochen, jede Kontur, den Phallus, die Schenkel, den sehnigen Bauch, spürte, daß er hilflos der Lust und Laune eines Mannes ausgeliefert war, den er nicht sehen konnte, bis er das Gefühl hatte, jemand drücke ihm mit einer Schraubzwinge die Halsschlagader ab, und ihm die Sinne schwanden.

Der Mann, der unter dem Pickup lag, sah nur die mit Schlamm verkrusteten Basketballschuhe, die um die schwärenden Knöchel schlackernden Hosenbeine, doch er wußte, daß seine letzte Stunde geschlagen hatte, noch ehe Aaron Crown den aufgebockten Wagen hin und her schaukelte.

Der Mann auf dem Rollbrett war schon fast im Freien, als der Pickup umkippte und auf seine Schenkel fiel. Im ersten Augenblick spürte er nur rotglühenden Schmerz, der ihm die Luft aus den Lungen trieb, so daß er keinen Ton hervorbrachte, sich nur nach hinten krümmte, bis sein Kopf den Boden berührte. Dann hatte er das Gefühl, als treibe er langsam in einem warmen Wasserloch nach oben, und zwei kräftige Hände lösten sich von seinem Gesicht, so daß er wieder zur Besinnung kam und Luft holen konnte. Schließlich sah er Aaron, der sich über ihn beugte und ihn eigenartig anschaute.

»Verdammt, ich erwisch einfach nie den Richtigen, egal ob Nigger oder weißer Mann«, sagte Aaron.

Er schaute zu der Hütte, zu den Schatten hinter der Jalousie, den Geräuschen, die von drinnen nach draußen drangen, zu einem Wagen voller Gäste, der scheppernd auf der holprigen Straße auf die Lichtung zukam. Sein Gesicht glänzte vor Schweiß, glühte geradezu in der feuchten Luft, während er wie gebannt in die Dunkelheit starrte, hin und her gerissen war zwischen blanker Mordlust und der Erkenntnis, daß seine Unfähigkeit, einen klaren Gedanken zu fassen, seit jeher die Waffe gewesen war, die seine Feinde gegen ihn einsetzten.

Dann verschwand er lautlos wieder in der Dunkelheit.

»Was hältst du davon?« fragte Helen.

»Ich kapier das nicht. Was hat er zu dem Mann gesagt, der unter dem Pickup lag?«

Sie las es von ihrem Notizblock ab. »›Verdammt, ich erwisch einfach nie den Richtigen, egal ob Nigger oder weißer Mann.‹«

»Ich glaube, Aaron hat etwas vor, auf das noch keiner von uns gekommen ist«, sagte ich.

»Doch, Krieg gegen die Menschheit.«

»Darum geht's nicht«, antwortete ich.

»Worum dann?«

Um seine Tochter, dachte ich.

An diesem Nachmittag besuchte ich Batist im Krankenhaus, fuhr danach in die Stadt, besorgte drei Pfund gefrorene Krebsschwänze und eine Packung Kartoffelsalat, damit Bootsie nicht groß kochen mußte, und machte mich auf den Heimweg. Der Bayou lag bereits im Zwielicht, und die letzten Sonnenstrahlen fielen wie gesponnenes Gold durch die Bäume. Dunst stieg vom Wasser auf und verhüllte die wilden Elefantenohren, die dicht an dicht im seichten Wasser wucherten. Mein Nachbar hängte die Weihnachtsbeleuchtung auf seiner Veranda auf und ließ nach wie vor den Rasensprenger laufen, der die Wacholderbüsche und Bäume auf seinem Grundstück unter Wasser setzte.

Es war ein herrlicher Abend, der einfach zeitlos schön wirkte, so losgelöst vom Hier und Jetzt, daß es einen nicht weiter gewundert hätte, wenn ein Austräger auf breiten Ballonreifen vorbeigeradelt wäre und eine zusammengerollte Zeitung in den Vorgarten geworfen hätte, auf der in dicken Lettern die Kapitulation des japanischen Kaiserreichs bekanntgegeben wurde.

Doch das erhabene Gefühl verging mir in dem Moment, in dem ich in die Auffahrt einbog und einen Wagen vor mir sah, aus dem ein schmächtiger Priester mit dunkler Kutte und weißer Kragenkrause stieg, der mich anfunkelte, als sei ich der Leibhaftige.

»Kann ich Ihnen irgendwie behilflich sein, Pater?« fragte ich.

»Ich möchte wissen, warum Sie Mister Dolowitz so quälen«, sagte er. Er schaute mich mit verkniffener Miene an.

Ich beugte mich vor, damit ich den Mann auf dem Beifahrersitz sehen konnte. Er hatte einen hellbeigen Derbyhut auf und blickte stur geradeaus.

»No Duh?« sagte ich.

»Soweit ich weiß, sind Sie ein gläubiger Katholik«, sagte der Priester.

»Ganz recht.«

»Warum zwingen Sie dann diesen Mann zu etwas Unredlichem? Er ist völlig verschreckt. Was zum Teufel denken Sie sich dabei?«

»Ich glaube, hier handelt es sich um ein Mißverständnis, Pater.«

»Dann erklären Sie mir doch bitte schön, worum es hier geht.«

Ich ergriff seine Hand, obwohl er sie mir nicht angeboten hatte. Sie fühlte sich federleicht an, wie Balsaholz, und paßte ganz und gar nicht zu seiner aufbrausenden Art. Er hieß Pater Timothy Mulcahy, stammte aus der Gegend um den Irish Channel in New Orleans und war Pfarrer einer kleinen Kirche unweit der Magazine Street, deren Gemeindemitglieder zu alt oder zu arm waren, um fortzuziehen.

»Ich habe diesen Mann nicht unter Druck gesetzt, Pater. Ich habe ihm ausdrücklich gesagt, daß er es so halten kann, wie er mag«, sagte ich. Dann beugte ich mich zum Fenster hinab. »No Duh, sagen Sie Pater Mulcahy, wie es wirklich gewesen ist, sonst schlag ich Sie ungespitzt in den Boden.«

»Aha«, sagte der Priester. »Eindeutig kein Mann der Gewalt.«

»No Duh, es wird höchste Zeit –«, fing ich an.

»Der andre isses gewesen, Purcel, dieses Mistvieh, Pater. Aber Robicheaux is dabeigewesen«, sagte No Duh.

Der Priester zog die Brauen hoch, schaute mich schief an und lächelte schuldbewußt.

»Nun ja, tut mir leid, wenn mir der Gaul durchgegangen ist«, sagte er. »Trotzdem hätten Sie Mister Dolowitz nicht zu einem Einbruch drängen dürfen«, sagte er.

»Könnten Sie uns einen Moment allein lassen?« fragte ich.

Er nickte und wollte weggehen, faßte mich dann am Arm und nahm mich beiseite.

»Gehen Sie sanft mit ihm um. Der Mann hat Schreckliches durchgemacht«, sagte er.

Ich ging zum Wagen des Priesters und lehnte mich an die Tür auf der Beifahrerseite. Dolowitz nahm seinen Hut ab und legte ihn auf seine Knie. Er wirkte bedrückt, wächsern, so als habe er keinerlei Lebensmut. Nervös zupfte er an seinem Schnurrbart.

»Was ist passiert?« fragte ich.

»Ich bin in Dock Greens Haus eingebrochen«, sagte er. »Jemand hat den Schlüssel steckenlassen. Ich hab einen Bogen Zeitungspapier unter die Tür geschoben, den Schlüssel durchgestoßen und rausgezogen. Die haben mich beim Rausgehen erwischt. Sie haben nicht gewußt, daß ich drin gewesen bin, sonst wär ich nicht mehr am Leben«, sagte er.

»Wer hat Sie erwischt?«

»Persephone Green und ein Ausputzer, der für die Giacanos arbeitet, und ein paar andre Perverse, denen einer abgeht, wenn sie Menschen quälen können.« Zum ersten Mal schaute er zu mir auf. Seine Augen wirkten teilnahmslos, entrückt – ein seltsamer, unheimlicher Ausdruck, den wir in Vietnam den Tausendmeterblick genannt hatten.

»Was haben die mit Ihnen gemacht, Partner?«

Seine Finger krampften sich um den weißen Filzhut. »Lebendig begraben ...«, sagte er. »Was denn, überrascht? Glauben Sie, nur Dock hat diese Macke mit Gräbern und Toten unter der Erde, mit denen er redet? Er und Persephone sind vom gleichen Schlag. Sie hat das für komisch gehalten. Sie hat gelacht, als sie mir einen Gartenschlauch in den Mund gesteckt und mich mit einem Frontlader eingegraben haben. Es war, als ob ich in schwarzem Beton stecke – kein Ton zu hören, und geatmet hab ich bloß das bißchen schlechte Luft, das durch den Schlauch gekommen is. Die haben mich erst heut früh wieder ausgegraben. Ich hab in die Hosen machen müssen.«

»Tut mir leid, No Duh. Aber ich habe Ihnen nicht befohlen, in Docks Haus einzubrechen.«

»Was hätt ich denn sonst machen sollen? Mich in den Flugzeugpropeller halten lassen, weil ich meine Schulden bei Wee Willie wieder nicht abstottern kann? Besten Dank für die mitleidige Tour.«

»Ich habe ein Zimmer hinten im Köderladen. Sie können dort bleiben, bis wir die Sache mit Wee Willie bereinigt haben.«

»Das würden Sie tun?«

»Klar.«

»Hier draußen wimmelt's von Schlangen. Wollen Sie was über Dock wissen? Persephone hat ihn rausgeschmissen, nachdem sie ihn beim Bumsen mit seinen Bräuten erwischt hat.«

»Das ist nichts Neues, No Duh.«

»Ich hab in seinen Schreibtisch geschaut. Der is voller Baupläne für Krankenhäuser. Sanatorien für Säufer und Süchtige. Außerdem war da ein stornierter Scheck von Jimmy Ray Dixon. Nun überlegen Sie mal.«

»Was?«

»Dock liefert die Bräute für sämtliche geilen Böcke beim Mob. Das is der einzige Grund, weshalb die 'nen Irren wie den zu sich lassen. Aber der macht kein Geschäft, an dem er die Spaghettis nicht beteiligt. Seit wann arbeitet der Mob denn mit Farbigen? Wundert es Sie etwa, wieso die Stadt so im Eimer is?«

»Wer hat Jerry Joe Plumb beseitigen lassen, No Duh?«

»Er selber.«

»Jerry Joe hat sich selber beseitigen lassen?«

»Er hat ständig über Sie geredet, daß eure Mütter früher zusammengearbeitet haben, daß er früher bei Ihnen daheim immer Schallplatten gehört hat. Und gleichzeitig hat er mit den Giacanos gemauschelt, hat Geld für sie gewaschen und so getan, als könnte er auf beiden Seiten mitspielen … Das kapiern Sie nicht, was? Wissen Sie, was einen in New Orleans umbringt? Wenn die einem in die Augen schaun und merken, daß du nicht so bist wie sie, wenn sie merken, daß du nicht bereit bist, Sachen zu machen, an die die meisten Leute nicht mal denken wollen. Dann schlitzen sie dich auf, vom Sack bis zur Gurgel, und essen nebenbei 'n Sandwich.«

Ich holte meine Einkaufstüte mit den gefrorenen Krebsschwänzen und dem Kartoffelsalat aus dem Pickup und warf einen Blick zu dem Priester, der am Ende des Anlegestegs stand und einen über die Zypressen hinwegstreichenden Entenschwarm betrachtete. Seine Haare waren schneeweiß, und das Gesicht wirkte im schwindenden Licht rot und wettergegerbt. Ich fragte mich, ob er im Traum von den Berichten aus einer dunklen Welt heimgesucht wurde, die Männer wie Dolowitz ihm beichteten, oder ob er erst schlafen konnte, nachdem er auch sich Absolution erteilt hatte, ihre Sünden aus seinem Gedächtnis tilgte und Abbitte dafür leistete, daß er zum Mitwisser ihrer Missetaten geworden war.

Ich lief zwischen den dunkler werdenden Schatten der Bäume die Auffahrt hinauf und ging durch die Hintertür ins Haus.

33

Bei Sonnenaufgang saßen Clete Purcel und ich in meinem Pickup an einer Seitenstraße neben dem Haus von Persephone und Dock Green im Garden District. Es war kalt draußen, und das zweistöckige Antebellum-Haus und die weiße Ziegelmauer, die den Garten umgab, waren in Nebel gehüllt. Clete hatte eine Schachtel Donuts mit Gelee auf dem Schoß und einen großen Styroporbecher voller Kaffee in der Hand.

»Ich glaub's immer noch nicht, daß ich in aller Herrgottsfrühe auf bin, bloß damit No Duh nicht den Arsch vollkriegt«, sagte er. Als ich nicht darauf einging, setzte er nach: »Wenn du meinst, du kannst Persephone Green Zunder geben, hast du dich getäuscht. Didi Gee war ihr alter Herr, und die ist doppelt so schlau wie der und genauso skrupellos.«

»Sie wird genauso enden wie er.«

»Didi ist an Krebs gestorben. Wir haben ihn nie gekriegt.«

»Ist doch egal, wodurch man auf dem Friedhof landet.«

»Was denn, haben wir etwa einen Freibrief?« sagte er, stieg dann aus dem Pickup und schlenderte quer über die Straße zur Gartenmauer. Die Palmen, die über die Mauer hinausragten, standen dunkelgrün im Nebel. Ich hörte ein lautes Klatschen, sah dann, wie Clete sich bückte und zwischen den dicken schmiedeeisernen Gitterstäben durch das Tor spähte. Er kam zurück, nahm sich einen weiteren Donut, hob seinen Kaffeebecher vom Boden auf und setzte sich hin. Er schüttelte den Kopf, als wolle er ein Bild loswerden.

»Was ist los?« fragte ich.

»Wir haben allenfalls sieben Grad, und die schwimmt nackt im Pool rum. Hat 'n ganz schönen Zug drauf ...« Er trank einen Schluck Kaffee und schaute zu dem eisernen Gartentor. Er schürzte die Lippen, hatte offensichtlich noch immer ein Bild vor Augen. »Verflucht, ich will dir keinen Scheiß erzählen, Streak, aber die Möpse von der Braut solltest du mal gesehen haben.«

»Schau lieber nach vorn«, sagte ich.

Eine graue Pullmanlimousine hielt vor dem Haus, dahinter ein gemieteter Möbelwagen. Dock Green stieg hinten aus der Limousine und ging mit schnellen Schritten den Gartenweg hinauf.

»Auf geht's«, sagte Clete. Er holte meinen japanischen Feldstecher aus dem Handschuhfach und richtete ihn auf den Fahrer der Limousine, der gerade die Windschutzscheibe abwischte. »Hey, das ist Whitey Zeroski«, sagte er. »Weißt du noch, die Matschbirne, die früher mal 'ne Pizzeria im Channel gehabt hat? Er hat mal für den Stadtrat kandidiert, hat seine Karre voller Wahlplakate und Lautsprecher gehängt und ist am Samstag abend ins Farbigenviertel gefahren. Der hat überhaupt nicht begriffen, warum die ihm sämtliche Fenster zerdeppert haben.«

Kurz darauf hörten wir Dock und Persephone Green auf der anderen Seite der Mauer.

»Es muß nicht so enden«, sagte er.

»Du hast ein bißchen zu oft über die Stränge geschlagen. Hoffentlich waren's die Mädels wenigstens wert«, erwiderte sie.

»Das ist vorbei. Ich schwör's dir ... Komm, steig aus dem Wasser und red mit mir. Wir könnten irgendwo frühstücken gehen.«

»Bye, Dock.«

»Wir gehören zusammen, Seph. Uns kann nix auseinanderbringen. Das kannst du mir ruhig glauben.«

»Ich sag's dir ungern, aber ich bin gerade dabei, dich zu vergessen. Ich muß jetzt Rückenschwimmen üben ... Schau gefälligst woanders hin, Dock ... Du kommst da sowieso nicht mehr ran.«

Wir hörten, wie sie sich vom Beckenrand fallen ließ und mit gleichmäßigen Zügen durchs Wasser schwamm.

»Los, wir knöpfen uns beide vor«, sagte Clete und wollte aus dem Pickup steigen.

»Nein, damit reiten wir No Duh nur noch tiefer rein.«

»Wo bleibt dein Verstand, Dave? Der Typ würde dich allenfalls noch anscheißen, wenn's dir dreckig geht. Hier geht's doch vor allem um eins: Mookie Zerrang aus seinem Loch zu treiben, damit wir ihn am Wickel haben.«

»Wir müssen abwarten, Clete.«

Ich sah ihm seinen Ärger und Unmut deutlich an. Ich legte ihm die Hand auf die Schulter. Sie war hart wie eine Schinkenkeule. Als er nichts sagte, zog ich die Hand zurück.

»Danke, daß du mitgekommen bist«, sagte ich.

»Ach verflucht noch mal, is ja große Klasse. Weißt du, warum ich in New Orleans Cop gewesen bin? Weil wir gegen sämtliche Vorschriften und Regeln verstoßen konnten, ohne daß uns einer was gewollt hat. Aus dieser Stadt wird erst dann wieder was, wenn wir die ganzen Scheißer in die Kanalisation gejagt und die Deckel zugemacht haben, weil sie nämlich genau da hingehören.«

»Ich glaube, Persephone ist dir zu Kopf gestiegen, Partner«, sagte ich.

»Du hast recht. Ich hätte lieber Verbrecher werden sollen. Da lebt sich's leichter.«

Eine gute halbe Stunde schleppten Dock und zwei Arbeiter seine Büromöbel raus, den Computer, die Akten und eine riesige Glasflasche mit einer bernsteinfarbenen Flüssigkeit, in der ein konservierter Rotluchs schwamm. Seine Pfoten waren ans Glas gedrückt, als ob er ertrinke.

Dann fuhren alle drei mit dem Möbelwagen weg. Die Limousine blieb stehen. Clete und ich stiegen aus und gingen zum Gartentor. Durch die Gitterstäbe und die Bananenstauden sah ich den Dampf, der aus dem türkisen Schwimmbecken aufstieg, und ich hörte, wie Persephone mit stetem Fußschlag und gleichmäßigen, weit ausholenden Armzügen durch das Wasser schwamm.

»Dave Robicheaux hier. Würden Sie uns bitte reinlassen, Persephone?« rief ich.

»Nicht mal im Traum«, meldete sie sich aus den Dampfwolken.

»Sie haben die Prüfungsaufgaben für Karyn LaRose gestohlen und sind deswegen vom College geflogen. Warum lassen Sie sich von Karyn noch mal in was reinziehen?«

»Wie bitte?«

»Stellen Sie sich mal folgendes vor. Sie und alle Ihre Freunde sind gemeinsam mit Karyn und Buford LaRose in einem Flugzeug. Karyn und Buford sitzen im Cockpit. Plötzlich fängt die Maschine Feuer. Es gibt nur zwei Fallschirme an Bord ... Was glauben Sie, wer die wohl kriegt?«

In der anschließenden Stille hörte ich, wie sie Wasser trat und dann hinten aus dem Becken stieg.

Sie hatte ein Handtuch um den Kopf geschlungen und trug Sandalen und einen weißen Bademantel, der sich eng an ihren schlanken Leib schmiegte, als sie zum Tor kam. Sie schloß auf, zog den Torflügel zurück, wandte sich um und ging wortlos zu einem eisernen Tisch.

Sie strich mit dem Handtuch die Haare zurück, hatte den Kopf nach hinten geneigt, als sei sie über alles erhaben, und schien uns überhaupt nicht wahrzunehmen.

»Worauf wollen Sie hinaus?« fragte sie. Ihre Wangen waren blaß und leicht eingesunken, die Stimme klang belegt, und ihr Lippenstift paßte farblich genau zu den Purpurwinden, die an der Mauer hinter ihr wucherten.

Clete glotzte sie fortwährend an.

»Hat er nichts zu essen gekriegt?« fragte sie.

»Entschuldigen Sie bitte. Aber meiner Meinung nach sehn Sie genauso aus wie Cher, die Filmschauspielerin. Sie haben sogar ein Tattoo«, sagte er.

»Gott, Sie haben Ihre Augen aber auch überall«, sagte sie.

»Yeah. Mir ist auch das Loch drüben beim Komposthaufen aufgefallen. Habt ihr No Duh Dolowitz dort begraben?« fragte er.

»Den kleinen Kerl mit dem schmierigen Schnurrbart? Geht es darum?« erwiderte sie.

»Er hätte nicht hierherkommen sollen, Persephone. Er dachte, er tut mir einen Gefallen. Es war ein Versehen«, sagte ich.

»Aha. Meinen Sie etwa, ich tu ihm was?«

»Ich trau's Ihnen zu.«

»Ihre Freunde interessieren mich nicht, *Dave.* Es stört Sie doch nicht, wenn ich Sie ›Dave‹ nenne? Immerhin reden Sie mich auch mit Vornamen an, ohne mich um Erlaubnis zu fragen.«

»Mookie Zerrang ist ein schlechter Ausputzer, Seph. Er macht's nicht des Geldes wegen. Das heißt, daß Sie ihn nicht im Griff haben.«

»Haben Sie diese Töne auch meinem Vater gegenüber angeschlagen, oder nehmen Sie sich das nur bei mir raus, weil ich eine Frau bin?«

»Ja, um ehrlich zu sein, ich glaube, das habe ich.«

»Streak will damit sagen, daß er Didi Gee mit einem Geldsack voller Flügelmuttern windelweich geprügelt hat. Er hat das gemacht, weil Ihr alter Herr seinen Halbbruder hat erschießen lassen. Es gibt sozusagen alte Bande zwischen euren Familien.«

Clete hatte die Mundwinkel nach unten gezogen, sein Gesicht glühte, und die Narbe, die sich quer durch seine Augenbrauen und über die Nase zog, war straff gespannt. Sie versuchte seinem Blick standzuhalten, wandte sich dann ab und schaute zu den Dampfwolken, die aus dem Swimmingpool stiegen.

»Was sollte das?« fragte ich ihn, als wir wieder im Pickup saßen.

»Wie gesagt. Ich hab die Schnauze voll von dem Gesindel. Weißt du, was unser größter Auftritt gewesen ist? Als wir den Drogendealer und seinen Leibwächter hinten in ihrem Caddy abgeknallt haben. Mann, der Sitz hat ausgesehn, als ob jemand 'ne Kuh durch'n Wolf gedreht hat. Gib's zu, das war ein klasse Tag.«

»Grundverkehrte Einstellung, Cletus«, sagte ich.

»Eines Tages wirst du draufkommen, daß wir zwei gar nicht so verschieden sind, Dave.«

»Aha?«

»Dann erschießt du dich wahrscheinlich.«

Er versuchte ernst zu bleiben, doch ich sah, wie seine Augenwinkel zuckten.

»Du änderst dich nie, Streak«, sagte er und schaute mich wieder so keck und lausbubenhaft an wie eh und je.

Ich ließ den Motor an, schaute nach vorn und sah Whitey Zeroski, den Fahrer der Limousine, auf uns zukommen. Er trug eine graue Chauffeursuniform mit Messingknöpfen und eine ebenso graue Mütze, die er tief in die Augen gezogen hatte, wie beim Militär.

»Was macht ihr denn hier?« sagte er, beugte sich durch das Fenster auf meiner Seite und schaute wie gebannt auf den Donut, den Clete sich gerade in den Mund stecken wollte.

»Willst du einen Donut, Whitey?« fragte Clete.

»Hätt ich nix dagegen ... Danke, Purcel ... Ich sitz hier fest ... Dock hat gesagt, ich soll hierbleiben, für den Fall, daß seine Frau doch noch mit ihm im Copeland's frühstücken will.«

»Dock kapiert anscheinend gar nix mehr«, sagte Clete.

»Meinst du wegen dem Streit? So geht das ständig. Dock

kann auf allerhand verzichten, aber auf seine Frau ganz bestimmt nicht.«

»Oh ja?« sagte Clete.

»Dock is meschugge, aber er is nicht so meschugge, daß er nicht weiß, daß seine Frau diejenige in der Familie is, die den Grips hat.«

»Die große Liebe also«, sagte Clete.

»Wer hat denn das Casino drunten gebaut?« sagte Whitey. »Organisierte Jungs, blitzschlaue Typen aus Chicago und Las Vegas, stimmt's? Und wo haben sie's hingebaut? Zwischen dem Louis Armstrong Park und den Iberville Projects, den zwei gefährlichsten Gegenden von ganz New Orleans. Alles, was du da drin gewinnst, knöpfen dir die Straßenräuber draußen gleich wieder ab. Is das nicht scheißschlau? Meinst du etwa, die hiesigen Macker kapieren die Lektion nicht?«

Clete und ich schauten uns an.

Zwanzig Minuten später fuhren wir auf dem I-10 am Lake Pontchartrain vorbei. Über den Bäumen am Nordufer hing dichter Nebel, und über dem See regnete es.

»Über sie laufen die Drähte von den Mafiosi und Jimmy Ray Dixon zu Buford LaRose und unserer künftigen Regierung, nicht wahr?« sagte Clete

»So seh ich das auch.«

»Ich glaube, das übersteh ich nicht – daß mir 'ne Matschbirne wie Whitey Zeroski so was erklären muß«, sagte er.

Am nächsten Morgen fuhr ich zu Sabelle Crown's Bar bei der Unterführung in Lafayette. Der schwarze Barkeeper sagte mir, daß sie auf dem städtischen Golfplatz sei.

»Auf dem Golfplatz?« fragte ich.

»Da geht sie immer hin, wenn sie ihre Ruhe haben will«, sagte er.

Er hatte recht. Sie saß auf einer Bank unter einer Eiche am Rande des ersten Fairway, hatte ein Tuch um den Kopf geschlungen und warf den Tauben trockene Brotkrumen zu. Der Himmel war grau und verhangen, und die Blätter fielen von den Bäumen am Horizont.

»Dein alter Herr wollte Jimmy Ray Dixon unter seinem Auto zerquetschen«, sagte ich.

»Was du nicht alles weißt«, erwiderte sie.

»Sabelle, wer hat dich in die Szene eingeführt?«

»Du weißt doch, was das angeht, hab ich einen totalen Aussetzer.«

»Du bist von New Iberia nach New Orleans gezogen, und dann warst du mit einemmal weg, angeblich in Richtung Norden.«

»Dave, das geht nur mich was an. Buford LaRose wollte Daddy draußen am Atchafalaya umbringen lassen. Hast du immer noch nicht genug?«

»Bist du in Chicago gewesen?« fragte ich.

Sie verstreute die letzten Brotkrumen, rieb sich die Hände, stand auf und ging zu ihrem Wagen. Ich sah, wie der Wind hinten an ihrem Kopftuch zerrte.

Ich war kaum im Büro, als mich der Sheriff anrief.

»Ich bin im Bezirk Vermilion. Lassen Sie alles stehen und liegen und kommen Sie rüber, wenn Sie mal eine kleine Lektion in Sachen Geschichte erleben wollen«, sagte er.

»Worum geht's?«

»Sie haben doch gesagt, dieser Mookie Zerrang war Knochenbrecher an der Küste von Mississippi und Killer für den Mob in Miami?«

»So ist es.«

»Schweifen Sie mal nicht so weit in die Ferne.«

Ich meldete mich ab und traf mich mit dem Sheriff auf einem

Fahrweg, der zu einer alten Holzbrücke mit stählernen Stützpfeilern führte, die etwa zehn Meilen südlich von Lafayette den Fluß überspannte. Er lehnte am Streifenwagen und schnitt sich eine Scheibe Blutwurst ab. Der Himmel hatte inzwischen aufgeklart, und das Wasser glitzerte wie gehämmertes Gold in der Sonne. Der Sheriff wischte sich den Mund ab.

»Mann, ich mag dieses Zeug«, seufzte er. »Mein Arzt sagt, meine Arterien sehen wahrscheinlich aus wie die Kloaken von Paris. Ich frag mich bloß, was er damit meint.«

»Was machen wir hier eigentlich, Skipper?« fragte ich.

»Mir ist der Name ›Zerrang‹ ständig durch den Kopf gegangen. Dann ist mir die Geschichte mit dem kleinen Neger wieder eingefallen, die sich damals während des Zweiten Weltkriegs zugetragen hat. Können Sie sich noch dran erinnern? Der hat genauso geheißen.«

»Nein.«

»Doch, bestimmt. Er ist seinerzeit hingerichtet worden. Er war vierzehn, wahrscheinlich zurückgeblieben. Entweder war er zu klein für den elektrischen Stuhl, oder irgendwas hat nicht richtig funktioniert. Ich weiß es nicht mehr genau. Jedenfalls ist was ganz Scheußliches passiert.«

Er schaute mich ernst an, legte die in Wachspapier eingewickelte Wurst auf die Haube des Streifenwagens, steckte die Hände in die Hosentaschen und blickte hinaus auf den Fluß.

»Ich hab nur einmal einer Hinrichtung beigewohnt. Der Kerl, der seinerzeit dran gewesen ist, war ein Abartiger, und ich konnte damit gut leben. Aber wenn ich dran denke, was man 1943 mit dem kleinen Zerrang angestellt hat, frag ich mich, was die Menschheit überhaupt noch hier auf diesem Planeten verloren hat ... Kommen Sie, gehn wir ein bißchen spazieren«, sagte er.

Wir gingen auf einer Holzplanke über einen Bewässerungskanal und kamen zu einem am Flußufer gelegenen Gehölz aus

Zürgel- und Persimonenbäumen. Durch das Laub sah ich drei stattliche, elegante Häuser, die ein Stück weiter oben auf großen, grünen Grundstücken standen. Doch hier, zwischen den Bäumen und dem Geflecht aus Weinranken und Brombeersträuchern, befand sich ein Relikt aus Louisianas weniger ruhmreicher Vergangenheit – eine Zypressenhütte, von der nur mehr ein Haufen Bretter übrig war, einige davon angekokelt, ein Aborthaus, das eingefallen und in die darunterliegende Grube gerutscht war, ein aus Ziegeln gemauerter Kamin, dessen geborstene Trümmer wie abgebrochene Zähne im hohen Gras lagen.

»Hier hat die Familie von dem Jungen gewohnt, jedenfalls bis ein Haufen Besoffener ihre Hütte angezündet hat. Der Junge hatte einen Bruder, und der Bruder hatte einen Sohn namens Mookie. Was halten Sie davon?« fragte er.

»Woher haben Sie das alles, Sheriff?« erwiderte ich.

»Von meinem Vater, hab's erst heut morgen erfahren. Er ist jetzt zweiundneunzig. Aber sein Gedächtnis ist nach wie vor bemerkenswert. Manchmal läßt es ihm keine Ruhe.« Der Sheriff drehte mit der Stiefelspitze ein halb verkohltes Brett um.

»Ist Ihr Vater hier in der Gegend aufgewachsen?«

Der Sheriff rieb mit der einen schwieligen Hand über die Knöchel der anderen.

»Sir?« sagte ich.

»Er war einer der Besoffenen, die ihnen das Dach über dem Kopf angezündet haben. Die Schmalztollen in Miami können nichts für jemanden wie Mookie Zerrang. Den haben wir uns selbst zuzuschreiben, Dave.«

34

Batist war an diesem Tag aus dem Krankenhaus entlassen worden, daher kaufte ich nach Dienstschluß im Lebensmittelladen in der Stadt für ihn ein und fuhr dann hinaus zu seinem Haus.

Er saß auf einem weichen Polstersessel auf der Veranda und trug ein Flanellhemd, unter dem sich die Verbände an seiner Schulter abzeichneten. Seine Tochter, eine große, vierschrötige Frau, die eher einer Indianerin ähnelte als einer Schwarzen, war im Garten neben dem Haus und klopfte mit einem alten Tennisschläger eine Steppdecke aus.

Ich erzählte Batist die Geschichte von Zerrangs Familie, berichtete ihm von dem vierzehnjährigen Jungen, der auf dem elektrischen Stuhl bei lebendigem Leib gekocht worden war, von den Betrunkenen, die sein Heim in Brand gesteckt hatten.

Batist verzog keine Miene, während ich sprach. Er hatte die breiten Hände, die wie aus Holz geschnitzt wirkten, reglos auf den Schenkeln liegen.

»Mein Vater is bei der Arbeit vom Blitz erschlagen worden. Er hat zwanzig Cent in der Stunde verdient«, sagte er. »Der Weiße, dem die Farm gehört hat, hat gewußt, daß Maultiere den Blitz anziehn, aber er hat auf seiner Veranda gesessen, als es ein schweres Gewitter gab, und hat meinem Vater befohlen, daß er weiterpflügen und ja nicht aufhörn soll, bevor er die letzte Furche gezogen hat. Das hat er meinem Vater angetan. Aber deswegen haß ich doch nicht mein Lebtag lang andre Leute.«

»Brauchst du noch irgendwas, Partner?«

»Der Nigger is da draußen im Sumpf. Fat Daddys Frau hat von ihm geträumt. Er is durch das Wasser gewatet und hat ein großes Klappmesser in der Hand gehabt, so eins, mit dem man Wild ausweidet.«

»Glaub doch nicht an solches Zeug, Batist.«

»Nigger wie der kommen direkt aus der Hölle, Dave. Sag nicht, daß die dir nicht im Traum erscheinen können.«

Ich ging zu meinem Pickup zurück, versuchte nicht über seine Worte nachzudenken und wollte mich auch nicht damit auseinandersetzen, daß Fat Daddys Frau im Traum irgendwie das Jagdmesser mit der breiten, ausklappbaren Klinge gesehen hatte, mit dem Mookie Zerrang draußen im Henderson-Sumpf Lonnie Felton und seine Freundin ermordet hatte.

Am nächsten Morgen telefonierte ich mit meinem alten Freund Minos Dautrieve von der Drug Enforcement Administration in New Orleans. Danach rief ich Buford zu Hause an.

»Treffen Sie sich mit mir im Stadtpark«, sagte ich.

»In Anbetracht der jüngsten Vorkommnisse halte ich das für nicht angebracht, Dave«, sagte er.

»Persephone Green ruiniert Ihr Leben. Halten Sie das für angebracht?«

Ich saß an einem Picknicktisch, als er eine halbe Stunde später neben der alten, aus Ziegeln gebauten Feuerwache im Park aus seinem Wagen stieg und unter den Eichen auf mich zukam. Er trug eine Windjacke, darunter ein T-Shirt von der L.S.U. und eine weiße Bundfaltenhose ohne Gürtel. Seine lockigen Haare waren feucht und frisch gekämmt, und er hatte das Gesicht so scharf rasiert, daß seine Wangen rötlich glänzten. Er setzte sich an den Holztisch und faltete die Hände. Ich schob ihm einen Styroporbecher mit Kaffee zu und klappte den Pappkarton mit dem Essen auf, das ich unterwegs besorgt hatte.

»Würstchen und Eier von Victor's«, sagte ich.

»Nein, danke.«

»Wie Sie wollen«, sagte ich, nahm ein Stück Baguette, klappte es um eine Wursttasche und tunkte es in meinen Kaffee. Dann legte ich es wieder auf meinen Teller, ohne einen Biß zu nehmen. »Persephone Green ist die Geldbotin für die Familie Giacano, Jimmy Ray Dixon und das ganze übrige Gesindel aus New Orleans, das Ihren Wahlkampf finanziert hat. Die Krankenhäuser für Säufer und Süchtige sind der Lohn dafür«, sagte ich.

»Sämtliche Verträge wurden mit rechtlich einwandfreien Unternehmen abgeschlossen, Dave. Ich kenne natürlich nicht alle Aktionäre. Warum sollte ich auch?«

»Aktionäre? Dock Green hat Short Boy Jerry rauszudrängen versucht. Als Jerry Joe sich nicht drängen lassen wollte, hat man ihn totschlagen lassen. Verhalten sich so Aktionäre?«

»Haben Sie mich deshalb hierherkommen lassen?«

»Nein. Ich konnte nicht begreifen, warum Sie sich mit dieser Gestalt aus den sechziger Jahren abgeben, diesem Clay Mason. Dann ist mir eingefallen, daß Sie ein paar Artikel über Psychopharmaka veröffentlicht haben – Sie wissen schon, wie man Säufer mit Drogen kuriert zum Beispiel und so weiter.«

»Sie sind bei den Anonymen Alkoholikern. Sie sehen das nur von einem Standpunkt aus. Dafür können Sie nichts. Aber es gibt auch noch andere Wege.«

»Hängen Sie deswegen selber an der Nadel?«

Ich sah ihm am Gesicht an, daß der Hieb gesessen hatte, sah, wie er schluckte.

»Ich habe heute morgen mit einem Freund bei der DEA geredet«, sagte ich. »Seine Leute glauben, daß Mason Geld in Ihren Krankenhäusern stecken hat. Außerdem glauben sie, daß er an ein paar Amphetaminlabors unten in Mexiko beteiligt ist. Das ist übler Dreck, Buford. Biker nehmen das, wenn sie auf Randale aus sind, Leute zusammenschlagen und dergleichen mehr.«

»Bereitet Ihnen diese Sache etwa Vernügen? Warum sind Sie wie ein Besessener hinter mir und meiner Frau her? Können Sie uns nicht in Frieden lassen?«

»Vielleicht habe ich genau das gleiche durchgemacht wie Sie.«

»Wollen Sie mich etwa retten …?« Er schüttelte den Kopf, zog die Augenbrauen zusammen und senkte den Blick. Er saß eine ganze Weile wortlos da, so als sehe er sich auf einem Rad am Rande eines Abgrunds entlangfahren. »Die haben Karyn in der Hand.«

Sein Gesicht lief blutrot an. Er starrte auf den Bayou, als ob ihn das gleißende Sonnenlicht, das sich dort spiegelte, aus der Situation herausholen könnte, in die er sich soeben gebracht hatte.

»Wie das?« fragte ich. »Wegen dem Schwindel, der seinerzeit auf dem College lief? Persephone erpreßt sie wegen einer Sache, die vor zwanzig Jahren passiert ist?«

»Wissen Sie, wie vielen honorigen Vereinen und Organisationen sie angehört, die um Bildung bemüht sind? Sie wäre blamiert. Der Witz dabei ist, daß sie die Schwindelei gar nicht nötig gehabt hätte. Sie war auch ohne fremde Hilfe eine gute Studentin.«

Aber nicht die Nummer eins, dachte ich.

Er musterte meine Augen, als könne er Gedanken lesen.

»Wenn Sie das irgend jemandem erzählen, zeige ich Sie wegen übler Nachrede an. Danach verpasse ich Ihnen höchstpersönlich einen Tritt in den Hintern«, sagte er.

»Wegen mir brauchen Sie sich keine Sorgen zu machen.«

Er wirkte gehetzt, ausgeliefert, und seine Augen wirkten wie braune Murmeln in einer Schale voll Wasser.

Ich nahm meinen Kaffeebecher und das Baguette mit der Wursttasche und ging zu meinem Pickup. Das durch die Bäume fallende Sonnenlicht sah aus wie gelber Rauch. Buford saß immer noch an dem Holztisch, hatte die Stirn auf die Hände gestützt und nahm die Kamelien überhaupt nicht wahr, die am Ufer der Bayou Teche in voller Blüte standen.

Ich hatte Buford nicht alles erzählt, was ich bei dem Gespräch mit meinem Freund Minos Dautrieve von der DEA in New Orleans erfahren hatte. Minos und seine Kollegen wollten eine Razzia auf der Ranch von Clay Mason durchführen, die siebenhundert Meilen südlich der texanischen Grenze im mexikanischen Bundesstaat Jalisco lag.

Und Helen und ich waren dazu eingeladen.

35

Mittags um zwölf landeten Minos, zwei weitere DEA-Agenten und wir beide in Guadalajara. Minos war groß und hager, ein zynischer, aber gutmütiger Mann mit kurzgeschnittenen Haaren, die allmählich weiß wurden. Vor vielen Jahren war er Stürmer in der Basketballmannschaft der L.S.U. gewesen und hatte von den Sportjournalisten wegen seiner knallharten, unwiderstehlichen Dunkings den Spitznamen »Dr. Dunkenstein« verliehen bekommen. Als wir auf den Hangar zurollten, zog er den Vorhang am Fenster der Chartermaschine auf, schaute erst zu den Bergen in der Ferne und dann zu dem auf dem Vorfeld stehenden Kleinbus mit den drei breiten Sitzbänken im Fond, an dem ein unrasierter Mann in Bluejeans und einem braunen Fußballtrikot lehnte. Er hatte eine Pistole umgeschnallt und eine goldene Dienstmarke am Gürtel hängen.

»Da ist unser Fahrer«, sagte er.

Helen schaute aus dem Fenster.

»Ich faß es nicht. Das ist doch der Schlauberger – wie heißt er doch gleich? –, dieser Heriberto, der aussieht, als ob seine Haare mit der Gartenschere geschnitten wären«, sagte sie.

»Kennen Sie ihn?« fragte Minos.

»Er ist ein mexikanischer Drogenfahnder. Ein Priester oben

in den Bergen hat uns erzählt, daß er Dreck am Stecken hat«, sagte ich.

»Das haben sie alle. Einer unserer Jungs ist hier unten verkauft und zu Tode gefoltert worden«, sagte Minos. »Der Typ ist ziemlich harmlos.«

»Klasse Leumundszeugnis«, sagte Helen.

Wir fuhren aus der Stadt und kamen durch eine kleine Ortschaft namens Zapopan. Mitten auf dem Dorfplatz stand ein von Regenbäumen umgebener Pavillon, in dem eine Kapelle spielte, während ringsum Kinder tobten und in leeren Milchflaschen steckende Raketen gen Himmel schossen. Auf der einen Seite des Platzes ragte eine rosa-gräuliche Kathedrale aus dem achtzehnten Jahrhundert auf, deren steinerne Treppenstufen blankgewetzt und zur Mitte hin von den Knien der Bußfertigen ausgeschliffen waren, die an ihrem Geburtstag hier hinaufrutschten und einen Rosenkranz nach dem anderen beteten.

»Die Kirche is berühmt«, sagte Heriberto. »Da drin steht die Statue der Jungfrau von Zapopan. Hier hat's schon allerhand Wunder gegeben, Mann.«

»Das ist der Ort«, sagte ich zu Helen, die hinter uns saß.

»Was für ein Ort?«

»Mingo Bloomberg hat mir gesagt, daß dieser Araña aus einer Ortschaft in Jalisco stammt, in der es eine berühmte Heiligenstatue gibt«, sagte ich.

Heriberto kurvte um einen geparkten Bus herum, auf dessen Dach zwei Soldaten mit Kampfanzügen und Stahlhelmen saßen. Ein dritter Soldat pinkelte auf die Fahrbahn. Auf dem Straßenschild an der Ecke stand EMILIANO ZAPATA.

»Der Typ, den die *Rurales* droben beim Bergwerk angeschossen haben? Ja, der hätte öfter zur Kirche gehen sollen. Aber er war *Indio*, wissen Sie. Am einen Tag gehen sie in die Kirche, am nächsten sind sie besoffen, scharf auf *Puta*, stellen allerhand Scheiß mit der Regierung an. Schau, Mann, das große Problem von denen is, daß sie nicht viel von Arbeit halten«, sagte er.

Helen beugte sich nach vorn. »Wie wär's, wenn Sie die Schnauze halten?« sagte sie.

»*Gringita*, ich hab nix gegen diese Leute. Aber drunten im Süden ham die unsre Soldaten umgebracht. Wollen Sie sehn, was da passiert?« fragte Heriberto und holte eine Schuhschachtel voller Fotos unter dem Sitz hervor.

Es waren Schwarzweißaufnahmen, an den Rändern umgeknickt und abgegriffen, als ob sie schon oft herumgezeigt worden wären. Auf einem Bild lagen drei tote Rebellen nebeneinander auf der Straße, hatten noch die Halstücher um die untere Gesichtshälfte gebunden. Sie trugen Koppelzeug der US-Army, hatten Patronengurte umgehängt und sahen aus, als seien sie auf der Flucht erschossen worden. Auf etlichen anderen Fotos war eine weitere Szene festgehalten, immer aus unterschiedlichem Blickwinkel: ein halbes Dutzend Männerleichen, die an den Füßen von einer Adobekolonnade hingen, so daß die Fingerspitzen nur Zentimeter über der Erde baumelten, die Gesichter mit getrocknetem Blut verkrustet.

»Der alte Knabe, den wir heut nachmittag aufsuchen, unterstützt sie, gibt ihnen Geld für Waffen, läßt sie draufgehen. Der Mann kommt aus Ihrem Land, *Gringita*«, sagte Heriberto.

»An Ihrer Stelle würde ich lieber nichts mehr sagen«, sagte ich.

Er hob die Hand, öffnete sie, als lasse er einen unsichtbaren Vogel davonfliegen, und fuhr aus der Ortschaft auf die Berge zu, zu einem Ort, der geradewegs aus dem Revolutionsjahr 1910 hätte stammen können.

Wir fuhren auf einer hoch aufgeschütteten Schotterpiste, die sich in Serpentinen an verdorrten Bäumen vorbei durch eine mit Felsbrocken übersäte Landschaft wand, durch Regen, der wie flüssiges Plastik an die Fenster klatschte, überquerten einen Höhenzug, der nach einem Buschfeuer schwarz und versengt war, um den die Blitze tanzten, fuhren auf der anderen Seite wieder hinab, aus dem Gewitter heraus und stießen bei strahlendem Sonnenschein auf ein langgestrecktes, urbar gemachtes Tal, hinter dem in weiter Ferne grüne Bergkuppen aufragten und darüber ein Vulkankegel, wie aus Weißblech getrieben. Die Straße führte an einem Fluß mit breiten Uferstreifen aus rotem Lehm entlang, die kreuz und quer von Hufspuren durchzogen waren. Dann kamen wir in eine weitere Ortschaft, in der die Straßen mit Kopfsteinen gepflastert und von ockergelben Kolonnaden gesäumt waren; vor der *Cervecería* stand ein steinerner Wassertrog, und auf dem kleinen Marktplatz verkauften fahrende Händler Bienenwaben und rohes Fleisch von ihren hölzernen Handkarren, die sie der Schmeißfliegen wegen mit Draht umspannt hatten.

Auf der Straße und den Gehwegen unter den Kolonnaden wimmelte es von Soldaten. Lauter blutjunge Kerle mit M-1-Karabinern aus dem Zweiten Weltkrieg oder den moderneren M-16. Die M-16 hatten noch den aufgeschweißten Rundknauf am Kammerstengel, stammten folglich aus den Anfängen des Vietnamkriegs, wo sie bei den GIs verrufen waren, weil sie immer wieder klemmten und man mit dem Handballen dagegenschlagen mußte, bis der Bolzen wieder freikam.

Wir standen auf der Straße, während Minos mit etlichen mexikanischen Drogenfahndern redete, die an der Heckklappe eines sechsachsigen Militärlasters standen. Die Luft war nach dem Regen kühl und klar, so daß man meilenweit sehen konnte. Heriberto starrte in die Ferne, auf einen Berghang, zu einem weitläufigen weißen Ranchhaus mit blauem Ziegeldach. Er hatte die Beine leicht gespreizt, wirkte nachdenklich.

»Ein großer Tag für den *Tejano*. Dem treiben wir die Faxen tüchtig aus, Mann«, sagte er.

»Ist das sein Haus? Meinen Sie nicht, daß er uns womöglich kommen sieht?« fragte ich.

»Wir haben seinen Telefonanschluß gekappt. Der kommt da nicht mehr weg.«

Ich nahm Minos beiseite.

»Denken die etwa, da drüben erwartet sie die Rote Armee?« fragte ich.

»Viele von den Jungs hier können Englisch, Dave.«

»Die haben die ganze Aktion auffliegen lassen.«

»Ihrer Meinung nach nicht. Auf diese Weise wollen sie Leuten, an die sie normalerweise nicht rankommen, mitteilen, daß sie gefälligst abhauen sollen. Mason sollte sich geschmeichelt fühlen.«

»Magst du ihn nicht?«

»Meine Schwester war damals, in den sechziger Jahren, ein Blumenkind. Sie hat diesen Typ für einen großartigen Mann gehalten. Eines Tages hat sie sich mit Hasch und LSD vollgedröhnt und ist bei Sonnenuntergang aus einem Fenster im zehnten Stock gesprungen.«

Wir folgten einem Konvoi aus sechs Militärlastern über einen kurvigen Fahrweg bis zu der Mauer, die Clay Masons Ranch umgab. Die Mauer war mit Glasscherben und Natodrahtspiralen gespickt, die hölzernen Torflügel waren mit Ketten verschlossen und von innen mit Querbalken gesichert. Der vorderste Lastwagen, der ein schneepflugartiges Planierschild an der Schnauze hatte, donnerte durch die Schlaglöcher, daß die Soldaten auf der Ladefläche hin und her geschleudert wurden, durchbrach dann das Tor und riß die Flügel aus den Angeln.

Die Soldaten stürmten das Haus, schwärmten auf dem Gelände aus und nahmen sich die Nebengebäude vor, traten

Hühner beiseite, daß die Federn nur so stoben, erschossen ohne ersichtlichen Grund ein Schwein, das aus einer Scheune rannte, und warfen es in den Brunnen.

»Kannst du diesen Quatsch nicht unterbinden?« sagte ich zu Minos.

»Siehst du den fetten Kerl mit dem Sam-Browne-Gürtel? Der hat sein Handwerk in Fort Benning gelernt, auf der School of the Americas, wo wir unsere ausländischen Waffenbrüder ausbilden. Außerdem gehört ihm ein Bordell. Der hat einem Mädchen mal das Glasauge ausgeschlagen, weil sie ihm frech gekommen ist. Nein, danke.«

Clay Mason lehnte an einem Zedernholzpfeiler auf der vorderen Veranda, während sein Haus auseinandergenommen wurde, rauchte eine selbstgedrehte Zigarette und musterte Minos und mich mit seinen Koboldaugen. Seine Haare ragten wie weißes Stroh unter dem hohen Stetson hervor.

»Karyn hat mich vor Ihnen und Ihrer Rachsucht gewarnt«, sagte er.

»Das hier tut mir leid. Dafür kann ich nichts«, erwiderte ich.

»Den Teufel können Sie!« Dann blinkte hinter den verkniffenen Lippen ein gelber Zahn auf. »Sie kleiner Pisser«, fügte er hinzu.

Er schnippte seine Zigarette weg und ging auf seinen Stock gestützt zur Hausecke, wandte uns den Rücken zu und pinkelte in den Hof, ließ hörbar Luft ab und schüttelte seinen Penis aus – ein kleiner Mann mit Hut und Stiefeln und einer eng sitzenden, schäbigen Jacke, der Tausende junger Menschen in seinen Bann geschlagen hatte.

Helen und ich gingen hinter das Ranchhaus, wo ein Trupp Soldaten fünf Feldarbeiter in Schach hielt, die sich breitbeinig und mit ausgestreckten Armen an eine Scheunenwand stützen mußten. Die Feldarbeiter waren jung und verschreckt, wandten ständig die Köpfe um und wollten feststellen, ob hinterrücks Gewehre auf sie gerichtet waren. Die Soldaten klopften sie ab, ließen sie aber weiter an der Wand stehen.

»Das schmeckt mir ganz und gar nicht, Dave«, sagte Helen.

»Schau nicht hin. Wir haben es bald hinter uns«, erwiderte ich.

Wir gingen in die Scheune. Der Speicher war voller Heu, Lichtstrahlen fielen in die Stallungen, und der mit trockenem Mist bedeckte Boden fühlte sich an wie Schaumgummi. Durch das Tor am anderen Ende sah ich Pferde, die bis zum Bauch im Gras standen, dahinter blaue Berge.

An den hölzernen Zapfen eines Stützbalkens hingen, so als würden sie nur von einem Mann benutzt, ein Paar Lederchaps, ein Zaumzeug, ein gelber Regenmantel, eine ärmellose, gestrickte Reitweste, Stulpenhandschuhe aus Hirschleder und zwei schwere mexikanische Sporen mit halbdollargroßen Rädern. Ich drehte die Räder mit dem Daumen. Die Spitzen waren klebrig und mit kleinen braunen Haarklumpen verkrustet.

Hinter dem Holzpfosten stand ein Sägebock, auf dem ein silberner Sattel ruhte. Ich strich mit der Hand über das Leder, die kühlen Metallkanten und das Brandzeichen eines texanischen Viehzuchtunternehmens auf dem einen Seitenblatt. Der Hinterzwiesel war mit eingepunzten Rosen verziert, und auf der Rückseite prangte eine offene Kamelie aus weißem Perlmutt.

»Was ist das?« fragte Helen.

»Erinnerst du dich noch, daß der Typ, der sich Araña nannte, gesagt hat, der *Bugarron* reitet auf einem silbernen Sattel mit Blumenmuster? Ich glaube, Clay Mason ist unser Mann.«

»Was kannst du damit anfangen?«

»Gar nichts.«

»Ist das alles?«

»Wer weiß?« sagte ich.

Wir gingen wieder hinaus in die gleißende Sonne, die frische Luft und den Wind, der nach Wasser, Gras und weidenden Pferden roch.

Doch für die jungen Feldarbeiter, die noch immer breitbeinig an der steinernen Scheunenwand standen, war der Tag alles andere als angenehm. Im Schatten der Scheune war es kühl, aber sie schwitzten heftig, stützten sich mit vor Anspannung und Erschöpfung zitternden Armen an der Mauer ab. Ein Junge hatte einen dunklen Fleck auf der Hose, der sich wie ein umgekehrtes V an den Beinen herunterzog. Die Soldaten schauten ihn grinsend an.

»Die Schule Amerikas?« sagte ich zu dem Fetten mit dem Sam-Browne-Gürtel. Ich rang mir ein Lächeln ab.

Er trug eine getönte Brille und war größer als ich. Mit teilnahmsloser Miene schaute er mich an, wandte sich dann Helen zu und begutachtete ihre Figur.

»Was wollen Sie?« fragte er.

»Können Sie mit den Jungs nicht ein bißchen sanfter umspringen? Das sind keine Drogenhändler, das sind einfache *Campesinos,* stimmt's?« sagte ich.

»Wir entscheiden, was sie sind. Sie gehen mit der Frau weiter ... Is *guapa*, hä? Is vielleicht lesbisch, aber *Puta* is *Puta.*« Er streckte die Hände aus und wölbte sie, so als halte er zwei Melonen.

»Was haben Sie gesagt?« fragte Helen.

»Gar nichts hat er gesagt«, sagte ich.

»Doch, hat er. Sag das noch mal, du beschissener Bohnenfurzer, dann kannst du was erleben.«

Der Offizier wandte sich ab, lächelte verschmitzt und warf uns aus dem Augenwinkel einen funkelnden Blick zu.

Sie wollte ihn zur Rede stellen, aber ich baute mich vor ihr auf und schaute sie eindringlich an. Sie warf mir einen wütenden Blick zu, so als müsse sie unbedingt etwas kaputtschlagen;

dann sah ich, wie sich ihr Unmut legte. Ich kehrte mit ihr zum Ranchhaus zurück, berührte mit den Fingerknöcheln ihre Hand. Sie ging auf Abstand.

»Nächstes Mal mischst du dich nicht ein«, sagte sie.

»Die Jungs hätten es ausbaden müssen.«

»Ach ja? … Nun … Du hast sicher recht … Ihr Schwanzgesteuerten habt doch immer recht … Machen wir Schluß. Ich hab für heut genug von dem Tomatenacker hier.«

Sie trat vor mir durch die offene Haustür und ging ins Wohnzimmer, wo Clay Mason in einem tiefen Sessel aus Hirschleder inmitten zerschlagener Gläser, von den Wänden gerissener alter Schußwaffen und umgestürzter Möbel saß. An einer glatt verputzten Wand hing ein zerbrochener Glasrahmen mit einer verblichenen Flagge der Republik Texas.

Mason hatte die Hände auf dem Griff seines Stocks gefaltet und schaute uns verkniffen und mit gehässigem Blick an.

»Bleiben Sie sitzen … Ich muß bloß mal aufs Klo … Ein echter Gentleman …«, sagte sie und ging nach hinten durch, ohne auch nur einmal innezuhalten.

»Sieht so aus, als ob Sie hier die Zelte abbrechen müssen«, sagte ich.

»Meine Familie hat jeden Quadratzentimeter Land hier redlich erworben. Wir werden noch hier sein, wenn Sie und alle andern längst zu Staub geworden sind.«

Die rechte obere Ecke der texanischen Flagge hatte sich von der Filzauflage gelöst, an der sie angeheftet war. Ich griff durch das zerbrochene Glas, strich das Tuch glatt und pinnte sie wieder an. Rund um den Rand der Flagge waren verblichene butternußbraune Stoffstreifen genäht, auf denen in kaum noch leserlicher Schrift die Namen von Schlachtfeldern aus dem Bürgerkrieg standen.

»Die Flagge stammt vom Vierten Texas-Regiment«, sagte ich. »Das waren die Jungs von John Bell Hood.«

»Mein Urgroßvater hat diese Fahne getragen.«

»Es war Ihre Familie, die auf der Nachbarranch von den LaRoses westlich des Pecos gewohnt hat, stimmt's? Jerry Joe Plumb hat mir erzählt, wie ihr da fremde Ölquellen angebohrt und Illegale über den Fluß geschafft habt.«

»Lesen Sie Zeitung? Hier findet eine Revolution statt. Die Männer da draußen bringen Indianer um, Mayas, und Sie helfen Ihnen noch dabei.«

»Männer wie Sie haben immer ein Schlagwort parat, Doktor Mason. Aber in Wahrheit halten Sie sich fein raus und ergötzen sich am Elend anderer.«

»Raus hier …« Er wedelte mit der Hand, als wolle er einen üblen Geruch vertreiben.

Ich wollte ihm eine Retourkutsche reinwürgen, aber mir fiel nichts ein. Clay Mason war sein Leben lang über jeden Schaden, den er angerichtet hatte, erhaben gewesen, Moralgesetze und die üblichen Verhaltensnormen galten für ihn nicht, und der Spruch, der mir auf der Zunge lag, kam mir albern vor, verglichen mit den Schmähungen, die er seit Jahrzehnten ungerührt über sich ergehen ließ.

Ich ging über die mit Glassplittern übersäten Eichendielen zu der offenen Tür. Draußen stiegen die Soldaten gerade auf die Sechsachser.

»Einen Moment, Streak«, rief Helen von hinten. »Unser Freund hat seine Leckereien im Topf runtergespült. Bloß daß sie wieder hochgekommen sind. Rat mal, was unter dem Rand geklebt hat?«

Sie tippte mit der Spitze des kleinen Fingers in einen Luftballon und hielt das weiße Pulver in einen einfallenden Sonnenstrahl; dann wischte sie sich den Finger an einem Blatt Toilettenpapier ab.

»Is 'n bißchen naß. Ruf doch den fetten Kerl rein. Mal sehn, ob er 'ne Kostprobe haben will«, sagte sie.

36

Ich hätte es kommen sehen müssen, tat es aber nicht.

Am Morgen nach unserer Rückkehr aus Guadalajara öffnete der Sheriff die Tür zu meinem Büro und beugte sich herein.

»Die Polizei aus Lafayette hat grade angerufen. Fahren Sie lieber gleich hin. Sabelle Crown ist in einem Auto auf den Gleisen der Southern Pacific eingeklemmt.«

»Was ist passiert?«

»Dieser Zerrang hat sie sich auf dem städtischen Golfplatz gegriffen und entführt. Was hat die auf dem Golfplatz gemacht?«

»Sie füttert dort die Tauben.«

»Jedenfalls muß Zerrang sie irgendwo hingeschafft haben. Hat ihr offenbar ziemlich bös zugesetzt. Als er mit ihr fertig war, hat er sie bewußtlos in ihrem Auto auf den Bahngleisen zurückgelassen. Warum ist Zerrang hinter Sabelle Crown her?«

»Er will an ihren Vater rankommen«, sagte ich.

»Das kapier ich nicht.«

»Mookie Zerrang arbeitet für Persephone Green und Jimmy Ray Dixon. Jimmy Ray weiß genau, daß Aaron Crown ihn früher oder später umbringen wird.«

»Weshalb?«

»Ich glaube, es hat was mit Sabelle zu tun.«

»Im Grunde, Dave, ist es mir vollkommen egal, was diese Leute umtreibt. Ich will auch nicht wissen, warum Scheiße stinkt. Ich wünsch mir bloß, daß die uns vom Acker bleiben. Fahren Sie rüber, ja?«

Der Sheriff wischte sich irgendwas aus den Augen. »Eins interessiert mich aber schon. Warum foltert der Kerl eine Frau und läßt sie danach auf dem Bahngleis zurück? Warum hat er sie nicht einfach umgebracht, damit sie's hinter sich hat?«

»Weil er auf diese Weise mehr Leuten weh tun kann«, sagte ich.

Helen Soileau und ich fuhren mit dem Streifenwagen auf der vierspurigen Schnellstraße nach Lafayette. Warnlichter blinkten vor uns im Nebel, als wir zu dem Bahnübergang kamen, an dem eine Güterzuglokomotive Sabelles alten Spritschlucker erfaßt und fünfzig Meter weit vor sich hergeschoben hatte, ehe sie funkenstiebend zum Stillstand gekommen war.

Wir ließen das Auto am Bankett stehen und gingen durch das hohe Gras zu dem zertrümmerten Wagen, der neben den Gleisen auf dem Dach lag. Der Motorraum war durch das Spritzblech in den Innenraum gedrungen, das Dach bis zum Lenkrad zusammengedrückt. Feuerwehrleute aus Lafayette hatten die Karosserie, den Motor und den Benzintank mit Löschschaum eingedeckt und versuchten das Fenster auf der Fahrerseite mit einer Trennschere weiter aufzustemmen.

Ein Notarzt war durch das Fenster auf der Beifahrerseite in den Wagen gekrochen, und ich hörte ihn drinnen reden. Kurz darauf krabbelte er wieder heraus. Sein Hemd und beide Plastikhandschuhe waren voller Blut.

Er setzte sich ins Gras und stützte die Hände auf die Schenkel. Ein Feuerwehrmann steckte ihm einen Pfriem Kautabak in den Mund, ließ ihn ein Stück abbeißen und half ihm dann auf.

»Wie sieht's aus?« fragte ich.

»Der Wagen ist nicht in Brand geraten. Das ist aber auch das einzige Glück, das die Frau da drin gehabt hat«, erwiderte er. Er schaute mir in die Augen und sah meinen fragenden Blick. Er schüttelte den Kopf.

Ich zog meine Jacke aus, schnallte das Pistolenhalfter ab und zwängte mich durch das Fenster auf der Beifahrerseite. Drinnen roch es nach Benzin, muffigen Sitzpolstern, altem Fett und durchgebrannten Kabeln.

Sabelle war mit Kopf und Oberkörper unter dem zerknitterten Metall eingeklemmt und konnte sich keinen Millimeter von der Stelle rühren. Beine und Unterleib waren überhaupt nicht zu sehen. Sie hustete, und ich spürte die warmen Tropfen, die auf mein Gesicht fielen.

»Was hat er dir angetan, Kleines?« sagte ich.

»Alles.«

»Die Jungs da draußen sind klasse. Die holen dich im Nu hier raus.«

»Wenn ich die Augen zumache, spür ich, wie die Welt sich dreht. Wenn ich sie nicht schnell wieder aufmache, komm ich nicht mehr zurück ... Ich hab Daddy verraten, Dave.«

»Dafür kannst du nichts.«

»Mookie Zerrang weiß, wo er ist.«

»Noch können wir das Schlimmste verhindern. Wenn du mir vertraust.«

Sie starrte ins Leere und schaute mich dann wieder an. Die eine Gesichtshälfte war blutunterlaufen, voller geplatzter Äderchen. Das zerfetzte Blech um ihren Kopf wirkte wie ein verbogener Heiligenschein.

Sie erklärte mir den Weg.

»Jimmy Ray war dein Zuhälter in New Orleans, stimmt's? Dann hat er dich mit nach Norden genommen, nach Chicago.«

»Ich hab das von mir aus gemacht. Ich hab keinen Druck gekriegt.«

»Dein Vater hat Ely Dixon ermordet, stimmt's?«

»Putz mir die Nase, Streak. Meine Hände sind irgendwo eingeklemmt.«

Ich zog mein Taschentuch heraus und tupfte ihr die Oberlippe ab. Sie hustete wieder, lang und heftig diesmal, und ich versuchte ihr Kinn festzuhalten, damit sie sich nicht an dem schartigen Metall verletzte, das um ihre Brust lag. Mitten auf dem Taschentuch war ein hellroter Fleck.

»Ich muß jetzt weiter«, sagte ich.

»Sag Daddy, daß es mir leid tut«, sagte sie.

»Eine Tochter wie dich kann man sich als Vater nur wünschen, Sabelle.«

Ich dachte, sie würde mir zublinzeln. Aber dem war nicht so. In ihren Augen stand die nackte Angst, und gegen die kam kein noch so gutgemeinter Spruch an.

Ich zwängte mich durch das Fenster zurück und setzte mich ins Gras. Ich roch das faulige Wasser in dem Graben, die modernden Pecanschalen in einem benachbarten Wäldchen, konnte den Nebel schmecken und die surrenden Autoreifen auf der Asphaltstraße hören. Als ich wegging, setzte ein Trupp Feuerwehrmänner, unterstützt von mehreren Streifenpolizisten aus Lafayette, gerade die Rettungsschere an. Als sie das Blech auseinandersprengten, klang es, als schreie ein Mensch.

Helen und ich fuhren auf dem I-10 in Richtung Atchafalaya. Es war neblig, und die Felder, die Eichen und die Palmen neben der Straße wirkten grau und naß. Vor uns sah ich den orangeblauen Lichtschein einer Tankstelle durch den Dunst, der vom Fluß aufstieg.

»Worüber denkst du nach?« fragte Helen.

Ich trat auf die Bremse.

»Ich muß was erledigen«, sagte ich.

»Was denn?«

»Womöglich ist Zerrang nicht sofort raus in den Sumpf. Vielleicht gibt's noch eine andere Möglichkeit, wie wir ihn ausschalten können.«

»Ich weiß zwar nicht, was du vorhast, aber große Lust hast du offenbar nicht dazu.«

»Würdest du dich freiwillig für Buford einsetzen wollen?« erwiderte ich.

Ich rief vom Münztelefon in der Tankstelle bei ihm zu Hause

an. Vor der Glasfront ragten die Weiden am Ufer des Atchafalaya auf, dort, wo uns zwei Schnellboote der Sheriffdienststelle St. Martin in Empfang nehmen sollten.

»Buford?« sagte ich.

»Was gibt es?«

»Sabelle Crown ist tot.«

»O Mann, kommen Sie mir nicht mit so was.«

»Mookie Zerrang hat sie gefoltert und hinterher in ihrem Auto auf den Bahngleisen zurückgelassen.«

Ich hörte, wie er das Telefon weghielt, wie der Hörer über irgend etwas Hartes scharrte. Hörte dann, wie er ihn wieder ans Ohr nahm, hörte seine Atemzüge.

»Sie hatten recht, was Aaron Crown angeht«, sagte ich. »Er hat Ely Dixon umgebracht. Aber es war ein Versehen. Er hatte es eigentlich auf Jimmy Ray Dixon abgesehen. Er hat nicht gewußt, daß Jimmy Ray ausgezogen war und das Haus an seinen Bruder weitervermietet hatte.«

»Und warum wollte er Jimmy Ray Dixon umbringen?«

»Jimmy Ray hat Sabelle auf den Strich geschickt ... Sie sind fein raus, Buford. Sie können also Persephone Green Bescheid sagen, daß sie Mookie Zerrang zurückpfeifen soll.«

»Sind Sie von Sinnen? Meinen Sie etwa, ich brauche bloß zu pfeifen, damit die tanzen? Um Gottes willen, wo leben Sie denn?«

»Aber Sie tanzen nach deren Pfeife.«

»Hören Sie mal, ich bin grade diesen Ghul losgeworden, der wie ein Wahnwitziger an meine Haustür gehämmert hat. Ich mußte ihn mit vorgehaltener Waffe von meinem Grund und Boden scheuchen.«

»Was für einen Ghul?«

»Dock Green, wen denn sonst? Seine Frau hat ihn sitzenlassen. Er hat behauptet, Karyn und ich hätten ein Dreiecksverhältnis mit ihr. Vermutlich steht sie auf so was.«

»Ihre moralischen Anwandlungen kommen reichlich spät«, sagte ich.

»Was soll das heißen?«

»Sie haben Sabelle Crown behandelt wie den letzten Dreck.«

Er schwieg eine ganze Weile. »Ja«, sagte er dann, »ich habe ihr Unrecht getan ... ich wünschte, ich könnte es ändern ... Wiederhören, Dave.«

Er legte auf.

Helen und ich saßen in der Kajüte des Sheriffboots aus dem Bezirk St. Martin. Der Motor tuckerte im Leerlauf, und ein Deputy in Uniform stand in der offenen Luke, rauchte eine Zigarette und wartete darauf, daß der Bootsführer mit dem Benzinkanister von seinem Pickup zurückkam.

Ich konnte Helens Blicke spüren.

»Was ist los?« fragte ich.

»Deine Miene gefällt mir nicht.«

»Ich hab nicht meinen besten Tag.«

»Vielleicht solltest du nicht dabeisein«, sagte sie.

»Meinst du das wirklich?«

»Wir bringen Mookie Zerrang lebend zurück, es sei denn, er will's anders, Streak.«

»Tja, man kann nie wissen, wie so was ausgeht«, sagte ich.

Nachdenklich strich sie sich mit der Fingerspitze über ihre spröden, aufgesprungenen Lippen.

Die Gischt spritzte über den Bug, als wir den Atchafalaya hinunterfuhren, dann in einen Seitenarm abbogen und auf eine Bucht stießen, die von überfluteten Bäumen umgeben war. Der Himmel war bedeckt, und das Wasser in der Bucht wirkte unnatürlich gelb und leuchtend, so als ob es das einzig Farbige weit und breit wäre. Vor uns sah ich die glänzende Silhouette einer verlassenen Ölplattform im Dunst, dann eine Fahrrinne, die zwischen den Bäumen hindurchführte, und in einem Dickicht aus Weinranken, Zypressen und Weiden eine auf Pfählen gebaute Hütte.

»Das ist es«, sagte ich zum Bootsführer.

Er nahm das Gas zurück, schaute durch die Glasscheibe auf die Bäume und legte dann den Rückwärtsgang ein, damit wir nicht ans Ufer trieben.

»Wollen Sie da einfach so rein?« fragte er.

»Haben Sie einen besseren Vorschlag?« erwiderte ich.

»Holen Sie ein Einsatzkommando mit einem Hubschrauber her und lassen Sie die Hütte zu Kleinholz zerlegen«, erwiderte er.

Ein Ermittler von der Mordkommission des Bezirks St. Martin, der Zivilkleidung trug, ging zum Bug des anderen Boots, hob ein Megaphon und rief zu der Hütte hinüber: »Wir wollen mit euch da drin reden. Ihr braucht bloß die Leiter runterzuklettern und eine Hand über den Kopf halten. Niemand wird zu Schaden kommen«, sagte er.

Bis auf die im Leerlauf tuckernden Bootsmotoren und den einsetzenden Regen, der in schweren Tropfen auf das Wasser fiel, war kein Ton zu hören. Der Zivilfahnder wischte sich mit der Hand übers Gesicht und versuchte es noch einmal.

»Aaron, wir wissen, daß Sie da drin sind. Wir befürchten, daß jemand rauskommt und Ihnen was antun will, Partner. Höchste Zeit, daß Sie aufgeben«, rief er.

Wieder herrschte Stille. Dunkle Regenflecken zeichneten sich auf der Jacke des Zivilfahnders ab, und der Wind hatte seine Krawatte über die Schulter geblasen. Er schaute zu unserem Boot, zuckte mit den Achseln und ging wieder in die Kabine.

»Packen wir's an, Skipper«, sagte ich zum Bootsführer.

Er schob den Gashebel nach vorn und steuerte unser Boot in

die Fahrrinne. Das Kielwasser schwappte zwischen die Bäume, schwemmte allerlei Holz und abgestorbene Wasserhyazinthen mit, spülte über umgestürzte Baumstämme hinweg und versickerte schließlich im Buschwerk. Das zweite Boot tastete sich hinter uns vorsichtig in das seichte Wasser vor, bis der Kiel über den Schlick schürfte.

Helen und ich stiegen vom Bug aus ins Wasser und sanken sofort bis über die Schenkel ein, während rundum graue Schlammwolken aufwallten. Sie hatte eine großkalibrige Remington-Schrotflinte bei sich, deren Lauf knapp über dem Repetiermechanismus am Vorderschaft abgesägt war. Ich zog den Schlitten meines 45ers zurück, lud durch und sicherte ihn.

An einem Pfahl unter der Hütte war ein flaches Aluminiumboot mit Außenbordmotor vertäut. Helen und ich wateten etwa zehn Meter voneinander entfernt wortlos durch das Wasser, schauten unverwandt zu den geschlossenen Fensterläden der Hütte und zu der Leiter, die nach oben zu einer offenen Tür führte, in der ein Jutesack im Wind wehte.

Links von mir waren der Zivilfahnder aus St. Martin und drei Deputies in Uniform in einer Kette ausgeschwärmt und rückten gerade durch ein Weidengehölz vor.

Helen und ich wateten unter die Hütte und lauschten. Ich legte die Hand an einen Pfahl, wollte fühlen, ob sich da oben etwas bewegte.

Nichts.

Helen hatte die Schrotflinte in der Armbeuge liegen und umschloß mit weißen Knöcheln Schaft und Kolben. Ihre ausgeblichene Bluejeans war bis zum Hintern klatschnaß. Die Luft war kalt und fühlte sich an wie feuchter Flanell auf bloßer Haut, und es roch nach gestrandeten Alligatorhechten und Fäulnisgasen.

Dann traf mich etwas im Gesicht. Es fühlte sich an wie ein kleines Insekt, ein Blatt, eine Schmeißfliege vielleicht. Ich wischte unwillkürlich mit der Hand darüber, dann spürte ich es wieder, diesmal stärker, an meiner Augenbraue, auf der Stirn, in meinen Haaren, mitten im Gesicht, als ich zum Bretterboden der Hütte hinaufschaute.

Helens Mund stand offen, ihr Gesicht war weiß.

Ich wischte mir mit dem Jackenärmel übers Gesicht und starrte auf den breiten roten Streifen auf dem Stoff.

Im nächsten Moment packte mich der Ekel, als habe mir jemand ins Gesicht gespuckt. Ich riß die Jacke herunter, tauchte sie ins Wasser und wischte mir mit zitternder Hand Gesicht und Haare ab.

Über mir hingen geronnene Blutfäden von den Planken und wiegten sich im Wind.

Ich schob mich unter der Hütte hervor, entsicherte den 45er und stieg die Leiter empor, die schräg nach oben führte, fast wie eine Treppe. Helen watete ein Stück ins Wasser hinaus, weg von der Hütte, und richtete die Schrotlinte auf die Tür über meinem Kopf, senkte dann, kurz bevor ich eindrang, den Lauf und folgte mir.

Ich blieb einen Moment auf der obersten Sprosse stehen, hatte die Hand am Türrahmen. Der mit Nägeln befestigte Jutesack bauschte sich im Wind, und dahinter sah ich einen rostigen Kühlschrank, der nicht angeschlossen war, eine Holzpritsche, einen Tisch samt Stuhl und ein Waschbärfell, von dem jemand mit einem Löffel das Fleisch abgeschabt hatte.

Ich zog mich hoch, riß den Vorhang weg, trat die Tür auf und drang ein.

Doch die Tür flog nicht bis zur Wand zurück.

Ich spürte, wie das Holz auf Fleisch und Knochen traf, auf einen festen, massigen Körper, der keinen Millimeter nachgab.

Ich faßte den 45er mit beiden Händen, richtete ihn auf den riesigen schwarzen Schatten hinter der Tür und legte den vor Schweiß glitschigen Finger um den Abzug.

Ich wollte nicht wahrnehmen, was ich da sah. Den nackten Mann nicht, der kopfüber vor mir hing. Und auch nicht, was man ihm angetan hatte.

Der Zaundraht, der um seine Knöchel geschlungen und an einem Dachbalken befestigt war, schnitt so tief ins Fleisch, daß er kaum noch zu sehen war.

Helen kam hereingestürmt, hatte die Schrotflinte nach vorn gerichtet. Sie senkte sie und schaute auf den von der Decke hängenden Mann.

»O Mann«, sagte sie. Sie stieß einen Fensterladen auf, räusperte sich und spie aus. Dann schaute sie zu mir und stieß den Atem aus. Ihr Gesicht war fahl, so als habe sie zu lange in kaltem Wind gestanden. »Ich glaube, der hat sein Teil gekriegt«, sagte sie. Dann preßte sie den Handrücken an den Mund und ging wieder zum Fenster. Doch diesmal nahm sie sich zusammen, und als sie sich umdrehte, wirkte sie wieder gefaßt.

»Komm mit, wir können ihn noch schnappen«, sagte ich.

Der Mann von der Mordkommission und zwei Deputies in Uniform warteten auf uns am Fuß der Leiter.

»Was ist da droben los?« fragte der Zivilfahnder. Er versuchte uns etwas am Gesicht abzulesen. »Was denn, ist das so was wie ein Betriebsgeheimnis?«

»Schaun Sie's sich selber an. Aber passen Sie auf, wo Sie hintreten«, sagte Helen.

»Crown hat Mookie Zerrang umgebracht. Er kann noch nicht weit weg sein«, sagte ich.

»Der is überhaupt nicht weg«, sagte der dritte Deputy, der von der anderen Seite der Bucht auf uns zugewatet kam. »Schaut mal zu der Schlammbank da drüben.«

Wir starrten zwischen den Bäumen hindurch zu einem trockenen Stück Land aus angeschwemmtem Schlick, das wie ein Walbuckel aus dem Wasser ragte. Es war mit Zwergpalmen überwuchert, kreuz und quer von Nutriafährten durchzogen, und mitten im Gras und Gestrüpp kauerte Aaron Crown und rauchte eine selbstgedrehte Zigarette.

Wir wateten mit gezogenen Waffen zu ihm hin. Er nahm keine Notiz von uns, zeigte keine Regung.

Seine Kleidung und sein ganzer Körper, vom Scheitel bis zu den schlammverkrusteten Turnschuhen, waren voller Blut. Sein Gesicht wirkte wie eine scharlachrote Maske, als er uns die Augen zuwandte, aus denen all die Hitzigkeit und unbändige Energie gewichen waren, die ihn ein Leben lang umgetrieben hatten. Wir umringten ihn, hatten die Waffen auf den Boden gerichtet. Der Rauch, der aus seinem Mundwinkel drang, hing wie ein Fetzen Baumwolle in der feuchten Luft.

»Wissen Sie über Sabelle Bescheid?« fragte ich.

»Der da drüben konnt von nix anderm mehr reden, eh er gestorben is«, erwiderte er.

»Sie sind von Grund auf böse, Aaron Crown«, sagte ich.

»Ich seh das anders rum.« Er zerrieb die heiße Zigarettenasche zwischen seinen Fingern, bis die Glut ausging. »Wenn die Fernsehleute da drüben sind, muß ich mich waschen.«

Er blickte zu uns auf und schaute uns fragend an.

37

Am Morgen des ersten Weihnachtsfeiertages saß ich in der Küche und schaute mir ein Foto im *Daily Iberian* an, das Buford und Karyn LaRose beim gemeinsamen Tanz im Country Club zeigte. Sie sahen aus, als sei ihnen ewiges Leben beschieden.

Bootsie blieb hinter mir stehen und legte mir die Hand auf die Schulter.

»Worüber denkst du nach?« fragte sie.

»Über Jerry Joe Plumb … Kein Journalist wird ihn jemals in Verbindung mit ihnen nennen, aber er hat ihretwegen büßen müssen.«

»Er war auch kein Unschuldslamm, Dave.«

»Mag sein.«

Das Fenster war offen, und ein milder Wind wehte von der Weide meines Nachbarn und bauschte die Vorhänge über der Spüle. Ich goß mir eine Tasse Kaffee mit heißer Milch ein und ging hinaus in die Sonne. Alafair saß an dem Picknicktisch im Garten, hatte Tripod auf dem Schoß und hörte die Kassette mit den Aufnahmen von Jerry Joes Platten. Sie warf Tripod auf den Rücken, ließ ihn sacht am Schwanz baumeln, während er sich mit den Vorderpfoten an ihrem Unterarm abstieß.

»Danke für die vielen Geschenke«, sagte sie. »Ein klasse Weihnachten.«

»Gleichfalls danke für alles, was du mir geschenkt hast«, sagte ich.

»Kann Tripod noch ein bißchen Sahneeis kriegen?«

»Klar.«

»Die Widerlinge sind wir los, was?«

»Ja, die schlimmsten jedenfalls. Die anderen erwischt es irgendwo anders. Wir kriegen es bloß nicht mit.«

Ich dachte zunächst, ich sollte ihr meine Bemerkung vielleicht erklären, ließ es dann aber sein. Sie hatte trotz ihrer Jugend schon mehr erlebt als ich und verstand die Welt oft viel besser.

Sie klemmte sich Tripod unter den Arm und ging ins Haus, kam dann wieder hinaus auf die Treppe.

»Ich habe vergessen, daß schon alles weg ist«, sagte sie.

»In der Gefriertruhe drunten im Laden ist noch welches. Ich hol es«, sagte ich.

Ich ging die Böschung hinunter, durch das Laub, das von den Eichen und Pecanbäumen fiel. Ich hatte Weihnachtsbeleuchtung um die Fenster des Köderladens gezogen, mit roten Bändern umwickelte Kränze aus Kiefernzweigen und Stechpalmen an die Zypressenholzwände gehängt, und Alafair hatte einen aus Kreppapier gebastelten Weihnachtsmann an die Tür geklebt. Auf dem Bayou war kein Boot zu sehen, und meine Schritte hallten so laut vom Bootsanleger wider, daß ein Schwarm Drosseln aus den Bäumen aufflatterte.

Ich hatte die Eiscreme aus der Gefriertruhe geholt und wollte den Laden gerade wieder abschließen, als ich sah, wie Dock Green aus einem schwarzen Lincoln stieg, der bei der Bootsrampe stand, und auf mich zukam.

»Es ist Weihnachten. Wir haben geschlossen«, sagte ich.

»LaRose hat meine Frau droben bei sich im Haus«, sagte er.

»Das glaube ich nicht. Und selbst wenn – sie ist alt genug und kann für sich selbst entscheiden.«

»Ich kann Ihnen den Typ liefern, klein und in Scheiben.«

»Kein Interesse.«

»Es is nich recht.«

Er setzte sich an einen Tisch und starrte hinaus auf den Bayou. Sein Hals wirkte so steif wie ein Stück Rohr. Ein Muskel zuckte an seiner Wange.

»Ich glaube, daß Sie etwas mit Jerry Joes Tod zu tun haben. Ich kann's bloß nicht beweisen. Aber ich muß mich auch nicht mit Ihnen unterhalten. Also haun Sie lieber ab«, sagte ich.

Er rieb sich mit dem Handballen über das Auge.

»Ich hab noch nie jemand umgebracht. Ich brauch Persephone. Es is einfach nich recht, daß er mir die Frau wegnimmt, mich mit der Knarre bedroht und ich nicht das geringste dagegen tun kann ... Ich hab Seph schon gesagt, so isses, wenn man sich mit Leuten einläßt, die reich geboren sind ... Die nehmen bloß, aber sie geben nix«, sagte er.

Dann wurde mir klar, daß er betrunken war.

»Nehmen Sie sich ein Zimmer in einem Motel oder kehren

Sie zu Ihrem Lager zurück, Dock. Ich rufe jemanden, der Sie fährt«, sagte ich.

Wie in Trance stand er auf und sagte etwas, mehr an den Wind gewandt als an mich. »Er bestimmt, was auf der Erde geschieht, aber die Stimmen drunten im Boden, die hört er nicht … Von mir aus können Sie mich als Freak bezeichnen, is mir egal, aber Seph und ich sind unzertrennlich.«

Ich ging in den Laden und rief einen Streifenwagen. Als ich wieder herauskam, war er weg.

An diesem Abend gingen Alafair, Bootsie und ich essen, fuhren danach die East Main Street entlang, unter den immergrünen Eichen hindurch, und schauten uns die Lichter und den Weihnachtsschmuck an den alten, aus dem vorigen Jahrhundert stammenden Häusern am Bayou Teche an. Wir kamen am Rathaus und an der Bibliothek vorbei, an der angestrahlten Grotte mit einer Statue der Mutter Gottes, wo einst das Haus von George Washington Cable gestanden hatte, an dem dunklen Grundstück und dem Bambusrohr um die Shadows und schließlich an der Zugbrücke aus Eisen und Holz, die mitten in der Stadt den Teche überspannte.

Ich fuhr am alten Bahnhof der Southern Pacific vorbei, die St. Martinville Road hinauf und blickte beiläufig, so wie man im nachhinein eine vergebene Sünde betrachtet, auf das leerstehende Holzhaus, in dem Karyn LaRose groß geworden war. Die Garage vor dem Haus, in der ihr Vater kartonweise Kaugummikugeln, Monsterzähne aus Plastik und Vampirfingernägel gelagert hatte, stand da wie eh und je, samt Vorhängeschloß am Tor, und ich fragte mich, ob sie im Vorbeifahren manchmal das kleine Mädchen sah, das früher auf dem Hof gespielt hatte, an dessen Händen der regenbogenfarbene Brei von den Kaugummis klebte, die drinnen geschmolzen und durch die Ritzen gesickert waren.

»Schaut mal, da vorne brennt's irgendwo«, sagte Alafair.

Hinter der nächsten Kurve sah man den orangeroten Lichtschein am Himmel, den Rauch, der am Mond vorüberzog. Wir fuhren an den Straßenrand und ließen einen Feuerwehrwagen vorbei.

»Dave, das ist das Haus von Buford und Karyn«, sagte Bootsie.

Wir kamen um die Kurve und sahen das Haus hell und gleißend, wie mit geschmolzenem Metall gefüllt, hinter den abgeernteten Feldern stehen. Bislang war nur ein Spritzenwagen eingetroffen, und die Feuerwehrmänner zogen gerade einen Schlauch zur vorderen Veranda.

Ich hielt auf der anderen Straßenseite an und rannte zu dem Feuerwehrwagen. Ich konnte bereits die Hitze spüren, die das Haus ausstrahlte.

»Ist da jemand drin?« fragte ich. Die Gesichter der Feuerwehrmänner wirkten im Schein der Flammen gelb wie Talg.

»Am Fenster im ersten Stock ist jemand gewesen, aber die sind nicht mehr rausgekommen«, sagte ein Brandmeister. »Sie sind von der Sheriffdienststelle, nicht wahr?«

»Genau.«

»Hinter dem Haus ist eine Benzinspur, die zu den Stallungen führt. Was für einen Personenschutz habt ihr denn hier draußen aufgezogen, verflucht noch mal!«

»Buford hatte nur Angst vor Aaron Crown, nicht vor Dock Green.«

»Vor wem?« fragte er.

Ein weiterer Spritzenwagen kam die Straße entlang, doch das Feuer hatte inzwischen Löcher ins Dach gerissen, hüllte die Pappeln neben dem Haus in Flammen, und die Glut, die sich durch die einbrechenden Schindeln und Sparren ausbreitete, warf einen immer helleren Schein und tauchte Bufords gesamten Besitz in rot-schwarze Schatten – die aus Ziegeln gemauerten Stallungen und Sattelräume, die Felder, die bereits gepflügt, geeggt und zur nächsten Aussaat bereit waren, den alten Plantagenladen mit den Fässern voller Pecannüsse, den nackten, dürren Baum, an dem seine Vorfahren und andere selbsternannte Ritter vom Orden der weißen Kamelie Vertreter des verhaßten Nordstaatenregimes gelyncht hatten, die Pferde mit dem mexikanischen Brandzeichen, die schnaubend und wiehernd zwischen den wogenden Hartholzbäumen herumstoben, als ob sie noch nie Sattel und Zaumzeug getragen hätten.

Dann sah ich Buford aus der Haustür kommen.

Er schleuderte die mit Wasser getränkte Decke weg, die er sich über den Kopf gehängt hatte, als hätte sich die Hitze, die seine Haut versengt hatte, darin festgesetzt. Er roch nach Asche, verkohltem Holz und verbrannten Haaren, und dichter Qualm stieg von seiner Kleidung auf.

»Wo ist sie?« rief er und starrte die Feuerwehrleute, die auf seinem Hof standen, mit weit aufgerissenen Augen an.

»Wer? Wer ist da noch drin?« fragte ein Feuerwehrmann.

»Wo ist sie, Dave?«

»Ich weiß es nicht, Buford«, erwiderte ich.

»Sie war auf der Treppe, direkt neben mir ...«

»Sie ist nicht mehr rausgekommen, Partner«, sagte ich.

Ich streckte die Hand aus und wollte ihn am Arm nehmen. Ich spürte die harten glatten Muskeln, dann riß er sich los und rannte auf den viereckigen Flammenschlund zu, der sich hinter den griechischen Säulen am Portal auftat. Ein Feuerwehrmann, der einen Segeltuchmantel und einen breiten Hut trug, versuchte ihn aufzuhalten, griff ins Leere und schlug hart auf den gepflasterten Weg.

Buford stieg die Treppe hinauf, hielt die Hände vors Gesicht und wankte einen Moment, als ihn die sengende Hitze traf, die das Haus von innen heraus zerfraß, schlug dann die Unterarme über die Augen und verschwand in den Flammen.

»Spritzt ihn an, los, spritzt ihn an«, hörte ich einen Feuerwehrmann brüllen. »Verdammt noch mal, spritzt ihn an!«

Der scharfe Wasserstrahl prallte am Türstock ab und verlor sich dann in dem Feuersturm, der die Treppe verschlang, die Kronleuchter zum Klingen brachte, den Boden verzehrte und die Fenster in den Hof hinausschleuderte.

Dann sahen wir sie, nur einen Moment lang, zwei gesichtslose schwarze Silhouetten inmitten des Glutofens, Hüfte an Hüfte, die Hände ausgestreckt, so als ob sie ein letztes Zeugnis vom Sinn ihres Lebens ablegen wollten, bevor sie zurücktraten in den Feuersee, der ihre neue Heimstatt geworden war.

Epilog

Der Frühling ließ in diesem Jahr lange auf sich warten. Bis in den März hinein war es kalt, grau und winterlich. Batist fuhr jeden Morgen bei Sonnenaufgang seine Fangschnüre ab. Ich hörte, wie seine Piroge gegen die prallen, wie geschwollen wirkenden Stämme der Zypressen stieß, schaute ihm vom Ladenfenster aus zu, wie er einen leeren Haken nach dem anderen einholte, mit neuen Ködern bestückte und wieder auswarf, sah, wie er sich die Hände an der Hose warm rieb, wie der Dunst über seinen gebeugten Schultern aufstieg. Hinterher kam er in den Laden, bibberte trotz der Steppjacke, die er übergezogen hatte, und wir saßen eine Weile beisammen, tranken Kaffee und bereiteten dann die Hühnchen und die Würste vor, falls tagsüber vielleicht doch ein paar Angler oder Touristen vorbeikommen sollten.

Persephone und Dock Green wurden nie wieder gesehen; manche sagen, sie seien außer Landes geflohen, nach Südamerika vermutlich. Der Witz dabei ist, daß ein Tankwart in St. Martinville, der in der Nacht, in der Buford und Karyn starben, einem Mann einen Kanister Benzin verkauft hatte, Dock zwar anhand eines Fotos wiedererkannte, doch auf dem Benzinkanister, den man auf der LaRose-Plantage fand, waren keine Fingerabdrücke, und ohne einen unmittelbaren Tatzeugen hätte man Dock niemals der Brandstiftung überführen können.

Im Grunde genommen hatte Dock Greens Wahnwitz vermutlich immer einem bestimmten Zweck gedient, genau wie der Irrsinn eines Aaron Crown. Doch der neue Gouverneur von Louisiana, ein pragmatischer Geschäftsmann, hatte keine Lust, sich lange mit der Vergangenheit herumzuplagen, geschweige denn, sich dadurch den Blick auf die Zukunft verstellen zu lassen.

Jimmy Ray Dixon?

Der hat jetzt spät nachts eine eigene Radiosendung in New Orleans, und mit schöner Regelmäßigkeit erzählt er seinen Hörern, daß der Geist seines Bruders endlich zur Ruhe gekommen sei. Warum jetzt? Die Frage beantwortet er nicht. Er fühlt sich auch sichtlich unwohl, wenn der Name Mookie Zerrang fällt, und sobald ihn jemand erwähnt, versteigt er sich in allerlei religiös abstruses Geschwafel.

Dock Greens Mädchen gehen nach wie vor in den gleichen Bars und an denselben Straßenecken anschaffen, Jimmy Ray Dixon hält seine Hörer zum Narren und wird dafür verehrt, und Aaron Crown sitzt im Hochsicherheitstrakt in Angola und leugnet gegenüber europäischen Journalisten, die seine Geschichte groß herausgebracht haben, jegliche Schuld.

Die Akteure ändern sich nie, nur das Publikum.

Aber vielleicht sieht man das nur als Polizist so, wenn man abgestumpft und verbittert ist. Jedenfalls interessierte sich kaum noch jemand dafür, wie Short Boy Jerry zu Tode gekommen war, ein Mann, der sich bekanntlich mit der Unterwelt eingelassen und folglich sein Schicksal selbst herausgefordert hatte.

Auch Clay Mason kam glimpflich davon. Man beschlagnahmte sein Anwesen in Mexiko und verwies ihn des Landes, doch nach kurzer Zeit trieb er sich wieder an den Universitäten herum, gab Interviews im Internet und verbreitete seinen Schmus im Fernsehen. Ein Mäzen kaufte ihm in der Nähe von Santa Fe ein Haus in den Bergen, wo er seine neuen Jünger und die alten Weggefährten aus den sechziger Jahren um sich scharte, und ein berühmter New Yorker Fotograf hat ihn dort geknipst. Sein Gesicht wirkt so zerklüftet und alterslos wie die Berge im Hintergrund, ein breiter Stetson mit Schweißband sitzt auf seinem Kopf, und die Koboldaugen blicken direkt in die Kamera. Die Bildunterschrift lautete: »Ein Löwe im Winter«.

Aber ich glaube, ich habe mittlerweile gelernt, daß ich nicht mehr mit der Welt und ihrem Walten hadern sollte, jedenfalls nicht, wenn der Frühling vor der Tür steht.

In der dritten Märzwoche regnete es heftig, dann klarte der Himmel auf, und eines Morgens war der Winter vorbei. Flechten schillerten wieder an den Stämmen der Zypressen, draußen im Sumpf wurde es grün, und die jungen Blätter an den überfluteten Bäumen raschelten im Wind, der vom Golf wehte.

Alafair und ich ritten ohne Sattel auf ihrem Appaloosa die Straße entlang, hockten steif und breitbeinig auf seinem Rücken und ließen einen Drachen steigen. Es war ein großer Drachen, mit Pergamentpapier bespannt, auf dem die amerikanische Flagge prangte, und er stieg rasch auf, immer höher, bis er nur noch ein dunkler Fleck war, der über den Zuckerrohrfeldern im Norden hing.

Ich stellte mir die LaRose-Plantage vor, so wie man sie von da oben sehen mußte, von Alafairs Drachen aus – die wogenden Wälder und das Schachbrettmuster der Felder, auf denen sich einst die Kavallerien der Konföderierten und der Union attackiert und gegenseitig umgebracht hatten, meinte die schreienden, todwunden Pferde zwischen dem Zuckerrohr und den Stoppeln zu hören, und ich fragte mich, welche Laune der Natur dazu geführt haben mochte, daß aus Kindern, die ihre Drachen steigen ließen, diese halb entwickelten Wesen geworden waren, die auf den ersten Hornschall hin gen Roncevau sprengten.

An diesem Abend gingen wir im Possum's in St. Martinville Krebse essen, und danach besuchten wir die alte Kirche mitten in der Stadt und spazierten unter den Evangeline-Eichen am

Ufer des Teche entlang, dort, wo ich Bootsie im Sommer des Jahres 1957 zum ersten Mal geküßt hatte. Ich konnte regelrecht spüren, wie sich die Bäume über mir in die Höhe reckten. Alafair stand im Lichtschein einer Laterne auf dem Bootsanleger hinter der Kirche und warf Brotkrumen ins Wasser. Bootsie schlang mir den Arm um die Taille und stupste mich mit der Hüfte an.

»Worüber denkst du nach, mein Schlauer?« fragte sie.

»Wenn ich das wüßte«, sagte ich.

Spät nachts saßen wir beide am Picknicktisch im Garten hinter unserem Haus und aßen Pecankuchen. Dann, so als ob man noch einmal nach der Vergangenheit greifen möchte, nach all der Spielerei und dem Unsinn, die so zeitlos schön waren, holte ich Alafairs Stereoanlage und spielte die Kassette mit den Platten aus Jerry Joes Jukebox.

Wir tanzten zu »La Jolie Blon« und »Tes Yeux Bleu« und legten dann bei »Bony Maronie«, »Long Tall Sally« und »Short Fat Fanny« einen Zahn zu. Draußen in der Dunkelheit, dort, wo der Strahler im Mimosenbaum nicht mehr hinschien, waren die Rinder meines Nachbarn zu hören, die im Bachbett Zuflucht suchten, als im Süden die ersten Blitze vom Himmel zuckten. Mit einemmal wurde es kühl, und die Luft roch schweflig, nach Ozon, und der Wind wirbelte Staubwolken aus dem jungen Zuckerrohr auf, fuhr durch die Glyzinien, die an der Garagenwand wucherten, ließ Schattengestalten tanzen, die uns zuwinkten wie Schauspieler auf einer antiken Bühne, so als wollten sie uns hinablocken zu ihrem Amphitheater am Meer, um uns einmal mehr die Geschichte unserer eigenen Unvollkommenheit vorzuführen.